U.G.E. 10|18
12, avenue d'Italie - PARIS XIIIe

Du même auteur
dans la collection 10/18

LA GUEULE DU LOUP, n° 2382

VÉRA VA MOURIR

PAR

RUTH RENDELL

Traduit de l'anglais
par Françoise et Guy CASARIL

10|18

« Grands Détectives »
dirigé par Jean-Claude Zylberstein

CALMANN-LÉVY

Si vous désirez être régulièrement tenu au courant
de nos publications, écrivez-nous :
Éditions 10/18
12, avenue d'Italie
75627 Paris Cedex 13

Titre original :
A Dark-adapted Eye

ISBN 2-264-01840-2

VÉRA VA MOURIR

LA FAMILLE LONGLEY

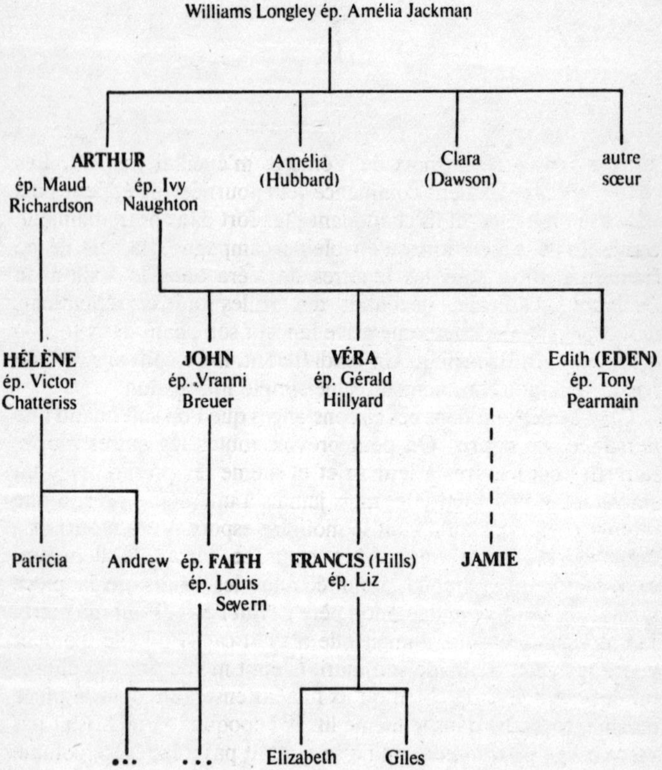

I

Le matin de la mort de Véra, je m'éveillai très tôt. Les oiseaux avaient commencé leur journée, ils étaient plus nombreux, et ils chantaient plus fort dans notre banlieue couverte de végétation qu'en pleine campagne. Jamais ils ne chantaient ainsi sous les fenêtres de Véra dans le Vallon de Dedham. Allongée, j'écoutais des trilles qui se répétaient, monotones. Sans doute une grive lançant son chant deux fois — comme l'a dit Browning. Un jeudi d'août, il y a cent ans. Même pas le tiers de cela, bien sûr. Une simple impression.

C'est seulement dans ces circonstances que l'on sait quand une personne va mourir. On peut prévoir toutes les autres morts, faire des conjectures à leur sujet et même les prédire avec un certain degré d'exactitude, mais jamais à une heure près, à une minute près, sans qu'il y ait le moindre espoir. Véra mourrait à huit heures, point final. Mon cœur se serra. Je demeurai excessivement immobile, pour écouter les bruits de la pièce voisine. Si j'étais éveillée, mon père devait l'être. Pour ma mère, j'en étais moins sûre. Jamais elle n'avait caché qu'elle n'aimait guère les deux sœurs de son mari. C'était même une des choses qui les avait séparés, bien qu'ils fussent ensemble dans la pièce voisine, toujours dans le même lit. A l'époque, on ne brisait pas un mariage pour si peu, on ne se quittait pas à la légère comme aujourd'hui.

Je songeai à me lever, mais je tenais d'abord à m'assurer de l'endroit où se trouvait mon père. L'idée d'une rencontre dans le couloir m'effrayait — tous les deux en robe de chambre, les yeux bouffis de sommeil, devant la porte de la salle de bains, et cédant poliment la place à l'autre. Avant de le voir, il fallait que je sois lavée, coiffée et habillée, en grande tenue... Je n'entendis que la grive répétant sa phrase stupide cinq ou six fois, et non deux.

Il se rendrait au travail comme à l'accoutumée, j'en étais certaine. Et le nom de Véra ne serait pas prononcé. Nul ne l'avait mentionné dans notre maison depuis la dernière visite de mon père à Véra. Brin de consolation, pour lui : personne ne savait. Un homme peut se sentir très proche de sa sœur, sa jumelle, sans que personne ne connaisse leur parenté ; aucun de nos voisins ne se doutait que mon père était le frère de Véra Hillyard. Aucun client de la banque n'était au courant. Si, aujourd'hui, le chef-caissier faisait allusion à la mort de Véra (comme il était fort probable, ne serait-ce qu'en raison de son sexe), je savais que mon père tournerait vers lui un visage neutre, à peine intéressé, et lui adresserait quelque platitude adaptée aux circonstances. Après tout, il lui fallait survivre.

Une lame de parquet craqua dans le couloir, j'entendis la porte de la chambre se refermer, puis celle de la salle de bains. Aussitôt je me levai pour regarder le ciel. Une matinée blanche, propre, immobile, sans soleil ni azur, une aurore qui me parut en attente, sans doute parce que moi aussi j'attendais. Six heures trente. Sous un certain angle on pouvait regarder par ma fenêtre sans voir une seule maison, tant il y avait d'arbres et d'arbustes au feuillage épais. On avait l'impression de se trouver dans une clairière au milieu d'un bois d'arbres précieux. Véra se moquait souvent du quartier de mes parents ; ce n'était, disait-elle, ni la ville ni la campagne.

Ma mère venait de se lever. Nous étions tout bêtement en avance, comme pour un départ en vacances. Autrefois, quand j'allais à Sindon, il m'arrivait de me lever tôt ainsi, très excitée, brûlant d'impatience. Comment pouvais-je désirer la compagnie de Véra ? Toujours grondeuse et critique sans raison quand elle était seule avec moi ; dès qu'Eden arrivait, elle serrait les rangs avec elle pour exclure toute tentative de pénétrer dans leur alliance. Sans doute espérais-je encore y parvenir. Etant plus âgée à chaque fois, peut-être changerait-elle. Elle ne changea jamais — sauf juste à la fin. Et elle était alors trop désespérée de se trouver une alliée pour faire la fine bouche.

J'allai dans la salle de bains. On pouvait toujours dire quand mon père avait terminé sa toilette. Il se servait d'un coupe-chou à l'ancienne mode, dont il essuyait la lame sur un petit carré de journal après chaque coup de rasoir. Il allait chercher lui-même le journal et le pot d'eau bouillante, mais il laissait toujours à ma mère le soin de débarrasser les restes, le carré de papier chargé de savon à barbe piqueté de poils, et le pot vide... Je me lavai à l'eau froide. En été, nous n'allumions la chaudière qu'une fois la semaine, pour le bain. Véra et Eden en prenaient un chaque jour, et c'était une des choses qui m'avaient vraiment plu à Sindon : mon bain quotidien, bien que Véra prétendît souvent que je l'aurais esquivé si j'avais pu.

Le journal était arrivé. Il n'en parlerait que demain, bien entendu. Quelques lignes neutres. Aujourd'hui, rien sur Véra. Elle était sans actualité, oubliée, jusqu'à ce matin : en un bref retour de flamme, le pays entier parlerait d'elle, ceux qui la plaindraient et ceux qui approuveraient sans réserve. Mon père, assis à la table de la salle à manger, lisait le *Daily Telegraph :* notre famille n'avait jamais lu d'autre journal. Il garderait les mots croisés pour le soir, exactement comme Véra — une fois seulement en tant d'années elle avait téléphoné à mon père pour un mot qui la tourmentait. Quand Eden eut sa maison et devint riche, elle l'appela souvent pour qu'il l'aide à terminer la grille au téléphone. Elle n'avait jamais été aussi forte qu'eux.

Il leva les yeux et me fit un signe de la tête. Il ne sourit pas. Il y avait sur la table la nappe de la veille avec des damiers jaunes pour qu'on ne remarque pas les taches d'œuf. Nous étions encore rationnés, la viande restait rare et nous mangions des œufs tout le temps — pondus par les poules de ma mère (les jeunes coqs chantaient dans notre banlieue verte, et de nombreuses volières se cachaient derrière les haies de troènes et de lauriers). Mais nous n'avions pas d'œufs ce matin-là ni de corn flakes. Ma mère avait jugé les corn flakes frivoles dans leur paquet orange et blanc. Elle n'avait pas aimé Véra, elle supportait mal l'amour familial intense de mon père, mais elle possédait un sens aigu de ce qui se faisait et ne se faisait pas. Sans un mot, elle nous apporta une tartine grillée, couverte d'une mince couche de margarine quand le pain était encore chaud, un pot de confiture de citrouille parfumée au gingembre, et une théière.

Je crus que je ne pourrais pas manger. Mais il déjeuna. Tout devait se passer comme d'habitude, je le voyais bien. C'était fini, balayé, au prix d'un monstrueux effort, sinon pour oublier du moins pour agir « comme si ». Sa voix, rauque et théâtrale, rompit le silence. Il se mit à lire à voix haute un article sur la guerre de Corée. Il continua sur des colonnes et des colonnes, et l'écouter devint gênant, car personne ne lit comme ça sans préambule, explication, ni prétexte. Cela se prolongea peut-être dix minutes. Il lut jusqu'en bas de la colonne, où l'on signalait sans doute que l'article se continuait à l'intérieur. Mais il ne tourna pas la page. Il s'interrompit en pleine phrase. Il dit « Dans tout l'Extrême » sans jamais parvenir à l' « Orient » : il posa le journal, en arrangea les pages, le replia une fois, deux fois, puis une troisième, de sorte qu'il retrouva sa forme originale de l'instant où le gamin l'avait glissé dans la boîte aux lettres.

« Dans l'Extrême » demeura en suspens, et acquit un sens curieux, très différent de ce qu'entendait l'auteur. Mon père prit une autre tartine mais ne fit pas mine de vouloir la manger. Ma mère l'observait. Je crois qu'elle s'était montrée tendre avec lui autrefois, mais qu'elle n'en avait plus le temps, ni la place — sa tendresse s'était desséchée par manque d'encouragement. Je n'espérais pas la voir s'avancer vers lui, lui prendre la main, l'envelopper de ses bras. L'aurais-je fait moi-même si elle n'avait pas été là ? Peut-être. L'amour mutuel, au sein de cette famille, trouvait rarement son expression dans le geste et la démonstration. Autrement dit : pas d'étreintes. Les jumeaux, par exemple, ne s'embrassaient pas, bien que les femmes Longley eussent toujours donné des baisers dans le vide, non loin de leurs joues.

Huit heures moins le quart, à présent. Je me répétais sans cesse (comme la grive, désormais muette) « Dans l'Extrême. Dans l'Extrême ». La première fois, quand il avait su, il s'était laissé allé à des paroxysmes de rage, d'incrédulité, de protestation impuissante.

« Assassinée ! Assassinée ! » ne cessait-il de crier à l'instar d'un personnage de tragédie élisabéthaine, comme un messager qui surgit dans la grand-salle d'un château avec une affreuse nouvelle. Puis : « Ma sœur ! » et « Ma pauvre sœur ! » et « Ma petite sœur ! »

Mais à présent, le silence et la dissimulation tombaient comme un rideau opaque. Le rideau se souleva un instant, après la mort de Véra, quand nous entendîmes raconter par Josie — dans une chambre fermée, après la tombée de la nuit, pareils à des conspirateurs — ce qui s'était passé en cette journée d'avril. Il n'en reparla jamais. Sa jumelle était effacée de son esprit et il se mua — incroyable effort de volonté ! — en enfant unique. Je l'entendis affirmer un jour qu'il n'avait jamais regretté de n'avoir ni frères ni sœurs.

Il ressuscita des souvenirs de ses sœurs seulement lorsqu'il tomba malade, presque à la veille de sa propre mort. L'attaque dont il fut victime parut même le dépouiller, par quelque miracle psychologique, de nombreuses couches de réserve et d'inhibition : il se mit à rire, parfois — et d'ailleurs aussi souvent à pleurer. Libéré, il bavarda sans contrainte de ce qu'il avait ressenti cet été-là. Les années de refoulement avaient mué son ancien amour pour Véra en répulsion et en crainte ; leur conflit acharné et l'immoralité d'Eden — ce sont ses termes, non les miens — avaient brisé ses illusions autant que le meurtre lui-même. Ma mère aurait pu dire, mais elle n'en fit rien, qu'il voyait enfin ses sœurs sous leur vrai jour.

Il quitta la table en laissant la moitié de son thé, sa seconde tartine bien carrée au milieu de son assiette, le *Telegraph* replié, avec ses bords alignés par rapport au coin de la table (il n'avait pas pu s'en empêcher). Pas un mot à ma mère ou à moi. Il monta au premier, redescendit, la porte d'entrée se referma derrière lui. Il longerait à pied les rues pleines de verdure, me dis-je, il ferait des détours, trouverait trois kilomètres de trajet pour gagner la gare (à huit cents mètres), se cacherait de l'heure sur des chemins sans horloges. Je remarquai alors qu'il avait laissé sa montre sur la table. Je pris le journal, la montre était dessous.

« Nous aurions dû partir ailleurs, dis-je.

— Pourquoi ? répondit ma mère âprement. Elle n'est presque jamais venue ici. Pourquoi nous laisserions-nous chasser par elle ?

— Nous ne sommes pas partis. »

Quelle horloge avait raison, me demandai-je, la pendule du mur qui disait huit heures moins cinq ou la montre de mon père, avec ses huit heures moins trois ? Ma montre était en haut. Le temps passe si lentement sur ce genre d'obstacle dressé dans sa trame. Il y avait encore une éternité à attendre, semblait-il. Ma mère garnit le plateau et l'emporta dans la cuisine, bruyamment, en faisant tinter les tasses, comme pour bien montrer que ce n'était nullement de sa faute, qu'elle était l'innocence même, entraînée au sein de cette famille par le mariage, sans rien savoir. Je ne pouvais pas en dire autant moi qui étais de leur sang.

Je montai. Ma montre se trouvait sur la table de nuit. Neuve, cadeau de mes parents après mon diplôme. D'ailleurs, à cause de ce qui s'était passé, un moins bon diplôme que l'on ne s'y attendait, mais nul n'avait rien dit. Un cadran minuscule, guère plus gros que la rosette de petits diamants de ma bague de fiançailles, à côté, et il fallait se pencher pour voir les aiguilles. Je me dis : dans un instant le ciel va tomber, il se produira un grand coup de tonnerre : la nature ne pouvait pas garder le silence ! Il n'y eut rien. Sauf que les oiseaux se turent, mais ils l'auraient fait de toute manière à cette heure-là : après avoir proclamé leurs droits sur leurs territoires et choisi leurs arbres, ils allaient vaquer à leurs occupations quotidiennes. Quelles seraient mes occupations aujourd'hui ? Une chose était certaine : je téléphonerais à Hélène, je parlerais à Hélène. Symbole de mon attitude à l'égard de mes fiançailles, de mon futur mariage, c'était vers Hélène que je me tournais en quête de réconfort et non vers l'homme qui m'avait offert l'anneau à la rosette de diamant aussi grosse qu'un cadran de montre.

Je me dirigeai vers la table de nuit, d'un pas théâtral, contrôlé, telle une mauvaise actrice dans une troupe d'amateurs. Le metteur en scène m'aurait arrêtée et demandé de recommencer, de sortir de scène et de repartir. Je faillis le faire, pour ne pas voir l'heure. Mais je pris ma montre, regardai, et éprouvai dans tout mon corps une longue impression de chute : j'avais manqué l'instant. Tout était déjà fini, elle était morte. Les aiguilles de la montre indiquaient huit heures cinq.

La seule forme de mort que l'on peut prédire avec précision, à une minute près, avait eu lieu : la mort qui emporte sa victime,

...les pieds devant par le trou du plancher,
Dans un espace vide.

II

TROIS fois en trente-cinq ans j'avais vu son nom imprimé. Une fois en gros titre, au-dessus d'un article d'une série sur les femmes pendues en Angleterre depuis 1900. Assise dans le métro, je regardais du coin de l'œil la page du journal que lisait mon voisin. Les lettres du nom de Véra me sautèrent aux yeux, en caractères gras, bien noirs — et je sursautai. A l'arrêt suivant, je descendis. En un sens, j'avais envie de voir ce journal du soir — le *Star*, à l'époque — mais d'un autre côté, cela me faisait peur, et la peur l'emporta. Auparavant, son nom s'était trouvé dans *The Times*, quand l'abolition de la peine capitale passait pour la grande question du jour. Un député avait cité Véra au cours des débats et elle figurait dans le compte rendu des séances du Parlement. Mais la première fois que j'avais vu son nom imprimé, c'était sur un livre de la bibliothèque.

Véra Hillyard se trouvait au dos du livre, avec *Ruth Ellis*, *Edith Thompson* et deux ou trois autres. Je le pris sur l'étagère avec précaution, non sans m'assurer que personne ne m'observait. Je le tins dans la main, le soupesai, tâtai sa forme, mais quant à le retirer de la bibliothèque pour l'ouvrir et le lire... Ce serait aller vraiment trop loin. J'attendrais, je me préparerais, pour pouvoir l'aborder dans un état d'esprit détendu et objectif. Deux jours plus tard, je revins ; le livre était sorti. Quand je pus enfin l'emprunter, j'avais réussi à chasser mes craintes et mes réticences, je m'étais même fabriqué une excitation artificielle. J'étais impatiente de savoir ce qu'un observateur extérieur avait à dire de ma tante.

Ce fut une déception — plus qu'une déception. L'auteur avait tout présenté de travers. Il s'était trompé sur l'ambiance, il n'avait absolument pas reproduit le *climat* de notre famille, et surtout il était passé à côté de ce qui comptait. Indignée et outragée, je décidai de lui écrire : pendant une journée entière je m'entêtai à vouloir lui démontrer que Véra n'était pas une virago jalouse, ni Eden une innocente rudoyée. Mais je n'écrivis rien, pas plus que je ne finis de lire le livre, car je compris soudain que ces chapitres m'avaient été utiles. Une sorte de catharsis s'était produite, un exorcisme, et cela me permettait de regarder les choses en face et de me dire : elle n'était que ta tante, cela ne te touche que de loin, tu peux y penser sans souffrir vraiment. Je m'aperçus alors que c'était exact : je n'étais pas impliquée, jusqu'au sang, jusqu'à l'os, d'amour et de haine, comme d'autres plus proches d'elle. Je songeai même à écrire quelque chose moi-même, un document sur Véra, comment tout arriva mais vu de l'intérieur.

Cependant il fallait que je tienne compte de Jamie. C'était avant que je ne le rencontre et ne lui parle devant la tombe de Landor. L'auteur du récit que j'avais lu le décrivait comme une sorte de pion incapable d'aimer ou de souffrir, une pièce de bois plutôt qu'un enfant, une marionnette sans importance parce qu'il n'avait pas réellement assisté au meurtre — on l'avait emmené hors de la chambre juste à l'instant précédent. Je n'avais guère pensé à lui pendant les années où il avait grandi — incroyable si l'on songe que j'avais tant espéré devenir sa marraine. Mais après avoir lu les chapitres du livre de la bibliothèque, récit tellement inexact et faussé, que l'auteur semblait décrire une autre famille, je commençai à penser souvent à lui. Je savais qu'il était devenu une gêne pour certains membres de la famille. C'était le catalyseur qui avait tout provoqué. Ces gens devaient croire qu'il aurait mieux valu qu'il ne naisse jamais — également pour *lui,* ce qui est une pensée horrible. Le plus sage, pour son propre bien et celui d'autres concernés, était de le faire disparaître. Je m'étais dit vaguement, confusément, que le jour où j'irais en Italie, j'essaierais de le voir.

Ce fut en partie à cause de lui, de son existence, du fait qu'il était né et maintenant — homme capable de souffrir — que je renonçais à écrire. En outre, j'avais des doutes sur mes compétences pour reconstruire la vie de Véra. J'avais certes des souvenirs en grand nombre, mais les trous énormes, les espaces vides du passé ? Par exemple les années où je suis rarement allée à Sindon, longueurs de temps essentielles pour la convergence fatale des choses : ainsi l'hiver de la maladie de Véra, et l'année suivante quand elle s'enfuit avec Jamie, tels deux réfugiés échappant à un oppresseur.

Chad Hamner aurait pu le faire. Il était journaliste, il savait comment s'y prendre, et Dieu sait qu'il avait été témoin du déroulement et de l'aboutissement des diverses destinées autant que moi — davantage même, car il était toujours aux Lauriers, incapable de s'en écarter, fixé sur un lieu, une maison, pareil à ces amoureux pour qui les briques et le mortier absorbent l'essence de l'être aimé comme le parquet de la chambre d'enfant allait absorber le sang...

Mais après tout, avais-je particulièrement envie que soit écrit un livre sur Véra ? J'avais réussi à l'oublier. Mes enfants étaient presque parvenus à l'âge adulte avant d'apprendre que Véra Hillyard était leur grand-tante — non, mieux vaut dire : avant d'apprendre que la tante de leur mère avait été pendue pour meurtre. Ils n'avaient jamais entendu le nom de Véra Hillyard. Et la nouvelle ne les avait pas troublés, bien entendu ; ils s'étaient simplement montrés curieux et assez excités. Mon mari et moi n'avons jamais parlé d'elle. Je crois que je n'ai guère entendu ma mère, pour le restant de sa vie, prononcer son nom. Et pendant tout ce temps, Véra ne m'est apparue que rarement dans des rêves ; je redevenais enfant, je rentrais de chez Anne aux Lauriers par une chaude soirée d'été, je me faisais reprocher mon retard ; ou bien j'entendais, du ton sec et récriminateur particulier à Véra : Comment espérais-je être en forme pour mon travail à l'école le lendemain matin ?... Ou encore j'ouvrais une porte de rêve pour entrer dans une chambre de rêve, et Véra y était assise, pareille à une Madone, tranquille et splendide, les seins nus et Jamie en train de téter dans ses bras. (Le bébé ne me regarde jamais, il détourne le visage ou le recouvre de son bras, mais c'est bien Jamie et tous les chemins mènent à lui.)

Nous étions descendus dans un hôtel de la Via Cavour. Plus tard, Jamie m'apprit que c'était l'hôtel choisi par Francis lors de leur première rencontre après vingt ans de séparation. Dans la chambre de Francis, il y avait deux tableaux, des abstraits laids aux couleurs criardes, très prétentieux. Prenant deux bandes étroites de papier collant, il avait écrit sur l'une, en italien, *Coupe d'un point noir,* et sur l'autre *Contenu d'un égout du Borgo Pinti,* puis collé avec soin une bande sur chaque tableau. Jamie me demanda d'essayer d'entrer dans la chambre trente-six pour jeter un coup d'œil. Je le fis. Les étiquettes n'avaient pas bougé, *Contenuti d'un canale dal Borgo Pinti,* et l'autre dont je ne me rappelle plus le texte italien. Aucune femme de chambre, aucun garçon d'étage ne les avait remarquées, et si des clients les avaient vues et s'en étaient étonnés, ils n'avaient jamais signalé leur découverte à la direction. Quel acte typique de Francis ! Jamie en était aux anges — cet aspect de Francis le ravissait — et il riait, de son rire aigu secoué de hoquets, à la seule pensée des taquineries et des farces de Francis. Ils étaient devenus amis en un sens, ces deux-là, vraiment contre toute attente.

Je n'avais pas vu Jamie depuis plus de vingt ans, presque vingt-cinq. Je savais évidemment qu'il vivait en Italie, il s'était découvert une affinité spéciale pour l'Italie depuis qu'il avait passé ses vacances scolaires avec la Contessa, qui possédait une maison quelque part du côté de Vérone. A la fin de ses études secondaires, il était resté quelque temps à Londres avec un autre parent Pearmain, puis Tony l'avait envoyé à l'université de Bologne. Il fallait toujours le garder caché comprenez-vous, car il était un rappel du passé. Pendant toutes ces années, je crois que Tony ne l'a jamais rencontré ; il devait communiquer avec lui par l'intermédiaire d'avocats, comme dans les romans de l'époque victorienne, où l'on faisait payer une pension à la brebis galeuse de bonne famille pour qu'elle n'apparaisse pas — mais en son cas il n'avait rien à se reprocher. D'ailleurs ce que je dis là est peut-être inexact, ou pas tout à fait vrai, ou différent dans le détail. La vie de Jamie a été et demeure un mystère, son existence même est un mystère.

Patricia m'avait dit qu'il était journaliste : correspondant de guerre au Vietnam. Hélène n'en croyait rien. Dans sa version, Jamie travaillait à la *Biblioteca Nazionale ;* il avait été chargé de sauver les livres précieux au moment de l'inondation de la grande bibliothèque par l'Arno, en novembre 1966. Francis nous aurait peut-être appris la vérité mais aucun d'entre nous, même pas Hélène en fait, n'était resté en relation avec lui — sauf Gérald Hillyard, son père. Et Gérald, à en croire Hélène, devait déjà être « un peu bizarre » car il prétendait que selon Francis, Jamie était cuisinier.

Toutes ces opinions contenaient une part de vérité, comme c'est souvent le cas. Je me rendis à Florence sans la moindre intention de contacter Jamie. C'était ma troisième ou quatrième visite en Toscane. Je n'avais pas fait plus que me dire que pendant plusieurs jours nous serions, lui et moi, dans la même ville. Mais à Pise où, ayant raté le train de Florence, nous avions du temps à tuer, nous achetâmes un journal, *la Nazione,* et je trouvai dans une page intérieure le nom de Jamie : James Ricardo. Sa *by-line,* comme disent les journalistes (ainsi que Chad Hamner me l'avait appris de nombreuses années auparavant), se trouvait au-dessous d'un titre qui, une fois traduit, signifiait « Délicieuse croûte », et au-dessus d'un article sur l'art de confectionner une pâte sablée. Jamie était bien journaliste, il était bien cuisinier et j'appris même de sa bouche qu'il avait effectivement participé au sauvetage des livres.

A notre arrivée à Florence, je cherchai son nom dans l'annuaire du téléphone. Il y avait de nombreux Ricardo mais un seul James. L'idée de lui téléphoner me rendait nerveuse. Les gens vous raccrochent parfois au nez, mais que peuvent-ils faire à une lettre, sinon ne pas répondre ? Je lui envoyai un mot. C'était avant qu'il aille habiter dans les jardins des Orcellari — le restaurant Otello est au coin, tout en haut — et son adresse était une rue non loin du viale Gramsci, près de l'endroit où se trouvait autrefois la porta a Pinti. Jamie me répondit par retour. Il avait entendu parler de moi, Francis avait fait allusion à l'existence d'une cousine et déclaré que nous nous connaissions du temps de notre enfance, mais il ne gardait aucun souvenir de moi. Nous devrions peut-être nous rencontrer. Accepterais-je de le retrouver dans le Cimetière Anglais lors de son ouverture, à trois heures, le lendemain après-midi ?

« Pourquoi ne t'invite-t-il pas chez lui, ou ne vient-il pas ici comme une personne civilisée ? » demanda mon mari.

Je lui répondis que sa vie et ses origines étaient tellement enveloppées de mystère qu'il prenait sans doute plaisir à demeurer mystérieux. Il devait aimer le secret.

« Je ne suis pas certain d'aimer, moi, l'idée que ma femme prenne rendez-vous dans des cimetières avec d'étranges journalistes-cuisiniers, dit-il. De toute manière, fais bien attention en traversant la piazza, tu as vu les voitures qui tournent dans tous les sens. »

Mais il refusa de m'accompagner, craignant que Jamie ait tourné comme Francis. Il alla s'acheter une paire de chaussures.

Le Cimitero protestante di porta a Pinti, connu sous le nom de « Cimetière anglais » bien que des Américains, des Polonais et de nombreux Suisses y soient également enterrés, se détache comme une île verte au relief accidenté au milieu de la piazza Donatello. La circulation, comme m'en avait prévenu mon mari, le contourne sans ralentir, semblable à un courant violent autour d'une île véritable. C'était une belle journée, claire et ensoleillée, au ciel bleu, chaude selon nos normes mais non selon celles des Florentins qui, fin septembre, viennent de subir des mois de vraie chaleur et commencent à porter leurs vêtements d'hiver, cuir et laine. Les grilles étaient fermées mais en me voyant le gardien sortit les ouvrir et me précéda sous l'arche du guichet, jusqu'au cimetière.

Il n'y avait pas de silence — comment l'imaginer avec ces centaines de voitures à moins de cent mètres ? — mais un *air* de silence, un effort vers le silence, suggéré par les rangées de pierres grises, pâles, claires, et par les cyprès élancés. Je ne vis pas Jamie tout de suite. Le cimetière semblait vide. Je remontai lentement l'allée qui conduit à la colonne de marbre de l'empereur Frédéric-Guillaume, dépassai la tombe d'Elizabeth Barrett, en lançant à gauche et à droite des regards méfiants comme si je me sentais exposée ou épiée. Mais Jamie ne m'épiait pas, n'épiait même pas ma venue. Je le trouvai quand je revins sur mes pas, assis sur le tombeau de Walter Savage Landor, en train de lire — rien de bien surprenant sans doute — l'œuvre célèbre de Brillat-Savarin sur la gastronomie : *la Physiologie du goût.*

Je ne savais pas que Landor était là. Chad Hamner l'avait cité le jour du mariage d'Eden, debout près du lac dans le jardin, à Walbrooks : « Il n'est pas de voix, si mélodieuse soit-elle, qui ne se taise vite ; il n'est pas de nom, même répété avec l'emphase d'un amour passionné, dont l'écho ne s'affaiblisse enfin. » L'écho du nom d'Eden était bien faible en cet instant. J'avais oublié le timbre de la voix de Chad, je ne me rappelais plus que son visage — les oreilles d'Hadrien. Jamie me regarda puis se leva.

« Oui, dit-il, vous ressemblez à une Longley. Je vous aurais reconnue pour une Longley — d'après les photographies, bien sûr. »

Je lui tendis la main. Il me la serra.

« Je viens ici surtout l'après-midi, reprit-il. C'est paisible sans être silencieux, si vous voyez ce que je veux dire. Peu de monde. Les gens ont peur des cimetières. » Et j'entendis pour la première fois son curieux rire hennissant. « Je suppose que vous auriez préféré être invitée dans mon *apartment.* »

Il utilisa le mot américain, *apartment,* qui jurait avec son ton de voix « grande école anglaise » où l'on devinait pourtant des échos italiens, surtout dans les r. Un peu trop roulés, ses r ; prononcés avec la langue trop en avant du palais. Je lui répondis que peu m'importait, pouvoir s'asseoir dehors était si agréable. Nous n'en avions pas souvent l'occasion en Angleterre.

« Je n'y suis pas retourné depuis quatorze ans, avoua-t-il. Je crois que je n'y reviendrai plus jamais. Le seul fait de penser à l'Angleterre m'emplit d'horreur. »

Déconcertante, sa façon de rire après avoir dit une chose pas du tout risible, comme s'il voulait exprimer du plaisir ou de l'amusement. Le rire mourut et il me regarda dans les yeux. Soudain sa main droite remonta brusquement vers son épaule gauche, comme pour l'épousseter. Il surprit mon regard et retira sa main aussitôt, en riant de nouveau. C'est un homme épais, avachi, pas très grand, qui paraît plus vieux que son âge. Il a l'air italien avec son visage rond, aux traits pleins, au teint mat, ses lèvres rouges, ses cheveux bruns bouclés. Et ne fallait-il pas s'y attendre, tout bien considéré ? Dans son enfance, il avait les cheveux clairs mais la peau brune. A l'époque, les adultes fixaient ses yeux avec curiosité, à la dérobée, en se demandant si leur couleur resterait ou changerait — à présent ils sont marron foncé, brillants comme du velours, mais des yeux d'animal, d'animal sauvage, sans douceur. Ce jour-là dans le Cimetière Anglais, il me rappela un peu Chad Hamner, ce qui est absurde. Il n'y avait aucune ressemblance physique réelle et Jamie était trop jeune pour avoir des plis sur les lobes de ses oreilles. Mais peut-être avaient-ils en commun un air de désir insatisfait, de vie gâchée et incomplète.

Je m'assis en face de lui, et il me demanda d'une voix hésitante, comme si la curiosité l'emportait sur son bon sens, de lui parler de notre famille — sa famille, bien entendu, autant que la mienne. Et je parlai, en m'avançant prudemment, car j'avais répété tout cela pendant le long trajet sur la via Cavour. Inutile, pensais-je, de citer Goodney Hall, ou le nom de sa mère, ou les hommes qui étaient devenus ses ennemis, sans que ce fût de sa faute mais à cause de sa propre existence, par jalousie, par rancœur, par orgueil blessé. Ma mère était encore vivante à l'époque, et je parlai de mes parents, puis d'Hélène, de ses enfants et de sa petite-fille.

« Je me suis appelé Richardson à cause de tante Hélène, me dit-il. Pearmain s'en moquait. Peu lui importait comment je m'appellerais. » Il hennit de rire et je frissonnai en l'entendant appeler Tony « Pearmain » avec tant de véhémence dégoûtée. Sa main droite se leva de nouveau pour épousseter de son épaule une vermine invisible. « Zia Francesca me disait toujours à quel point il aimait les enfants. Elle essayait à sa manière de justifier à mes yeux ma présence auprès d'elle, et non avec lui. Il était trop occupé pour moi mais il adorait vraiment les enfants. Savez-vous qu'il a joué un rôle de premier plan dans le mouvement Sauvez l'Enfance ? Il aimait tous les enfants du monde sauf moi. Vous me trouvez dur pour lui, non ? » Jamie s'arrêta et regarda le soleil et les minces ombres noires, parallèles, que traçaient les cyprès, pareilles aux barreaux d'une cage. « Tante Hélène me disait souvent que ses grands-parents étaient si merveilleux. Je n'avais pas connu beaucoup de gens merveilleux, voyez-vous, alors quand Pearmain m'a dit ce jour-là — très raide et honteux — que pour mon entrée à l'école primaire je ne devais plus m'appeler par mon nom, et pourquoi pas James Smith ?... J'ai répondu : pas Smith, Richardson. Pour lui, c'était pareil. Alors je me suis appelé Richardson, et plus tard, j'ai fait changer ce nom en Ricardo. Avez-vous déjà entendu un Rital prononcer Richardson ? »

Il est pour ainsi dire italien lui-même, mais il appelle les Italiens Ritals avec un sourire de titi londonien chaque fois qu'il en parle. Son manque de charme me sauta aux yeux soudain. Il semblait souligner l'absurdité de notre rendez-vous dans un cimetière. Les pierres nobles, les cyprès, le ciel bleu, le guichet aux tuiles de terre cuite, tout cela aurait dû servir de toile de fond à quelqu'un de grand, de beau, de byronien, à un homme d'élégance et de caractère. N'était-ce pas ce personnage que Jamie promettait de devenir, me dis-je, la dernière fois que je l'avais vu, quand il avait cinq ans ? Mais les choses terribles qui s'étaient passées l'attendaient déjà, se pressaient à la porte, s'amoncelaient même avant sa naissance.

« Je n'ai aucun souvenir d'avant l'âge de six ans, dit-il. La première chose que je me rappelle, c'est l'été de mes six ans, toujours avec deux femmes que je n'aimais pas.

— Mme King et la gouvernante, lui répondis-je.

— Je suppose, Pearmain venait me voir parfois, comme on va voir un chien que l'on a dû mettre en quarantaine. »

J'eus envie de prononcer le nom de Véra à ce moment-là mais je pris peur. L'image de l'enfant — du bon petit enfant intelligent et vif qu'il avait été — seul à Goodney Hall avec ses deux gardiennes salariées m'émut hors de raison. Après tout, c'était il y a longtemps, perdu dans le passé. Lâche et en détresse, je voulus parler du vide créé par l'absence de sa mère, lui exprimer mes sentiments de compassion à cet égard, mais j'en fus incapable, et pas seulement à cause des effets de l'émotion. Un doute m'empêcha de parler : comment formuler au juste cette pitié, en quels termes ? Il vint à mon secours.

« Vous aimeriez prendre un café quelque part ? »

Je secouai la tête. Une des rares choses que je n'aime pas en Italie, c'est le café. Le *cappucino* est exclu, car je ne bois pas de lait. L'*espresso* serait parfait si l'on pouvait en obtenir un bon quart au lieu d'un dé à coudre.

« La prochaine fois que vous viendrez, je vous cuisinerai un repas », dit Jamie.

Je compris que c'était un honneur. Dans ce pays de haute cuisine, Jamie — un Anglais ! — s'était fait un nom comme cuisinier et conseiller de cuisiniers. Aussitôt, Véra me vint à l'esprit et je me rappelai sa maîtrise pour l'unique facette de l'art culinaire dans laquelle les Anglaises prétendent exceller : la pâtisserie. Je la revis, la pâte feuilletée beurrée et repliée sur le plan de travail de marbre gris veiné, le rouleau de marbre à poignées de bois entre les mains, et je crus goûter de nouveau ses tartes à l'écorce de citron, ses génoises Victoria, et tout le reste de sa panoplie disposé sur le plateau du goûter.

Jamie me stupéfia. « Ma mère était bonne cuisinière », dit-il.

J'éprouvai un curieux sentiment, celui que nous avons en présence d'une personne manifestement atteinte de troubles mentaux mais dont l'attitude et les remarques sont si rationnelles que nous oublions la psychose, la schizophrénie, jusqu'à ce que la réalité se rappelle à nous soudain, avec une vigueur accrue, par une remarque venant de par-delà toute raison, de la région que seuls les fous habitent. Non que Jamie ne fût pas sain d'esprit, remarquablement normal à vrai dire. Plutôt, ses paroles ouvraient une porte sur l'incroyable, et l'on réagissait d'abord par un étonnement horrifié, puis par la pitié que l'on réserve à tous ceux qui se bercent d'illusions pour se réconforter.

Ses yeux, qui ressemblent à ceux d'un ours, revinrent croiser les miens. Il se leva brusquement, épousseta encore son épaule d'un geste vif de la main.

« Venez, dit-il. Je vais vous montrer les tombes. Je vais vous montrer Isa Blagden et Mme Holman Hunt. »

Ensuite, il me raccompagna longtemps sur le Borgo Pinti. Ce fut à ce moment-là qu'il me parla de Francis et des tableaux ; il me demanda de vérifier si les titres donnés par Francis n'avaient pas bougé. Nous nous sommes de nouveau serré la main au moment de nous quitter, puis il m'a dit — et pour la première fois, il m'a paru gêné :

« Si quelqu'un a envie d'écrire sur tout ça — vous savez ce que je veux dire — si cela arrive et qu'on s'adresse à vous — et pourquoi pas à vous plutôt qu'à un autre ?... Si c'est le cas, ça m'est égal. Je ne sais pas ce qu'en pensera Francis, mais moi, ça m'est égal. Et d'ailleurs, je serais content que les faits soient remis à leur place, j'aimerais connaître la *vérité*.

— Mais vous dites que vous ne vous souvenez pas », m'étonnai-je.

Son rire retentit dans la rue étroite et des gens se retournèrent pour le regarder. Il me dit au revoir et s'éloigna.

Je ne suis pas d'accord avec Jamie. Il n'est pas probable qu'un biographe éventuel de Véra entrerait de préférence en rapport avec moi. D'abord, comment ce biographe me trouverait-il : j'ai changé de nom deux fois depuis la mort de Véra. Ensuite, j'étais une simple nièce, alors qu'elle a un fils, un mari et une sœur encore en vie. Hélène est parvenue à un âge où la vie même est devenue fragile, où chaque jour est un présent auquel on ne s'attend plus qu'à moitié, où l'on sait qu'on n'a plus d'avenir méritant de porter ce nom. Elle oublie les événements d'hier mais sa mémoire du passé demeure vive, et quant à sa perception des choses, je ne connais personne de plus pénétrant, à n'importe quel âge. Et pourtant quand elle me prévint que j'allais recevoir une lettre et une requête, je ne la pris guère au sérieux. L'auteur, un nommé Daniel Stewart, projetait sans doute un livre sur Véra, avait sans doute demandé des renseignements à Hélène, mais j'étais certaine qu'il ne s'adresserait pas à moi. Hélène, en outre, jurait qu'elle ne lui avait pas donné mon nom. Dans ce cas, Jamie ?

Stewart est un nom assez banal. J'ai dû rencontrer de nombreux Stewart et Stuart au cours de toutes ces années, mais en voyant ce nom au bas de la lettre, je me rappelle aussitôt Mary Stuart, dont je « jouais » la vie à Great Sindon avec Anne Cambus ; et puis le fait que Goodney Hall avait été conçu par Stewart (Eden et Tony en faisaient toujours tout un plat). La lettre accompagne un livre : *Peter Starr, l'assassin incompris,* par Daniel Stewart, publié par Heinemann à neuf livres quatre-vingt quinze.

Sur le papier à en-tête, une adresse de Londres, pas trop loin de chez nous, de l'autre côté de Cromwell Road.

« Chère madame Severn, commence-t-il. D'autres vous ont peut-être déjà parlé de mon projet : une réhabilitation biographique de l'affaire Véra Hillyard. Votre nom et votre adresse m'ont été communiqués par votre cousin le Dr Frank Loder Hills, qui ne désire pas contribuer personnellement par un mémoire... »

Francis, évidemment. Uniquement pour créer des ennuis, je suppose, puis, comme le suggère mon mari, pour nous citer en justice, Stewart et moi, si nous le diffamons. Stewart continue en prétendant qu'à son avis Véra a été à certains égards mal jugée. Apparemment, il s'est spécialisé dans la révision de causes célèbres : il les regarde d'un œil neuf, du point de vue de ce qu'il appelle « le perpétrateur ».

« M. James Ricardo, de la via Orti Orcellari, Florence, s'est engagé à écrire quelque chose pour moi sur ses premiers souvenirs. M. Anthony Pearmain se trouve actuellement en Extrême-Orient, mais... »

En Extrême, en Extrême... Ce lieu commun géographique des journaux, de la radio et de la télévision, que je n'ai jamais pu voir ou entendre sans me souvenir de mon père, le matin de l'exécution de Véra, en train de lire tout haut, de la voix sans timbre ni sens d'un mainate. En Extrême, avait-il dit. Puis il s'était arrêté, avait replié le journal et gardé le silence.

« Mme Hélène Chatteriss m'a déjà fourni un mémoire et M. Chad Hamner m'a promis de mettre par écrit certaines de ses impressions. Il avait l'intention d'écrire lui-même une biographie de Véra Hillyard mais il y a renoncé pour raison de santé.

« Si vous avez l'amabilité de lire mon livre sur Peter Starr, et si vous jugez satisfaisantes mes capacités pour ce genre de *reportage*, j'aimerais vous envoyer une version de mes deux premiers chapitres — le premier décrit le crime lui-même. Je sais bien que n'étant pas présente à Goodney Hall à l'époque, vous ne serez pas en mesure de juger l'exactitude de mon récit. De toutes les personnes présentes, seule Mme June Stoddard est encore en vie et ses souvenirs des événements, comme elle le reconnaît volontiers, sont confus.

« Mais mon deuxième chapitre se propose en revanche de présenter l'histoire de la famille, à partir de l'époque de votre arrière-grand-père, William Longley. Votre confirmation de cet exposé me serait fort précieux, comme toute correction que vous aimeriez y apporter. Vous verrez que je me suis appuyé essentiellement sur la correspondance en possession de Mme Chatteriss et de la famille Hubbard, puis, dans une certaine mesure, sur les informations fournies dans la partie Véra Hillyard de l'ouvrage de Mary Gough-Williams, *les Femmes et la peine capitale.* »

Sa lettre s'arrête très brusquement. Comme s'il se rendait compte qu'il se met à écrire en supposant que j'approuverai, que j'aurai envie de participer. Mais comme je déteste lire un livre contrainte et forcée, dans un but précis ! L'époque où je devais le faire se trouve si loin derrière moi — et puis en ce temps-là (le temps du meurtre de Goodney Hall) les livres « imposés » me paraissaient dignes d'être lus, de la littérature, la meilleure jamais écrite. Quel jugement suis-je en train de porter sur l'ouvrage de ce Stewart ! Or ce n'est pas un mauvais livre, pas mauvais du tout, clair, écrit simplement, dans un langage direct, sans sensationnalisme forcé. Il y avait assez de sensationnel dans la vie de Starr sans en rajouter — comme dans celle de Véra. Mais je ne le finirai pas, je n'en ai pas besoin car je sais déjà que je lui répondrai, que je lui dirai oui. J'en ai assez lu pour affirmer — pour espérer — qu'il se montrera sensible, pas trop dur et qu'il comprendra les terribles tensions de l'amour.

Elle est revenue dans ma vie après une absence qui s'étend sur plus d'un tiers de siècle. Hélène et Daniel Stewart me l'ont ramenée, et elle est là, dans la maison, invitée mal à l'aise, comme toujours quand elle allait chez les autres. Je crois parfois la voir — non pas la Véra des photographies dans « le coffre », jeune, blonde, l'œil grave, mais ma tante, mince, nerveuse, tatillonne, souvent absurde, en train d'accomplir cet étrange geste, vraiment caractéristique de son personnage, aussi inconscient qu'un tic, aussi inconscient que l'époussetage de Jamie : elle appuie ses paumes l'une contre l'autre et tend ses mains crispées en les abaissant, comme en proie à une angoisse intérieure. Combien de fois, ces derniers jours, m'a-t-elle entraînée dans notre chambre inutilisée, la plus petite, où se trouve le coffre, combien de fois m'a-t-elle fait soulever le couvercle et feuilleter le contenu, en m'arrêtant pour regarder une photo, lire une ligne dans une lettre, ou simplement fixer, dans un état de rêverie nostalgique, les souvenirs que mon père a laissés de ses sœurs à sa mort.

Que penserait la pauvre Véra du climat moral d'à présent ? J'imagine son regard d'incrédulité rétive. Une révolution sexuelle a eu lieu et le monde a changé. Ce qui est arrivé à Eden et à elle ne pourrait pas se produire aujourd'hui. Le motif et le meurtre étaient de leur époque, enracinés dans leur époque, non seulement impossibles de nos jours mais incompréhensibles pour les jeunes, si on ne leur explique pas précisément le code moral d'autrefois. Parce que Véra est avec moi, dans ma maison, comme le genre de fantôme qu'une seule personne voit (celle qui éprouve de l'intérêt pour lui), j'ai essayé d'en parler un peu à ma fille, j'ai essayé d'élucider.

Ses interjections commencent toutes par « Mais pourquoi n'a-t-elle pas... » Pourquoi ne lui a-t-elle pas dit ? Pourquoi n'a-t-elle pas seulement vécu avec lui ? Pourquoi voulait-elle l'épouser s'il pensait ça ?... Et aussi : « Mais qu'aurait-on pu faire pour elle ? »

Que puis-je répondre maladroitement, sinon : « A l'époque, tout était différent. »

Oui, tout était différent. Est-ce que Stewart, jeune lui aussi, sait à quel point tout était différent ? Et s'il l'ignore, acceptera-t-il de me croire ? Ou le découvrirai-je moi-même, comme c'est fort probable (je commence à le croire), en lui fournissant les faits nus, en corrigeant ses bourdes évidentes, en me rappelant un peu de passé, mais en conservant le vrai livre de la vie de Véra enregistré sur une bande qui passe seulement dans ma propre conscience ?

III

L'ACTE est terminé, ils ont ligoté Véra ; ils lui ont pris le couteau, le couteau qu'elle voulait retourner contre elle-même, et ils lui ont lié les mains. Juste au dernier moment, Jamie a été emmené. Etait-il en train de pleurer ? A-t-il appelé sa mère ? Nul n'en a jamais parlé, comme si Mme King avait saisi dans ses bras une petite créature passive, frappée de stupeur — c'était d'ailleurs peut-être le cas. Stewart a bien décrit tout sans exception, même les vêtements que portait Véra, confectionnés à partir de couvertures militaires et de vieilleries d'avant la guerre, même le dessin de frise dans la chambre d'enfant, même le jaillissement du sang qui éclaboussa le tapis bleu et blanc, ainsi que le garde-feu astiqué.

Autant que je sache. Comme il le dit, je n'y étais pas.

Je m'aperçois qu'il a traité le nœud de ce mystère de manière conventionnelle, en répétant la version admise. Peut-on l'abandonner à ses innocentes hypothèses ? Ou bien lui dirai-je qu'une question d'une énorme importance reste encore sans réponse ?

Jamie connaît la réponse. En tout cas c'est ce qu'il me dit dans la lettre que je viens de recevoir de lui ce matin. J'avais commencé à m'en douter le jour de notre rencontre dans le Cimetière Anglais, mais comme c'est forcément l'acteur le plus blessé et le plus vulnérable de ce drame, on ne saurait le considérer comme un juge impartial. Bien entendu, c'est la dernière chose qu'il prétend être mais pourquoi dire alors qu'il ne se rappelle de rien avant l'âge de six ans ? Son opinion, à coup sûr, se base seulement sur une inclination du cœur, sur une nostalgie pour une personne adorée et adorante, qu'il voit en rêve mais dont il n'a aucun souvenir présent.

Dans le deuxième chapitre de Stewart, l'histoire de notre famille, Jamie n'a aucune place. Peut-être Stewart l'a-t-il passé sous silence parce qu'il ne savait pas où le situer.

La villa de l'époque victorienne (écrit Stewart) dans le village de Great Sindon, en Essex, était habitée par les Longley depuis moins de trente ans. Ce n'était en aucun sens une maison de famille. Arthur Longley l'avait achetée avec l'argent d'un petit héritage venant de sa femme, juste au moment de sa retraite forcée de la compagnie d'assurances Prudential. Auparavant, si les Longley avaient des racines, elles se trouvaient dans la ville animée de Colchester. Là, depuis le début du XIXᵉ siècle, ils avaient été cordonniers dans une petite maison, dont la façade — la boutique — se trouvait à deux pas du château.

Colchester est la plus ancienne ville connue d'Angleterre. Les Romains l'appellent Camulodunum et c'est là que la reine Boudicca leur livra bataille. Pour les Saxons, la ville se nommait Colneceaste, et la rivière qui la traverse demeure encore aujourd'hui la Colne. Le château est roman, son donjon date de 1080, et en regardant par une journée ensoleillée ses tours et ses toits couverts de tuiles rondes, on peut se croire en Toscane. Aujourd'hui, on arrive à Colchester par des routes nationales à quatre voies qui communiquent par d'énormes carrefours « expérimentaux » et une déviation souvent plus embouteillée que le centre ville lui-même. Elle a des parcs de stationnement de plusieurs étages derrière des façades de brique rouge qui prétendent ressembler — mais l'effet n'est guère heureux — à des fortifications médiévales. Elle bénéficie d'un système strict de rues à sens unique ; et juste à l'intérieur des murailles romaines, un labyrinthe de vieilles maisons est devenu quartier piétonnier.

C'est là qu'à une époque très différente, dans une atmosphère plus paisible et tranquille, William Longley fabriquait et réparait des chaussures ; plus tard, quand sa prospérité s'accrut, il employa trois compagnons dans son arrière-boutique. L'échoppe de William existe toujours, dans un cul-de-sac qui débouche sur Short Wyre Street — elle abrite les bureaux d'un cabinet de comptabilité. La porte entre la boutique et l'atelier n'a pas changé, ni la vitre circulaire de cinq centimètres de diamètre, insérée dans le chêne par William pour surveiller que ses hommes tiraient bien l'aiguille.

En 1859, William avait épousé Amélia Jackman, de Layer-de-la-Haye. Il leur était né trois filles puis un garçon. Celui-ci, baptisé Arthur William, reçut une éducation bien supérieure à celle de son père, qui le destinait cependant à suivre ses propres traces dans l'affaire de famille. Le jeune Arthur, élève prometteur et aimé de tous à l'Ecole Supérieure fondée par Henri VIII en 1539, avait d'autres intentions. L'attrait de la bourgeoisie, si tentant pour un ouvrier manuel de son époque et de son milieu, ajouté à une tendance innée à ce que nous appelons aujourd'hui la « promotion sociale » l'avaient séduit et son père ne souleva aucune objection. William Longley prit dans son échoppe de cordonnier le mari de sa fille Amélia et Arthur entra à la Prudential comme agent d'assurances. Il débuta humblement — il parcourait sa concession à bicyclette et continuait d'habiter avec ses parents et ses sœurs célibataires.

En dépit de ses ambitions, Arthur ne gagna jamais beaucoup d'argent. Son territoire n'était pas prospère et ses commissions demeurèrent modestes. L'aisance dont il jouit par la suite lui vint de son mariage. Sa première femme était la fille unique d'un « monsieur », un propriétaire terrien ayant de gros moyens qui s'appelait Abel Richardson. Arthur avait fait la connaissance de Maud dans la grande tradition romantique. Elle se promenait à cheval et sa monture l'avait désarçonnée juste au moment où Arthur passait à vélo, non loin de Stoke-by-Nayland. Elle s'était foulé la cheville et Arthur, fort, jeune et ardent, l'avait portée pendant huit cents mètres jusque chez elle à Walbrooks. Dans les semaines qui suivirent, il était bien normal que le jeune homme demandât des nouvelles de Maud, et bien normal aussi que Maud s'arrangeât, par l'entremise d'une femme de chambre compréhensive, pour qu'Arthur vînt la fois d'après à une heure où papa serait avec ses chiens (il était Maître de Chiens courants pour la région) et maman serait sortie faire des visites.

On a la preuve qu'Abel Richardson s'opposa farouchement à l'intention de sa fille d'épouser un agent d'assurances plus ou moins sans le sou et d'une classe inacceptable. Au bout d'un an il céda cependant aux instances de Maud. Il céda suffisamment, en fait, pour ne pas la priver de la fortune de cinq mille livres sterling qu'il avait promis de lui donner avant l'intrusion d'Arthur Longley dans leur vie.

Cinq mille livres étaient une somme considérable en 1890, l'équivalent de peut-être vingt fois le même montant de nos jours. Arthur et Maud prirent une des villas en construction sur Layer Road et s'y installèrent pour y mener une vie très confortable. A vrai dire, une vie au-dessus de leurs moyens, bien que ceux-ci fussent arrondis fréquemment par des cadeaux en espèces du beau-père d'Arthur. Maud avait sa voiture. Leur domesticité se composait d'une cuisinière et femme de chambre, d'une bonne pour l'enfant, d'une femme de ménage qui venait « faire le gros » et d'un cocher-jardinier.

La fille de Maud, Mme Hélène Chatteriss, aujourd'hui une vieille dame de près de quatre-vingt-dix ans, a évoqué ce train de maison en ces termes :

« J'avais seulement cinq ans lorsque tout prit fin. Mes souvenirs seront donc vagues et incomplets.

« Je me rappelle les promenades avec ma mère dans une voiture très élégante, tirée par un cheval bai. Elle déposait chez les gens des cartes de visite, mais je crois que la plupart des maisons de la noblesse locale nous étaient fermées du fait que mon père n'était pas un *gentleman*.

« Les seuls travaux auxquels ma mère s'adonnait étaient celui d'arranger les fleurs et celui de laver la porcelaine précieuse. Elle s'allongeait chaque après-midi avec des gants blancs pour protéger ses mains. Ma bonne s'appelait Beatie. Elle avait seize ans ; c'était la fille d'un des laboureurs du fermier de mon grand-père Richardson et elle m'emmenait voir ses parents, qui habitaient dans une masure d'une seule pièce au sol pavé de briques. Ma mère le découvrit et la renvoya.

« On me disait que mon père avait une situation importante dans les affaires, mais je me rappelle qu'il était habituellement à la maison. Il avait un bureau dans lequel il s'enfermait pour la matinée. Aujourd'hui, avec le recul des années, je crois qu'il passait son temps à lire des romans. Quand il sortait pour toucher les primes d'assurances, il prenait notre second cheval, un hongre rouan. Je ne me souviens pas de réceptions, de dîners, de ce genre de chose ; mais mes grands-parents Richardson venaient assez fréquemment, et mes grands-parents et tantes

Longley moins souvent. Je crois que ma mère devait avoir honte d'eux. »

Ce style de vie cessa brusquement en 1901 quand la mère d'Hélène mourut en couches. Le bébé, un garçon, mourut lui aussi. La fortune de Maud Longley, ou ce qu'il en restait, revint à sa fille, prudente disposition imposée par Abel Richardson avant le mariage ; à la mort de sa femme, Arthur Longley se retrouva donc pauvre. Il abandonna maison et chevaux, s'installa dans ce qui n'était qu'une toute petite maison dans les faubourgs de la ville, vers l'ouest, congédia son personnel et ne garda qu'une bonne à tout faire.

Sa fille aussi se trouva congédiée — elle dut quitter son père pour aller vivre avec Abel et May Richardson, à Stoke-by-Nayland. Après plus de quatre-vingts ans, Mme Chatteriss n'a pas encore digéré cette séparation, malgré l'enfance heureuse, protégée, gâtée, luxueuse même, que lui ont offerte ses grands-parents à Walbrooks.

« Il a dû penser que je serais une trop grande responsabilité, dit-elle, et il est également possible que mon grand-père et ma grand-mère l'aient circonvenu. Cela m'aurait davantage marquée si ma grand-mère maternelle n'avait pas été aussi merveilleuse ; je l'ai aimée plus que ma mère. J'ai rarement vu mon père après la mort de ma mère. »

Il se remaria en 1906. Mme Chatteriss apprit ce second mariage à la suite d'une rencontre imprévue à Colchester, près de St-Botolph. Elle se rendait chaque jour à son école privée, depuis Stoke, dans une voiture tirée par un poney. Il se passerait encore deux ans avant qu'Abel Richardson, le premier de la région et donc pionnier en la matière, achète une conduite intérieure Rolls Royce, sièges pleine peau à capitons d'ébène et tableau de bord en bois de rose. Un après-midi, en sortant de l'école, elle trouva son père et une inconnue qui l'attendaient à la grille. L'inconnue lui fut présentée comme sa « nouvelle mère », mais par la suite il n'y eut aucune tentative de consolider les relations. Les grands-parents ne surent rien pendant des mois et se fâchèrent quand ils le découvrirent — plus pour avoir été maintenus dans l'ignorance qu'à cause du mariage d'Arthur Longley.

Il avait trente-neuf ans. Au cours de ses vingt-deux années de travail pour la Prudential, il n'avait reçu aucun avancement, et comme sa fortune avait diminué, il avait repris ses maigres tournées à bicyclette. Ses parents étaient morts, l'affaire de famille revenait à son beau-frère James Hubbard, et le peu d'argent liquide à ses deux sœurs célibataires. Sa nouvelle épouse n'avait pas d'argent non plus, quoiqu'elle ne fût pas sans espérances. Ivy Naughton, vingt-huit ans lors de son mariage, avait été gouvernante dans une famille cliente d'Arthur. Elle n'avait ni formation ni qualification pour ce poste sauf qu'elle était allée à l'école jusqu'à l'âge de seize ans et qu'elle jouait du piano. Mais les gens pour qui elle travaillait, vagues relations des Richardson, étaient des marchands de grains ayant des prétentions, que la vanité d'offrir une gouvernante à leurs trois filles satisfaisait indépendamment du profit éducatif qu'en retireraient ces demoiselles... Pour ce service, Mlle Naughton, outre la nourriture et le logement, recevait cinquante livres par an.

Arthur et Ivy s'installèrent en ménage. Neuf mois après la noce, au printemps 1907, deux jumeaux leur naquirent. La tante d'Ivy, Mlle Priscilla Naughton, qui possédait une maison et une petite clientèle (elle était couturière), fut l'une des marraines ; l'autre serait la fille d'Arthur, Hélène, confirmée le mois précédent. On baptisa les jumeaux, un garçon et une fille, John William et Véra Ivy. Comme son mari, Ivy Longley lisait beaucoup de romans — ils s'étaient appréciés en « parlant de livres » — et par pure coïncidence l'héroïne de leur roman préféré avait le même prénom.

« Mon père lisait les romans d'Ouida, écrit Hélène Chatteriss, et entre tous, il préférait *Moths*. Véra, le nom de l'héroïne, était aussi celui de l'héroïne de *A Cigarette Makor's Romance*, par Marion Crawford (d'après mon père, le livre préféré de ma belle-mère). Et ce fut ainsi qu'ils choisirent le nom de Véra. »

Véra Longley et son frère, de sexe opposé, n'étaient évidemment pas des jumeaux identiques. Ils ne se ressemblaient guère plus que s'ils étaient nés à des dates différentes, mais ils possédaient tous les deux des cheveux très blonds et des yeux d'un bleu intense, traits distinctifs de la « deuxième famille » Longley. Arthur, sa mère et deux de ses sœurs étaient blonds. Sa deuxième femme, Ivy, une blonde à la peau très pâle et aux yeux clairs, avait pour ancêtres des pêcheurs de la côte du Norfolk ; on disait qu'un de ses grands-pères, marin au long cours, avait ramené chez lui une femme des îles Féroé...

John fut un beau garçon ; Véra une enfant quelconque dont le physique se métamorphosa pendant l'adolescence. Une photographie la montre à quatorze ans, jolie fillette aux traits fins avec une masse de cheveux blonds presque blancs, de grands yeux, et une expression sérieuse, plutôt sévère.

Quatre ans avant cette photo, son père avait été mis à la retraite par la Prudential, à la suite d'un examen médical révélant qu'il avait le cœur faible. Il avait cinquante ans et la Grande Guerre durait depuis trois ans ; elle ne toucherait pas directement les proches parents des Longley, bien que le fils d'Amélia, William Hubbard, perdît la vie du côté de Vimy. Peu après la mise à la retraite forcée d'Arthur, Priscilla Naughton mourut, en laissant à sa nièce Ivy sa maison et cinq cents livres sterling. Les Longley partirent à la campagne : au printemps 1919, ils s'installèrent à Great Sindon, village situé à une quinzaine de kilomètres de Colchester, dans le Vallon de Dedham.

Ce n'était à aucun égard une « maison de maître », titre qu'avait mérité la villa d'Arthur, sur Layer Road, aujourd'hui remplacée par un immeuble résidentiel. Les agents immobiliers qui présidèrent à la vente la décrivaient comme un « cottage ». Aujourd'hui nous trouverions cette dénomination peu flatteuse. Les propriétaires actuels, Paul et Rosemary Olivier, ont changé son nom — « Les Lauriers » sont devenus « Les Pinsons » — et effectué des aménagements au rez-de-chaussée ; la salle à manger et la cuisine ont été converties en un seul grand séjour, la laiterie est devenue la cuisine, et le salon l'endroit où l'on mange. Mais à l'époque des Longley, puis à celle de Véra, il y avait quatre pièces au rez-de-chaussée, la cage d'escalier se trouvant au milieu de la maison. Au moment où Arthur et Ivy s'y étaient installés avec leurs deux enfants, il y avait également quatre chambres. Arthur avait aménagé la plus petite en salle de bains, ce qui laissait la chambre principale pour les parents et une chambre pour chacun des jumeaux.

Les murs extérieurs des Lauriers étaient construits en briques sans fer, d'un gris jaunâtre, connues sous le nom de « briques blanches ». Ornements de stuc peints couleur crème en façade et toit d'ardoises. C'est une maison symétrique, porte d'entrée au centre, une fenêtre à guillotine de chaque côté et trois fenêtres au premier. De même, une allée droite coupait le jardin de devant rigoureusement par moitié pour aboutir à la porte d'entrée — ou plutôt les portes, car il y en a deux : à l'extérieur un contre-vent de bois, à l'intérieur une porte vitrée. Le jardin de l'arrière est vaste, avec près de la porte de la clôture, au fond, un bâtiment séparé converti en garage par les Oliver mais servant autrefois de remise désaffectée où les enfants Longley jouaient les jours de pluie — « la cabane ».

Quel genre d'enfance connut Véra Longley à Colchester et plus tard à Great Sindon ? Que s'est-il passé — s'il s'est passé quelque chose — qui ait pu la traumatiser ? Deux jours après son douzième anniversaire, nous la découvrons en train d'écrire à sa demi-sœur, Hélène.

Chère Hélène, merci beaucoup pour le mandat. Je vais le mettre de côté pour acheter une raquette de tennis. Demain je pars en vacances à Cromer, dans le Norfolk. Comme c'est sur la mer, j'espère qu'il fera beau. Tendresses, Véra.

Et pendant l'été de la même année, 1919 :

Chère Hélène, Papa m'a montré ta lettre. J'aimerais beaucoup être ta demoiselle d'honneur. J'espère que tu seras très heureuse, mariée au capitaine Chatteriss. Merci de me demander d'être ta demoiselle d'honneur. Ce sera chic de nous revoir bientôt et je m'en fais une joie. Tendresses, Véra.

Le mariage eut lieu à l'automne. Hélène avait fait la connaissance de Victor Chatteriss, de l'armée des Indes et âgé de vingt-huit ans, au cours d'une de ses permissions. Sur les photos de noce d'Hélène, Véra a presque une tête de plus que les autres fillettes — mince, dégingandée, avec de grands yeux sérieux, elle porte une robe jusqu'à mi-mollet, dans un tissu brillant, avec des incrustations de dentelle. Elle était, semble-t-il, l'enfant préféré de son père. Il a écrit à sa sœur Clara :

Ma petite Véra se change en belle jeune fille, plus jolie qu'on ne pouvait l'espérer. Elle me rappelle toi à son âge, elle a les mêmes cheveux d'or pur, qui ne font pas mine de vouloir brunir. Je la crois plus intelligente que son frère, et je ne peux m'empêcher de le regretter en un sens, bien que j'en sois fier dans un autre. Elle a des notes scolaires vraiment excellentes. Le dernier trimestre, elle était en tête de sa classe en anglais et en histoire. Je lui ai cédé et je lui fais donner des leçons de tennis, dépense supplémentaire que j'aurais préféré éviter, mais elle travaille si bien que je n'ai pas eu le cœur de lui refuser. C'est aussi un atout dans la société, ne crois-tu pas? Je suis convaincu que l'on doit faire le plus que l'on peut sur ce plan pour sa fille. Mais elle te racontera tout ça quand elle ira te voir la semaine prochaine...

Clara, l'aînée d'Arthur de cinq ans, mariée tard dans la vie, s'était installée avec son époux à Cromer, où Véra passa de temps en temps des vacances. A Cromer, sa tante sans enfant la gâtait et nous savons que Véra a écrit à Hélène, en Inde, que « Tantie Clo » lui avait acheté deux coupons pour des robes, que confectionna la couturière de Clara; elle l'avait également emmenée chez un photographe pour un portrait en studio. Outre les cours de tennis, Véra suivait des classes de danse. Elle reçut un prix d'application en 1921, et un autre — un exemplaire relié veau de *Sesame and Lilies* de Ruskin — pour avoir été première en travail manuel trois trimestres de suite. Apparemment, une enfance heureuse, réussie.

En 1922, alors que son fils et sa fille avaient quinze ans et son mari cinquante-cinq ans, Ivy Longley, âgée elle-même de quarante-quatre ans, mit au monde un autre enfant. Une fille, baptisée Edith, prénom déjà démodé à l'époque. Ivy avait écrit à sa tante Priscilla Naughton en 1908, quand les jumeaux étaient encore bébés, qu'elle redoutait d'avoir d'autres enfants. Après leur naissance, elle était restée malade pendant des mois. La naissance elle-même, très longue, s'était mal passée et l'avait laissée avec un affaissement partiel de l'utérus. Elle n'avait pas pu nourrir les jumeaux elle-même. Elle avait écrit à Mlle Naughton :

Je n'ai que trente ans et je pourrais certainement avoir plusieurs autres enfants — horrible perspective ! Il paraît qu'on oublie les détails de la naissance, les douleurs, etc. mais moi non. Et comme tu le sais, il y a souvent des jumeaux dans la famille, pas seulement les miens : ma mère a eu des jumelles mortes en bas âge. Je me demande parfois si à quarante ans, je n'aurai pas encore une grossesse indésirée.

La deuxième fille d'Ivy survint alors qu'elle devait croire le danger passé. Selon toutes les apparences et les précédents, le nouveau bébé aurait dû être une gêne. Son père, déjà âgé, avait le cœur faible, sa mère, au seuil de la ménopause, ne cachait pas qu'elle « n'aimait pas les enfants », son frère et sa sœur, adolescents, avaient leur place bien établie dans la famille. John, élève de l'Ecole supérieure de Colchester comme son père autrefois, parvenait à l'âge où les garçons se sentent profondément gênés, parmi leurs camarades, devant toute preuve d'activité sexuelle de la part de leurs parents. Et quelle meilleure preuve que la naissance d'un enfant ? De plus, ses parents étaient si âgés, son père avait vingt ans de plus que les pères de ses amis. Quant à Véra, à première vue, nous n'aurions pas à chercher plus loin l'origine d'un traumatisme de la personnalité : l'arrivée d'un bébé du même sexe qu'elle, destiné à la chasser de la place qu'elle occupait dans l'affection de ses parents.

Mais rien de tout cela ne semble justifié. Dès le début, Edith — qui se rebaptisa bientôt Eden — fut aimée de tous. « Adorée » ne serait pas trop fort, du moins pour son père, son frère et sa sœur. L'attitude de Mme Longley à l'égard de l'enfant demeure un mystère. Elle écrivait peu et elle n'a écrit, semble-t-il, à personne entre le moment de la mort de sa tante et le départ de sa fille aînée en Inde. Aucune photographie d'elle avec Eden n'a survécu, à supposer qu'il en ait existé. Elles n'apparaissent ensemble que sur un cliché, avec également Arthur Longley, John, Véra et Clara Dawson. La photo a été prise sur la plage à Cromer. Eden, trois ans, se trouve sur les genoux de Véra, et Ivy, très à l'arrière-plan, assise dans un transat, a le visage dans l'ombre de son chapeau à larges bords.

Véra a écrit à Hélène Chatteriss en 1924 :

J'aimerais que tu voies ma chère petite sœur. C'est le plus bel enfant qui ait jamais existé et ses photos ne lui rendent pas du tout justice. Je vais te dire une chose : quand je la sors, en lui prenant la main pour la promenade ou dans sa poussette, j'espère que les gens la prennent pour ma fille et moi pour sa mère. Ne trouves-tu pas cela bête et fantasque ? Bien sûr, je n'ai pas encore l'âge d'être sa mère mais les gens me disent que je parais avoir dix-huit ans. La semaine dernière, une connaissance de Mère qui ne m'avait jamais vue lui a demandé si je n'avais pas vingt-quatre ans ! Mère n'était pas très contente, comme tu t'imagines, car cela la fait paraître plus âgée qu'elle n'est.

Nous appelons tous Edith Eden, parce qu'elle prononçait son nom ainsi, avant de pouvoir articuler le « th ». Je trouve ce prénom adorable. Le nom d'Edith sonne comme celui d'une vieille tante. Je ne comprends pas pourquoi Mère et papa l'ont choisi. Elle a des cheveux d'or pur, très brillants. J'espère qu'ils ne fonceront pas. Les miens n'ont pas foncé, bien sûr, mais ils étaient presque blancs quand j'avais son âge…

A la fin de ses études, John Longley obtint un poste à la Midland Bank. Quand se présenta l'occasion de travailler dans une succursale de la City de Londres, il n'hésita pas plus d'une journée avant d'accepter ; et il devint du même coup l'hôte payant d'une cousine de sa mère. Elizabeth Whitestreet était une Naughton avant son mariage. Elle habitait avec son mari et leurs deux enfants à Wanstead, qui se trouve en Essex, mais dans la banlieue Est de Londres. Pendant son séjour chez eux, John fit la connaissance d'une jeune fille, à demi suissesse, Vranni Breuer, qui y logeait également. Quoique sans formation spéciale, elle occupait un emploi d'infirmière dans un orphelinat de la ville. Le père de Vranni était mort au cours de l'épidémie de grippe de 1918, et sa mère à son tour disparut sept ans plus tard. Cette femme était infirmière elle aussi ou plutôt bonne d'enfants, au service d'une famille de Zurich, où elle avait fait la connaissance de Johann Breuer. Vranni, née à Zurich en 1905, avait deux ans de plus que John Longley et ce fut en partie cette différence d'âge qui attira la réprobation des parents de John pour la jeune fille, lorsqu'il se maria en 1928, âgé de vingt et un ans. Les origines de Vranni désespéraient davantage Arthur et Ivy. Dans les années vingt les Anglais, surtout les provinciaux anglais, conservaient une profonde méfiance pour les étrangers. On peut dire sans exagération qu'Ivy Longley éprouvait pour le choix de John à peu près les mêmes sentiments qu'aujourd'hui une femme de son milieu dont le fils épouserait une Noire d'Afrique. S'il était vrai qu'Ivy avait une grand-mère des Féroé, dont les gènes étaient responsables pour beaucoup de sa propre beauté et de celle de ses filles, elle préférait à dessein l'oublier. Selon Mme Chatteriss, son refus d'assister à la noce — bien qu'Arthur s'y rendît, accompagné d'Eden, alors âgée de six ans — fut la cause de la mésentente permanente entre Ivy Longley et sa belle-fille. Quand John allait voir sa mère, qu'il adorait, il était obligé de s'y rendre seul.

On ignore ce que pensa Véra de cette dérogation à la tradition. Elle n'était pas présente au mariage car elle se trouvait alors en Inde, mariée depuis deux ans. Quand elle avait eu dix-huit ans, sa demi-sœur l'avait invitée à Rawalpindi. Hélène Chatteriss proposait d'avancer la moitié du prix du voyage en bateau. Véra partit à la fin de l'été 1925 et arriva à Bombay juste à la fin de la saison des pluies. Aussi rapide à cet égard que devait l'être son frère jumeau, la première semaine de son arrivée dans le bungalow du capitaine (plus tard général) et de Mme Chatteriss, Véra rencontra un jeune subalterne du régiment de Victor Chatteriss, dont elle s'éprit.

Sur le plan social — et c'était encore très important en 1925 —, Gérald Hillyard se trouvait « un cran au-dessus » de Véra, et même plusieurs crans, à vrai dire, bien que par un curieux détour du destin (et à cause de l'attitude peu paternelle d'Arthur Longley) il appartînt à la même classe qu'Hélène Chatteriss. C'était le troisième fils, le plus jeune, d'un gentilhomme du Somerset, petit propriétaire terrien de bonne naissance et de très modeste fortune. La tradition de la famille voulait que le benjamin entre dans l'armée des Indes ; l'un des ancêtres de Gérald Hillyard s'était distingué par sa bravoure lors de la Première Guerre afghane de 1839-1842, et un de ses grands-oncles se trouvait avec Sir Henry Havelock lors de la fameuse Mutinerie, au moment de la percée pour sauver la résidence, à Lucknow. Gérald Hillyard, ancien élève de Harrow, sortait de Sandhurst. Physiquement, il ressemblait beaucoup à George Orwell, en tout cas c'est l'impression que donnent ses photos. Il était très grand, un mètre quatre-vingt dix, mince au point de paraître émacié, quoique en parfaite santé, avec des cheveux bruns et une moustache carrée, noire. Sa sœur cadette Mme Catherine Clark écrit :

Je n'ai rencontré Véra qu'environ sept ans après leur mariage. Ils sont rentrés en permission en 1930 et en 1933, mais la première fois j'étais en pension. En 1933, mon père était déjà mort. Je crois que ma mère estimait que Gérald s'était marié au-dessous de sa condition et qu'il avait été induit à contracter cette mésalliance en partie par sa propre inexpérience, en partie du fait que Véra demeurait chez les Chatteriss, en tant que sœur de Mme Chatteriss. On pouvait croire que se trouvant chez eux à ce titre, elle partageait leur position sociale, mais c'était en fait une fausse impression. Bien entendu tout ceci est stupide — mais ne l'était nullement à l'époque. Ma mère ne m'en a parlé qu'une fois et je me rappelle ses paroles. Pour elle, Véra faisait très comme-il-faut, mais pas dans le bon sens du terme.

Le mariage eut lieu à Rawalpindi en mars 1926 ; Véra avait dix-neuf ans, Gérald Hillyard vingt-deux. Leur fils Francis Loder naquit l'année suivante. Quand il eut six ans, Véra et Gérald vinrent en permission en Angleterre avec l'enfant, et le laissèrent dans une pension du Somerset, non loin de l'endroit où vivait sa grand-mère Hillyard. Deux ans plus tard, Véra revint seule. Son père se mourait, mais elle n'arriva que pour les obsèques et ne le revit pas vivant. Elle était son enfant préférée et se sentait très liée à lui. Malheureusement, aucune des plusieurs centaines de lettres qu'elle lui a écrites des Indes n'a été conservée.

Arthur Longley venait de mourir et Ivy, sa femme, n'avait plus que quelques mois à vivre. On était en 1935, Ivy n'avait que cinquante-sept ans, mais elle souffrait d'un cancer inopérable de l'utérus. Au lieu de retourner auprès de Gérald en Inde, Véra resta avec sa mère, et quand Ivy mourut au printemps 1936, elle demeura pour s'occuper de sa sœur de quatorze ans, Eden.

Hélène Chatteriss écrit :

Au bout d'un an ou deux, Véra cessa d'apprécier les Indes. Elle était très blonde, voyez-vous, avec un teint très pâle, et elle trouvait le soleil insupportable. Autant que je sache, rien à redire du côté mariage, la séparation ne s'est pas produite parce que Gérald et elle ne s'entendaient pas. Simplement, elle se trouvait plus heureuse, plus à l'aise, dans le climat anglais, et bien entendu son fils était en Angleterre. Je crois vous l'avoir dit, elle aimait particulièrement Eden, et en fait c'était l'idée de quitter Eden qui l'avait fait hésiter à aller aux Indes la première fois. J'avais invité Véra chez nous pour qu'elle trouve un bon mari, un homme comme il faut, je l'avoue volontiers. Et c'est ce qu'elle a fait. On a du mal à l'imaginer à présent, parce que tout a tellement changé, mais dans les années vingt, les jeunes filles désiraient un mari plus que tout autre chose, et la grande affaire de leur vie était de s'en trouver un. Un nombre incroyable de jeunes gens qui auraient pu épouser des jeunes filles comme Véra étaient morts à la Guerre. Mais aux Indes il y avait beaucoup de candidats possibles. Je n'ai jamais regretté d'avoir invité Véra et de l'avoir présentée à Gérald ; je ne considère pas que ce fut une erreur de ma part. Leur mariage a été heureux, en tout cas pendant les années qu'il a duré, et je pense encore que c'est la guerre, je veux dire celle de 1939-1945, qui a tout gâché pour eux comme elle a tout gâché pour un si grand nombre d'entre nous.

Catherine Clarke écrit :

Mon frère est rentré avec son régiment en 1939. Victor Chatteriss avait pris sa retraite l'année précédente avec le rang de général et il habitait avec sa femme et ses enfants la maison qu'Hélène avait héritée de ses grands-parents, quelque part dans le Suffolk. Le peu de vie de famille qu'eut mon frère se passa dans la maison appelée Les Lauriers, à Great Sindon, avec Véra et sa jeune sœur. La maison ne leur appartenait pas. Elle était restée indivise entre Véra, son frère et cette sœur, chacun pour un tiers. Quand la guerre éclata, son régiment partit dans le nord — au Yorkshire, je crois.

Ainsi pendant les premières années de la Seconde Guerre mondiale, nous trouvons Véra Hillyard qui vit très paisiblement, seule avec sa sœur Eden, dans la maison où Eden était née, près d'un village somnolent se flattant de posséder un magasin, une école, une énorme église « de laine » typique de l'*East Anglia*, et un service d'autocars peu fréquents à destination de Colchester. Le cliché veut qu'on dise d'une mère et d'une fille très proches qu'elles sont « comme des sœurs ». Véra Hillyard et Eden Longley, qui étaient des sœurs, semblaient plutôt « comme mère et fille ». En 1939, Véra avait trente-deux ans, Eden dix-sept. Pendant les vacances scolaires, Francis le fils de Véra venait les rejoindre. Parfois, John et Vranni Longley leur rendaient visite avec leur fille Faith. Et, bien entendu, à quelques kilomètres de là, à Stoke-by-Nayland, habitaient les Chatteriss, le général et son épouse, avec leurs deux enfants, Patricia et Andrew. Une cousine Naughton venait parfois prendre le thé. A cela s'ajoutaient les connaissances du village, notamment Thora Morrell, dont le mari, Richard, était pasteur de la paroisse.

Mais la vie que menaient les deux sœurs était douce et tranquille. Leurs distractions ? La couture, la broderie, la pâtisserie, écouter la TSF. Et pourtant, le drame qui devait éclater dans la maison avait déjà commencé à se dérouler lentement.

IV

Le lendemain de la comparution de Véra et de son inculpation du meurtre, mon père parcourut la maison pour réunir et dissimuler tout ce qui risquait de l'associer à sa sœur. Et aussi pour détruire toute trace, je n'en ai aucun doute. Cela peut paraître sans cœur. Mon père n'était pas insensible, loin de là, mais la respectabilité comptait beaucoup pour lui, ainsi que sa probité, son besoin d'être au-dessus de tout reproche. Personne ne devait savoir que Véra Hillyard était sa sœur, en particulier la banque et sa clientèle. Il vécut sa douleur en silence mais sans doute attisée intérieurement par la nécessité de la dissimuler. Extérieurement, il se conduisait comme si Véra n'avait jamais existé.

C'est ma mère qui m'a raconté ce qui s'était passé ce soir-là. Je n'étais pas à la maison mais à Cambridge, terrassée parce que j'avais lu dans un journal. Mon père rentra de la banque. Il ne mangea rien, il n'avait rien mangé depuis deux jours. Il demanda à ma mère, et cela peut sembler bizarre de la part d'un directeur de banque à son épouse :

« N'avons-nous pas un coffre quelque part ? »

Elle lui expliqua où il était. Il le monta dans la chambre d'amis, la chambre où Eden avait passé une nuit (et fait enrager ma mère en époussetant les meubles), puis, hors de la vue de sa femme — il ne voulait pas accomplir sous ses yeux cette tâche solennelle, presque rituelle —, il remplit le coffre avec les lettres de ses sœurs et leurs photographies. Dans la pièce où ma mère se tenait, notre salle de séjour, il y avait deux photos encadrées : un portrait de Véra et Eden dans sa robe de mariée. Mon père entra et ôta ces photographies de leurs cadres. L'un d'eux avait derrière une sorte de battant de carton à charnières, fermé par des pattes, mais l'autre était fixé avec du papier adhésif et mon père le déchira d'un seul mouvement, tant il était impatient de débarrasser la pièce de Véra et de son bébé. Il se blessa le doigt sur l'angle de la mince plaque de verre et la tache marron sur le coin de la photo, arrondie et impossible à reconnaître (sauf si, bien sûr, on le sait) est son sang.

Ce fut une de celles qui alla dans le coffre. Je la trouvai après la mort de mes parents, au fond de leur garde-robe. Il y avait au mur de la chambre d'amis un tableau que je n'avais jamais aimé, bien que le cadre me plût. L'arrière avait été maladroitement refermé avec du papier collant transparent et lorsque je l'enlevai, je découvris entre la reproduction de Millais et la feuille de carton deux instantanés d'Eden enfant. Cela me mit la puce à l'oreille et je commençai à trouver des souvenirs des sœurs de mon père dans toute la maison. Il n'était pas homme à suivre le précepte de Chesterton, selon lequel le meilleur endroit où cacher une feuille est un arbre. Il savait bien que la cachette la plus sûre est là où personne ne regardera, pas dans l'album de famille — toutes les photos en étaient extraites, restaient les espaces vides — mais entre les pages d'un *Nouveau Testament* annoté ; dans les pages de garde de *A Girl of the Limberlost;* sous la couverture brodée que quelqu'un (Véra ? Eden ?) avait faite pour l'album de cartes à fleurs de soie des cigarettes Kensitas ; entre le fond de contre-plaqué d'un tiroir et la toile cirée rouge qui le doublait.

Je mis tout dans le coffre avec les souvenirs qui avaient paru les plus précieux à mon père, l'emportai chez moi et le cachai dans le placard sous l'escalier. Une amie qui logeait temporairement chez nous le trouva un jour où mon mari l'envoya chercher des bottes de caoutchouc pour une promenade. A l'époque, nous habitions à la campagne. Elle passa la soirée à feuilleter les photographies tandis que je répondais à ses questions par de petits mensonges — mon mari gardait le silence me dévisageant parfois, sans dire un mot. Mais moi aussi je suis une Longley, j'ai besoin comme eux d'intimité et de réserve. Mon amie trouva le portrait de Véra que grand-tante Clara avait pris à Comer, et fit simplement observer que c'était une jolie fillette, mais quand elle en vint à la photographie de Colchester en 1945, celle que tous les journaux ont publiée, quelque chose se déclencha dans sa mémoire et elle s'arrêta longtemps, le regard fixe. Elle était sûre de l'avoir déjà vue, me dit-elle. Des années plus tôt, associée à un événement horrible.

Quand nous avons emménagé ici, j'ai rangé le coffre dans une petite chambre et je l'ai recouvert d'une couverture marron portant le tampon « M de D », que quelqu'un avait achetée (ou volée) pendant la guerre. Si je me demandais parfois pourquoi mon père n'avait pas jeté le contenu du coffre, je pouvais aussi bien me demander pourquoi je ne l'avais pas fait moi non plus. C'est peut-être aussi bien pour Daniel Stewart.

Seule dans la maison à trois heures de l'après-midi — ce n'est pas le jour d'Hélène, ni celui d'aller ensemble nous asseoir près du fauteuil roulant de Gérald Hillyard — j'ai l'impression de m'être embarquée dans un acte répréhensible, et de ressentir l'émoi que j'aurais si j'étais prise sur le fait. J'ouvre le coffre et je sors les photographies et les lettres que j'avais rapidement regardées en les recueillant sur les étagères à livres et dans les tiroirs de chez mes parents. Mon amie curieuse n'avait évidemment pas lu les lettres, mais j'avais été sur des charbons ardents, craignant qu'elle ne le fît. Elle les avait sorties (une poignée) d'une grande enveloppe brune qui les contenait toutes, puis elle les avait repoussées à l'intérieur en se hâtant d'expliquer que ce devaient être des lettres de famille. Peut-être n'aurait-elle découvert en les lisant aucun indice sur l'identité de leurs auteurs.

Je les déplie. Elles ont une odeur de passé, très légèrement sulfureuse ; Véra et Eden écrivaient invariablement à mon père, jamais à mon père et à ma mère. Ici, par exemple, Véra le remercie pour un cadeau de mariage, alors que ma mère avait sans doute choisi, acheté et empaqueté seule, une nappe et douze serviettes de damas brodées aux initiales VH. Mais Véra désapprouvait ma mère parce qu'elle n'était pas anglaise, et pendant longtemps elle avait jugé normal de se conduire comme si l'épouse de son frère n'existait pas. Ensuite venaient deux autres lettres de l'Inde ; puis, plus importante, celle qui annonçait l'intention de Véra de rester en Angleterre pour « donner un foyer » à Eden, aux Lauriers. Pourquoi mon père avait-il décidé de conserver certaines lettres et de jeter les autres ? Mystère, jusqu'à ce que je me rappelle un facteur qui paraît absurde aujourd'hui par son côté arbitraire. Véra écrivait souvent, au moins une fois par mois, et mon père nous lisait invariablement ces lettres à haute voix au cours du petit déjeuner — ce qui agaçait toujours beaucoup ma mère. La lettre du jour, replacée dans son enveloppe, demeurait sur l'appui de la cheminée pendant une semaine, après quoi, si c'était l'hiver elle serait jetée dans le feu, et si c'était l'été ma mère la glisserait dans un tiroir ou mon père la froisserait dans une de ses poches. De ce fait les lettres écrites entre mai et octobre avaient tendance à survivre, celles écrites entre octobre et mai, à être brûlées — aussi simple que ça...

Voici ce que Véra écrit en juin :

Cher John, je suis très contente que tu voies les choses sous le même angle que moi : au lieu de vendre la maison et de diviser la somme, gardons-la, au moins quelque temps, comme foyer pour Eden. Tant qu'elle est à l'école, lui faire quitter Sindon la troublerait beaucoup. Bien entendu, perdre ses deux parents si jeune a été très dur pour elle. Elle est merveilleusement sensible et raisonnable pour son âge — je ne parle pas de ses résultats à l'école, d'ailleurs bien assez bons, à mon humble avis — je parle de sa façon de voir la vie et de ses bonnes manières. Elle est ravie que je reste en Angleterre et que nous vivions ensemble dans la maison qui a toujours été la sienne, et où elle est née...

La première lettre d'Eden sur laquelle je tombe me cause un choc. Je l'avais déjà vue (bien qu'elle n'eût jamais été lue à haute voix), je l'avais oubliée pendant des années, et je me rappelle à présent comme elle m'était restée longtemps sur le cœur. Je m'étais montrée négligente et je méritais une réprimande, mais sans doute pas celle-là ! Elle avait dix-sept ans et moi onze :

Cher John, je t'écris pour te signaler qu'à mon avis tu devrais enseigner à ton enfant de meilleures manières. Elle ne m'a pas adressé un seul mot de remerciements pour le mandat que je lui ai envoyé à son anniversaire. A dix ans passés, on doit savoir qu'il faut écrire une lettre de remerciements. Maman m'a fait entrer cela dans la tête depuis que je suis capable de tenir un crayon, et elle a dû agir de même avec toi. Ce n'est pas normal de permettre à Faith, mis à part la grossièreté à l'égard des gens qui lui font des cadeaux...

Pourquoi avait-il gardé celle-là ? Parce qu'il l'approuvait au fond de son cœur ? Parce qu'au fond de son cœur, même s'il n'accordait pas à ses sœurs plus d'affection qu'à sa femme et à sa fille — comme ma mère l'en accusait —, il les admirait en tout cas davantage ? Ou bien se trouve-t-elle dans la collection seulement parce qu'elle était arrivée en mai, après les derniers feux de cheminée ?

Comme je prends l'enveloppe pour en sortir les lettres, le beau visage d'Eden apparaît, surgissant d'un cou qui se dresse et se courbe vers l'extérieur ainsi qu'un arum. Elle est dans sa robe de mariage, son énorme voile ondoyant comme s'il était fait d'un tissu plus léger que la gaze, retombe telle une cascade d'écume. Elle est là, comme le matin où Francis, le fils de Véra, l'avait prise dans ses bras, puis l'avait conduite à l'autel, tandis que Chad Hamner les dévorait des yeux. Les deux photographies arrachées de leurs cadres par mon père : l'une représente Véra et Gérald après leur mariage, devant une église « gothique » datant de 1880, avec un clocher de Gilbert Scott, et au fond du champ un banyan et un dôme ; sur l'autre, Véra et le petit Francis, nouveau-né, avec le sang de mon père sur les cheveux de sa sœur jumelle. Et voici la photographie que Stewart voudra sans doute pour son frontispice. Les cheveux blonds d'Eden lui tombent sur le visage, coiffure que la vedette de cinéma Veronica Lake avait rendue célèbre, mais Eden en avait modifié la ligne, son œil n'était pas entièrement couvert par la mèche. Sont mis en valeur les pommettes hautes, le nez à peine aquilin, la lèvre supérieure fine, le menton rond, la mâchoire à l'angle bien défini — traits qu'elle avait en commun avec Francis, si bien qu'ils semblaient frère et sœur plutôt que tante et neveu. Elle porte une robe très pâle, avec un drapé croisé sur la poitrine et un collier de perles sur le décolleté en V. L'air romantique, pas-tout-à-fait-de-ce-monde, si typique d'Eden, se retrouve dans les yeux presque écarquillés et les lèvres entrouvertes que le photographe lui a demandé d'humecter pour obtenir un reflet sur la couche sombre, à la mode, du rouge à lèvres.

Mais qui suis-je pour accorder l'autorisation d'utiliser cette photographie ? Les droits appartiennent peut-être à Tony Pearmain — ou au photographe qui l'a prise ? Au verso je lis le nom d'un studio de Londonderry, et cela correspond bien à la coupe de cheveux, à la date probable, même au regard distant, mystérieux, secret, dans les yeux d'Eden.

En bas de la pile se trouve un instantané pris sans aucune raison concevable sauf rappeler que par une certaine journée chaude d'un certain été un groupe de cousins s'était réuni dans un certain jardin. Je suis sur cette photo, ma tresse en queue de rat pend sur une épaule, je porte une robe de voile (offerte par quelqu'un qui n'en voulait plus) et je me tiens entre Francis et Patricia. Derrière nous, Eden dans ce que les magazines appelaient un « tailleur de bain », Véra avec sa permanente de la veille, mon père, Hélène et une bande de cousins Hubbard. Le général Chatteriss ou Andrew a dû prendre ce cliché. S'il était né, Jamie aurait figuré dans le tableau, donc il n'était pas encore de ce monde et la photo date d'avant 1944. Je m'étais fait couper les cheveux court en 1943. Peut-être la réunion remonte-t-elle à 1940, Andrew n'était pas encore parti livrer la Bataille d'Angleterre, Eden ne s'était pas encore engagée dans les auxiliaires féminins de la Marine, les WRNS.

Je referme le coffre et je le regarde, immobile. Je m'aperçois que je suis en train de pleurer. Les larmes coulent sur mon visage — curieux, car il y a tellement longtemps, et je n'ai aimé aucune de ces personnes, en dehors de mon père et de ma mère. Oh, et de Chad Hamner bien sûr, mais c'était autre chose.

Quand j'étais jeune, être blonde, c'était être belle. Légère exagération, mais pourtant vraie dans l'ensemble. Les hommes — les femmes et tout le monde — préfèrent les blondes. Eden était si blonde, d'un or tellement étincelant, qu'on l'aurait jugée adorable même sans la perfection de ses traits. La première fois que je me rendis seule à Great Sindon, Véra vint m'attendre sur le quai de la gare de Colchester et, après avoir piqué ma joue de ses lèvres, elle m'écarta d'elle, à bout de bras et déclara :

« Dommage que tes cheveux soient devenus si châtains ! »

Le ton accusateur impliquait que j'avais permis par ma négligence — sinon aidé consciemment — ce processus d'assombrissement. Je ne dis rien, parce que je ne trouvai rien à répondre, réaction fréquente de ma part aux remarques de Véra. Je lui souris. Je m'efforçai de paraître polie tout en essayant d'effacer, avec un coin de mon mouchoir, le rouge à lèvres que la bouche de Véra avait dû déposer sur ma joue. A l'époque, pour une femme, maquillage signifiait poudre sur le nez et rouge sur les lèvres — rouge à lèvres rouge vif et poudre en vrac d'une boîte orange et or de Coty, décorée partout de petites houppettes. Véra n'aurait jamais franchi le seuil de sa porte sans rouge sur les lèvres.

« Je ne me serais pas donné la peine de t'embrasser, dit-elle, si j'avais su que tu en ferais un tel plat. »

Je n'avais pas été assez discrète. Je rangeai le mouchoir et nous partîmes à pied vers la station d'autocars. Je ne connaissais personne ayant une voiture — en tout cas dans ma famille et parmi mes amis. Les parents d'une ou deux filles de mon école en avaient ; l'un des pères qui possédait une entreprise et que l'on disait riche, non seulement avait une voiture mais une voiture blanche, dérogation audacieuse à toute convention. Je m'attendais à aller à Great Sindon en autocar et c'est ce qui se passa ; Véra traînait ma valise et se plaignit de son poids.

« Je peux la porter », lui dis-je.

Pour toute réponse, Véra serra la poignée, puis fit passer la valise de sa main droite dans sa main gauche, pour qu'elle ne soit pas entre nous.

« Je ne sais pas pourquoi tu as voulu apporter tellement de choses. Tu as dû emmener ta garde-robe entière. Tu as de la chance d'avoir tous ces vêtements. Sais-tu que pour ses voyages, Eden calcule avec une telle précision ce dont elle aura besoin qu'il lui suffit d'un petit attaché-case ? »

Cette conversation dut me toucher profondément, ainsi que d'autres homélies sur la question des valises, du rangement, de la prudence et de l'application que je dus subir pendant les semaines suivantes, car même aujourd'hui, je me sens encore coupable quand j'emporte trop de bagages en vacances. Mais à ce moment-là, avec la meilleure volonté du monde, je ne voyais pas comment une valise plus petite ou moins pleine aurait fait l'affaire. Je ne savais pas jusqu'à quelle date je resterais, l'automne allait venir, j'aurais besoin de mes vêtements d'été et de mes vêtements d'hiver. Cependant Véra devait avoir raison, car elle était adulte, et surtout la sœur de mon père, souvent citée en exemple (ainsi qu'Eden) de la femme idéale. La taille et le poids de la valise me troublèrent pendant le trajet en autocar : je me demandai pourquoi j'avais emporté ceci ou cela, et je fis la liste de ce que j'aurais pu laisser. Le reproche de Véra m'avait fait débuter ce séjour du mauvais pied, et je me sentais à la fois étourdie et adonnée à une honteuse frivolité.

Nous étions en septembre 1939. Tout le monde avait peur des bombes. Quelques années auparavant, j'avais entendu à la TSF, avec mes parents, les nouvelles du bombardement de Nankin. Cela m'avait fait si peur que j'avais cessé d'écouter pour m'enfuir et me cacher dans les toilettes du rez-de-chaussée où cette voix ne pouvait pas pénétrer. Mais en ce début de guerre, c'étaient mes parents qui avaient peur, pas moi. Il ne s'était rien passé, exactement comme si la guerre n'était pas déclarée depuis deux semaines. Il n'y avait aucun plan d'évacuation de mon école, à vingt-cinq kilomètres du centre de Londres. Le trimestre avait commencé et tout se déroulait comme d'habitude. Mon père, pris de panique, décida cependant de m'envoyer chez Véra. J'avais presque onze ans ; j'avais passé avec succès l'examen d'entrée au lycée et une fois franchie cette haie, manquer un trimestre ne me ferait sans doute aucun mal.

Il faisait chaud, encore un temps d'été. Véra portait un tailleur de coton à col rapporté et manchettes sur les manches courtes bouffantes, avec une ceinture du même tissu blanc à motifs — des pensées mauves et jaunes —, mode reprise il y a quelques années sans presque aucun changement. Elle avait les cheveux de la couleur du cuivre récemment astiqué, mais ni « jaunes » ni « cuivrés ». Sa permanente impeccable formait de longues vagues terminées par de petites boucles rondes. Un duvet léger poussait sur sa lèvre supérieure, aussi pâle que de la barbe de chardon et visible seulement sous certains angles ; ses bras et ses jambes avaient des poils nettement moins fins, très blonds et luisants. Un teint pâle que les années passées sous le soleil des Indes avaient rougi, surtout sur le nez. Les yeux de Véra, comme les miens, ceux de mon père, d'Eden et de Francis, avaient la nuance bleue, lumineuse des assiettes Ivanohé de Wedgwood collectionnées par la grand-mère Longley et bien en évidence aux murs de la salle à manger des Lauriers.

L'autocar nous fit traverser un paysage qui aurait dû paraître terne et banal — sans montagnes, ni collines, ni torrents bondissants, landes, lacs ou végétation remarquables — mais qui ne l'est nullement car il possède un charme propre, une beauté calme et profonde. C'est là que se trouvent les plus adorables demeures de l'Angleterre, des églises de la taille de cathédrales, et les prairies peintes par Constable, très peu différentes depuis son époque, avant que l'on ait abattu les haies et transformé les prés en champs.

Les Lauriers, sous la plume de Daniel Stewart, ont un air petit et laid. Peut-être. Presque impossible de rester objectif au sujet d'une maison que l'on a connue au cours de son enfance. Dans notre banlieue, loin du centre de Londres, nous habitions une « villa » que mon père avait fait construire d'après une idée d'architecte, un « piège à soleil » d'une modernité étonnante, audacieuse. De style « Art déco », on aurait pu la croire importée des environs de Los Angeles : une boîte carrée couleur crème avec tout autour, sans raison, une bande verte pareille au ruban d'un paquet. Des fenêtres de verre bombé, un toit plat, et une porte d'entrée qui s'ornait d'un soleil couchant en vitraux orange, jaune et ambre. Réaction de mon père contre l'autre « villa » où il était né, sur la route de Nayland, et surtout contre l'appartement du « mauvais côté » de Wanstead Flats, où il avait vécu avec ma mère au lendemain de leur mariage. Mais moi, je réagissais contre le piège à soleil dont le toit fuyait parce que non conçu pour un pays pluvieux, sans parler des murs Hollywood sur lesquels l'eau avait tracé des ruisselets grisâtres.

J'adorais les vieilles maisons, je croyais que j'aimerais y vivre. Bien entendu, les Lauriers n'étaient pas assez vieux pour mon goût. Je demandai à Véra pourquoi, à son avis, mes grands-parents n'avaient pas acheté un des « cottages » à toit de chaume, si nombreux dans la région. Sa réponse sans doute sage et exacte — l'assurance incendie était beaucoup plus élevée pour les toits de chaume, et l'entretien des maisons anciennes plus onéreux — me parut manquer de romantisme. Chaque fois que je m'étais rendue dans cette maison avec mes parents — plus souvent avec seulement mon père — j'avais levé les yeux sur la plaque de faïence entre les fenêtres de l'étage, lu la date 1862 et regretté qu'elle ne fût pas antérieure, ne serait-ce que de cinquante ans.

Véra était une ménagère méticuleuse. Les Lauriers avaient

leur odeur, mélange de plusieurs encaustiques et détergents, je suppose ; la même odeur du temps de Véra que du temps de sa mère. Les odeurs de maison se transmettent sans doute par les femmes, car du jour où Eden eut une maison à elle, elle sentit exactement la même odeur — très différente de la nôtre. Ma mère, plutôt sans soin, lançait volontiers, non sans mépris, que faire trop de ménage est un manque d'intelligence. J'aimais bien le parfum propre et frais de la maison de Véra, les fenêtres aux vitres sans jamais une tache, les parquets cirés, les meubles brillants, sans traces de doigt, et je me souviens que les rideaux de Chintz à fleurs voletaient toujours légèrement sous la brise.

Francis était reparti en pension. Eden, au lycée, en première, rentrerait à la maison à quatre heures et demie. Un énorme plateau de thé avait été préparé en mon honneur. Il n'y avait encore aucune restriction, et jamais je ne vis manquer, dans cette maison, les ingrédients nécessaires à la confection de cakes, de chaussons et de biscuits. Véra n'avait pas de réfrigérateur — comme la plupart des gens en 1939. Génoise Victoria, pain d'épices, tartelettes à l'écorce de citron, cakes Banbury, petits pains aux raisins et tuiles aux amandes, tout se trouvait sur la table de la cuisine recouvert de napperons propres et repassés, pour éloigner les mouches. Véra restait toujours mince comme un fil, bien qu'elle mangeât sa bonne part de cette nourriture riche et sucrée. Nous avons pris les gâteaux, pour les disposer sur la table de la salle à manger, où nous avons mis le couvert sur une nappe brodée par Eden au point de pâquerette et au point de croix, puis Véra (après m'avoir adjuré de ne rien casser — elle espérait que je n'avais pas « la main malheureuse ») s'excusa pour la médiocre qualité du goûter et le manque de variété.

« J'imagine que ta mère aurait aussi un cake glacé. Grand-mère insistait toujours pour deux gros cakes et au moins deux sortes de biscuits. »

Je lui assurai que ma mère n'aurait rien proposé de pareil. Le goûter se serait probablement composé de sandwichs avec des petits beurres ou des crèmes renversées.

« Des biscuits d'épicier ? » lança Véra, à la fois choquée et ravie.

Dans mon innocence, je lui répondis que je n'en connaissais pas d'une autre espèce. Cela fit sur elle un effet électrique.

Véra, même à l'époque, s'excitait exagérément pour des choses banales. Le problème, c'était qu'à ses yeux elles ne l'étaient pas.

« Comment ! Mais tu as pris le thé dans cette maison une douzaine de fois, à ma connaissance ! Tu ne savais pas que les biscuits étaient faits à la maison ? Bonté divine, Grand-mère se retournerait dans sa tombe ! Je vois bien que nous perdions notre temps à faire des biscuits pour toi. Autant descendre à l'épicerie acheter n'importe quel vieux paquet de demi-lunes. Je me demande ce qu'en dirait Eden. Je n'imagine pas qu'elle ait goûté un seul biscuit d'épicier de toute sa vie. Ma foi, j'espère que notre modeste pâtisserie de ménage te conviendra. Elle est bien assez bonne pour moi. Nous ne sommes pas au fait de ces manières sophistiquées de Londres, et je ne nous vois pas en train d'en changer à présent. »

C'était sa façon à elle de me pétrifier. Cela me clouait le bec : je me sentais coupable tout en sachant obscurément que l'agression n'était pas justifiée. La technique de Véra consistait à monter en épingle une remarque innocente de ma part, à m'attribuer certains sentiments qui auraient pu découler de cette remarque (quoique je ne les eusse ni ressentis ni exprimés) puis à me fustiger pour les paroles qu'elle avait elle-même placées dans ma bouche. Elle faisait de même, ou tentait de le faire, avec Francis, mais il ne se laissait pas malmener et lui rendait la monnaie de sa pièce, parfois avec usure. Seulement j'étais encore une enfant, je ne savais pas réagir autrement que par la soumission et le silence. Et Véra, bien entendu, ne désirait aucune réponse. Elle n'espérait ni ne souhaitait aucune défense. Elle exhalait les rancœurs qu'elle éprouvait sur beaucoup de choses, et elle cherchait un clou auquel accrocher ses expressions violentes et ses opinions. Profondément conservatrice, elle en revenait toujours aux anciens usages et coutumes — et sans doute croyait-elle vraiment qu'en achetant un paquet de biscuits, elle s'engagerait irrémédiablement sur la pente savonneuse de la décadence. Seule Eden semblait à l'abri de ses critiques. Mais Eden était à l'abri de tout assaut violent, irrationnel de Véra.

Après m'avoir attaquée ainsi ce jour-là, en se répétant à loisir sans cesser de broder sur le thème, elle parut satisfaite. Je continuai de mettre le couvert, bouche close. Mais je crois que pour elle, en réalité, j'étais à peine présente en tant que personne. Jamais il ne lui venait à l'esprit qu'elle pouvait blesser les sentiments de sa victime ; ni que vous vous sentiez insultée ou outragée en entendant que votre mère ne vous rendait pas service lorsqu'elle encourageait ces goûts, ou que vous aviez tort d'imposer votre palais raffiné londonien à des cousines de la campagne et que vos idées personnelles avaient intérêt à subir d'importantes révisions.

La table mise, toutes les assiettes vêtues de nouveau de leurs napperons, Véra changea encore d'attitude et se montra aimable et intéressée. Elle me félicita de mes résultats scolaires, me complimenta sur la blancheur de mes dents, sur la couleur de mes yeux (le bleu Longley, dont je ne pouvais être tenue responsable, pas plus que de l'achat des biscuits par ma mère), et sur l'absence de boutons sur mes joues. Je dus aller à la fenêtre avec elle pour guetter l'arrivée d'Eden. Eden descendrait de l'autocar dans la rue du village et nous la verrions dès qu'elle tournerait. Great Sindon est un joli village, et l'était davantage avant les constructions neuves, les feux rouges et les voitures garées partout dans les rues. Un village somnolent et tranquille. On ne pouvait pas croire à la guerre, et d'ailleurs c'était encore à peine la guerre. Quelqu'un descendit la colline à cheval, d'un pas nonchalant, si tant est qu'un cheval ait un pas nonchalant. Les hirondelles se rassemblaient sur les fils électriques. Je m'agenouillai sur la banquette de la fenêtre. Derrière moi, Véra tendait le cou.

Je percevais la tension qui émanait d'elle. Comme si son corps ne parvenait pas à contenir une telle compression, une telle contrainte : le surplus débordait autour d'elle. Puis-je vraiment me rappeler cela ? Je projette probablement une impression que j'ai dû comprendre et ressentir beaucoup plus tard. Mais il est exact qu'avec Véra il ne pouvait jamais être question de détente, ni pour elle-même ni pour ceux qui l'entouraient, justement parce qu'ils se trouvaient avec elle. Eden apparut au coin de la rue soudain — comment son apparition n'aurait-elle pas semblé soudaine ? — et Véra s'écria :

« La voilà ! »

Véra ne me souleva pas vraiment le bras pour que je fasse signe, mais elle l'aurait fait si j'avais eu trois ou quatre ans de moins. Elle se borna à me dire de faire signe et je m'exécutai, tout en me disant qu'un sourire me serait venu plus spontanément. Je descendis de la banquette et me préparai pour la rencontre.

Les jeunes filles changent tellement pendant l'adolescence.

Non seulement aux yeux de leurs aînés mais pour les enfants, comme moi. Je n'avais pas vu Eden depuis un an et si je l'avais croisée dans la rue je ne l'aurais pas reconnue. Elle était belle et elle était adulte. Le genre Veronica Lake n'était pas encore au goût du jour, et elle portait une coiffure d'un style si laid qu'on ne l'a jamais remis à la mode : une sorte de grosse saucisse sur le devant et l'arrière en liberté. Même cette horreur ne gâchait pas la beauté d'Eden. Et elle me parut merveilleusement chic. Elle portait un collant de coton, une robe-blouse simple ras-du-cou (pas un de ces anciens tabliers de Vichy plissés) et un blazer rouge foncé avec sur la pochette l'écusson de son lycée. Sur une épaule, son sac de classe. Elle m'embrassa et m'appela sa petite nièce d'un ton très aimable, puis me demanda des nouvelles de mes parents — Véra avait oublié de citer ma mère, mais Eden, non. Elle espérait que j'avais fait un agréable voyage par le train. Puis elle disparut dans sa chambre, pour en ressortir dix minutes plus tard avec de la poudre sur le nez et du rouge sur les lèvres, sa blouse de lycéenne remplacée par une jupe et un corsage. Elle paraissait encore plus âgée. Nous nous installâmes devant l'énorme goûter de Véra et nous nous attaquâmes aux sandwichs, aux gâteaux et aux petits pains. Le goûter — le « thé » — serait toujours le principal repas de la journée, celui de ce premier jour ne faisait nullement exception. Comme cela me paraît étrange aujourd'hui : le pain, le beurre, les montagnes de pâtisseries et de sucreries que nous engloutissions, au moins quatre tranches de pain chacune, au moins une tranche de cake et toute une kyrielle de petits chaussons, tartelettes, biscuits, madeleines... Or nous n'avons jamais pris de poids ni souffert de boutons. Et nous mangions ainsi chaque jour à cinq heures, le plus naturellement du monde. Véra encourageait Eden, et maintenant moi, à nous empiffrer, disant que tout était bon, de la saine nourriture de ménage. Pour elle, semblait-il, tout ce que l'on achetait dans les magasins était mauvais pour la santé, tout ce que l'on faisait à la maison, excellent — opinion largement répandue et sans doute responsable de nombreux décès prématurés.

Eden m'annonça qu'elle m'apprendrait à faire des beignets.

« Ah bon ? répondis-je, peut-être d'un ton plein de doute.

— N'aimerais-tu pas apprendre ? »

Je ne le savais pas. C'était un sujet sur lequel je n'avais aucune opinion. Je ne savais même pas très bien ce qu'étaient des beignets, je crois que je les confondais avec la pâte à choux dont on fait les éclairs. Ma mère n'avait rien d'un cordon bleu et mes deux parents désapprouvaient l'enseignement des travaux ménagers aux jeunes filles dans les écoles — sans doute mon père croyait-il que ces choses vous « venaient » naturellement, comme elles étaient « venues » à ses sœurs (pensait-il dans son innocence).

« Quels plats aimes-tu préparer ? » demanda Eden.

Quand nous sommes plus grands, nous savons répondre. Nous savons ce que nous aurions dû répondre quand nous étions enfants. J'aurais dû dire : je suis une fillette, jamais je n'ai essayé de faire griller une tartine de pain sans que ma mère s'écrie « Laisse, je le ferai ». Nous nous étions inscrits pour les cartes d'alimentation il n'y en aurait qu'en janvier suivant. J'aurais dû lui répondre que si les prédictions générales étaient justes, dans peu de temps nous n'aurions plus rien pour faire des beignets. Mais ç'aurait été grossier, encore plus grossier que de ne pas la remercier pour son cadeau d'anniversaire...

« Je ne sais préparer aucun plat », avouai-je en prenant une autre tarte à l'écorce de citron, pour me donner du courage.

Elles parurent toutes les deux choquées, mais non surprises outre mesure. Il s'ensuivit un barrage de questions sur ce que je *savais* faire, et il ne s'agissait nullement de théorèmes et de verbes irréguliers. Véra me fit avouer que je ne savais ni tricoter, aux aiguilles ou au crochet, ni coudre, ni broder, puis poussa un profond soupir et parut aussi accablée que si elle avait appris que je ne connaissais pas l'alphabet, ou ne parvenais pas à dominer mes fonctions d'excrétion. Elle me dit — et je tombai vraiment des nues :

« Ma foi, je ne vois pas quel genre d'épouse tu feras. »

Mais Eden, toujours plus aimable en apparence, m'assura de ne pas m'en faire. Sans doute n'avais-je pas eu l'occasion d'apprendre, mais maintenant que j'étais aux Lauriers — à l'entendre, un véritable institut de hautes études ménagères — « tout » me serait enseigné. Elles cessèrent soudain de me réserver leur attention sans partage, pour ne plus m'accorder d'attention du tout, et se lancèrent dans une conversation mystérieuse, voilée, sur des gens du village dont je n'avais jamais entendu parler. L'une des difficultés avec mes tantes de Great

Sindon venait d'une fâcheuse habitude : elles supposaient que vous saviez exactement ce qu'elles voulaient dire quand elles faisaient allusion à Untel ou Unetelle, et elles négligeaient de vous présenter leurs visiteurs, comme si vous les connaissiez déjà. Aucune objection, si elles s'étaient expliquées quand vous confessiez votre ignorance, mais à la place, elles se montraient acerbes et blessantes, en tout cas Véra, et vous assuraient que vous le saviez bien, mais oui, vous le saviez, sans aucun doute, seulement par quelque insouciance ou négligence dépendant manifestement de votre volonté — sans doute de l'indifférence pure et simple — vous aviez laissé l'identité d'Untel vous échapper de l'esprit. Et cette supposition que le reste du monde était complètement au fait de leurs manières, s'étendait aux habitudes et aux règles de vie : elles s'attendaient que vous sachiez, sans qu'on vous ait rien dit, à quelle heure vous lever, quand utiliser la salle de bains, où était accrochée la clé de l'arrière-cour, l'heure de passage du laitier, le nom de la meilleure amie d'Eden, les matières qu'elle avait choisies pour son bac, le nom du pasteur et les horaires de l'autocar de Colchester.

J'avais espéré de grandes choses de mon séjour avec Véra, séjour de durée forcément indéterminée, selon que les bombes se mettraient ou non à pleuvoir sur la banlieue nord-est de Londres. J'avais envisagé le cafard comme une possibilité, car c'était la première fois que je quittais mes parents, mais je m'étais dit que ce serait compensé par mon accueil enthousiaste dans une sorte de « fraternité féminine » avec Véra et Eden — je me voyais comme un troisième partenaire bienvenu dans leur cercle solitaire. Je savais mon oncle Gérald avec son régiment quelque part dans le nord de l'Angleterre. Francis serait en pension. Je faisais preuve de maturité pour mon âge, disaient souvent les gens, et je croyais que mes tantes, dont l'une n'était après tout mon aînée que de peu d'années, me traiteraient en adulte, et pourquoi pas en sœur. Jamais je ne renonçai tout à fait, en dépit de constantes désillusions, à cette vision, à ce rêve. Je désirais désespérément m'intégrer. Elles avaient le pouvoir, ces deux-là, de rendre leur monde — étroit, étriqué, petit-bourgeois, à mes yeux d'aujourd'hui — ésotérique et intensément désirable, pareil à un club exclusif qui poserait à ses membres des conditions d'entrée inimaginablement strictes, avec un règlement impossible à suivre pour toute personne venue du dehors. Assise devant le goûter, ce premier jour-là, sans savoir quelles peines m'attendaient, quelles tentatives je devrais faire pour accéder et me qualifier, quels échecs j'essuierais, j'écoutais attentivement, en espérant (espoir manifestement vain) recevoir tout de même une question qui trahirait un certain intérêt pour mon opinion, au lieu de la remarque que j'obtins enfin :

« Tu manges toujours avec ta main droite ? »

Je n'y avais jamais réfléchi. Je regardai Véra, avec en suspens dans ma main droite le dernier des petits pains aux raisins.

« Je ne sais pas.

— La main gauche pour manger, la main droite pour boire », déclama Véra tout en arrangeant les positions de mon assiette, de ma tasse et de ma soucoupe.

Je l'aidai pour la vaisselle. Ma mère m'avait recommandé d'essayer de me rendre utile pendant mon séjour aux Lauriers et comme je ne savais trop comment, elle m'avait suggéré d'essuyer la vaisselle. La conversation s'était arrêtée, car Eden s'était retirée dans le salon avec un livre à lire pour son école — parler demeurait plus facile en sa présence. Ce fut à ce moment-là, je pense, que mon cafard commença.

Nous nous sommes jointes à Eden et nous avons allumé la TSF. A huit heures moins dix, Véra suggéra que j'aille me coucher dans dix minutes. L'idée que je doive aller au lit avant elles ne m'avait pas traversé l'esprit. A la maison, je me couchais à neuf heures et demie, d'ailleurs seulement quand j'allais à l'école le lendemain matin. Et ici, il n'y aurait pas d'école.

« A ton âge, j'étais toujours couchée avant huit heures », me dit Eden. Elle avait la voix douce et grave. Peut-être s'agit-il d'une simple imagination de ma part, mais elle avait souvent une intonation vague, comme si elle ne s'intéressait pas vraiment à ce qu'elle disait, ou à la personne à qui elle parlait.

« Les enfants font toujours des caprices pour se coucher, dit Véra.

— Tu penses à Francis. Je n'en ai jamais fait, j'en suis sûre.

— Non. Je crois que tu n'en as jamais fait, Eden. Mais tu étais différente des autres enfants à tellement d'égards. Viens, maintenant, Faith. Il commence à faire sombre. »

Dans deux mois il ferait sombre à cinq heures !

« Bonne nuit, petite nièce, lança Eden. Tu vas t'apercevoir que tu dormiras dès que ta tête touchera l'oreiller. »

Rien n'aurait pu me donner davantage l'impression d'exclusion totale de la « fraternité ».

Je devais dormir dans la chambre de Francis, quoique pour mes visites suivantes ma chambre serait celle d'Eden. Autant que je pus voir, il n'y avait rien à lui, rien qui évoquât pour moi la chambre d'un garçon de mon âge. Les « ouvrages » de Véra, qui proliféraient partout dans la maison, n'étaient pas absents — taies de coussins brodées, couvre-sièges au petit point, « tableaux » réalisés avec du papier d'argent, cordon de clochette au point de chaînette, tapis de chiffons. Peut-être avait-on enlevé les affaires personnelles de Francis en mon honneur. Mais on avait laissé une pendulette ronde, en métal, sur la cheminée.

Je pris conscience, dès que je me trouvai dans la chambre avec la porte fermée, du tic-tac fort, métallique, de la pendulette. Quand Véra m'avait conduit dans la chambre avec ma valise, je ne l'avais pas remarquée.

J'ouvris ma valise et me déshabillai, plutôt intimidée par les cintres de la garde-robe — chacun recouvert de satin ruché de couleurs diverses, avec un sachet de lavande qui pendait au crochet. Je mis ma chemise de nuit et passai dans la salle de bains ; les échos de la conversation en bas firent remonter une bouffée de cafard. Véra et Eden bavardaient avec animation, et de temps à autre Eden riait. Rien de commun avec leur manière de se conduire en ma présence : elles étaient joyeuses, animées, et pour ainsi dire *intimes*. La conclusion inévitable, c'était qu'on m'avait envoyée au lit tôt parce qu'on avait hâte de se débarrasser de moi.

Le problème de la pendulette prit, à son tour, une importance énorme. Je crus que je ne pourrais jamais dormir avec ce tic-tac dans la pièce, et je découvris vite qu'à moins de briser l'objet, je n'avais aucun moyen de l'arrêter tant que le ressort ne serait pas détendu.

Le livre que j'ouvris détourna mon attention un moment, mais je craignis bientôt que Véra ou Eden ne voient la lumière sous ma porte. Si jeune que je fus je comprenais déjà ce genre de contradiction : elles m'avaient envoyée au lit parce qu'elles étaient lasses de ma compagnie et elles ne se souciaient guère en réalité que je dorme ou que je passe la nuit à lire, du moment que je ne me trouvais plus dans leurs jambes, mais elles affirmeraient sans en démordre qu'elles m'avaient fait coucher à cette heure-là pour mon bien et ma santé. Mieux valait donc qu'elles ne surprennent pas ma lumière encore allumée à neuf heures et demie, ou presque. J'éteignis. Le tic-tac parut beaucoup plus fort. La chambre n'était pas dans le noir car la lune s'était levée, une lune brillante, couleur des blés. Elle donnait assez de lumière pour ce que je désirais... Je me levai, mis un des coussins sur le siège du fauteuil, puis y posai la pendulette après l'avoir enveloppée dans ma robe de chambre.

Le tic-tac, quoique assourdi, demeurait audible. Je fus envahie par le sentiment horrible que je ne pourrais jamais m'endormir, et que le supplice durerait non seulement une nuit mais des nuits et des nuits, peut-être des centaines. Je resterais prise au piège dans cette chambre avec cette pendulette, incapable de lui échapper, maintenue éveillée par la torture de ce tic-tac comme une prisonnière soumise au supplice chinois de la goutte d'eau. Je connaissais bien le conte de la princesse et du petit pois, d'Andersen, et je songeai que si l'inconfort de la princesse avait eu une origine auditive, plutôt que tactile, le conte aurait été bien meilleur. Pendant un instant je me creusai la tête pour deviner quel bruit pourrait déranger une princesse autant qu'un petit pois enseveli sous les vingt matelas de son lit. Mais ce ne fut qu'une distraction momentanée : le tic-tac sourd de la pendulette recommença à m'accabler depuis les plis de ma robe de chambre.

Véra et Eden montèrent se coucher. Sur le palier, devant ma chambre, elles baissèrent la voix pour ne pas me réveiller.

« Bonne nuit, ma chérie.

— Bonne nuit, ma chérie. Dors bien. »

La lumière du palier s'éteignit. Je pris la descente de lit et l'enroulai autour de ma robe de chambre — et de la pendulette. Le tic-tac ainsi assourdi me parut bien pis. Dans mon désespoir — souvent éprouvé dans des chambres d'hôtel par la suite — j'en étais au point où le seul moyen d'échapper au bruit semble la fuite. Mais je ne pouvais pas davantage m'enfuir des Lauriers ce soir-là que du Plaza de New-York avec une partie fine en train de se dérouler dans la chambre voisine. Au Plaza, je fis de fréquents appels infructueux à la réception, qui se montra polie, de bonne volonté, mais inefficace. Ici, la réception dormait et n'aurait jamais accueilli une plainte de ce genre avec le sourire — je le sentais bien. J'ouvris la fenêtre et regardai dehors.

Le clair de lune inondait le beau jardin de Véra. Du temps de mes grands-parents, ce n'était pas grand-chose, mais Véra l'avait refait. Elle avait remplacé les groseilliers à fleurs et les sumacs par des viornes d'espèces rares avec des corbeilles d'argent, des arbres à perruque et de nombreuses plantes annuelles. Bien entendu, je ne savais pas tout cela à l'époque, mais j'appréciais la beauté du jardin et le raffinement qui provenait de la substitution de plantes rares à des plantes banales. La lumière de la lune lavait en blanc les feuilles dorées et brillantes à cette saison (pendant la journée) d'un liquidambar délicat au murmure doux, de la taille d'un homme. L'appui de la fenêtre était large, en pierre. Je sortis la pendulette de ses enveloppes, la posai sur l'appui et refermai la guillotine.

Mon cœur se serra un instant tandis que je faisais cela, à la pensée que Véra risquait d'entrer dans la chambre le matin venu avec, par exemple, une tasse de thé. Ou pour une autre raison, inconnue. J'étais sûre qu'elle remarquerait l'absence de la pendulette. Mais de toute manière, avec un peu de chance je m'éveillerais avant.

La paix était si belle que j'essayai de demeurer éveillée pour le simple plaisir d'écouter le silence. Bien entendu, ceci eut pour effet de m'endormir sur-le-champ. Quand je m'éveillai le lendemain, vers sept heures et demie, je me rappelai la pendulette et la rentrai aussitôt couverte de perles de rosée, mais tictaquant plus que jamais. Aucune raison, me dis-je, de ne pas recommencer chaque soir. La pluie poserait peut-être des problèmes mais je m'en soucierais le moment venu. Je regrettai bientôt de ne pas savoir à quelle heure je devais me lever ; si je passais dans la salle de bains, n'allais-je pas en priver Eden, qui avait sans aucun doute la priorité sur moi ? J'hésitai puis, au bout de dix minutes, certaine que Véra et Eden étaient encore au lit, je me levai et me glissai dans la salle de bains pour faire ma toilette. Plus tard, Véra devait me demander pourquoi je n'avais pas pris de bain puis m'adjurer de prendre un bain quotidien — et « sans chichis ». Toujours aucun bruit dans la maison.

La pendulette revenue sur la cheminée et bien essuyée avec mon mouchoir, je descendis. La maison était impeccable, tous les coussins du salon bien arrangés. Je traversai la salle à manger vide et ouvris la porte de la cuisine, sans savoir pourquoi, car j'étais à peine capable de préparer une tasse de thé, à plus forte raison mon petit déjeuner. Elles étaient là toutes les deux, en train de manger en silence des céréales dans des bols rectangulaires en grès. Je sursautai, réaction que remarqua Véra ; ce genre de chose lui échappait rarement.

« Ma chère, comme tu es nerveuse ! Tu ne devrais pas, à ton âge ! »

Eden dit que j'avais failli la manquer. Il fallait qu'elle parte à huit heures et quart. Son ton de reproche impliquait que descendre déjeuner à une heure aussi tardive trahissait un tempérament paresseux. Véra, qui s'était levée dès mon entrée, venait de se camper, visiblement affairée, entre le garde-manger et la cuisinière ; elle me demanda ce que j'aimerais pour mon petit déjeuner. Une diversité étonnante de plats défila à toute allure : œufs durs, œufs à la coque, œufs au plat, bacon, céréales, tartines. Mais il n'y avait pas de porridge. Le porridge, déclara-t-elle, donnait beaucoup trop de travail, alors que ni elle-même ni Eden n'en mangeraient. Je répondis que je détestais le porridge.

« Dommage d'adopter cette attitude à l'égard d'un plat si nourrissant, dit Véra.

— Mais tu as dit..., balbutiai-je.

— J'ai dit, j'ai dit. J'espère que tu ne vas pas me reprendre pour la moindre petite chose que je dirai, Faith. Je ne suis sans doute pas aussi logique que toi et ta mère. D'abord, je n'en ai pas le temps. Ensuite, as-tu seulement décidé ce que tu aimerais pour ton déjeuner, ou dois-je m'asseoir pour terminer mes céréales pendant que tu réfléchis ? »

Je répondis que je prendrais un œuf à la coque. Véra se mit en mouvement, avec une résignation accablée : elle sortit une casserole et prit un œuf sur l'étagère. Eden se leva d'un bond.

« Laisse-moi le faire. J'ai terminé. Assieds-toi, ma chérie, tu sautes comme un diable en boîte. »

Eden, en blouse de coton, les cheveux tirés en arrière par un carré de soie noire, s'affaira gracieusement autour de moi et me beurra des « mouillettes ».

« Trois minutes, ça ira ?

— Je pourrais avoir cinq minutes, s'il te plaît ?

— Bien entendu, tu *pourrais*. Mais ce sera un œuf dur. Tu es sûre d'avoir envie d'un œuf dur ? »

Il ne serait pas dur, mais cette fois, je ne commis pas l'erreur de discuter. Je répondis à la place que je surveillerais l'œuf et le retirerais de l'eau moi-même. Eden pensa sans doute que ce serait une bonne occasion de commencer les leçons de cuisine, mais Véra s'opposa.

« Elle le laisserait tomber par terre, Eden, et tu sais quelles saletés peut faire un œuf. » Sans m'accorder le temps d'une répartie indignée, Véra se tourna vers moi et me lança d'une voix à la fois blessante et réprobatrice : « Je regrette que tu n'aimes pas la pendulette d'Eden. Elle l'avait mise dans ta chambre elle-même, parce qu'elle la trouvait parfaite pour quelqu'un n'ayant pas de montre-bracelet.

— Tu ne l'aimes pas, Faith ? » dit Eden.

Je ne pus rien dire, saisie de paralysie.

« C'est certain. C'est même manifestement certain. Si elle l'aimait, elle ne l'aurait pas mise dehors, sur le rebord de la fenêtre, n'est-ce pas ? Oui, je sais, ma chérie, c'est tout à fait extraordinaire, mais elle l'a fait, je t'assure. Ta pendulette n'a pas connu le moindre succès. Quand je suis descendue dans le jardin ce matin, qu'ai-je vu sur l'appui de la fenêtre de Francis, à l'extérieur : ta pendulette. Encore heureux qu'il n'ait pas plu, c'est tout ce que je peux dire. »

Si seulement elle n'avait pu dire rien d'autre ! Elle se mit à décrire la pendulette minutieusement, comme si ni Eden ni moi ne l'avions jamais vue ; elle se posa des questions sur son prix, était-ce cinq shillings six pence ou cinq shillings onze pence ; elle voulut savoir si Eden l'avait achetée cette année-là ou l'année précédente, et avait-elle effectué cette emplette à Colchester ou à Sudbury ? Eden l'interrompit pour demander pourquoi j'avais sorti la pendulette.

« Seulement parce qu'elle ne te plaisait pas, Faith ? »

Me prenaient-elles donc pour complètement folle ?

« Je n'aimais pas le tic-tac, répondis-je.

— Tu n'aimais pas le tic-tac ? » répéta Eden comme si j'avais avoué une phobie incompréhensible. Mon œuf oublié continuait de bouillir — je l'entendais mais ne pouvais le voir car Eden, appuyée contre la cuisinière, faisait écran. « Mais tous les réveils font tic tac, sauf les pendules électriques.

— Je le sais bien. » Cela semble peut-être absurde quand je l'avoue à présent, mais j'étais au bord des larmes. « Je n'aime pas leur tic-tac. Je ne peux pas m'en empêcher. J'ai mis la pendulette dehors pour ne pas entendre son tic-tac.

— C'est bien la première fois que j'entends une chose pareille, dit Véra.

— Pourquoi n'es-tu pas venue nous dire que tu n'aimais pas le tic-tac ?

— Je ne voulais pas vous déranger.

— Tu aurais sûrement mieux fait de me déranger, dit Eden d'un ton très aimable et raisonnable, plutôt que d'abîmer ma pendulette.

— Je ne l'ai pas abîmée. Elle marche toujours.

— Inutile de pleurer, lança Véra, cela n'arrangera rien. Et cet œuf, où en est-il ? Il bout depuis au moins dix minutes. »

Eden le pêcha et le plaça dans mon coquetier. « Je t'avais dit que tu ne l'aimerais pas dur. Bonté divine, il faut que je me sauve. Regarde l'heure. »

Je restai seule avec Véra. Elle continua pendant plusieurs minutes de parler de pendules, de leur prix, de l'inévitabilité de leur tic-tac, puis, digression sur le thème principal, regretta que je sois si nerveuse à mon âge. Jamais je n'avais entendu parler de projection à l'époque, mais je sais à présent qu'il s'agissait de projection. Mon œuf serait immangeable. Je dus la laisser m'en préparer un autre. Incapable de se sentir elle-même offensée, elle s'attendait sans doute que je ne sois pas touchée par l'humiliation reçue. Je lui essuyai sa vaisselle. Quand je montai dans ma chambre, la pendulette avait disparu. Où ? Je ne le découvris jamais, mais je ne la revis pas pendant le reste de mon séjour.

Ma visite ne devait pas être longue. La drôle de guerre s'avéra vite ni drôle ni guerre. Les gens disaient que tout serait fini à Noël et mon père vint me chercher à Great Sindon pour me ramener à la maison au bout d'une quinzaine. Ce fut cinq mois plus tard, en mars de l'année suivante, qu'Eden m'envoya un mandat de cinq shillings pour mon anniversaire. Véra vint passer la journée à Londres vers la même époque et me fit cadeau de deux demi-couronnes — j'avais donc pu la remercier de vive voix.

Si je n'avais pas écrit à Eden, ce n'était pas par paresse, par manque d'éducation, parce que je détestais écrire des lettres ou que je n'aimais pas recevoir cinq shillings. Mais je n'avais absolument rien trouvé à dire à Eden en dehors des simples remerciements. A l'époque, j'éprouvais pour elle, et aussi pour Véra, une émotion violente qui effaçait tout le reste. D'une manière ou d'une autre, elles m'avaient humiliée et à côté d'elles je me sentais humble, sans espoir, incapable de m'élever à leur hauteur. Si j'écrivais, elles trouveraient quelque chose à redire à ma lettre. La syntaxe serait mauvaise, l'écriture indéchiffrable, ou l'adresse de travers. Bien entendu, j'avais écrit à Eden auparavant, en terminant toujours mes lettres par « Tendrement ». Mais ne fallait-il pas changer cela, maintenant que nous avions passé tellement de temps en compagnie l'une de l'autre et que j'avais reçu tant de leçons, pratiques et métaphysiques, sur la conduite de la vie ? Ne devrais-je pas mettre « Très tendrement », ou « Avec toute ma tendresse », ou bien, à cause de leur déception manifeste, au sujet de la pendulette entre tant d'autres choses, un « Affectueusement » nettement plus froid ? Je ne le savais pas et donc je n'écrivis rien. La gifle d'Eden tomba sur mon père un mois plus tard.

Cela lui fit de la peine. Je crois que cela lui gâcha la journée.

« Je regrette que tu n'aies pas écrit à Eden », me dit-il simplement, au début ; puis il le répéta, à plusieurs reprises, et ensuite : « Tu vas écrire à Eden à présent, n'est-ce pas ? »

Je n'écrivis jamais. L'incident m'avait accablée. Bien entendu je m'interdisais ainsi de reparaître devant Eden, et de lui parler ; quant à cette intégration dans la « fraternité », elle était à présent hors de question. La lettre nous éloigna et pendant quelque temps parut doubler les six années qui séparaient nos âges. A l'époque, je me jugeais seule fautive, j'étais imparfaite, je considérais leur conduite dans la vie comme une norme hors de ma portée.

Je me jugeais — oui, c'est vrai, et je pensais beaucoup à elles. Dans mon imagination, elles restaient éternellement les mêmes, elles suivaient la même routine paisible dans leur maison odorante et immaculée, elles mangeaient les énormes goûters, elles cousaient et brodaient, se souhaitaient bonne nuit d'un baiser — deux femmes méticuleuses qui se conduisaient comme toutes les femmes devraient se conduire. Un jour, au prix de gros efforts, je parviendrais peut-être à leur niveau, je leur ressemblerais, et je serais enfin reçue dans leur cercle.

V

J'AI écrit une partie de ceci pour Daniel Stewart, un abrégé en fait, car je ne dois pas perdre de vue qu'il ne veut pas raconter mon histoire, mais celle de Véra. Ce qui m'amène au secret de la famille. Vais-je lui en parler ou non ?

Bien entendu, ce n'est pas vraiment un secret. La chose est connue, enregistrée quelque part avec preuves à l'appui. Comme, par exemple, il doit y avoir un dossier de police. Je suis certaine que la police garde des dossiers sur ce genre de chose pendant soixante ans (date de l'événement) et probablement plus longtemps. La famille de la fillette — ou devrais-je dire ses descendants collatéraux ? — est au courant, ainsi que les membres survivants de ma propre famille. Ou le savent-ils ? Francis sûrement, car il savait toujours tout, parfois presque avant que les choses ne se passent. Ni Véra ni Eden ne m'en ont jamais parlé. C'est ma mère, et non mon père, qui me l'a raconté. Furieuse à la suite d'une chose que Véra avait dite ou faite, elle voulut soudain me montrer à quel point mon père était absurde de présenter ses sœurs comme des parangons de vertu. Le pauvre homme ! Il perdrait ses illusions assez tôt.

De toute évidence, Stewart ne sait rien. S'il était au courant il ne l'aurait pas omis dans son chapitre biographique. En relisant son texte, j'ai l'impression qu'il a passé sous silence bien des choses que je juge importantes, des facteurs essentiels à l'analyse authentique du personnage de Véra. Je suppose qu'il les ignore, et je dois les lui dire. Par exemple ? Sa maladie à l'âge de quinze ans, quelques mois après la naissance d'Eden. Pendant un moment, les docteurs crurent à une méningite. Aujourd'hui ils diagnostiqueraient plutôt une de ces infections virales qui affectent les gens étrangement. Véra demeura alitée pendant des semaines (me dit mon père un jour), au début avec une forte fièvre et des délires, puis avec une température normale pendant la journée, qui montait brusquement tous les soirs. Un de ses poumons en souffrit. Elle perdit sept kilos. Puis elle se rétablit brusquement, sans autre séquelle, peut-être, qu'une minceur extrême, jusqu'à la fin de ses jours. Ma grand-mère l'avait soignée avec dévotion, en privant forcément de son attention le bébé qui venait de naître, mais dès qu'elle fut rétablie, Véra prit de plus en plus soin d'Eden et devint pour elle une seconde mère. Ce qui me ramène de nouveau au secret : est-il possible que la maladie de Véra n'ait rien eu à voir avec un virus, ni rien eu à voir (si c'était psychosomatique) avec de la jalousie pour le bébé ? Aurait-elle été provoquée par l'affaire Kathleen March ? Par culpabilité ou remords, peut-être, mais plus probablement à mon avis par simple chagrin à la suite du blâme et de l'ostracisme.

Stewart ne parle pas non plus de l'orage. C'est Eden qui me l'a raconté, car elle aimait répéter cette histoire. La première fois que je l'ai entendue — on me la raconta également le jour de ses noces — nous étions dans le jardin de Walbrooks, en été, vers le milieu de la guerre. Eden devait avoir une permission. Elle portait une robe confectionnée avec deux vieilles robes que Véra avait dénichées pour elle. Jupe à fleurs rose et blanc, corsage bleu avec col et poignets rose et blanc. Cheveux remontés vers l'arrière à partir du front et fixés avec des épingles tandis que le reste tombait en bonnet de page. Elle portait à sa main droite l'alliance de sa mère — Eden était le genre de jeune fille qui porte toujours l'alliance de sa mère.

Hélène et Véra retournèrent dans la maison. Eden et moi restâmes dans nos chaises longues sur la terrasse. Une journée étouffante, avec des roulements de tonnerre, et ce fut sans doute ce bruit qui rappela l'histoire à Eden.

« Tu vois cette butte, là-bas, en bas de la pelouse ? »

Je m'étais parfois demandé ce que c'était : une bosse dans l'herbe, comme si des rochers poussaient sous la terre, mais il n'existe aucun rocher dans ce paysage de douces collines.

« Il y avait un arbre autrefois, un énorme marronnier — tu sais bien : les marrons d'Inde. Eh bien, quand j'étais bébé dans mon landau… Personne ne t'a jamais raconté ça, Faith, vraiment ?

— Je ne crois pas. Je ne vois pas encore où tu veux en venir.

— Tu le saurais si tu connaissais l'histoire. Naturellement, Véra ne t'en a pas parlé, mais j'aurais pensé que ton père... Les gens sont tellement bizarres, n'est-ce pas ? Bref, comme je te le disais, j'étais bébé dans mon landau et le landau se trouvait sous cet arbre. Hélène habitait aux Indes, bien sûr. C'était la maison de ses grands-parents à l'époque. Tu es sans doute au courant de ça ? »

Je n'en étais pas très sûre mais je jugeai plus sage de ne pas le reconnaître.

« Maman, papa, Véra, ton père et moi étions tous venus pour notre visite annuelle. A pied, comme d'habitude — tu te rends compte ? —, depuis Nayland. Il doit bien y avoir dix kilomètres. Maman me laissa sous le marronnier. Il s'est mis à tonner et soudain Véra a eu la prémonition d'une catastrophe. Ils étaient tous en train de prendre le thé dans la cuisine — tu peux compter sur ces Richardson pour leur servir le goûter dans la cuisine, ils avaient toujours regardé papa de très haut — et l'on pouvait voir la pelouse par la fenêtre. Bref, maman me surveillait du coin de l'œil, comme tu t'en doutes, bien décidée à courir me prendre à la première goutte de pluie. Tous crurent que Véra devenait folle : elle bondit soudain et se précipita dehors sans un mot. Tu sais que Véra a des manières parfaites, tu comprends que seul un événement exceptionnel pouvait la pousser à quitter la table sans demander la permission de la maîtresse de maison. Elle traversa le jardin au pas de course, me souleva de mon landau et repartit vers la maison. Au même instant, jaillit un éclair fantastique, comme une bombe tombant dans le jardin — c'est ce que disait ma mère, bien qu'elle n'eût jamais vu de bombes ; je veux dire, ils n'en avaient pas pendant l'autre guerre, comme nous en avons. Bref, la foudre frappa cet arbre et le brisa en mille morceaux. Le souffle renversa Véra, qui me tenait dans ses bras, mais elle se releva indemne et je n'eus aucun mal, à part quelques bleus. Il ne restait rien du landau, ni rien du marronnier, sauf la souche que tu peux deviner sous le gazon et soixante centimètres de tronc, mais on a trouvé des morceaux de l'arbre dans les plates-bandes de fleurs pendant des années. On doit en trouver encore.

— Véra t'a donc sauvé la vie ?

— Oh oui, je lui dois la vie. Je me demande vraiment pourquoi John ne t'en a jamais parlé. Très étrange de sa part. »

Donc, si cette maladie de Véra était psychosomatique (pour la première fois, je pense que ce fut bien le cas), un moyen de détourner à son profit l'attention que sa mère accordait au bébé qui venait de naître, maladie fort réelle dans ses symptômes physiologiques mais occasionnée par la jalousie, Véra avait surmonté ce ressentiment quelques mois plus tard. A ce moment-là, elle aimait assez sa sœur pour sauver le bébé au risque de sa vie. Elle l'avait même aimé assez pour oublier ses manières à table.

Je raconterai l'orage à Stewart, et exactement comme Eden me l'a raconté, pour qu'il puisse utiliser le style direct, beaucoup plus efficace (à mon avis) dans un livre comme le sien. Et je lui parlerai sans doute également de la découverte par Véra du cadavre de la vieille Mme Hislop, bien que ce soit sans doute hors du sujet. Pourquoi tous ces incidents n'ont-ils jamais été rapportés à Chad Hamner ? A moins qu'on ne les lui ait racontés. Ne les aurait-il pas vraiment écoutés ? Les aurait-il vite oubliés ? Son attention (je m'en suis aperçue plus tard) était ailleurs.

Véra allait souvent rendre visite à des vieilles gens, survivance d'une époque où la classe supérieure faisait ses bonnes œuvres dans la paroisse (bien que les Longley n'eussent jamais pu prétendre à la classe supérieure), et avant-garde des services sociaux d'aujourd'hui. Un après-midi, en faisant sa ronde chez Mme Hislop, elle la trouva morte. Sans doute un rude choc pour la fillette qui arrivait avec un baluchon de vêtements à donner et des gâteaux qu'elle venait de préparer. Véra m'en parla un des rares jours où elle se trouvait d'humeur expansive.

Nous étions sorties pour promener Jamie dans sa poussette, Véra et moi, car à l'époque Eden devait être à Londres chez la vieille Lady Rogerson. C'était moi qui poussais et Jamie s'était endormi comme toujours dès que la poussette roulait, et il ne voyait jamais ce que vous vouliez lui montrer — des chevaux dans un pré, un chat sur un mur, une voiture de pompiers. Je le vois encore, joues rondes comme une pêche, cils foncés mais cheveux d'or des vrais Longley, encore très longs car Véra ne supportait pas l'idée de couper ses belles boucles. Nous rentrions à la maison par un chemin que je ne connaissais pas, alors que je me rendais régulièrement à Sindon chaque année depuis cinq ou six ans déjà. Une allée qui ne menait nulle part, qui rétrécissait au bout d'une centaine de mètres pour devenir sentier. Nous avions été contraintes de nous y engager parce que le chemin que nous comptions prendre était bloqué par une inondation. Le sentier contournait une prairie triste, passait devant une sorte de carrière de gravier désaffectée, mais ce n'était pas la raison pour laquelle Véra ne l'avait pas emprunté depuis si longtemps. Le cottage apparut, et Véra eut un rire bref, pour cacher sa gêne ou peut-être une émotion plus puissante.

« Je ne viens jamais par ici si je peux l'éviter. C'est stupide après si longtemps, mais on ne change pas ses sentiments. »

Aujourd'hui, le cottage de Mme Hislop a été retapé et embelli. Tous les colombages sont exposés et le toit, autrefois de tuiles, est maintenant de chaume. Un professeur de l'université d'Essex l'habite avec sa femme et son fils. La première fois que je l'ai vu, après la guerre, ce n'était qu'une ruine dont l'enduit extérieur tombait des lattis, avec des plaques de tôle ondulée pour bloquer les fenêtres et un jardin envahi d'orties au milieu desquelles se désintégrait une vieille Morris 10, noir et vert. Véra m'expliqua que Mme Hislop ramassait toute sorte de champignons dans les champs et les faisait cuire. Les gens l'avaient avertie qu'elle en mourrait, qu'elle se tuerait. Et quand Véra la trouva — elle avança sur la pointe des pieds, craintive, dans la maison silencieuse, elle appela, certaine qu'une chose horrible l'attendait derrière la porte de la chambre —, le corps de la vieille dame était enflé et boursouflé de ce que l'on appelait autrefois de l'hydropisie, bien qu'elle n'eût jamais présenté le moindre symptôme de cette maladie.

C'était l'été, il n'y aurait aucun champignon dans les bois ou les prés avant des mois. Mme Hislop n'avait pas vomi et ne montrait aucun des signes habituels de l'empoisonnement fongique. Il n'y avait aucun champignon cuit ou cru dans la maison. L'enquête conclut à une mort naturelle, bien que tout le village sût qu'elle s'était empoisonnée, m'assura Véra. Comment et avec quoi ? Mystère. Elle me fit hâter le pas devant la maison et ne se retourna pas. Je crois que cela prouve sa sensibilité : un lieu et une atmosphère pouvaient évoquer en elle un souvenir douloureux — mais pourquoi dans ce cas se montrait-elle indifférente à l'égard de l'endroit où l'on avait trouvé le cadavre de la fillette ? Pendant des années elle s'était tenue à l'écart de la sente du Tisserand et de la maison de Mme Hislop, mais elle n'avait jamais évité le pré de l'Eglise, ni le cimetière, et lorsqu'elle allait à l'église, elle s'engageait dans le cimetière aussi souvent par l'entrée des cercueils que par l'allée bordée d'ifs. Une explication ? Peut-être éprouvait-elle une certaine culpabilité à l'égard de Mme Hislop : pour ne pas lui avoir rendu visite la veille ainsi qu'elle l'avait promis, ou pour n'avoir dit à personne (alors qu'elle était peut-être la seule à le savoir) que Mme Hislop, atteinte de cataracte, n'y voyait plus assez pour distinguer un champignon d'un autre. La culpabilité justifierait sa répulsion pour la maison, alors qu'elle ne se sentait nullement coupable pour Kathleen March — n'ayant rien à se reprocher en la circonstance. Mais comment pouvait-elle se sentir au-dessus de tout reproche alors que l'enfant avait été confiée à sa garde ?

Stewart va chercher des « signes », dans la jeunesse de Véra, de ce qui s'est passé plus tard ; des signes annonciateurs de la longue et lente entreprise d'empoisonnement dans laquelle elle s'embarqua, et, après l'échec, du couronnement brutal, sauvage. Son postulat, je suppose, sera que les assassins n'assassinent pas comme ça, pour rien. Quelque chose doit les y pousser, une tendance à la violence, une indifférence à la valeur de la vie d'autrui. Mais Véra et Eden ont, l'une et l'autre, des descendants ayant bien meilleur droit que moi pour décider s'il faut révéler le secret ou le taire ; meilleur droit que moi, même s'ils ne connaissent pas l'histoire. Plutôt que d'annoncer le nom de Kathleen March à Stewart (avec cet indice il commencerait ses propres recherches), il faut que je sache ce que ressent Jamie à ce sujet, et peut-être ce que pensent Elizabeth et Giles. Ecrire à leur père serait inutile car Francis n'a jamais répondu aux lettres de sa famille.

La Bataille d'Angleterre à laquelle Andrew participa — le petit nombre en conflit au-dessus des têtes de la multitude — me valut de retourner à Sindon en août 1940. J'en avais très envie même si cela paraît difficile à croire après tout ce que j'ai raconté de ma précédente visite. Mes raisons n'avaient rien à voir avec Véra, ou plutôt Véra était l'inconvénient face à des avantages évidents : voir Eden, dormir dans un lit, dans une chambre — à la maison nous avions un abri où je dormais et le lit de mes parents se trouvait dans notre salon — et puis il y avait la campagne. C'était la campagne qui m'avait convaincue de rester, la fois précédente. Les adultes négligent ou oublient souvent le plaisir céleste que certains enfants, surtout les filles, je crois, prennent à un beau paysage de campagne en été. C'est bien entendu ce dont parle Wordsworth dans l'*Ode à l'Immortalité*. Cela se dégrade avec l'âge. Prairie, bosquet, ruisseau, la terre et tous ses spectacles banals perdent leur splendeur de rêve et leur fraîcheur pendant l'adolescence, et par la suite, on aime simplement la vie à la campagne. En tout cas, c'est ce qui s'est passé pour moi. A onze ans je prenais un plaisir intense aux champs et aux bois de Sindon, aux oiseaux et aux papillons, aux fruits que portent les arbres, dont plus d'un dirait qu'ils n'ont jamais de fruits — sycomores, érables et aulnes —, la formation des feuilles, les cycles de vie de petits animaux, une araignée qui fait rouler son gros œuf, un papillon sortant de sa chrysalide, un chapelet d'œufs de crapaud, une libellule vermillon se posant sur une fleur d'herbe Saint-Jacques. Tout cela a disparu. Je ne vois plus ces choses, ou si je les vois, il n'y a plus de joie en elles ; je n'ai pas le temps de m'arrêter pour les contempler. Mais à l'époque je le faisais, je les découvrais (certaines d'entre elles) dans des terrains vagues de notre banlieue encore à demi bâtie, où la guerre avait arrêté toute construction. Même alors, j'avais l'art en gardant les paupières mi-closes de ne pas voir ce que je ne voulais pas regarder — dans ce cas, les maisons ; dans d'autres, des manifestations troublantes de certaines émotions. Mais à Great Sindon, on n'avait pas besoin de fermer les yeux. Les Lauriers était l'une des dernières maisons construites. Tout demeurait splendeur pastorale intacte.

Et j'avais envie d'être de nouveau avec Eden. Il semble bien qu'à onze ans, on s'entiche toujours de quelqu'un. La séparation avait nourri mon culte du héros. Je commençais même à considérer sa lettre comme méritée. Après tout, le reproche s'adressait à mon père, non à moi. Peut-être aurait-il dû m'enseigner les bonnes manières, m'apprendre la cuisine, la couture et la féminité. Véra avait déclaré une ou deux fois qu'elle ne voyait pas quel bien me feraient toutes ces déclinaisons latines ; je n'y aurais guère prêté attention, venant de sa bouche, mais Eden avait confirmé d'un sourire et assuré (avec l'approbation manifeste de Véra) qu'elle était elle-même si mauvaise en latin qu'elle avait abandonné au bout de deux trimestres. Elle était belle, élégante, bien équilibrée, confiante en elle-même. Malgré sa jeunesse, dix-huit ans seulement, elle était la sœur d'adultes, non la nièce, et les adultes la traitaient avec le respect dû à une personne de leur âge. Elle avait terminé ses études et trouvé un emploi. C'était sur elle que je désirais prendre modèle. Pendant le trajet jusqu'à Colchester, dans le train, je me demandais si ses cheveux étaient encore du même or, et dans ce cas, si je ne pouvais pas passer les miens à l'eau oxygénée sans que personne ne s'en aperçoive.

Quelque part au-dessus de l'Essex un combat aérien se déroulait. Un chasseur tomba du ciel en traînant un panache de fumée, on eût dit la chute d'une feuille. Les voyageurs se précipitèrent vers les glaces du compartiment, le cou tordu vers le haut. Aucun homme ne tombait en parachute. Le pilote, quel qu'il fût, brûlait dans sa carlingue. Un Messerschmidt, dirent les voyageurs, pas un des nôtres : ni un Spitfire ni un Hurricane. Le ciel se vida et le soleil continua de briller. Véra m'attendait à la gare, pour embrasser l'air à deux doigts de ma joue, statuer sur ma taille (j'avais grandi) et grommeler de nouveau sur le poids de ma valise.

Mais cette fois, j'allais rester de nombreux mois. Les attaques aériennes sur Londres débutèrent ce septembre-là et trois mois plus tard, en une seule nuit, mille sept cent vingt-cinq incendies se déclarèrent dans la ville. Mon père vint voir la directrice et me fit entrer au lycée qu'avait fréquenté Eden. A ce moment-là, je m'étais déjà fait une amie dans le village, une fille du même lycée, et j'étais heureuse d'avoir la compagnie d'Anne à l'aller et au retour — heureuse de faire comme les autres, comme tous les enfants de cet âge. Mais pour l'instant, c'étaient les vacances et Eden m'attendait aux Lauriers « En préparant le goûter », me dit Véra. Ce matin-là, en mon honneur, elle avait fait une génoise comme seule Eden en était capable : elle avait battu les œufs en neige pas moins de dix minutes.

Aux Lauriers, bien que je l'eusse oublié, se trouvait également Francis.

Jusqu'à la naissance de Jamie, ce fut mon unique cousin, car la sœur et le frère de ma mère n'avaient pas d'enfants. Dans la tendre enfance nous nous étions parfois rencontrés, nous avions sans doute joué ensemble, peut-être même nous étions-nous bien entendus, mais je ne m'en souviens pas. Il avait à peu près un an de plus que moi. De sa présence à la maison, Véra ne me dit rien, bien entendu — elle était ainsi, escomptant sans doute que je sois au courant, et peut-être aurais-je dû l'être. Après tout, il était en vacances comme moi et où aurait-il pu aller sinon chez lui ? A bien d'autres endroits, devrais-je apprendre plus tard, mais c'était également plus tard.

Se souvenir n'est pas difficile ; ce qui est dur, c'est de revivre les sentiments que j'ai éprouvés en entrant dans la maison, avec Francis présent dans la salle de séjour près d'Eden. Un serrement de cœur, une impression voisine de la panique, l'idée que tout allait être gâché. Pourquoi ? Pourquoi cela m'importait tellement ? Pourquoi ai-je eu la certitude, dès ces premières secondes, que nous nous détesterions, lui et moi, et surtout (le pire) qu'en sa présence je me sentirais toujours gauche, inepte et stupide ? Pendant ces premières secondes, également, j'eus peur de lui, d'une manière défensive, et je rentrai tout ce qu'il y avait de vulnérable en moi.

Les manières parfaites de Véra n'allaient pas jusqu'au souci de nous présenter de nouveau l'un à l'autre. Ni celles d'Eden. J'étais ridicule de m'attendre à autre chose ! Entre cousins, dans la famille ! Quelle petite prétentieuse névrosée étais-je pour désirer qu'on me dise des choses sur lui et qu'on lui dise des choses sur moi, à la recherche de points que nous aurions en commun ? Et pourquoi Véra ou Eden, qui manquaient manifestement de prévenances pour autrui, se seraient-elles souciées de nous voir communiquer ? Je restai plantée en silence, à me demander — parmi d'autres spéculations absurdes — où je dormirais. Je savais que jamais je ne me résoudrais à poser cette question.

C'était un beau garçon. Si vous voulez savoir à quoi il ressemblait, procurez-vous plusieurs numéros du vieux *Boys' Own Paper,* ou un roman illustré pour adolescents de la fin du siècle dernier. Francis évoquait le prototype du jeune héros, du jeune Anglais bien découplé, capitaine de l'équipe cadette de cricket (un chef parfait) avant de passer au maillot bleu du rugby, gentil avec les bizuts et sévère redresseur de torts, de sang noble mais l'assumant avec modestie, le parfait *Wasp* (blanc anglo-saxon et protestant) comme on dit outre-Atlantique, l'image même du *gentleman,* en plus jeune. Il était blond, les traits ciselés, la mâchoire taillée dans le teck avec un bon couteau, des yeux d'un bleu perçant, les lèvres non pas minces mais généreusement pleines. Cela posé, il ressemblait beaucoup à Eden. A première vue, ils auraient pu être davantage des jumeaux que mon père et Véra, car Francis, à treize ans, était déjà plus grand que sa tante.

Nous nous assîmes tous pour le « thé », et Véra se lança de nouveau dans ses louanges du gros cake rond, dont le dessus était saupoudré de la ration entière de sucre d'une personne pour une semaine. Eden gloussa. Plus âgée d'un an, elle semblait moins adulte, moins compassée. Je m'aperçus aussi que tous les autres n'étaient pas inévitablement exclus du cercle enchanté qu'elle formait avec Véra. Et pourtant... Non, je me trompe sur ce point. Eden et Francis formaient « couple », ainsi qu'Eden et Véra, mais il n'y avait jamais « trio ». Je reviendrai bientôt sur le comportement de Francis à l'égard de sa mère, mais dès cette première rencontre, dès ces premières heures, j'en fus choquée et intriguée. Eden et lui, ensemble, étaient étranges. Ils me désorientaient, et en un sens m'inquiétaient. Je ne savais pas pourquoi, j'étais trop jeune. Les regards qu'ils échangeaient, le gloussement d'Eden à ce que Francis disait, les chuchotis qui provoquaient des reproches de Véra, à Francis sinon à Eden, le plaisir intense qu'ils prenaient apparemment à leur compagnie jusqu'au moment où Eden semblait se ressaisir et revenir dans le camp Véra — tout cela dépassait mon entendement. Cela me traumatisait (comme on dit en psychothérapie) dans cette partie de mon être qui aspirait, et aspire encore, à appartenir à un groupe. Cela me plaçait en face d'une norme de conduite adulte à laquelle je ne pourrais à coup sûr jamais parvenir. Des années passeraient avant que je ne sois en mesure d'analyser et de résoudre le mystère. En fait, ils se comportaient comme des amants secrets.

Mais ce soir-là, j'étais en pleine mer, je dérivais sur une barque, sur les eaux les plus profondes et les moins connues des Longley. Pendant le goûter, la conversation roula sur le nouvel emploi d'Eden, mais comme tout le monde escomptait que je saurais ce que j'ignorais — la nature de l'emploi, la façon dont elle l'avait obtenu, le nom de son employeur, la date de ses débuts, etc. —, je ne pus me joindre à eux. Sans grand succès, je décidai d'écouter et de pêcher ce que je pourrais. Eden, ses études terminées, était fortement maquillée, avec un de ces fonds de teint liquides nouveaux sur le marché — ou plutôt sous le comptoir, car il fallait supplier et attendre son tour pour en obtenir —, du rouge à lèvres écarlate et brillant, un coup de crayon marron-roux sur ses sourcils épilés et une audacieuse plaque d'ombre bleue sur les paupières. Sa coiffure, construction élaborée, ne dissimulait pas les pinces de métal qui la maintenait en place, mais cela n'en diminuait nullement le chic, en 1940.

Serais-je encore envoyée au lit à huit heures ? La question me tourmentait. Mais la présence de Francis, à tant d'égards dérangeante, me rassérénait un peu. On pouvait difficilement m'envoyer au lit et le laisser veiller ; et je ne sais pourquoi l'idée que nous fussions envoyés au lit tous les deux de la même ignominieuse façon serait préférable à mon bannissement solitaire. Mais peu après le goûter, Francis disparut.

J'essuyai la vaisselle. Véra et Eden continuèrent de parler de l'emploi d'Eden, un poste dans le bureau d'un avocat, si j'avais bien compris : elle devait répondre au téléphone et indiquer aux clients où attendre ; elle avait obtenu la place sur l'intervention du général Chatteriss, qui avait fait ses études avec le principal associé du cabinet. J'étais soulagée d'en avoir appris autant sans poser de question. Cela supposait que si le sujet revenait sur le tapis, je pourrais éviter de montrer mon ignorance et d'en être réprimandée.

Nul ne s'attendait évidemment à ce que Francis lave ou essuie la vaisselle, fasse son lit ou quoi que ce fût dans la maison. A notre retour dans la salle de séjour, je pensais le trouver où nous l'avions laissé, affalé dans un fauteuil, en train de lire *Autant en emporte le vent.* Véra réagit violemment à son absence (aujourd'hui nous dirions « piquer une crise »). Son visage devint tout rouge. Elle s'arrêta sur le seuil et lança très fort à Eden :

« Tu vois, il recommence !

— Ma chérie, il n'est que sept heures moins dix. » Eden, avais-je remarqué, appelait Véra « Ma chérie » de plus en plus souvent.

« Il profite que nous ayons le dos tourné. »

Cet échange de répliques m'intrigua. Francis n'avait rien à faire, il était tôt. Pourquoi ne serait-il pas sorti se promener dans le village s'il en avait envie ? Sur le moment on n'en parla plus, Véra et Eden se plongèrent dans leur « ouvrage » comme des dames de la Belle Epoque. Elles passaient leurs loisirs face à face devant une table ou assises dans des fauteuils de part et d'autre de la cheminée, à coudre, à faire du crochet ou à broder. Elles se mirent à leur ouvrage, et Eden avait l'air plutôt déplacée avec sa coiffure compliquée et son maquillage voyant, pour une occupation de dame patronnesse pantouflarde du genre jours Venise sur un ourlet de mouchoir. Mais à mes yeux d'enfant, tout ce qu'elle faisait devenait admirable et digne d'être copié. Elle me trouva bientôt un crochet et une pelote de laine pour que je me mette à faire des « carrés » à coudre ensemble pour des couvertures, et je m'exécutai joyeusement. Véra brodait un motif pour un écran de cheminée : une femme en crinoline et bonnet, avec un panier au bras. Les dames en crinoline avaient eu beaucoup de succès dans cette forme d'art au cours des années trente, et il y en avait aux Lauriers dans tous les coins, sur les coussins, sur les couvre-théières et sur les pochettes de chemises de nuit.

J'aurais préféré sortir dans le jardin et dans les champs. Mais j'avais peur de partir, après ce que j'avais entendu dire de la disparition de Francis. En outre, me trouver avec les adultes, sur le même plan, me donnait un plaisir délicieux : j'accomplissais un travail semblable au leur et de temps en temps Eden m'aidait, elle me montrait comment tenir mes mains, vérifiait que mes points n'étaient pas trop inégaux. Quand j'eus terminé un carré, elle remarqua :

« C'est vraiment assez bien pour une débutante ! »

Véra avait posé sa broderie pour écrire une lettre. En jetant un coup d'œil, je vis que c'était à son mari car elle commençait par « Mon cher Gerry ». Elle ne savait pas où il se trouvait — « quelque part en Angleterre » selon la formule — sauf s'il pouvait lui indiquer l'endroit par des allusions assez subtiles pour franchir la censure. L'échéance des huit heures se rapprochait et par défi je commençai un autre carré, mais je sous-estimais Eden, qui entendit carillonner la cloche de l'église une minute avant que les aiguilles de la pendule du salon ne marquent l'instant fatidique. Elle planta son aiguille dans le mouchoir, le plia, le posa sur le bras du fauteuil, ses ciseaux pointus pardessus, parfaitement dans l'axe, et se leva en me souriant.

« Eh bien, ma petite nièce, tu vas partager ma chambre, alors je ferais bien de te montrer où tu vas dormir. »

Je la suivis vers la porte, déçue, mais ma déception compensée par le fait que je dormirais dans sa chambre. Soudain, Véra bondit, nous bouscula au passage et monta l'escalier quatre à quatre. Je l'entendis courir d'une chambre à l'autre et claquer les portes. Eden hésita. Elle ne me regarda pas. Puis elle ouvrit la porte et s'avança au pied de l'escalier. Véra descendait en courant, le visage rouge. Son regard et sa bouche trahissaient la colère qui montait.

« Il n'est pas dans la maison ! Je te l'ai dit, il recommence. »

Elle ouvrit la porte d'entrée à la volée, courut jusqu'à la grille, sur laquelle elle se pencha pour crier « Francis, Francis ! » à gauche, puis « Francis, Francis ! » à droite.

Nous commençâmes à monter vers la chambre d'Eden. J'entendis la voix de Véra qui appelait son fils, d'abord devant puis derrière. La porte de la chambre de Francis était fermée, Eden l'ouvrit pour regarder à l'intérieur mais bien entendu il ne s'y trouvait pas. Je ne demandai rien et elle n'expliqua rien. La chambre d'Eden était impeccablement propre et rangée, avec des napperons de dentelle pour sa brosse à cheveux, ses pots et ses divers flacons ; la couleur rose prédominait et parmi les cadres des murs il y avait une photographie en couleurs de la statue de Peter Pan, dans les jardins de Kensington. Les lits n'étaient pas côte à côte mais perpendiculaires et aussi éloignés l'un de l'autre que les dimensions de la pièce le permettaient. A mon grand soulagement, je ne vis pas de pendulette.

Ma valise, déjà là, attendait que je la défasse. Je devais suspendre mes affaires dans le secteur de la garde-robe qui m'était alloué, expliqua Eden, et je pouvais disposer du deuxième tiroir de la commode.

Les pas de Véra résonnèrent dans l'escalier. Elle ouvrit la porte brusquement. Les signes d'émotions fortes chez les adultes gênent toujours les enfants, et Véra éprouvait visiblement une émotion forte : elle avait le visage d'un rouge écarlate, avec des larmes sur les joues, ses lèvres tremblaient, son corps vibrait comme un ressort, ses mains se crispaient en poings fermés. Eden s'avança vers elle et lui posa la main sur le bras.

« Pourquoi te mets-tu dans un tel état, ma chérie ?

— Il le fait exprès !

— Mais... Bien sûr. Ne fais donc pas attention. » Eden se souvint alors de moi — j'attendais, maladroite, en me demandant ce qui s'était passé, ce qui avait bien pu survenir pour provoquer une douleur aussi intense, rageuse, hystérique.

« Bonne nuit, ma chère Faith. Je ne te dérangerai pas en montant. Je me déshabillerai dans le noir. »

Elle referma la porte comme pour m'isoler d'un côté, elle restant de l'autre, avec Véra et son mystérieux désespoir. Je me demandai, tout en défaisant ma valise, si elle croyait Francis en fuite, ou même kidnappé. Allait-on appeler la police ? Assistais-je au premier acte d'une épouvantable tragédie de famille ? Je sortis pour aller dans la salle de bains et je vis la porte de Francis grande ouverte, la couverture prête — Véra préparait les lits de tout le monde après le goûter, enlevait les dessus de lit et les pliait — la chambre vide. Sur la cheminée, la pendulette bruyante tic-tacquait. Au rez-de-chaussée, Véra pleurait. Je me couchai, désorientée par ce mystère, certaine que la maison allait être bientôt envahie de gendarmes, de voisins, d'enquêteurs. Quelqu'un se glissa dans l'escalier ; persuadée qu'il s'agissait d'Eden, je fis semblant de dormir. Mais Eden ne monta pas avant une bonne demi-heure, et quand elle monta, en même temps que Véra, le bruit qu'elles firent m'aurait éveillée de toute manière.

« Il est là ! Regarde-le ! Et la porte grande ouverte. Il a dû se faufiler dans notre dos. J'aimerais le tuer.

— Ma chérie, tu ne devrais pas tant t'en faire.

— Pourquoi agit-il de la sorte ? Pourquoi ? Quel plaisir y prend-il ? »

La curiosité l'emporta. Je sortis du lit et ouvris la porte. Véra ne m'aperçut pas tout de suite. La porte de Francis était encore grande ouverte, la pendulette égrenait des échos métalliques suffisants pour maintenir éveillé le plus enragé des dormeurs, mais cela n'empêchait pas Francis de dormir. Il était allongé, à moitié découvert, sa respiration semblait lourde, régulière et profonde.

« Je pourrais le tuer, répéta Véra.

— Plus tu t'en fais et plus il recommencera. »

Véra me vit.

« Pourquoi n'es-tu pas au lit ? »

Je répondis que je désirais un verre d'eau.

« Va le lui chercher, Eden, veux-tu ?

— Je peux y aller moi-même.

— Oui, et tu laisseras couler le robinet. Je ne sais pas d'où tu tiens cette idée saugrenue de boire au milieu de la nuit. Ni ton père, ni Eden, ni moi n'avons fait ça dans notre enfance. Je ne sais pas pourquoi on t'a permis ces envies. »

Elle déversait sur moi la colère que le sommeil de Francis l'empêchait de déverser sur lui, mais sur le moment, bien sûr, je ne m'en rendis pas compte. Et je ne savais pas encore non plus, quoique je l'apprendrais très vite, que Francis se comportait ainsi chaque soir. Cela faisait partie d'un jeu cruel et calculé dirigé contre sa mère depuis le début de ses vacances. Il disparaissait chaque soir à sept heures — à l'origine probablement pour éviter la honte d'être envoyé au lit —, se cachait à portée de voix de la rage et du chagrin que Véra était incapable de dominer ou de réprimer quand elle ne parvenait pas à le trouver, puis, dès qu'elle se mettait à sangloter dans les bras d'Eden, il remontait l'escalier sans bruit et laissait la porte ouverte pour bien se montrer, d'un air de dire : « Regardez, je suis là. Pourquoi en faire tout un plat ? » Véra ne s'y habitua jamais, et ne suivit jamais le conseil d'Eden de faire comme si de rien n'était. Chaque soir la même scène d'hystérie se renouvelait, pour se terminer avec les deux sœurs debout sur le seuil de la chambre de Francis, en train de le regarder, avec étonnement, comme des dames de la cour au coucher d'un roi de France.

Pourquoi le faisait-il ? Quel plaisir prenait-il donc à voir et entendre la colère impuissante de sa mère ? Car ce n'était qu'une seule de ses nombreuses provocations — par exemple son obéissance au principe sacro-saint de Véra de manger avec la main gauche et boire avec la droite, au point de tenir son couteau et sa fourchette en même temps dans sa main gauche. Il y avait aussi ses jours rouges et ses jours jaunes, où il ne consentait à manger, aux trois repas, que de la nourriture rouge ou de la nourriture jaune, et dans ce dernier cas il soumettait des plats comme la tarte à l'écorce de citron, le gâteau au safran et les œufs durs, à une analyse minutieuse pour établir s'ils étaient vraiment assez jaunes. Beaucoup trop subtil et original pour se livrer à des blagues conventionnelles du genre sel dans le sucrier ou lit en portefeuille, il préférait le bizarre, ne sachant que trop à quel point cela touchait particulièrement Véra. Par une chaude journée d'août, il verdit toutes les fleurs bleues du jardin en ployant délicatement leurs corolles pour les tremper dans un pot où il avait versé deux doigts d'ammoniaque. Le *Daily Telegraph* arrivait le matin avec les définitions des mots croisés mais sans la grille, soigneusement découpée. Véra se plaignit au marchand de journaux et se trouva impliquée dans des échanges d'insultes avec le jeune homme qui les distribuait pendant plusieurs semaines avant de découvrir que Francis en était responsable. Francis se donnait tout le mal nécessaire pour accomplir ses taquineries, et n'hésitait pas à se lever à six heures pour attendre le journal et découper les mots croisés à l'instant où il arrivait sous la porte.

Eden lui en demanda la raison. J'étais dans la pièce avec eux, et pendant un moment je crus qu'ils avaient oublié ma présence. Véra venait de monter l'escalier quatre à quatre, en pleurant. C'était l'un des jours blancs de Francis. Les restrictions se faisaient sentir à l'époque, et l'opinion générale voulait qu'il soit antipatriotique de ne pas finir tout ce que l'on avait dans son assiette. Francis avait pu manger son chou-fleur et le blanc de poulet, mais il y avait du jus de poulet marron sur les pommes de terre et il tint absolument à les laver sous le robinet. Véra — à peine croyable ! — se soumettait à ce caprice des couleurs pour s'assurer qu'il mangeait car elle le trouvait trop maigre. Elle avait très sérieusement préparé ce repas insipide, couronné par un gâteau de riz. Mais ce n'était pas sa soumission que Francis désirait. A la première cuillerée de riz, il se frappa le front comme s'il se souvenait trop tard d'une obligation importante.

« Ne sommes-nous pas mardi ?

— Bien sûr, mardi, répondit Véra.

— Alors c'était un jour vert. Quel imbécile je suis ! Mais il n'est peut-être pas trop tard pour réparer le mal, rien n'est encore compromis. Vite ! Avons-nous un pot de groseilles à maquereaux dans la maison ? Une pomme, à condition qu'elle soit verte. Ou même un concombre ? »

Véra jeta sa serviette par terre et se précipita dans l'escalier. Francis éclata de rire. Avec un regard en coin, neutre, refusant de prendre parti, Eden dit :

« Tu es odieux. Pourquoi es-tu si odieux ? »

Ce fut la première fois que je vis quelqu'un manger un

concombre comme une banane. Il le pela même comme une banane, quoique forcément avec un couteau.

« Quand nous vivions aux Indes, dit-il, j'avais une nourrice, une *ayah,* qui s'appelait Mumtaz.

— Tu m'en as déjà parlé.

— D'accord, je t'en ai déjà parlé. Tu m'as répondu qu'elle avait un drôle de nom. C'est seulement le nom de la femme pour laquelle on a construit le Taj Mahal. Mais je suppose que cela ne signifie rien pour toi.

— Ne sois pas épouvantable, Francis, dit Eden.

— Je crois que je ne te dirai rien. De toute manière, elle est morte. Elle a attrapé une maladie horrible, le typhus, et elle est morte.

— Tu avais ta mère, répondit Eden. Pas comme moi. Ma mère est morte quand j'avais treize ans.

— Et tu as eu *ma* mère. Moi, non — c'est là la question. Et je n'avais pas treize ans, j'en avais sept. Elle m'a mise en pension à la minute où elle a pu le faire, elle s'est débarrassée de moi à la première occasion. Gentil, n'est-ce pas ? Il fallait que j'aille en pension parce qu'ils étaient aux Indes, mais *elle* n'est pas restée aux Indes longtemps, elle est venue ici. Et tu étais ici. Alors elle t'a choisie et elle m'a envoyé en pension. »

Eden devint soudain très adulte et condescendante. Elle m'adressa un sourire éclatant. « Tes paroles vont faire sur Faith un effet vraiment déplorable, tu sais. Bien sûr, tu n'en penses pas un mot. J'espère que tu comprends, Faith : il n'en pense pas un mot. »

J'étais une enfant silencieuse, sans savoir-vivre à l'époque ; je me bornais à hocher ou à secouer la tête. Je hochai donc la tête, geste aussi ambigu que possible.

« Ta mère a fait ce qui était le mieux pour toi, Francis. Ou ce qu'elle a cru le mieux. Peut-être aurais-je aimé, *moi,* aller en pension, mais je n'ai pas eu cette chance, n'est-ce pas ?

— Ne fais pas ta sainte nitouche, merde ! »

En 1940, la petite bourgeoisie ne disait pas beaucoup « merde ». Pour moi, « zut » était déjà un gros mot, et je fus choquée.

« Tu as fait rougir Faith. » C'était vrai, mais j'aurais préféré qu'Eden s'abstienne de le faire remarquer. « Elle va le dire à son père, tu sais. Chaque mot que tu as prononcé sera rapporté à son père, et bien entendu tu n'en supporteras pas les conséquences. C'est Véra qui sera critiquée pour la façon dont elle t'a élevé.

— Tant mieux », répondit Francis en allant chercher la boîte de punaises de Véra sur l'étagère. Il commença par fixer bout à bout, avec des punaises, les longueurs de peau de concombre, puis, toujours avec les punaises, il traça un motif qui donna à la peau l'allure d'une ceinture cloutée. Il l'enroula, sortit la ceinture de la poche de l'imperméable de Véra, et mit à la place le concombre clouté.

Je le crus fou. Je crois encore que j'avais raison : il l'était. Son comportement n'était que vengeance, nullement un moyen d'attirer l'attention sur lui et donc d'espérer reconquérir ainsi l'amour de sa mère. Il la détestait. C'était de la haine. Non un autre sentiment déguisé en haine mais la chose elle-même, authentique, méchante et débordante. Eden conservait une subtile neutralité : elle riait avec Francis et parfois semblait approuver de son rire — elle savait qu'il ne répéterait jamais à Véra ce qu'elle lui disait, il était trop fier —, et avec Véra elle se contentait de soupirer, de secouer la tête et de lui dire de ne pas faire attention, que cela lui passerait avec l'âge. Elle ne pouvait pas être sûre que Véra ne se précipiterait pas sur Francis pour lui rapporter, à peine les mots sortis de ses lèvres : « Eden te trouve écœurant, elle n'a jamais vu personne traiter sa mère comme tu me traites. »

Nul ne s'attendait à ce que je prenne parti. Jamais on ne sollicitait mon avis. A l'époque, j'avais fait la connaissance d'Anne Cambus et nous passions toutes nos journées ensemble, la plupart du temps chez elle, ce qui me faisait du bien, non seulement pour les distractions que cela m'offrait mais parce que cela me fournissait un autre point de repère ; le monde entier n'était pas comme la maison de Véra et d'Eden, ni n'aspirait à le devenir. Certaines personnes avaient l'air faciles à vivre, pleines de chaleur, naturelles, un peu comme ma mère : l'exception, c'était la maison de Véra, non la mienne. Pendant la plupart des heures de la journée j'arpentais les champs et les bois avec Anne, je partais à bicyclette avec elle, sur un vieux vélo qui avait appartenu à Eden, et je jouais un jeu complexe et absorbant que nous appelions « Marie, reine des Ecossais » : nous revivions sans fin les événements de la vie de Marie Stuart que nous avions appris à l'école, chacune incarnant à son tour le personnage de la reine tandis que la seconde jouait tous les autres rôles — Darnley, Rizzio, Bothwell, Elizabeth Ire. Par temps de pluie, cela se passait au fond du jardin de Véra dans la maisonnette délabrée que tout le monde appelait « la cabane ». A l'époque, beaucoup de maisons de Sindon et des villages environnants avaient dans leur jardin un de ces petits bâtiments, en bon état ou en ruine. La région devait être jadis une garenne de masures de bois et de torchis, avec quelques briques ici et là, blotties les unes contre les autres pour la facilité de la construction et le souci de garder la chaleur, véritables ruches de poussière, de maladie et d'inconfort. Il en restait des vestiges, conservés au titre de granges ou de buanderies. Avait-on jamais fait la lessive dans la « cabane » des Lauriers, je l'ignore. Mais elle contenait une vieille lessiveuse au couvercle de bois blanchi, avec par-dessous un espace, un petit creux pour allumer du feu. Le sol était de briques. Pendant son enfance, me dit Eden un jour, elle avait eu la permission de transformer l'endroit en une sorte de maison de poupée, ce qui expliquait un côté relativement pimpant. Les restes déchirés de rideaux de cretonne pendaient toujours à la petite fenêtre, il y avait un tapis par terre, une vieille table à abattants, deux chaises longues de toile. Véra, étant ce qu'elle était, y faisait le ménage de temps en temps. Anne et moi y avons couronné, marié, trahi et décapité Marie Stuart plutôt cent fois qu'une pendant cet été et cet automne-là. Une nuit, cinq ans plus tard, je devais assister dans cette même cabane à la représentation d'un rituel beaucoup plus étrange, mais c'était encore bien loin et, pour un enfant, impossible à prévoir.

La nuit, je partageais la chambre d'Eden. Fidèle à sa promesse, elle se déshabillait et se couchait dans le noir, mais les soirs de pleine lune, il ne faisait pas très sombre et si j'étais parfois encore éveillée quand elle montait, je faisais semblant de dormir. Même avec la lumière éteinte, elle se déshabillait avec une extrême chasteté ; elle enlevait d'abord sa robe ou son corsage, puis elle enfilait sa chemise de nuit par la tête et se glissait très vite hors de ses sous-vêtements. Toutes les chemises de nuit d'Eden étaient de linon rose et blanc, brodées par elle ou par Véra au col, aux poignets et parfois même à l'ourlet. Le nylon était déjà inventé mais il mettrait encore longtemps à venir jusqu'à nous.

Egalement dans le noir, ou dans la pénombre, Eden s'asseyait à la coiffeusc et effectuait son « soin de visage » de la manière que les magazines féminins de l'époque (et de maintenant, autant que je sache) recommandaient à leurs lectrices, en finissant par un massage à la crème « nutritive ». Elle faisait sa mise en plis, fixait ses rouleaux-saucisses avec des épingles, et recouvrait le tout avec un foulard de mousseline rose. Eden — comme Hélène l'a dit à Stewart à propos de sa propre mère — dormait avec des gants de coton blanc pour conserver de belles mains. En faisant semblant de dormir, au point de maintenir ma respiration forte et régulière, j'observais cette procédure nocturne avec admiration et, j'en ai bien peur, avec envie.

Parfois, bien entendu, quand vint l'automne, il faisait trop sombre, pour elle comme pour moi, et la cérémonie devait se dérouler dans la salle de bains. Et plus tard, on m'installa dans la chambre de Francis, reparti en pension après avoir couronné ses vacances par un de ses coups les plus mémorables — pour faire enrager sa mère bien entendu.

C'était le soir du jour où il avait essayé de mettre fin une fois pour toutes à cette affaire de main gauche, main droite. Il n'y réussit pas, mais je crois que ses paroles ébranlèrent cependant Véra. Elle continua de nous montrer nos mains sur la nappe et de décaler nos assiettes vers la gauche, mais j'eus l'impression que le cœur n'y était plus.

Francis lui demanda si elle savait que les musulmans mangent toujours avec la main droite parce qu'ils se servent de la gauche pour accomplir un acte d'hygiène personnelle après la défécation. J'ai exprimé la chose par euphémisme, mais ce n'est pas du tout ce que Francis lui lança. Il lui dit qu'ils se servaient de la main gauche pour « se torcher le cul après avoir chié », et c'est pourquoi trancher la main droite d'un musulman pour le punir à la suite d'un vol était une mutilation encore plus cruelle qu'il n'y paraissait. La victime risquait de mourir de faim.

Véra poussa un cri d'horreur. Elle cria qu'il la rendait malade, qu'il la rendait malade de dégoût. Ensuite, elle déclara qu'il n'y avait aucun musulman ici, Dieu merci, alors pourquoi nous croyait-il intéressées par leurs habitudes révoltantes ?

« Cela te montre à quoi peut aboutir une éducation selon des règles rigides », répondit Francis, et il avait raison sur ce point, plutôt cent fois qu'une.

A mesure que le jour s'avança, il parut de plus en plus mélancolique. Il restait silencieux, absent, et bien que ce fût un jour jaune — Véra, sur ses instructions, lui avait joyeusement servi au déjeuner un gâteau de citrouille et une omelette — il oublia, au goûter, de ne manger que du cake au madère et de la tarte au citron, et engloutit distraitement une tranche de pain aux dattes avant de se souvenir. Il se leva et quitta la table sans un mot. Véra, en le cherchant comme d'habitude ce soir-là, trouva sur son traversin en ouvrant son lit une lettre annonçant son suicide. Elle tira le dessus de lit — qu'elle avait glissé sous le traversin quelques heures plus tôt, puis bien arrangé par-dessus avant de le coincer contre la tête du lit — et trouva une enveloppe insérée là par des doigts qui avaient à peine dérangé son beau travail, une simple ride sur la toile mais qui lui était sautée aux yeux dès son entrée dans la pièce. « Maman » avait écrit Francis sur l'enveloppe en violet, son encre préférée depuis quelque temps. (Comme Francis était *coloré !* Je me souviens de lui en couleurs : son encre violette, ses jours jaunes, sa transformation des fleurs bleues en fleurs vertes.) La lettre annonçait à Véra qu'il était si malheureux qu'il avait décidé d'en finir.

Véra le crut. Moi aussi, bien entendu. J'étais consternée, et j'avais peur. Eden sembla le croire ; de toute manière ce fut elle qui conseilla à Véra d'appeler la police. Le gendarme du village arriva sur sa bicyclette ; puis d'autres policiers, en voiture. Véra monta chercher la lettre pour la leur montrer, mais elle avait disparu. Francis, qui se cachait dans la maison, l'avait évidemment subtilisée et détruite. Au plus fort de l'émotion, avec trois gendarmes dans la maison et la femme du pasteur — passée pour je ne sais quelle affaire de l'Association des mères de famille — Véra, en train de pleurer et Eden de marcher de long en large, Francis entra tranquillement pour demander la raison de tout ce remue-ménage. Il nia qu'il avait écrit une lettre, il nia l'existence même d'une lettre, et le résultat fut que tout le monde commença à douter de la parole de Véra. On ne m'avait pas montré la lettre, mais Eden l'avait vue, et son ambiguïté à cet égard fut surprenante. Elle n'affirma jamais qu'elle aussi l'avait lue, elle ne se rangea jamais tout à fait du côté de Véra mais préféra adopter l'attitude d'une infirmière, d'une confidente, bien décidée à calmer les esprits ; elle assura à la police et à

Mme Morrell qu'elle prendrait soin de Véra, tendue à craquer, qu'elle irait mieux dans un rien de temps. Les gendarmes prirent Véra pour une hystérique, qui les avait dérangés pour rien. Mais Francis obtint le résultat escompté, et monta se coucher entièrement satisfait : son grand coup avait réussi.

Or cet automne-là, quelqu'un à Great Sindon se suicida vraiment. Je me suis souvent demandé de quelle importance fut cette mort-là pour ce qui survint par la suite. En d'autres termes, dans quelle mesure elle a contribué aux événements qui aboutiraient au meurtre.

VI

Le recteur de la paroisse de Great Sindon se nommait le révérend Richard Morrell. J'avais dit en parlant de lui « le pasteur », ce qui m'avait valu une réprimande immédiate de Véra (« Ne fais pas l'idiote ! »), mais dans mon ignorance je croyais que tous les ecclésiastiques de l'Eglise d'Angleterre étaient des pasteurs, et qu'il s'agissait d'un terme générique comme « boucher ». Véra allait à l'église presque tous les dimanches, en général pour l'office du soir. Pour une raison que je n'ai jamais clairement comprise, mon père ne voulait pas que je sois confirmée. Je suppose qu'il avait perdu la foi, ou avait cessé d'accepter la religion ritualisée. A l'époque, j'étais furieuse de manquer cette partie sûrement indispensable de mon éducation. Il y avait aux Lauriers sur le piano du salon une grande photographie encadrée, que j'admirais beaucoup, d'Eden dans sa robe blanche de confirmation avec un voile sur la tête. Quoique privée de ce droit d'entrer parmi les élus, ou même de sa simple promesse, j'allais parfois à l'église avec Véra, surtout les soirs où Eden s'y rendait aussi. Traverser le village avec mes deux tantes, portant chacune un livre de prières — sans aucune raison que je pus discerner puisqu'il y avait un exemplaire sur chaque prie-Dieu —, m'aidait à rejoindre « l'intégration » à laquelle j'aspirais encore. Après le service, nous donnions tous une poignée de main à M. Morrell, gros, lourdaud et débraillé, qui avait la réputation de laisser le pain de la communion tel quel dans la poche de son surplis, sans l'envelopper. Il était cousin germain d'un homme éminent, qui avait été le Maître de Balliol. Je disais « *un* maître *à* Balliol », parce que je croyais avoir mal entendu, et que s'il avait été à la tête de la faculté on l'aurait appelé doyen ou directeur — autre erreur de ma part, qui me valut de nouveau un coup de langue cinglant de Véra.

Les Morrell avaient une servante du nom d'Elsie. Les gens avaient encore des bonnes à domicile à l'époque, mais elles allaient vite disparaître dans les usines de munitions ou les auxiliaires féminines de l'armée de terre. Le presbytère de Great Sindon était une énorme maison très démodée de huit chambres à coucher. Elsie, seize ans et fille d'un valet de ferme habitant dans un village à cinq kilomètres de là, faisait tout le gros ménage pour ne laisser à Mme Morrell que l'époussetage, les lits, le repassage et bien entendu la cuisine. Je la connaissais de vue. Quand nous rentrions de l'école, Anne et moi, nous la croisions parfois qui se rendait chez sa mère, pour son après-midi de liberté. Mais nous ne lui adressions jamais la parole. Nous étions d'affreuses snobinettes. Nous savions bien que nous n'appartenions pas à la classe supérieure comme Mme Deliss, du Prieuré, mais nous nous considérions plusieurs échelons au-dessus des gens du village. Or, non seulement Elsie sortait d'une famille de travailleurs manuels, mais elle était domestique. Véra s'attendait à ce qu'elle m'appelle Mademoiselle et à ce qu'elle lui dise Madame. C'était une jeune fille solide, épanouie, à la peau toujours rose et fouettée par le vent, avec des cheveux d'or roux très brillants — sa couleur naturelle, j'en suis certaine. Mme Morrell venait parfois en visite aux Lauriers, et dans ses conversations avec Véra, ronchonnait contre Elsie qu'elle traitait de paresseuse et de souillon. Je crois qu'elles aimaient bavarder de ce qu'elles appelaient « la question des domestiques ».

« Vous avez tellement de chance de n'avoir pas ces problèmes, entendis-je Mme Morrell s'écrier. Que ne donnerais-je pas pour une maison de dimensions aussi raisonnables. » Elle n'aurait pas donné grand-chose en fait. Ancienne institutrice sans qualifications d'une école privée d'Ipswich (selon les confidences d'Anne), elle adorait vivre dans une demeure du XVIIIe siècle plus vaste que le Prieuré de Great Sindon.

Une ou deux fois, quand je me rendis au presbytère avec Véra, je tombai sur Elsie un balai à la main ou à quatre pattes sur les dalles de pierre, en train de récurer. Véra lui parlait toujours, ce qui obligeait la pauvre Elsie à se relever et à prendre une attitude respectueuse.

« J'espère que Mère et Père vont bien, Elsie.

— Oui, merci, madame. »

Autant que je sache Véra ne connaissait absolument pas les parents d'Elsie. Nul d'entre nous ne connaissait son nom de famille avant qu'il n'éclate au grand jour, lors de l'enquête.

Pendant un de ses après-midi de liberté, Elsie disparut. Elle ne revint pas ce soir-là et ne se présenta pas non plus le lendemain, aussi Mme Morrell envoya-t-elle quelqu'un chez les parents de la jeune fille. Elle dépêcha, avec sa bicyclette, le jeune homme qui venait une fois par semaine tondre le gazon ou balayer les feuilles. Elsie ne se trouvait pas chez ses parents non plus, et plus tard le même jour, un paysan découvrit son cadavre dans son puits. Elle s'était noyée.

Autant que je sache, il n'existe plus de vrais puits dont les gens se servent vraiment, mais il y en avait encore quelques-uns à l'époque. La plupart des maisons de campagne et des bâtiments de ferme n'avaient ni eau courante ni électricité. Le gaz de ville n'était pas installé à Great Sindon — et ne l'est pas encore aujourd'hui. Ce puits était alimenté par une source d'eau vive et il poussait à l'intérieur une plante sauvage, à l'air très propre, pareille à une chevelure verte ondulée. Un peu plus tard, quand on eut vidé et nettoyé le puits, j'allai le voir avec Anne. Il avait à peine un mètre de diamètre, mais on le disait très profond — réputation sans doute exagérée — avec une margelle ronde de petites briques anciennes. Chaque fois qu'Elsie retournait chez elle, elle devait passer devant la ferme où se trouvait le puits, et en novembre, quand la haie se dénudait, les passants ne pouvaient manquer de le voir. Ce fut Anne qui m'apprit ce qui s'était passé.

« C'est affreux. Elsie, du rectorat, vient de se suicider. Elle s'est noyée. Maman me l'a dit. Elle m'a défendu d'en parler, mais avec toi, ça ne compte pas. Je veux dire, elle savait bien que je te le raconterais de toute façon. »

Je restai sous le choc, comme anéantie. Nous attendions l'autocar de l'école, par une froide matinée : l'air, le vent, le monde entier, était plein de feuilles qui flottaient, voletaient, tombaient. Jamais je ne m'étais trouvée dans un endroit où la chute des feuilles était si apparente, car le cœur du village, la pelouse et les allées en étoile étaient plantées d'énormes marronniers, platanes, sycomores et hêtres. Tous perdaient leur feuillage, aidés par le vent violent, et jusqu'à ce jour, quand je vois des feuilles tomber à l'automne, je me rappelle Elsie et qu'elle est morte noyée.

Je demandai à Anne pourquoi. Pourquoi avait-elle fait ça? Seize ans n'est pas la même chose que douze, mais c'est encore jeune, pas du tout comme vingt-six, n'est-ce pas, que nous considérions alors comme de l'autre côté de la pente. Comment pouvait-on avoir envie de mourir à seize ans?

« Maman a dit qu'elle s'en doutait. Je l'ai entendue affirmer à papa qu'elle en devinait la raison, mais quand je lui ai posé la question, elle n'a rien voulu me confier.

— Moi, je ne vois pas du tout, et toi?

— A moins que son travail pour Mme Morrell ne l'ait rendue très malheureuse, dit Anne. Mais si c'était le cas, pourquoi ne serait-elle pas partie en usine? »

Aux Lauriers, rien ne fut dit sur la mort d'Elsie. Je précise : rien. On n'en parla même pas en me recommandant, comme la maman d'Anne, de n'en discuter avec personne. Etre secret était un trait de caractère important de la famille Longley, même quand rien ne le justifiait. On ne donnait pas de renseignements, on n'annonçait pas les nouvelles. Ou bien on était sensé être déjà au courant, ou bien on ne voulait pas savoir. Souvent, Véra et Eden semblaient avoir des secrets pour le plaisir du secret, pour se délecter des chuchotements, des regards lancés par-dessus l'épaule, des murmures derrière la main. J'imagine qu'il y eut un peu plus de chuchotis que de coutume à l'époque de la mort d'Elsie, un peu plus de portes refermées pour m'exclure avec un : « Juste une minute, Faith. » Elles devaient forcément être au courant, comment ne l'auraient-elles pas appris, soit de la bouche de Mme Morrell, soit à la lecture du journal local? D'ailleurs tout le village ne parlait que de ça. La mort d'Elsie avait balayé du répertoire de ragots la bombe isolée, la dernière d'un chapelet lâché par un Dornier en difficultés, qui était tombée dans un pré du côté de Bures et avait tué une vache. Véra et Eden savaient; et elles connurent aussi le résultat de l'enquête, où la raison du suicide d'Elsie fut révélée. De nouveau, je l'appris par Anne, mais elle ne put me dire si sa mère avait deviné juste. Nous passâmes beaucoup de temps cet hiver-là à spéculer sur Elsie, les pourquoi, les comment et l'état d'esprit de la jeune fille.

Pendant ce temps, les bombes allemandes détruisaient Londres. Et pas seulement Londres — Coventry, Bristol, Birmingham. Des incendies terribles faisaient rage dans la City et l'on ne possédait guère de moyens de défense contre les raids de nuit. La crainte de l'invasion demeurait manifestement vive. On s'est étonné que Jane Austen ait présenté dans ses romans un tableau très détaillé de la vie sociale de son époque sans dire un seul mot de la guerre livrée par la Grande-Bretagne pendant la majeure partie de sa vie, au point de ne même pas citer les batailles de Trafalgar et de Waterloo. Anne et moi aurions pu le comprendre. Nous n'étions pas impliquées. La guerre ne nous intéressait pas, ni ne nous touchait. Elle se passait très loin, on ne l'entendait pas, on pouvait même en ignorer l'existence si l'on quittait la pièce quand la radio était allumée. Le torpillage de bateaux italiens par des avions anglais dans le port de Tarente, la situation en Afrique de l'Est, l'infiltration allemande en Roumanie — tout ceci ne fut rien pour nous, comparé à notre fascination pour les malheurs et la fin désolante de la pauvre Elsie.

Cela peut paraître étrange aujourd'hui mais quand j'avais douze ans, je n'avais jamais *connu* de personne non mariée avoir un enfant. Le mariage était la condition préalable absolue de toute naissance. Anne et moi, quoique intriguées par les émotions impliquées, pouvions comprendre parfaitement la honte de mettre au monde un enfant quand on était une jeune fille célibataire dans l'Angleterre de 1940.

« Elle ne pouvait pas l'avoir, n'est-ce pas ? dit Anne. Tu te rends compte ! »

Je m'en rendais compte : qu'aurait-elle fait de lui, sur le plan pratique ? On ne pouvait imaginer une Elsie non mariée en train de pousser un landau dans la rue du village. M. Morrell aurait sûrement refusé de le baptiser, ou il aurait été contraint de le faire après la tombée de la nuit.

« Pourquoi a-t-elle fait ça ? » demandai-je.

Par « ça » j'entendais l'acte sexuel qui avait abouti à sa grossesse. Anne fut incapable de me le dire. Nous avions connaissance de ce qui se rapportait aux questions sexuelles avec plus ou moins d'exactitude, mais des sentiments qui pouvaient s'y attacher, nous n'en savions rien, nous ne nous doutions même pas que des émotions seraient impliquées. Nous considérions la sexualité comme une chose à laquelle on se livre simplement pour savoir ce que c'est, « pour l'expérience ». L'identité du partenaire ne nous semblait pas importante puisque nous ignorions encore l'existence du désir. La conduite d'Elsie nous paraissait donc renversante : nous comprenions bien qu'on ait envie de faire « ça » — nous nous étions confié mutuellement que nous aimerions « faire ça » de toute façon au moins une fois dans notre vie — mais se lancer dans un acte si grave sans préparation et sans prévoir les mesures nécessaires pour éviter la conception nous dépassait.

Le puits cessa d'être utilisé. Je ne sais pas où le paysan prit son eau de table, car je suis certaine qu'on ne pouvait pas se faire relier aux canalisations d'eau courante en 1941. Peut-être existait-il une pompe non loin. Anne et moi nous glissâmes à travers la haie et pénétrâmes sur ses terres pour jeter un coup d'œil au fond du trou vert profond. Je dois avouer que pendant un certain temps Elsie remplaça Marie Stuart dans nos jeux : nous nous sommes mises à jouer à Elsie : elle suivait le chemin, apercevait le puits et sautait dedans. Nous représentions ces scènes dans le jardin d'Anne, où une fosse servant autrefois de cave à glace jouait le rôle du puits. Nous n'avions que douze ans et c'est sans doute notre seule excuse...

A l'école, de même que les jours de pluie on évitait de nous faire chanter « Le soleil brille », on supprima brusquement de notre répertoire une ronde que nous avions beaucoup aimée, du genre : « Au feu les pompiers, voilà Londres qui brûle », et qui aurait manifestement constitué une grave faute de goût en janvier 1941.

J'étais revenue à la maison à Noël, et j'avais regagné les Lauriers pour le début du trimestre suivant. Dans notre banlieue, quand les sirènes sonnaient la fin d'alerte, les enfants sortaient dans les rues pour ramasser les éclats d'obus de la DCA. J'avais une belle collection d'éclats à montrer à Anne. Mon oncle Gérald était revenu en permission pour Noël, Francis avait fêté son quatorzième anniversaire, et Eden, à la stupéfaction de tous, annoncé sa décision de s'engager dans la Marine.

Quand je la revis, Véra avait plus ou moins surmonté le choc et semblait l'accepter. A moins qu'elle ne fît bonne figure uniquement à mon intention.

« Evidemment, c'est le meilleur service des auxiliaires féminins. Ceux de l'armée de Terre sont ce qu'il y a de pire, ensuite viennent ceux de l'Aviation ; et ceux de la Marine, au sommet. C'est bien connu. Eden ne fera aucun travail manuel, absolument hors de question. »

Mais elle ne pourrait pas habiter aux Lauriers, me dis-je.

« L'uniforme est très beau. En fait un tailleur bleu marine élégant. Avec un petit chapeau coquin... »

Une larme coula le long du nez de Véra et s'écrasa sur le magazine qu'elle tenait, au beau milieu de la photographie d'un auxiliaire de la Marine en uniforme. Ses larmes me mirent dans l'embarras. Elle me saisit soudain la main et je fus stupéfaite, un peu affolée. Je lui murmurai que tout irait bien, que la guerre serait bientôt finie, mais des perspectives de chagrin adulte s'ouvrirent à moi et j'entrevis en cet instant à quel point elles pouvaient être sans limites et d'une diversité infinie. Véra me lâcha la main, s'essuya les yeux et m'ordonna âprement de ne dire à personne qu'elle avait « craqué », pas un mot à mon père et encore moins à Eden elle-même.

Avant mon retour à Londres, pendant l'été, mon oncle Gérald revint aux Lauriers en « permission d'embarquement ». Presque certainement son régiment allait partir en Afrique du Nord. Peut-être Véra souffrit-elle du départ de son mari aussi profondément que de celui d'Eden, peut-être souffrit-elle même davantage, mais si ce fut le cas, elle avait désormais appris à dissimuler totalement son chagrin. Il partit un beau samedi de juin, le matin très tôt. Après son départ, Véra décrocha tous les rideaux de la chambre et les lava dans l'évier de la cuisine.

24a Llangollen Gardens
Nottinghill Gate
London W11

Le 12 mars

Chère Faith,

Quel plaisir d'avoir de vos nouvelles quoique j'aurais mieux aimé que ce fût à un autre sujet. Sans doute l'ignorez-vous (il n'y a aucune raison pour que vous le sachiez) mais personne ne m'a appris qui était ma grand-mère avant l'âge de dix-sept ans — d'ailleurs ce fut une camarade de lycée. Je crois que cela a induit en moi une sorte de blocage pour tout ce qui se rapporte à Véra Hillyard. Je l'évite, je déteste penser à elle. Je sais que me montrer si crispée à ce sujet est malsain, mais je ne peux pas m'en empêcher. J'ai essayé.

Daniel Stewart m'a effectivement écrit et je lui ai répondu. Je lui ai dit l'absolue vérité, à savoir que je ne sais sur Véra Hillyard rien de plus que le premier venu. Probablement moins car je n'ai lu aucun compte rendu du procès, etc. Il avait l'air de croire que je m'appelais Hillyard et m'a adressé sa lettre sous ce nom. Une sorte de sixième sens m'a poussée à l'ouvrir — à ce nom, mes cheveux se hérissent chaque fois — et pendant les semaines qui ont suivi j'ai même imaginé que les autres habitants de l'immeuble avaient deviné qu'Elizabeth Hills est la petite fille de Véra Hillyard. C'était stupide, bien sûr, la plupart d'entre eux sont trop jeunes pour avoir entendu parler d'elle, mais cela vous donne une idée de l'état dans lequel me plonge toute cette affaire.

Je n'ai jamais entendu parler de ce secret. Le nom de Kathleen March ne signifie rien pour moi et je suis certaine que vous découvrirez qu'il en va de même pour Giles. En ce qui me concerne, vous pouvez le raconter à ce Stewart, sans doute preneur de n'importe quelle ordure, comme sont toujours ces gens-là. Je n'ai aucune intention de lire son livre, donc je m'en moque. La seule chose qui m'importe : qu'il ne prononce pas mon nom, ni n'indique qui je suis et où j'habite.

Maman vous envoie ses salutations et vous prie de lui téléphoner un de ces jours. Elle aimerait bien vous revoir. Désolée si cette lettre vous paraît négative, mais vous comprendrez à présent ce que je ressens.

Vôtre,

Elizabeth.

6, Blythe Place
London W14.

Le 18 mars

Chère Faith Severn,

Je n'arrive pas à me souvenir si nous nous sommes rencontrés ? Daniel Stewart m'a écrit, mais je n'ai pas répondu. En ce qui me concerne, ma mère et Elizabeth sont la seule famille que j'ai, et je désire que cela reste ainsi. Je n'ai pas envie de connaître mes autres parents, vivants ou morts, et cela inclut mon père. Désolé si cela vous paraît grossier.

Vôtre,

Giles Hills.

Via Orti Orcellari 90,
Firenze.

20 mars

Chère Faith,

Comme vous le voyez ci-dessus, j'ai déménagé. Je suis passé à mon ancienne adresse où l'on avait gardé votre lettre. Si vous venez à Florence ce printemps, n'oubliez pas notre rendez-vous : je dois vous cuisiner un repas. Je suis content en ce moment parce que mon premier livre vient d'être publié. Ce ne serait rien pour Francis, auteur blasé qui a déjà une demi-douzaine de bouquins à son tableau de chasse. Mon livre traite justement de la façon d'accommoder un tableau de chasse — bref c'est un livre de cuisine, Cucina Ben Riuscita *(Mondadori, 20 000 lires).*

Non, je ne suis au courant d'aucun secret de famille. Souvenez-vous : j'avais six ans quand c'est arrivé. Pearmain ne risquait pas de me faire des révélations, il me parlait à peine.

Aujourd'hui, ai-je ou non envie de savoir ? Tout bien pesé, je ne le crois pas. J'aimerais pouvoir dire que ça ne peut pas être pire que ce que je sais déjà, mais ce serait là une déclaration pleine de défi, qui pourrait m'attirer des ennuis, croyez-moi. Je suppose que cela concerne la jeunesse de ma mère et je suis tenté de vous dire : N'en parlez pas à Stewart. Je connais les journalistes, il fera paraître la chose pire qu'elle n'était.

Vous pourrez tout me dire (le secret aussi, si vous y tenez) quand vous viendrez ici. En attendant.

Avec mes meilleurs sentiments,

Jamie

16 Queens Gate Mews
London SW7

31 mars

Chère madame Severn,

Je crains de m'être montré un peu rustre. Il m'a fallu longtemps pour me rendre compte de votre répugnance à me raconter l'histoire de votre tante et de Kathleen March. Mais si je cite ce nom, c'est que je l'ai retrouvé, et je n'en suis pas resté là.

Les dossiers de la chaîne de journaux pour laquelle Chad Hamner travaillait autrefois m'ont fourni la plupart des faits. Je ne cherchais pas particulièrement « le secret », simplement quelque chose qui se serait produit à Nayland et plus tard à Great Sindon, à l'époque où vos grands-parents et leurs jeunes enfants y vivaient. En outre, Mme Adèle Bacon est encore en vie, bien qu'âgée de près de quatre-vingt-dix ans. Trois frères et sœurs de Kathleen, plus jeunes qu'elles, sont vivants. J'ai parlé à ces personnes et j'ai vu les dossiers en possession de la police d'Essex — ceux de 1921, quand l'incident s'est produit, et ceux de 1979, quand le squelette de l'enfant a été mis au jour.

Vous trouverez ci-joint mon récit de ce qui s'est passé. Albert

March en a pris connaissance et le juge exact, à sa connaissance. Vous donnerez-vous la peine de le lire ? Les renseignements ne me sont pas parvenus par votre intermédiaire, n'est-ce pas ? Et vous serez peut-être en mesure de corriger mes erreurs ou mes défauts d'interprétation. Ce récit fera partie du chapitre trois de mon livre, dans lequel je tenterai une analyse du caractère de Véra Hillyard.

Comme il s'agit d'un double, ne vous donnez pas la peine de me retourner le texte, sauf si vous désirez y effectuer des modifications ou des ajouts.

Je vous suis très reconnaissant.

Sincèrement Vôtre,

Daniel Stewart.

Au printemps 1916, un jeune soldat appelé Albert March se fiança à une jeune fille qu'il fréquentait depuis l'enfance, Adèle Jephson, âgée de dix-huit ans elle aussi. Une semaine après les fiançailles, Albert partit pour les tranchées ; en juillet 1917, pendant l'avancée des Alliés sur Ypres, il fut très grièvement blessé.

Albert apprit vite qu'il ne pourrait probablement jamais mener une existence normale. Par exemple, il aurait tort de se marier. Dans la vie civile, il était aiguilleur au London and North Eastern Railway, à Colchester, et de l'avis des médecins de l'hôpital où l'on avait soigné ses blessures à la tête et à la poitrine, il n'avait aucune chance de reprendre son emploi. Mais Albert ne manquait pas de volonté et de détermination. Il souffrirait toujours d'essoufflements et de migraines qui l'accablaient, mais demeurait résolu, malgré ces inconvénients, à épouser Adèle et à poursuivre sa carrière. Le mariage eut lieu en août 1918 à l'église de Great Sindon, paroisse de la famille Jephson.

A l'époque, une voie ferrée du LNER bifurquait de la ligne principale Londres-Marks Tey-Sudbury à une gare portant le nom de Sindon Road, située à un kilomètre et demi du village de Great Sindon. Albert parvint à se faire engager au poste d'aiguillage et de signalisation, et s'installa avec Adèle dans une maison de Bell Lane, à deux pas de la grand-rue de Great Sindon. La rangée de logements accolés dont ils occupaient le dernier se nommait Inkerman Terrace, d'après une ancienne bataille, dans une ancienne guerre. Aujourd'hui les quatre logements ont été convertis en une boutique d'art et d'artisanat, la Ringdove Gallery, et sert également d'habitation aux propriétaires, Philip et Joy Lees.

Ecoutons Mme Adèle Bacon, autrefois March :

« A présent, quand ils débutent dans la vie, les jeunes espèrent sans doute davantage. Nous avions deux pièces au premier et deux au rez-de-chaussée ; nous nous éclairions avec des lampes à pétrole et nous allions chercher notre eau à la pompe, sur la pelouse du village, comme tout le monde dans les logements voisins. Nous n'avions pas besoin de plus et nous nous estimions heureux. Bien entendu aux Lauriers, non loin, il y avait l'eau courante et la lumière électrique, mais c'était déjà une grande maison, à mes yeux. Quand nous nous sommes installés, mon mari et moi, les lauriers étaient occupés par M. et Mme Price. Mais M. Price est mort et sa veuve à vendu la maison aux Longley.

« M. Longley était déjà âgé. J'étais très jeune à l'époque, et pour moi c'était un vieux monsieur. Sa femme semblait plus jeune, et ils avaient des jumeaux d'une douzaine d'années, John et Véra. Véra était une jolie gamine, blonde, avec des yeux bleus. Plus tard elle a attrapé quelque chose qui l'a faite devenir très mince, mais à l'arrivée des Longley, elle était adorable. Je me souviens qu'elle m'avait donné une photo d'elle en demoiselle d'honneur du mariage de sa demi-sœur.

« Je mis mon premier enfant au monde peu de temps après leur arrivée. Une fille, que nous avons appelée Kathleen Mary. Mary d'après le nom de la mère d'Albert, mais Kathleen parce que nous aimions bien ce nom. Véra Longley était folle de mon bébé. Je connaissais à peine sa mère, plutôt distante car elle se croyait bien au-dessus de nous, je dois dire, mais Véra était toujours fourrée chez nous : elle voulait porter le bébé, le baigner, ce genre de chose. A la vérité, j'en étais plutôt flattée. Les temps ont tellement changé, le monde est si différent, mais à l'époque un homme qui travaillait dans les assurances et vivait dans une vraie maison avec l'électricité semblait à des lieues au-dessus de nous, il n'y avait pas de comparaison. Mon père était valet de ferme — ouvrier agricole, comme on dit à présent — et mon mari aiguilleur du chemin de fer. Je jugeais vraiment que Véra me faisait honneur en venant chez moi, et je me donnais beaucoup de mal pour la recevoir, pour qu'elle se sente bien. »

Entre-temps, moins d'un an après la naissance de Kathleen, Mme March mit au monde un deuxième enfant, un fils nommé Albert comme son père, mais que l'on appela aussitôt Bertie. Ce fut une naissance difficile et Adèle demeura souffrante pendant plusieurs mois. L'aide de Véra fut donc d'autant mieux accueillie, et une routine s'installa : elle prit l'habitude de sortir promener Kathleen chaque après-midi pendant les grandes vacances d'été, dans le landau démodé — celui d'Adèle quand elle était bébé.

M. Albert « Bertie » March, qui habite maintenant Clayton, où il a pris sa retraite d'employé aux Services des eaux d'East Anglia, nous a déclaré :

« J'étais trop jeune pour me rappeler quoi que ce soit de cet après-midi-là. Kathleen avait un peu plus de deux ans, et moi juste quinze mois. Ma mère ne m'en a pas parlé. Elle n'a jamais rien dit, en aucune circonstance, c'était comme si je n'avais jamais eu de sœur aînée, et bien entendu je ne peux pas me souvenir de Kathleen. C'est seulement après la mort de mon beau-père, quand ma mère est venue vivre avec ma femme et moi, qu'elle s'est confiée un peu. Elle nous a dit une ou deux choses sur Kathleen. Par exemple qu'elle commençait juste à parler, qu'elle avait les cheveux très bouclés, ce genre de détail.

« C'est mon père qui m'a tout raconté. A quatorze ans, je travaillais déjà, et c'était deux ans avant sa mort. Il n'avait que trente-cinq ans, mais il avait été touché pendant la Grande Guerre, cela l'avait détraqué. Il avait des maux de tête qui le terrassaient, à la suite d'une blessure reçue à Ypres. L'après-midi où nous avons perdu Kathleen, il avait dû rentrer à la maison plus tôt. La douleur l'aveuglait. On n'aimait pas les types qui quittaient le travail pour une migraine en 1921, je peux vous dire, ce n'était pas comme aujourd'hui. D'abord, on perdait sa paye, et puis il n'y avait pas de voiture pour vous ramener chez vous, ni de Ne-revenez-que-si-vous-vous-sentez-mieux. Peu probable ! Mais mon vieux était bien obligé de quitter son poste, parce que dans cet état, il constituait un danger pour la compagnie. Il avait un poste responsable, comprenez-vous. La vie de centaines de gens dépendait de lui. Bien entendu, il dut rentrer à la maison à pied, mais il n'y avait même pas deux kilomètres, ce qui n'était rien à l'époque.

« Il revint par les chemins de traverse, pas par la grand-route. Il fallait traverser la rivière à une sorte de gué qu'on appelait " le Lavoir ", mais il y avait une passerelle de bois pour piétons. En passant sur le pont, mon père vit Véra Longley et une autre fillette assises sur la berge et, à quelques mètres d'elles, sous des arbres, un landau. Les fillettes tournaient le dos au landau qui se trouvait sur un tertre plat, alors qu'elles étaient descendues jusqu'au bord de l'eau. Malheureusement, mon père ne fit pas le rapprochement entre le landau et sa fille ; il ne lui vint pas à l'esprit que son enfant s'y trouvait. Sans doute n'était-il pas capable de penser à autre chose qu'à la douleur dans sa tête.

« Il était à la maison depuis à peu près une heure, allongé sur un fauteuil avec un torchon humide sur la tête, quand Mme Longley se présenta à la porte. Ma mère était en train de s'occuper de moi. Mme Longley attendait un enfant à l'époque, la fille qu'ils ont appelée Eden. Elle a dit à ma mère que Kathleen n'était plus là, qu'elle avait disparu de son landau. Ce qui a toujours mis ma mère en colère, c'est le fait que Véra ne soit pas venue, elle-même, qu'elle ait envoyé sa mère... »

On ne revit jamais Kathleen March. On appela la police et les gens du village organisèrent une battue. On fit intervenir un chien limier réputé qui appartenait à un paysan de la région. Arthur Longley et son fils John participèrent avec tout le monde : une cinquantaine d'hommes qui continuèrent à battre la campagne jusqu'à l'aurore de cette nuit de pleine lune.

Qu'est-ce que Véra Longley raconta à la police ? Aucun rapport d'interrogatoire ou d'entretien avec Véra n'a survécu — à supposer qu'il en ait existé. Nous ne pouvons nous appuyer que sur les dires de la famille March, ou plutôt sur ceux de Mme March, étant donné qu'Albert March avait moins de deux ans à l'époque.

« Véra ne voulait pas me voir, et sa mère ne voulait pas qu'elle me voie. Elle disait que cela ne servirait à rien. Mais j'ai insisté. C'était mon enfant qui avait disparu, n'est-ce pas, ma petite fille. Si Véra refusait de venir chez moi, j'irais chez elle, lui ai-je dit, et c'est ce que j'ai fait. Je suis allée aux Lauriers et j'ai vu Véra. Mme Longley disait qu'elle était dans un état affreux, qu'elle sanglotait et pleurait, mais elle ne pleurait pas quand je lui ai parlé. Elle était seulement très pâle, elle avait l'air pour ainsi dire hantée.

« Mon mari m'avait raconté ce qu'il avait vu : Véra et son amie assises sur la berge de la rivière, en train de bavarder. Véra m'a dit oui, c'était vrai, elle avait rencontré une amie de sa classe, Mavis Vaughan, et elles étaient allées au Lavoir ensemble. Kathleen s'était endormie. Elles avaient laissé le landau sur un tertre puis elles étaient descendues au bord de l'eau. Jamais elle n'avait quitté le landau des yeux plus de cinq minutes, m'a dit Véra, mais je savais que ce ne pouvait pas être vrai. Elle m'a dit que Mavis était restée avec elle une demi-heure puis était repartie en suivant la rivière, la laissant seule. Elle m'a dit qu'elle avait continué de surveiller le landau, d'épier un mouvement, vous comprenez. Si elle voyait le landau s'agiter, elle saurait que Kathleen s'était réveillée. Bien entendu, le landau ne bougea jamais, puisqu'il n'y avait déjà plus personne à l'intérieur. En tout cas, c'est ce qu'elle a dit. Quand elle s'était dirigée vers lui, elle l'avait trouvé vide. Quelqu'un était venu derrière son dos et avait enlevé Kathleen. Voilà ce qu'elle m'a dit. Je n'ai jamais su si je devais la croire, mais que pouvais-je faire ? »

Mavis Vaughan, qui devint par la suite Mme Broughton, est morte en 1978, à l'âge de soixante et onze ans, mais sa fille, Mme Judith Jones, qui habite à Sissington, non loin de Great Sindon, connaît sa version de ce qui s'était passé ce jour-là.

« Tout ce qui est arrivé en relation avec la disparition du bébé March a fait sur ma mère une profonde impression. Même à la lumière de ce qui s'est produit par la suite — le meurtre, je veux dire — elle est demeurée convaincue que Véra Hillyard n'y avait pris aucune part. Véra adorait les enfants. Mon Dieu, je pense que les circonstances du meurtre l'ont bien montré, non ? Elle adorait Kathleen March autant qu'elle devait adorer par la suite sa jeune sœur. Ma mère disait que la naissance d'Edith Longley juste à ce moment-là avait sauvé la raison de Véra, et elle le croyait sincèrement. Le fait est que Véra demeura plusieurs mois malade après la naissance du bébé.

« On a beaucoup parlé de ce que Véra et ma mère faisaient au moment de l'enlèvement de Kathleen. Des gens ont suggéré qu'elles étaient allées là-bas pour un rendez-vous avec deux garçons — vous voyez d'ici le genre d'insinuations. Tout cela est stupide. Elles se sont assises et elles ont bavardé, sans plus, et elles sont toujours restées à portée de voix du landau, à une dizaine de pas. Quand elle avait rencontré Véra, ma mère allait faire une course à Great Sindon pour sa propre mère — ils vivaient à Cole Fen, un vrai trou, comme on dit — et elle a continué son chemin au bout d'un moment. Ah ! Elle a regretté mille fois de ne pas être remontée sur le sentier, elle serait passée à côté du landau et aurait vraiment su, une fois pour toutes, si Kathleen s'y trouvait encore. Mais elle ne l'a pas fait. Elle a traversé le pont de bois — d'ailleurs de propos délibéré, pour ne pas déranger Kathleen. Ironie du sort, non ?

« Plus tard, bien entendu, après le meurtre, les gens qui se souvenaient de l'affaire Kathleen March ont prétendu que Véra l'avait tuée. Ils ont dit que Kathleen s'était mise à pleurer et que Véra s'était emportée. Véra s'emportait facilement, tout le monde le savait, même ma mère en convenait. Mais elle a toujours refusé de croire cela de Véra, même après qu'elle a été pendue... »

A l'automne 1979, M. George Treves, qui cultivait deux cent quarante hectares de terre entre Assington et Cole Fen, engagea un entrepreneur du nom de Peter Sommers pour arracher une haie. Il désirait réunir quatre petits champs en un seul, pour semer de l'orge. Au bout de trois jours de travail avec une pelleteuse mécanique, M. Sommers découvrit, enfoui à une profondeur d'un mètre quatre-vingts à deux mètres vingt, un bidon à pétrole de cinquante centimètres de hauteur et de vingt-cinq centimètres de diamètre, dont l'ouverture était sommairement bouchée par un tampon d'argile jaune dont on trouve plusieurs couches au milieu du sol en général léger et sablonneux de l'endroit.

Au début, M. Sommers et M. Treves crurent que le bidon contenait peut-être des objets de valeur, comme ceux auxquels s'intéressent les archéologues depuis quelque temps, ou même les bijoux volés il y a dix ans à Cole Hall, au cours d'un cambriolage devenu légendaire dans la région. Le butin, jamais retrouvé, comprenait notamment un collier de perles de dix mille livres sterling. Ils ne trouvèrent dans le bidon qu'un tas d'os brunâtres et des vêtements en lambeaux. Ils apportèrent leur découverte à la police.

Les os étaient humains. Lors de l'enquête menée sur ces restes, on statua qu'ils appartenaient à un enfant de sexe féminin âgé d'environ deux ans et décédé depuis au moins une cinquantaine d'années. Cette découverte relève pour ainsi dire d'un miracle de la médecine légiste, et l'on ne put déterminer rien d'autre. Impossible de retrouver l'origine du bidon. S'il y avait eu des traces de violence sur le corps de l'enfant, le temps et plus d'un demi-siècle de décomposition les avaient détruites. Les bouts de tissu mêlés aux os étaient des fibres de laine, et au moment de sa disparition, Kathleen March portait une brassière de laine sous sa robe de coton et une veste de laine par-dessus.

Etait-ce Kathleen ? La haie de Cole Fen n'était guère qu'à huit cents mètres du Lavoir où Kathleen avait été vue pour la dernière fois, dans son landau. Nous nous souvenons que c'est là qu'habitait Mavis Broughton, née Vaughan, assez près de Great Sindon pour que sa mère l'envoie là-bas faire des courses. D'un autre côté, les rapports de police montrent que pendant les vingt années qui séparent 1920 et 1940, pas moins de cinq enfants de sexe féminin âgés de moins de trois ans ont été portés disparus dans la région Great Sindon/Cole Fen/Sissington de l'Essex. Et de ces fillettes, seul le cadavre de l'aînée, âgée de trois ans et originaire de Sissington, a été découvert.

Il est fort peu probable que nous connaîtrons la vérité un jour. Mais si Véra Longley a commis ce crime, il ne semble y avoir aucune raison, aucun motif possible. On ne saurait faire entrer en ligne de compte la jalousie pour les attentions accordées à l'enfant, car il suffisait à Véra de fournir n'importe quel prétexte à Adèle March pour cesser de voir Kathleen. Plutôt que de tuer la fille de sa voisine, âgée de deux ans, elle aurait plus probablement supprimé sa propre sœur lorsqu'elle était un nouveau-né, et de qui il y a raison de croire qu'elle en fut vraiment jalouse. La raison et le motif ont joué un si grand rôle dans le crime ultérieur que toute tentative de présenter Véra Hillyard comme une psychopathe irrationnelle (et nous ne possédons aucune preuve allant dans ce sens) ne saurait contribuer à nous faire comprendre son caractère.

La famille March quitta Great Sindon au cours de l'année suivante, l'année de la naissance d'Edith Longley, pour s'installer dans la maison de l'aiguilleur, qui venait d'être vacante à Sindon Road.

VII

J'AI répondu à Jamie pour le prévenir que je serais à Florence en mai. Son livre a éveillé en moi un curieux souvenir. Quand j'avais douze ans, la tante de ma mère mourut et me légua un livre de cuisine. Bien entendu aucune relation de parenté avec Jamie, puisqu'elle appartenait à l'autre branche de ma famille : la sœur de ma grand-mère maternelle — une Anglaise. Elle avait travaillé comme cuisinière, des années auparavant, dans une grande demeure du nom de Lytton Lodge à Woodford Green — en fait, elle était *la* cuisinière, personnage d'une certaine importance avec des filles de cuisine sous ses ordres, artiste capable de créer des banquets. Je me souviens d'elle comme d'une vieille dame imposante, très pieuse, presque entièrement sourde, dont le moment le plus important de son existence eut lieu le jour où le prince de Galles, futur Edouard VIII puis duc de Windsor, était venu dîner.

Elle mourut dans la petite chambre qu'elle louait à Seven Kings, et tout ce qui s'y trouvait — l'ensemble de ses possessions — revint à ma mère, seule parente en vie. Il y avait un Nouveau Testament avec des passages marqués en rouge, une paire de ciseaux pliables qui pendaient de sa ceinture avec les clés, beaucoup de photos encadrées que ma mère fut incapable d'identifier, des bijoux laids dans des écrins démodés, des robes de bombasin et des tabliers de linon blanc qui vaudraient aujourd'hui une petite fortune si nous les avions gardés. Ainsi que le livre de cuisine. Cependant ce n'était pas à moi qu'il avait été légué mais à mère.

Il s'appelait *Mrs A. B. Marshall's Cookery Book*, publié en

1884. A la différence de Jamie qui a écrit *Cucina Ben Riuscita* (je suppose) à l'intention de petites bourgeoises ambitieuses, Mme Marshall, directrice d'une école de cuisine, avait conçu son livre pour des cuisinières chargées de préparer des dîners d'une douzaine d'entrées pour deux douzaines de convives. Je l'ai souvent lu pendant la guerre, aux plus mauvais moments des restrictions. Je l'ai souvent lu en mangeant des sandwichs de pain gris, margarine et œuf reconstitué. A Sindon, il m'est arrivé de le lire sur le bord de la rivière, près du Lavoir, sans savoir à l'époque que Véra se trouvait au même endroit le jour de la disparition de Kathleen March.

Mme Marshall donnait un menu de souper de bal pour « quatre cents à cinq cents personnes », qui se composait de trois entrées chaudes — consommé, côtelettes d'agneau et cailles — et pas moins de trente entrées froides, dont d'autres cailles et un dessert du nom de Sœurs Siamoises — doubles choux revêtus d'un glaçage vert et garnis de crème de couleur carmin, parfumée au rhum. Il y avait également un menu de *déjeuner maigre*, en français dans le texte, ce qui sans doute signifie déjeuner léger mais que je traduirais par un repas avec peu de plats. Et bien entendu ce que Mme Marshall et feu ma grand-tante considéraient sans doute comme un repas normal : six entrées sans compter le soufflé vanillé à l'ananas, le gâteau Metternich et la fondue au parmesan.

Véra en prit ombrage. Elle vit dans mes lectures de Mme Marshall une sorte de réaction à ses propres efforts culinaires, ce qui était bien le cas — mais non à cause de l'imperfection de sa cuisine, comme je me hâtai de le lui préciser. Lire ce livre dans ces circonstances devait sembler étrange, je le savais, et Véra n'aimait pas que les gens, surtout les membres de sa famille, fassent des choses bizarres. Il fallait se conformer et, au sein de la conformité, exceller ou en tout cas faire mieux que la norme établie. Véra était snob, jamais il ne lui serait venu à l'esprit, déclarait-elle, que « des ancêtres » de ma mère fussent des domestiques.

« J'espère que tu ne diras jamais d'où tu tiens ce livre, Faith, me recommanda-t-elle la première fois que je lui en expliquai la provenance. En tout cas, devant les gens qui viennent ici. Les Morrell, par exemple. »

Je savais déjà pourquoi. Le cousin de Richard Morrell était le

Maître de Balliol. Et quelque part dans son lignage, lié à lui par un dédale tortueux de cousinages au troisième degré, d'anoblissements et de mariages, se trouvait la fille d'un comte.

« Mais que vais-je dire si l'on me pose la question ?

— Tu peux répondre que tu ne le sais pas, non ? Tu peux faire comme si tu l'avais trouvé chez toi, dans la bibliothèque.

— Tu lui conseilles de mentir ? lança Francis.

— Non, bien entendu. Pas du tout. Tu détournes toujours mes paroles. D'ailleurs c'est la vérité : ce livre se trouvait chez elle dans la bibliothèque avant qu'elle ne l'apporte ici.

— Ah, les anciens avocats étaient d'excellents psychologues, répondit Francis. Ils songeaient à des personnes comme toi quand ils ont rédigé le texte des serments. Je jure de dire la vérité, *toute* la vérité, rien que la vérité. Ils étaient au courant des petits bouts par-ci par-là qu'on voudrait bien retrancher ou rajouter. »

Je me demande si Véra s'est souvenue de cette conversation, dans le box de la cour d'assises au moment de prêter serment. Probablement pas, elle avait autre chose en tête. Je n'ai jamais menti au sujet du livre de cuisine, car si quelqu'un venait pendant que je le lisais, je l'emportais aussitôt dans ma chambre. La chambre m'appartenait exclusivement maintenant qu'Eden était partie — à Portsmouth, pensions-nous, quoique nous ne fussions pas censés le savoir officiellement.

Je ne passais à Sindon que les grandes vacances d'été, car mes parents, blasés par les raids, m'avaient fait retourner à la maison pour Pâques, et j'y étais restée, ravie de retrouver mon ancienne école et mes anciennes amies. Je ne revins jamais « habiter » aux Lauriers, je n'y fis que des séjours de vacances, attirée par la perspective de passer du temps avec Anne. Véra avait écrit pour me demander de venir, ce qui me surprit et me fit un plaisir extrême. Pourquoi aspirons-nous d'autant plus à l'affection des gens qu'ils se montrent moins gentils ou chaleureux avec nous ? La miette qu'ils laissent tomber nous fait alors l'effet d'une libéralité fantastique. Je n'aimais pas Véra, je ne l'admirais pas, et je suis certaine qu'elle ne m'a jamais aimée, et pourtant le fait qu'elle m'invitait me remplissait d'une joie immodérée. Mon Dieu ! rêvais-je. Bientôt, elle me laisserait veiller jusqu'à dix heures et me confierait la vérité derrière tous ces secrets !

« Maintenant qu'Eden est partie, dit ma mère, Véra a envie

d'avoir dans la maison une jeune fille à former pour en faire une vraie Longley. Non pas *Kinder, Küche, Kircha,* mais *Kauf, Klatsch, Kettelnadel.* »

Nous avions tous l'habitude à l'époque de citer les formules célèbres de Hitler. Mais seule ma mère, suisse et germanophone — ce qu'elle dissimulait hors de son foyer pendant ces années de guerre —, pouvait le faire avec humour. Elle éclata de rire et mon père parut fâché. Je cherchai les mots dans le dictionnaire allemand : « emplettes, commérages et aiguille à broder ».

Pourquoi Véra désirait-elle ma présence ? Les carrés au crochet, pas très carrés et plus très propres, m'attendaient. Ainsi que la chambre d'Eden, aussi virginale que jamais, avec au mur Peter Pan dans les jardins de Kensington, campé sur la curieuse fourmilière qui lui sert de piédestal, communiquant encore avec les bêtes sauvages. Les napperons de dentelle étaient restés sur la coiffeuse mais la brosse avait disparu, avec le lait hydratant, le tonique et la crème nutritive. Le lit d'Eden n'était pas fait et n'en avait même pas l'apparence (ce qui surprenait, aux Lauriers) mais le dessus de lit, les couvertures et les oreillers (dans de simples taies blanches) attendaient sur le matelas en petits tas réguliers, pour me repousser sans doute au cas où l'idée me serait venue de m'y installer au lieu de reprendre le mien. Ce soir-là, Francis disparut comme il en avait l'habitude et Véra, à qui l'expérience n'apprenait visiblement rien, courut dans tout le jardin en criant son nom. Je succombai aussitôt à la tentation d'explorer les tiroirs de la coiffeuse d'Eden. Bien entendu, c'était mal de ma part : j'espionnais, je trahissais l'hospitalité, et j'avais l'âge de m'en rendre compte. La vérité, c'est que le crochet m'ennuyait à mourir, que je n'étais pas du tout fatiguée à huit heures, et que dehors il faisait encore grand jour.

Les tiroirs étaient pleins de produits de beauté. Cela ne représentait pas seulement beaucoup d'argent mais des heures passées à faire la queue — et combien de prières, de cajoleries et autres manœuvres pour obtenir que les vendeuses vous les vendent « sous le comptoir ». Presque rien de la panoplie d'une jeune fille d'aujourd'hui. Rien pour les cheveux et les yeux, très peu pour le corps. Le parfum qui émanait de ces tiroirs quand je les ouvris pour fouiner et renifler était un mélange de talc, d'eau de rose, de citron et d'acétone. Il y avait des douzaines de rouges à lèvres, littéralement des douzaines, car je les ai comptés un soir, et je suis parvenu à cent vingt et un. De tous les rouges imaginables, plus un orange qui devenait rouge quand vous le mettiez sur la bouche. Je le sais parce que je l'ai essayé. J'ai essayé au cours des semaines suivantes presque tout ce qui se trouvait dans ces tiroirs — le tonique, la crème nutritive, un produit au parfum sublime portant le nom mystérieux de « cire mercolisée », la Crème Simon, le rouge Soir de Paris. L'idée que l'on se faisait du rôle de la femme dans les années quarante, les concepts constitutifs de la vie des femmes, s'exprimaient dans la quantité de produits pour les mains et les ongles. Aujourd'hui, une collection du même ordre se composerait principalement de shampooings et de conditionneurs, de lotions corporelles et de déodorants. Hardiment en avance sur son temps, Eden avait un déodorant, un liquide rouge dans une petite bouteille : on le passait puis on gardait les bras levés au-dessus de la tête pendant dix minutes pour le laisser sécher.

A l'époque, il ne me vint aucunement l'idée qui sauterait aux yeux de l'observateur d'aujourd'hui, la tête bourrée de psychologie — à savoir qu'Eden était extrêmement vaniteuse et très peu sûre d'elle. Même un adulte ne se serait peut-être pas posé la question. Je me dis seulement : si elle a laissé cela, qu'a-t-elle donc emporté ? Sans doute davantage. Le meilleur. Considérer ce qui se trouvait aux Lauriers comme ses restes, ou en tout cas sa réserve de secours, me rassurait un peu chaque fois que je me sentais trop coupable d'avoir utilisé son rouge Tangee et sa crème nutritive à l'orange de chez Arden.

Eden était partie, mais avant son départ, elle avait amené à la maison un *boyfriend.* Bien entendu, Véra ne se serait pas servi de ce mot et elle n'aurait pas songé à insinuer quoi que ce fût, ni n'aurait impliqué quoi que ce fût de sexuel, même de très loin, dans l'intérêt que portait Chad Hamner à Eden, ou celui d'Eden pour Chad. Si Véra avait parlé de Chad, ou l'avait présenté, elle aurait sans doute employé le mot « camarade ». Mais présenter les gens n'était pas dans ses habitudes. A mon retour de chez les Cambus où j'avais passé l'après-midi et le début de la soirée (à sept heures et demie pile, comme de rigueur), je trouvai un inconnu assis dans la salle de séjour avec Véra et — merveille des merveilles pour cette heure-là ! — Francis. Ils prenaient ensemble du sherry, ce que je n'avais jamais vu aux Lauriers.

Je fus stupéfaite. Je m'arrêtai sur le seuil, dans l'attitude que certains romanciers des années trente comparaient volontiers à celle d'un faon ému. Je l'appris parce que Francis s'écria justement :

« Tiens, le faon ému. »

Il buvait du sherry comme les autres et ses pommettes avaient pris des couleurs. Je rougis ; je sentis mon visage me brûler. Véra remplissait toujours les moments de tension ou de maladresse par son bavardage, ce dont on pouvait parfois lui savoir gré.

« Eh bien, j'espère que tu as goûté. Tu ne m'as pas dit si tu mangeais chez ces gens. Je n'ai plus rien pour toi, à moins qu'un sandwich à la saucisse te tente, c'est tout ce qu'il y a.

— Offrez-lui un verre. »

C'était l'inconnu. Véra s'attaqua à lui, mais pas du tout comme elle l'aurait fait pour Francis ou moi. Elle prit un air à la fois timide et enjoué.

« Comment osez-vous ! Et que dirait mon frère ? Elle n'a que treize ans, elle est plus jeune que Francis, et Dieu sait qu'elle ne paraît même pas son âge.

— Je n'en veux pas », répondis-je, remarque inévitablement amère et indignée.

Chad se leva et me tendit la main : « Comment allez-vous ? Chad Hamner. Je suis un ami d'Eden.

— Et de nous tous, j'espère, Chad, dit Véra.

— De vous tous, bien entendu. »

Je lui serrai la main. Je me rappelle ce que je portais le jour de cette première rencontre : la robe de voile de la photographie de groupe, que m'avait donnée la fille d'une voisine, montée en graine, le tissu était un peu fatigué et des fils peluchaient sur les motifs de capucines, d'un orange fané. Mes cheveux formaient deux grosses queues de cochon mal coiffées. Véra avait essayé de me faire porter des « socquettes » jusqu'à ce qu'on n'en trouve plus dans les magasins, et j'avais enfin gagné le droit de rester pieds nus dans de vieilles sandales... Dès le début, Chad me traita comme si j'étais adulte. Le culte de la jeunesse n'existait pas encore, ni la déférence craintive que l'on accorde aujourd'hui aux adolescents. On avait désespérément envie d'être plus âgé que son âge, ou en tout cas de le paraître. Chad me parla tout de suite comme si j'avais le même âge que lui — presque la trentaine. Et il ne parut pas me traiter comme si j'appartenais au sexe féminin — comme il le faisait pour Véra — ce qui devait être par la suite la cause d'une certaine amertume. Mais à tout autre égard, j'étais pour lui une personne digne de respect. Et ça, j'adorais.

Malgré les hauts cris de Véra, qui dégagea toute responsabilité quant aux résultats et à ce qu'il adviendrait de ma destinée, il insista pour me donner du sherry dans un petit verre à pied. Il avait reçu la bouteille en présent d'un homme qu'il avait interviewé pour un article, dans son journal, le nouveau président du Rotary Club ou de la Société d'horticulture, un notable de ce genre. Chad était journaliste attaché à une chaîne de journaux locaux, les *North Essex and Stour Valley Publications Limited.* Il n'avait rien de bien remarquable, ni grand ni petit, ni gros ni maigre, ni blond ni brun. Dans la rue, aucune femme ne se serait retournée sur son passage. Comme bien des personnes qui passent inaperçues, il se transformait par son sourire, ni large ni radieux mais plein d'ironie mystérieuse, et source de tout son charme. Et il avait une belle voix que je me plus à comparer — beaucoup plus tard, dans mes rêves — à celle d'Alvar Liddell, le speaker de la radio.

Pas de blue-jeans à l'époque. Pas de blouson à fermeture Eclair. Pas de tissus synthétiques. Les jeunes hommes s'habillaient comme les vieux. Et comme les gamins. Ce soir-là j'avais ma robe de voile orange défraîchie ; Véra en avait une faite de deux robes, manches marron rapportées sur un corsage bariolé marron et orange (sans doute le prototype de ce genre de mode en 1941) ; Francis était en pantalon de flanelle grise, chandail gris, chemise grise de son école ; Chad en pantalon de flanelle grise, chemise crème, veston de tweed chiné bleu et gris. Il demanda si j'avais reçu le même nom que Véra intentionnellement.

« Nous n'avons pas le même nom, répondit Véra. Elle s'appelle Faith. » Peut-être l'ignorait-il, après tout personne n'avait encore prononcé mon nom. Véra parut s'en souvenir : « Ne vous l'ai-je pas dit ? N'ai-je pas dit que c'était ma nièce Faith ? »

Ah, l'émotion, la sensation de chaleur, en entendant ces mots « ma nièce » prononcés par Véra avec calme, avec indifférence, comme si elle *m'acceptait !* Extraordinaire, non ? Pourquoi m'en souciais-je ?

« C'est bien ce que je disais. Vous avez le même nom. Véra signifie foi, comme Faith.

— Véra signifie " vraie ", répliqua Véra, apparemment un peu contrariée.

— Véra signifie foi, c'est le mot russe pour foi », s'entêta Chad.

Véra parut sur le point de discuter. Elle fit sa tête de mule. Avec la sauvagerie cinglante qu'il réservait à sa mère — il était désagréable avec tout le monde sauf Eden et Hélène, mais vraiment sauvage avec Véra — Francis lança :

« Il le sait, non ? Penses-tu possiblement le savoir mieux que lui ? Allons donc ! Tu ne vas pas l'attaquer sur le plan de la philologie, tout de même ? Il est sorti d'Oxford, il a un diplôme. Eh bien ? Vraiment risible de voir une personne dans ton genre s'attaquer à lui. »

Je ne le savais pas à l'époque, mais Véra avait raison : *vera* est la forme féminine de l'adjectif latin qui signifie vrai. Peut-être est-ce également russe, peut-être avaient-ils raison tous les deux — sinon Chad, sur ce point comme en d'autres matières, ne possédait pas l'autorité infaillible que Francis lui prêtait à ce temps.

Véra regarda Francis. « Mon propre fils », dit-elle. Elle en avait l'air presque fière. Comme fascinée de voir Francis aller vraiment trop loin. « Si j'avais parlé ainsi à ma mère, mon père m'aurait tuée.

— Heureusement mon père est en Afrique du Nord.

— Tu n'es pas censé le savoir ! Tu ne dois pas le dire !

— Des oreilles ennemies nous écoutent, répondit Francis. Cette pièce est manifestement pleine de gens impatients de filer pour annoncer aux Allemands que le major Gérald Hillyard, fer de lance des Renseignements britanniques, se trouve en ce moment aux portes de Tobrouk, écrivant l'Histoire. » Il se tourna vers Chad. « Mes parents ont un code qui a déjoué toute la censure. Point d'exclamation pour Egypte, virgule à l'envers pour Tripoli ; point ; virgule pour Extrême-Orient, et cœtera.

— Francis ! lança Véra d'une voix qui tremblait.

— Le dernier message secret était émaillé de dialogues. CQFD. Dieu sait ce qu'ils feront si nos forces armées parviennent à envahir l'Europe. Ils n'ont rien prévu pour ça. Ce n'est pas faire preuve… »

Véra se leva d'un bond, enfouit son visage entre ses mains et sortit de la pièce en courant.

« … de beaucoup d'optimisme, n'est-ce pas ? Ni de beaucoup de foi, de *faith* ou de *vera.* »

La plupart des adultes de ma connaissance auraient réprimandé Francis pour son comportement à l'égard de sa mère. Chad n'en fit rien. Il se borna à hausser les épaules. C'était bien dans sa façon d'être : de gros haussements d'épaules à la française, bien qu'il fût anglais autant qu'on peut l'être, aussi anglais que son nom.

« J'ai été conçu à Chadwell Heath », disait-il pour expliquer son prénom — en tout cas ce fut son explication ce soir-là, sur l'insistance de Francis. A la vérité, ce prénom était dans sa famille depuis que son grand-père l'avait reçu, à l'époque de la vogue des noms chrétiens du Moyen Age, sous la reine Victoria. Véra, appris-je plus tard, éprouvait un respect considérable pour la famille de Chad, qui appartenait à la petite noblesse de la région, avec des Maîtres de Chiens et des plaques sur les murs de l'église de Sissington pour commémorer les fils tombés pendant la Grande Guerre. La façon dont il avait obtenu son petit boulot de folliculaire au *Sissington and Upper Stour Speaker* est une autre histoire. Il était apparemment inapte au service militaire car il avait eu des rhumatismes articulaires aigus dans son enfance. Il avait rencontré Eden pour la première fois au palais de justice de Colchester : il se trouvait au banc de la presse un jour où elle était allée apporter des notes à son patron. Bien entendu (c'était en tout cas la version de Véra) ils avaient été ensuite présentés dans les règles par une personne comme il faut, sans doute un Chatteriss.

A son retour dans la pièce, les yeux rouges et les lèvres pincées, Véra trouva Chad en train de regarder Mme Marshall, que j'avais oublié de ranger, en déclarant qu'il avait justement très envie de Petits Salpicons de Saumon à la Chevalier. Francis synchronisa sa réponse avec l'arrivée de sa mère et signala que je tenais le livre de ma grand-mère, qui était cuisinière.

« Sa grand-tante, pas sa grand-mère », dit Véra comme si la parenté collatérale arrangeait les choses.

Chad parut simplement intéressé, pas du tout rebuté : « Vous ne m'aviez jamais dit que vous aviez une tante domestique par ici. Chez qui servait-elle ? »

Véra se mit dans un tel état qu'elle faillit hurler. « Ce n'était pas *ma* tante ! Aucun lien avec nous ! C'était la tante de la mère de Faith, ou quelque chose comme ça. Du côté de Faith. »

Le diable s'infiltra en moi et j'expliquai qu'elle avait préparé un dîner pour Edouard VIII.

« Et Mme Simpson ? »

Je répondis que je l'ignorais.

« Pourquoi parler de cuisinières ? De toute façon, c'est ridicule de lire un livre de cuisine en ce moment. De quoi se rendre malade. Personnellement, je crois qu'il est temps que ce maudit livre aille rejoindre ta grand-tante, ou Dieu sait ce qu'elle était, Faith. »

Francis, qui venait de lire Saki, déclara : « Elle était bonne cuisinière parmi les bonnes cuisinières, et comme les bonnes cuisinières s'en vont, elle n'est plus. »

Il fut récompensé par un rire de félicitations de Chad, et par un regard noir de sa mère. Pendant quelques instants, il affecta un de ses silences déroutants, sans sourire vraiment, mais l'air extrêmement content de lui, puis il se leva et annonça qu'il allait se coucher. Véra, désarçonnée, dut transposer sa frustration sur moi. En préambule, elle me demanda si je savais quelle heure il était, puis elle continua comme si neuf heures moins vingt-cinq passait aux yeux de tous pour une heure indue. Je montai aussitôt, et me consolai en me barbouillant le visage de fond de teint liquide Miner et de rouge à lèvres Tangee. Chad rentra bientôt chez lui. J'entendis Véra passer dans la cuisine pour laver les verres avant de s'installer avec les mots croisés du *Daily Telegraph*.

Véra était très fière de sa parenté avec les Chatteriss, qui avaient toutes les qualités requises pour lui plaire. Elle disait d'Hélène « ma sœur », jamais « ma demi-sœur », et le mari d'Hélène était « mon beau-frère le général ». Ils habitaient à

Walbrooks où Hélène avait grandi, et dont elle avait hérité à la mort de ses grands-parents. C'était, bien entendu, à l'époque où les Richardson vivaient encore que Véra avait effectué son sauvetage spectaculaire d'Eden sous l'arbre, pendant l'orage.

Véra m'ordonna de les appeler Tonton Victor et Tatie Hélène, exactement comme je l'appelais Tatie Véra, bien qu'Eden fût toujours simplement Eden. Avant d'y aller la première fois, Véra se montra très soucieuse que je me tienne bien. L'année suivante elle m'adjura, en me menaçant de « ne plus m'emmener nulle part », de ne pas souffler mot du livre de cuisine. La première fois, je fis très attention et suivis ses instructions à la lettre — mais Hélène répudia « Tatie ». Elle déclara que c'était vulgaire et je vis Véra se raidir.

« Pas Tatie, mon chou, je t'en prie ! » Hélène parlait, et parle encore aujourd'hui, avec toute une panoplie du vocabulaire des années vingt, y compris la terminologie et les expressions affectées des jeunes snobs de l'époque. « J'ai l'impression d'être une vieille femme de ménage avec des *cors aux pieds,* des *fausses dents* et *des corsets baleinés.* »

C'était tellement l'antithèse d'elle-même que je fis des yeux ronds.

« Appelle-moi Hélène et appelle-le Victor. Si tu ne peux pas t'y résoudre, appelle-le " Général ". C'est ce que je fais toujours. Tellement superbe. Fin de siècle, quoi ! »

Elle disait, aussi souvent, « Général, mon chou ». Tel un insecte aux ailes de dentelle figé dans une goutte d'ambre, elle demeurait à jamais prisonnière des années vingt — mieux encore : dans un poste de montagne aux Indes pendant les années vingt, avec ses robes sans taille et diaphanes, et un casque colonial planté sur ses cheveux d'or frisottés dès que se montrait le soleil. Elle fumait des cigarettes russes brunes — Dieu seul sait où elle se les procurait en 1941 — dans un fume-cigarette d'ivoire sculpté. Sa fille s'était engagée dans les Auxiliaires de l'armée de l'air, son fils était pilote de chasse, le général et elle étaient seuls dans cette grande demeure où les Richardson avaient installé une bibliothèque, une salle de musique et, au-dehors, un jardin en terrasse, un kiosque et un massif d'arbustes exotiques qui luttaient tant bien que mal contre les hivers d'East Anglia. Deux vieilles femmes, l'une de Stoke Tye et l'autre de Thorington Street, venaient à bicyclette les servir. Je crois que le général faisait la cuisine pendant qu'Hélène, en grande tenue de *memsahib,* flânait dans les jardins, pareille à un cygne, pour cueillir les fleurs des magnifiques bouquets dont elle emplissait la maison, dahlias, astilbes, hostas mauve et argent.

Elle me plaisait beaucoup. Et ce sentiment est devenu depuis longtemps de l'amour. Elle était très différente de Véra, facile, légère, toujours prête à s'amuser, généreuse. Elle demeure la même. Pendant longtemps, jusqu'à la « trêve » de Francis avec Jamie, elle fut le seul membre de notre famille avec lequel Francis continua de rester en rapport. Il avait, semblait-il, une affinité spéciale avec elle, et l'on en comprend sans peine la raison. Bien entendu, Hélène se montrait aimable, franche et sans détour, mais ils avaient en commun un trait qui le rapprochait d'elle. Ils avaient été tous les deux abandonnés — « rejetés », disait Francis — par un parent pendant leur enfance. La mère de Francis l'avait envoyé en pension pour consacrer son temps à sa sœur, et le père d'Hélène l'avait envoyée chez ses grands-parents et ne l'avait jamais reprise, même quand il avait eu une nouvelle femme et un nouveau foyer... Je ne suis pas sûre que Daniel Stewart a raison de dire que « cette séparation reste encore sur le cœur d'Hélène ». L'histoire d'Arthur Longley conduisant sa jeune épouse Ivy à la grille de l'école pour la présenter à sa fille est bien connue dans notre famille, et Hélène la racontait toujours sans rancœur apparente.

« Grand-père et grand-mère étaient de tels anges, disait-elle, qu'aller vivre avec eux représentait une bénédiction. Ce qui me terrifiait, parfois, c'était que mon père me ramène. Je ne l'aurais pas supporté. Savez-vous la première chose que grand-mère a faite quand je suis arrivée chez eux, le tout premier soir ? Elle m'a apporté deux petits chats siamois dans un panier, elle m'a dit que leur maman était morte, elle aussi, et qu'ils seraient très malheureux s'ils ne pouvaient pas dormir sur mon lit. »

Par la suite, quand j'ai appelé Véra « Tatie » elle m'a fait observer d'un air gêné que « Tante » sonnait mieux. Voudrais-je essayer de l'appeler « Tante Véra » parce que « Tatie » faisait plutôt vulgaire. Ma première tentative réussie, aussitôt remarquée par Francis, le remplit d'allégresse. Il se mit à supprimer les i et tous les sons approchants à la fin des mots — ce qui provoqua bien entendu une réaction hystérique de Véra.

Au petit déjeuner : « Merc' beaucoup. Je n'ai pas env' de

café. Le facteur n'a pas rem' de lettres? C'est absolument exqu'. » Et ainsi de suite.

Elle se frottait alors les paumes nerveusement. « Pourquoi fais-tu ceci ? Pourquoi me tourmentes-tu ?

— J'évite la vulgarité à tout pr'. »

Le résultat fut que je cessai d'appeler Véra.

Au cours d'une visite à Walbrooks, je la surpris en train d'avouer à Hélène qu'elle aurait aimé avoir un autre enfant. Par le mot « surpris », je ne veux pas dire que j'écoutais derrière une porte entrebâillée ou un rideau — bien que j'en fusse sans doute capable. Elles savaient que j'étais présente, mais Véra me jugeait trop stupide pour comprendre et Hélène s'en moquait. Ou peut-être me croyaient-elles trop loin pour entendre si elles baissaient la voix. J'imaginais que les amoureux romantiques se comportaient ainsi avec une duègne plantée dans la même pièce qu'eux.

C'était avant que ma mère me raconte l'histoire de l'enfant disparu, Kathleen March, avant que j'apprenne l'amour de Véra adolescente pour sa petite sœur. Entendre Véra prétendre qu'elle aimait les enfants et adorait les bébés me surprit. Etait-ce pour cela qu'elle m'avait invitée, moi qui étais encore une enfant? M'aimait-elle vraiment, tout en se trouvant, pour quelque raison obscure, incapable de le montrer?

« Tu sais à quel point j'adore les enfants », dit-elle à Hélène.

Si Hélène avait des doutes, elle était trop aimable pour les laisser paraître.

« Pourquoi n'en as-tu pas un autre, ma chérie ? Tu es encore jeune, tu n'es encore qu'un bébé. Mon Dieu, tu as des *siècles* de moins que moi, pauvre de moi ! Tu pourrais être ma fille. »

Pour moi, cela semblait incroyable. Véra avait trente-quatre ans, les cheveux fanés et le cou ridé. Une femme entre deux âges.

« Il y a le petit problème de Gerry, qui se trouve Dieu sait où.

— La guerre ne durera pas éternellement, ma chérie.

— Qui sait? répondit Véra, amère.

— Eden te manque, elle aussi, n'est-ce pas ? »

Véra garda le silence un instant. Elle avait pris une curieuse habitude nerveuse — inconsciemment, je crois. Jamais je n'ai vu quelqu'un d'autre le faire. Debout ou assise, elle appuyait les paumes très fort l'une contre l'autre et se penchait en avant, ses mains crispées comme si elle éprouvait une douleur violente, ou comme si elle essayait d'exercer une pression vive sur quelque chose. Je ne saurais comparer ce geste qu'à celui d'une personne essayant d'enfoncer un bouchon gonflé dans une bouteille au goulot trop étroit. Cela durait une ou deux secondes, puis elle se détendait. Elle le fit à ce moment-là, sous le regard à la fois curieux et compatissant d'Hélène. Puis elle dit :

« Eden ne reviendra jamais.

— Mais si, bien sûr, ma chérie ! Que diable dis-tu là ?

— Je ne pensais pas à ça. Elle ne court aucun danger puisqu'elle est télégraphiste à Portsmouth. Je voulais dire qu'elle ne reviendra jamais vivre avec moi. C'est la rupture, n'est-ce pas ? A la fin de la guerre, elle ne voudra pas revenir à Sindon, elle aura envie de vivre seule.

— A la fin de la guerre, Eden sera mariée, répondit Hélène.

— Tu vois bien, cela revient au même. »

Mais elle se trompait, car Eden revint, et Oncle Gérald aussi. Avant la fin de cette guerre apparemment sans fin.

Entre-temps, la vie aux Lauriers se poursuivit sans grand changement. Francis et moi nous faisions réprimander pour manger avec notre main droite, on nous traquait pour aller au lit — avec succès une fois sur deux en ce qui me concerne, pour ainsi dire jamais quant à lui — et l'on nous avertissait de ne pas tomber au-dessous de la norme des gens bien pensants. Chaque jour les mots croisés étaient faits, chaque semaine une lettre partait à l'adresse d'Oncle Gérald et, un peu plus souvent, une lettre à Eden. Véra s'inquiétait-elle parce que des semaines et des mois s'étaient écoulés sans aucune nouvelle de son mari ? Les femmes savaient qu'elles devaient s'attendre à ces silences. Une semaine avant la date prévue de mon retour chez moi, pour la rentrée, une lettre arriva.

Le soulagement de Véra fut visible. Mais elle ne parut pas pressée de la lire. Après le petit déjeuner, elle emporta la lettre dans sa chambre et s'enferma. Francis prenait plaisir à me choquer, et à l'époque il y réussissait toujours. Il lança :

« J'ai lu dans un livre que les couples baisent davantage au cours des deux premières années du mariage que pendant le reste de leur vie. Qu'est-ce que tu en penses ?

— Je ne sais pas, répondis-je en devenant toute rouge.

— Tu rougis encore. J'aimerais bien pouvoir. Si innocente et charmante ! Il faudra que tu m'apprennes. »

Pendant les derniers jours de mon séjour, Francis alla rendre visite à des amis. Il n'en faisait qu'à sa tête, comme il lui chantait ; quand Véra lui demanda qui étaient ces gens et où ils habitaient, il refusa de le lui dire. Elle le menaça de ne pas lui donner l'argent de son billet, mais Francis s'en moquait. Il avait toujours de l'argent. Je ne sais pas d'où il lui venait. A l'époque, les adolescents ne faisaient pas de menus travaux pour gagner leur argent de poche, en tout cas dans la bourgeoisie, et l'on ne pouvait pas imaginer Francis en train de distribuer des journaux. Mais il affirmait qu'il le gagnait, avec un sourire énigmatique, et quand on lui demandait en quoi faisant, il répondait : « Oh, une chose ou l'autre. » La veille de son départ, il exécuta, pour faire enrager Véra, le tour le plus ambitieux qu'il ait jamais tenté.

Dans l'une de ses lettres, Eden avait parlé d'un officier de marine, un certain commandant Michael Franklin. C'était son patron, un officier qui était son supérieur, et il l'avait complimentée sur son travail. Rien de spécial, manifestement. Mais Eden, étant Eden et une Longley, avait précisé que ce Franklin était un noble titré, fils de Lord Ceci ou Cela. Bref, cela avait fait beaucoup d'effet sur Véra, qui avait parlé de Franklin aux Morrell, aux Chatteriss et à qui voulait l'écouter, en laissant entendre que la relation d'Eden avec ce haut personnage n'était pas un simple rapport d'employée à patron, mais prenait des allures romantiques. Je crois qu'elle s'en était persuadée. Même Chad Hamner ne fut pas épargné, bien qu'il fût apparemment considéré — en particulier par Francis — comme le *boyfriend* en titre d'Eden.

Un soir le téléphone sonna. C'était inhabituel en soi. Forcément Hélène, me dit Véra en allant décrocher. Nous étions seules, en train de joindre nos forces pour vaincre les mots croisés, peut-être notre seul terrain en commun, tandis que la pendule se rapprochait de l'heure fatidique du coucher. Je ne pus entendre ce que Véra disait. Ravie et triomphante d'avoir trouvé la réponse d'une définition avant elle, j'étais en train d'écrire « godillot » pour « sur un pied de guerre » lorsqu'elle revint en coup de vent, tout excitée.

« Devine qui c'était ? »

Véra posait toujours cette question et se moquait méchamment de vous quand vous vous trompiez.

Je répondis évidemment que je ne savais pas.

« Le distingué commandant Michael Franklin, de la Marine Royale.

— Ah bon ? m'écriai-je. L'homme pour qui Eden travaille ? »

Véra n'aurait sans doute pas choisi cette expression.

« Crois-tu nécessaire d'utiliser ces termes ? *Pour qui Eden travaille ? Avec qui* serait plus juste, et pourquoi pas, simplement, *ami ?* » Elle devint très sarcastique. « Oui, je crois que dire *ami* n'est pas aller trop loin, Faith. De notre côté de la famille nous n'avons peut-être pas des parents qui ont *fait la cuisine* pour le duc de Windsor, mais nous connaissons un certain nombre de gens agréables que nous pouvons appeler nos *amis,* des gens bien élevés, sortis d'un bon milieu. Oui, je crois que nous pouvons nous en flatter. »

Elle était extrêmement excitée, ce qui débridait toujours son agressivité. Elle saisit sa main gauche dans sa main droite et se pencha en avant, le visage crispé. Je lui demandai ce que ce monsieur distingué voulait.

« Venir nous voir. Ici. Enfin, *me* voir à vrai dire. Je ne suppose pas qu'il désire faire ta connaissance ou celle de mon fils. C'est moi qu'il veut voir, en tant que sœur d'Eden. Je te répète ses paroles. Il faut qu'il aille à Ipswich pour quelque chose de très confidentiel et motus... Pouvait-il passer voir la sœur d'Eden ? »

Ce serait à l'heure du déjeuner le mercredi suivant. Il ne voulait pas déjeuner, ne s'attendait pas en ces temps difficiles, sincèrement, il prendrait un sandwich quelque part, mais il arriverait tout de même à l'heure du déjeuner. Oh, Francis était très malin, très subtil — il connaissait sa mère. Elle invita les Chatteriss, les Morrell et, curieusement, Chad Hamner. Chad était le *boyfriend* d'Eden, mais elle l'invita cependant pour lui présenter son remplaçant — du moins l'espérait-elle, et sans la moindre raison, sauf que Franklin était fils et héritier d'un vicomte (elle l'avait découvert à la bibliothèque publique) et Chad simplement le dernier représentant d'une lignée plus très noble ni très fortunée. Véra n'était pas une femme bonne, et certains penseront sans doute qu'elle méritait ce qui lui arriva, mais comme elle était pitoyable — oui, pitoyable, dans ses aspirations et dans son effondrement !

Tout le monde accepta. Il n'y avait pour ainsi dire pas de viande, et d'ailleurs toutes nos rations combinées n'auraient pas suffi à nourrir neuf personnes. Véra mit la main sur deux lapins, des lapins de clapier, non de garenne. L'espèce au pelage blanc avec des taches marron, et Anne et moi avons ramassé des laiterons et du mouron pour les nourrir. Je protestai contre leur exécution, mais Véra me lança de ne pas être une bécasse sentimentale. Elle fit rôtir les lapins et mit des pommes de terre au four comme garniture, avec des carottes cuites au cidre et des haricots verts, et pour dessert une tarte aux mûres et un pudding d'été. C'est moi qui cueillis les mûres. Véra avait fait pousser les légumes elle-même dans l'ancienne roseraie de Grand-mère Longley.

Bien entendu, Franklin ne vint pas. A l'époque, comme nous le découvrîmes plus tard, il se trouvait au large, en train de protéger un convoi russe dans le nord — son bâtiment compterait parmi les milliers de tonnes de vaisseaux britanniques perdus en mer pendant l'année suivante, et lui avec. Le général Chatteriss, qui prenait un sherry que Chad avait de nouveau fait apparaître de nulle part, regarda plusieurs fois sa montre et déclara, entre une heure et une heure dix :

« Ce garçon est en retard. »

Et entre une heure dix et la demie :

« Ce garçon ne viendra pas. »

Chad savait qu'il s'agissait d'un tour de Francis. Pas dès le début, je crois, mais à mi-chemin de ce malheureux apéritif traînant en longueur, où la bouteille de Chad fut vite épuisée, ce qui mit Véra dans un état encore plus pitoyable, car elle se demandait à présent ce qu'elle donnerait à Franklin quand il arriverait.

Ou peut-être Chad était-il au courant dès le départ. Francis avait dû passer son coup de fil de la maison de quelqu'un et non d'une cabine publique. En déguisant sa voix ou peut-être sans la déguiser. Il lui suffisait de parler avec chaleur ou sur un ton aimable, pour que Véra ne reconnaisse plus la voix de son fils. Mais je ne crois pas que Chad ait participé au complot ; je ne l'ai pas cru sur le moment et je continue à ne pas le croire. C'était un homme fondamentalement bon. Et s'il était désespérément amoureux, malade d'amour au point que tous les stratagèmes qui semblaient favoriser son amour lui semblaient permis, jamais il ne se serait livré à un acte cruel. Car à sa manière, je crois qu'il aimait également Véra. Toute personne liée à l'objet de son amour entrait dans l'orbite de cet amour et s'en trouvait illuminé.

Nous mangeâmes enfin le lapin rôti. Il était bien entendu desséché et filandreux. Les carottes avaient un goût curieux, comme si on les avait arrêtées en pleine fermentation. Il y eut force mains crispées, force grimaces torturées, le corps penché, avant que ne s'achève ce repas maudit. Et quand ce fut terminé, tout le monde s'en fut très vite.

Francis révéla la vérité à Véra d'une façon fort classique pour ce genre d'imposture : en parlant avec la voix de l'homme qu'il avait incarné.

« Je n'espère pas un déjeuner en ces temps difficiles, madame Hillyard, sincèrement… »

VIII

Madagascar est un nom qui amuse beaucoup les enfants. Un nom splendide pour les charades par exemple, si l'on aime jouer le jeu en cinq actes. Je ne pense pas que Véra et Gérald l'avaient inclus dans leur code des secteurs de guerre éventuels et il se passa donc probablement des mois, en 1942, avant que Véra ne soupçonne l'endroit où se trouvait son mari.

Les forces britanniques s'y rendirent en mai pour tenter d'arracher l'île aux Français de Vichy. Le bruit courait que les Japonais le feraient s'ils n'intervenaient pas, et ils bénéficieraient évidemment de la collaboration des pétainistes. Nous apprîmes tout cela au retour de mon oncle Gérald, en permission, au printemps suivant, mais à l'époque nous pensions qu'il était encore en Afrique du Nord. Eden eut une permission pendant l'été et passa une nuit chez nous — une seule nuit, expliqua-t-elle, pour ne pas froisser les sentiments de Véra.

En uniforme, elle avait une allure magnifique. Les auxiliaires de la Marine portaient des chapeaux et non des calots. Le chapeau d'Eden seyait admirablement à son visage de vedette de cinéma des année trente. Elle avait perdu du poids, elle « s'était affinée » comme le dit ma mère. Son visage aurait paru trop beau pour le goût d'aujourd'hui, trop parfait avec ses traits trop réguliers, ses grands yeux expressifs, son air rêveur. Pour la première fois, je la voyais hors de son milieu naturel des Lauriers, et au début je la trouvai un peu empruntée avec nous, un peu réservée, inquiète, assise sur notre sofa avec les genoux et les chevilles serrées. Décider où elle passerait la nuit avait posé un problème. Lui donnerions-nous une de nos chambres inutilisées ou partagerait-elle l'abri du vestibule, avec moi ? Dans ce dernier cas, nous nous serions sans doute senties gênées, rien de commun avec la chambre des Lauriers, car l'abri de sacs de sable et tôle ondulée mesurait seulement deux mètres vingt sur un mètre vingt. Eden appartenait aux forces armées, fit observer ma mère ; même si elle n'était pas dans le service actif, elle devait avoir l'habitude des bombes et des coups de canon. Bien entendu, mon père ne pouvait voir en elle que sa petite sœur. On décida enfin qu'Eden dormirait au premier mais avec l'ordre strict de descendre dans l'abri si les sirènes se mettaient en branle.

Je l'accompagnai à sa chambre avec ma mère, dès son arrivée. Il n'était pas dans la nature de cette dernière de se mettre en quatre pour les invités. Elle n'aurait pas su le faire et n'en comprenait pas la nécessité. Les draps étaient propres, le tapis brossé et les meubles époussetés. Que fallait-il de plus ? C'était moi qui avais mis des fleurs dans un vase, et sur la table de nuit la revue *Woman* et le roman *Rebecca.* J'avais également vérifié l'ampoule de la lampe de chevet. Eden nous dit :

« Oh mon Dieu, vous me mettez ici, en haut, alors que vous serez tous en sécurité en bas. Regardez cette grande baie. J'imagine les vitres en train de voler en éclats.

— Il n'y a pas eu un seul raid depuis des semaines, dit ma mère.

— Ne tentons pas la Providence. »

Eden répéta sa remarque sur notre sécurité au rez-de-chaussée, en faisant les mots croisés avec mon père. Il répondit aussitôt que dans ce cas, ma mère et lui dormiraient en haut eux aussi, pour lui donner confiance. Il suffisait d'aérer et de faire leur lit dans leur ancienne chambre.

« Tu aèreras et tu feras le lit toi-même », lança ma mère.

En fait elle le fit, mais de mauvaise grâce. Je crois qu'elle avait sincèrement envie de rendre agréable le bref séjour d'Eden, mais la déférence et l'adulation qu'Eden recevait de mon père l'agaçaient. Surtout, elle devinait dans l'attitude d'Eden à son égard pour chaque petite chose une critique subtile informulée. Sa rancœur était parfois justifiée : la saucisse qu'Eden ne finit pas, restée dans son assiette ; les fraises pour lesquelles elle avait fait la queue, et qu'Eden grignota du bout des lèvres en laissant la pointe pas tout à fait assez mûre ; le pain réduit en miettes sur la table. S'il nous arrivait de gaspiller la nourriture, mon père nous rappelait sévèrement de penser aux Roumains (ou aux Grecs ou aux Yougoslaves) qui mouraient de faim, mais Eden était exempte de tout reproche.

Eden ne parla pas du pauvre Michael Franklin, très probablement mort à l'époque, d'ailleurs, mais bavarda beaucoup des gens qu'elle avait rencontrés à Portsmouth. Les officiers de marine pullulaient, bien entendu, et n'importe quelle fille « un peu mieux qu'une calandre d'autobus » pouvait s'amuser merveilleusement. Les Américains étaient déjà entrés en guerre — l'attaque de Pearl Harbor datait du mois de décembre précédent — et Eden nous avoua qu'à sa vive surprise elle avait rencontré des membres des forces américaines « gentils et même *civilisés* ».

« Les officiers, bien sûr, ajouta-t-elle. Je ne peux rien dire des grades subalternes et de la troupe. Je connais deux filles qui se sont fiancées à des officiers américains et vraiment on ne peut pas leur en vouloir, étant donné l'avenir qu'ils leur ont offert. »

L'idée était nouvelle pour moi — en dehors des pages des romans du XIXe siècle, je veux dire. Certaines femmes se mariaient-elles donc pour l'argent, la sécurité et la position sociale ? Je croyais que c'était toujours par amour. Eden parlait beaucoup d'argent et de sécurité ; une de ses amies, fiancée à un major Wayne D. Lansky, lui avait raconté ce qui l'attendrait à Norfolk (Virginie) à la fin de la guerre : une voiture à elle, des domestiques, une maison sur le front de mer. Ma mère ne se trouvait pas dans la pièce pendant qu'Eden évoquait tout ceci, et ce ne fut donc pas par malice mais par intérêt sincère qu'à son retour elle demanda à Eden des nouvelles de Chad Hamner — quand allait-elle le voir ? J'avais évidemment parlé de Chad à mes parents, sans supposer qu'il fallait en faire un secret, même dans une optique Longley. En 1942, quand on était amoureux, on se mariait. Inviter un *boyfriend* à la maison signifiait qu'il y avait du mariage dans l'air. Les mariages s'établissaient peut-être sur d'autres fondements (comme les voitures, les domestiques et les maisons en front de mer) mais il demeurait encore impensable que l'amour puisse être consommé d'une manière différente.

Eden parut contrariée et passa très vite sur la question « Oh, oui, je suis sûre de le voir. Il montrera son nez dès qu'il apprendra mon retour. » Plus tard, elle s'en prit à moi. Détail incongru, l'algarade eut lieu dans notre abri anti-bombes, car les inconséquences de la vie étant ce qu'elles sont, les Allemands décidèrent de bombarder Londres cette nuit-là — ou du moins nous firent croire qu'ils en avaient l'intention. Je ne me rappelle d'aucun tir de DCA ni de bombes éclatant dans le lointain, mais l'alerte se déclencha à une heure du matin. Tout le monde descendit et me réveilla.

Mon père remonta se coucher presque aussitôt. Ma mère alla dans la cuisine nous préparer une tasse de thé. Eden et moi restâmes face à face, moi sur ma couchette, elle sur un cageot d'oranges retourné, garni d'un coussin. Son beau visage, image composite de portraits de vedettes aujourd'hui oubliées, Veronica Lake, Annabella, et d'autres encore, brillait d'une crème de nuit qui avait échappé à l'obscurité d'un tiroir des Lauriers. Elle avait, en turban sur la tête, un foulard de mousseline bleu pâle et elle portait une robe de chambre de coton bleu à fleurs. Sa façon de m'attaquer prit un tour fort curieux.

« Je suis très déçue, Faith, d'apprendre que tu as raconté des histoires à ton père. »

J'ignorais encore où elle voulait en venir, et je le lui dis.

« Ne fais pas l'idiote ! Tu colportes des ragots, et maintenant, tu essaies de te défiler. Qu'est-ce qui a pu te faire croire que Chad Hamner était mon fiancé ?

— Je n'ai pas dit ça.

— Surtout Chad ! Pauvre de moi ! J'ose me croire capable de trouver un peu mieux, tout de même. Jamais Véra ne t'a dit que nous étions fiancés, j'en suis certaine. Tu m'as déjà vue porter une bague de fiançailles ? Non, alors ? Chad n'est qu'un ami, un ami de la famille, pas spécialement *mon* ami. Tu as bien compris dans ta petite tête ?

— Je regrette, lui répliquai-je. Mais il m'a dit qu'il était *ton* ami.

— Oh, Faith, ma chérie, tu l'apprendras un jour : dans ces circonstances, entre ce qu'un homme prétend et la réalité, il y a loin ! Chad aimerait sans doute être mon fiancé. Ne crois-tu pas ? »

J'acquiesçai humblement. Je pensais que n'importe qui, de Gary Cooper à Lord Louis Mountbatten en passant par le général Montgomery, aurait aimé être le fiancé d'Eden. Elle redevint aussitôt aimable, prête aux confidences.

« Franchement, j'ai toujours su que Chad me ferait des ennuis de ce côté-là. Nous nous sommes rencontrés à un cocktail chez les Tregear, tu sais (George Tregear était l'avocat pour lequel elle avait travaillé), et il m'a fait les yeux doux d'un bout à l'autre de la pièce dès la première seconde. Il m'a *harcelée* de coups de téléphone, Véra et moi en étions aux cent coups. En fait, je crois que je suis sortie avec lui uniquement pour mettre un terme à ces sonneries perpétuelles. »

J'en entendis des quantités de la même veine jusqu'à ce que ma mère revienne avec le thé — ou plutôt rampe par la brèche entre les sacs de sable. Dès le début, je fus frappée par la différence flagrante entre les deux versions de la première rencontre d'Eden et de Chad. Dans la version Véra, c'était au tribunal, mais selon Eden pendant un cocktail. Probablement sans importance. Contrariée qu'Eden m'eût fait des reproches, j'étais maintenant ravie d'avoir regagné sa faveur.

Eden partit le lendemain matin, mais non pour se rendre directement à Great Sindon, elle attendrait la fin d'après-midi. Elle devait d'abord déjeuner dans le West End avec un officier de l'armée américaine. A la façon dont elle en parla au petit déjeuner, on aurait cru à un rendez-vous « professionnel », à une importante mission de « liaison » entre représentants des forces armées britanniques et américaines. Mon père, oubliant qu'Eden était une simple télégraphiste, parut l'avaler. Mais Eden, à ma vive surprise, tout en gardant parfaitement son sérieux, effleura mon pied sous la table quand elle cita le nom de l'Américain pour la deuxième fois.

Après son départ, ma mère monta enlever les draps dans la chambre d'Eden. Connaissant ses façons, je pense qu'elle n'avait pas l'intention de les laver mais de les mettre sur le lit qu'elle utilisait avec mon père ; cependant elle vit dans la chambre une chose qui la mit en fureur : le ménage avait été fait. Vous croyez peut-être qu'une femme qui ne tient pas sa maison de façon impeccable agit ainsi parce qu'elle oublie la poussière, mais ce n'est pas toujours le cas. Parfois elle ne s'en soucie pas. Une propreté modérée lui suffit. Tout endroit poussiéreux n'a pas besoin d'être nettoyé, même si les traces sont plus que visibles à l'œil nu. Il y avait la veille quelques « moutons » autour des pieds du lit d'Eden. Ils avaient été nettoyés, apparemment avec un chiffon humide. L'abat-jour de la lampe centrale, en parchemin, auquel ma mère avait l'intention (déclara-t-elle) de « donner un coup de torchon » depuis plusieurs semaines, avait été soigneusement lavé à l'eau et au savon. Et dans la salle de bains c'était encore pis. A la différence de la plupart des invités, qui laissent une auréole autour de la baignoire, Eden avait non seulement lavé son auréole et essuyé le lavabo et la baignoire mais ôté du dédale de tuyaux à moitié cachés derrière le lavabo et la cuvette des toilettes la fourrure grise, arachnéenne, accumulée depuis des années, pour en faire un petit tas bien net sur un des carrés de journal plein de savon à barbe de mon père.

Ce fut ceci, et non quelque affront commis par Véra — je m'en souviens à présent —, qui incita ma mère à me raconter l'histoire de Kathleen March. Je pense qu'elle voulait rabaisser non seulement Véra mais les femmes Longley en général, pour illustrer leurs imperfections, leurs « pieds d'argile », si l'on préfère.

« Personne ne prétend qu'elle a fait quoi que ce soit à cette enfant, me dit-elle (je m'en souviens), mais elle l'a bel et bien abandonnée. Elle ne l'a pas surveillée, c'est forcé. Elle s'en fichait. Elles sont comme ça : moi, moi, moi, et faire de l'effet. Tout est superficiel et esbroufe. Je suppose qu'elle était près de cette rivière, ou je ne sais où, et puis cette amie est venue, s'est mise à la flatter, à lui raconter qu'elle était merveilleuse, ou je ne sais quoi, à lui tartiner des éloges, et elle a oublié le petit bébé qu'on lui avait confié. Elle était trop préoccupée d'elle-même pour voir passer le fou qui a emporté l'enfant. »

Je commençais à apprendre le tact. Je commençais à comprendre les petites satisfactions, et la bouffée de gêne, liées au fait de « remuer le passé ». Je ne citai pas les remarques de Véra à Hélène sur la question des bébés. Mais ma mère, par une sorte de sixième sens ou de télépathie fréquente entre nous, me déclara qu'elle ne serait pas surprise si Véra avait d'autres enfants après la guerre.

« Elle voudra accroître sa famille, tu verras. Maintenant qu'Eden est partie, elle en voudra au moins un autre. De préférence une fille. Dommage que dans ce domaine, nous ne puissions pas choisir.

— Ne sera-t-elle pas trop âgée ? » dis-je.

Ma mère s'indigna : « Elle est plus jeune que moi ! »

Elle enleva les draps pour les mettre à la lessive, en prétendant que « les saletés avec lesquelles elle s'emplâtre la figure » avaient déteint sur la taie d'oreiller. Mon père et ma mère reçurent d'Eden un gentil petit mot de remerciements par le courrier du lendemain — elle avait dû l'écrire dans le train. La fois suivante quand je la vis, c'était dans le jardin d'Hélène, le jour où elle m'a raconté que Véra lui avait sauvé la vie.

Hier, Hélène est venue prendre le thé avec moi. Une tasse de thé et un biscuit chacune, pas plus, dix minutes de détente, puis on passe aux alcools. C'est ce qu'Hélène préfère. Elle appelle cela « rester pour les cocktails », elle boit du sherry, mais elle aime aussi que je lui prépare des dry Martini, pas plus de deux, mélangés à la cuillère et non au shaker, avec des olives et non du citron, et il faut toujours répéter la plaisanterie classique d'approcher à peine le vermouth, juste pour lui montrer la bouteille de gin. Avant de partir à Bologne à la fin de ses études, Jamie avait travaillé dans un bar d'Half Moon Street — les circonstances « étant ce qu'elles étaient », Oxford n'aurait pas fait l'affaire — et le lendemain de ses débuts, un Américain avait commandé un dry Martini. Jamie n'avait pas la moindre idée de la façon de le préparer mais il savait que du Martini était un vermouth et il fit de son mieux. Presque aussitôt l'Américain le lui ramena et lui demanda s'il y avait mis du gin.

« Certainement pas ! » répondit Jamie, indigné.

L'Américain éclata de rire et lui indiqua la méthode ; en partant, il donna dix shillings à Jamie, ce qui était un pourboire énorme en 1962.

A la mort du général, Hélène céda Walbrooks à son fils qui venait de se remarier et avait un enfant, une fille. C'est une belle maison et les jardins sont adorables. Je souris aujourd'hui en pensant qu'elle a failli m'appartenir. Mais je n'en ai aucun regret. Hélène s'est installée à Londres, dans un appartement de Bina Gardens, non loin d'Old Brompton Road. Je crois qu'elle s'attendait à trouver la ville à peu près comme lors de son séjour précédent, en 1918. Elle avait passé une saison à Londres, la seule, sous l'aile d'une cousine de la vieille Mme Richardson.

Elle s'est aperçue des différences mais elle a fait comme si rien n'avait changé : elle s'habilla à peu près comme à l'époque, se déplaça partout en taxi et elle meubla son appartement dans un mélange d'Art déco et d'indien anglais, meubles blancs massifs et cuivre de Bénarès, avec une touche rétro. Chaque jour, elle prend le thé à cinq heures et se prépare un cocktail à six : un soir sur deux, elle téléphone à sa fille et l'autre soir à son fils. Ils vont souvent la voir à Bina Gardens, avec les petits-enfants. Elle les emmène déjeuner à la brasserie du Claridge, au buffet froid à prix réduit. Et elle m'a à moi, qui habite près de chez elle, dans Vicarage Road.

Hélène est ma tante. Ma demi-tante bien entendu. Mais ce « demi » que Véra était toujours si heureuse d'oublier, pour appeler Hélène sa sœur, la prive entièrement à mes yeux de son statut avunculaire. Je ne l'ai jamais appelée Tante (selon son propre désir) et quand je la présente à des gens, je donne simplement son nom, en précisant parfois, mais rarement, qu'elle est « mon amie ». Je ne lui ai jamais donné dans mes pensées le titre de tante, et encore moins l'autre, que j'ai eu un jour le droit d'utiliser.

A quatre-vingt-neuf ans, elle reste aussi mince, souple qu'un roseau, mais un roseau accablé de rhumatismes, aux articulations qui craquent. Elle adore encore la mousseline et les autres tissus collants et diaphanes ; elle porte toujours, invariablement, un chapeau. Mais elle a enfin abandonné la ligne des années vingt pour s'habiller un peu comme la reine-mère, bleu pâle et capelines. Ses cheveux d'or sont d'un blanc de neige, mais encore avec la même coiffure que Gertrude Lawrence dans la première mise en scène de *Vies privées*.

J'avais envisagé d'inviter également Daniel Stewart. Hélène s'y est opposée d'un non intraitable quand je lui ai demandé ce qu'elle en pensait. Elle l'appelle le « livreur », tout en sachant très bien qu'un livreur n'est pas un homme qui écrit des livres.

« Peu m'importe de parler au livreur en tête à tête, me dit-elle en s'asseyant mais sans ôter son chapeau, à son habitude. Bien sûr cela m'ennuie, je préférerais l'éviter ; ce n'est pas drôle d'être obligée de parler ainsi de la pauvre Véra, mais ce que je veux dire, c'est que je le supporte quand le livreur est seul avec moi, mais avec une tierce personne présente, même un chou comme toi, cela deviendrait si affreusement *public* ! »

Peut-être plus tard, proposai-je. Elle pourrait se préparer pour la confrontation, venir armée de Valium, par exemple. Et quand le livre de Stewart sortirait, elle ne serait pas obligée de le lire. Elle me lança le regard pincé qu'elle réserve à ses interlocuteurs dès qu'ils parlent de l'avenir, même de l'année suivante. Parce que pour elle, les chances qu'il existe une année suivante sont bien minces.

Je fis le thé et nous prîmes chacune un des biscuits que l'emballage présente comme des galettes de muesli. Hélène grignota le sien dans l'ombre de sa capeline de soie bleue garnie de delphiniums de nylon. Il est rare que nous parlions de la famille au cours de nos rendez-vous, soit quand elle vient prendre le thé et un verre, soit quand nous nous retrouvons auprès de Gérald. Quoi qu'il en soit, la famille est un point douloureux pour toutes deux, et nous nous savons amies *malgré* nos liens familiaux et non à cause d'eux. Mais nous n'avions apparemment rien d'autre à nous dire. De plus, c'était l'anniversaire de Véra. Si elle n'était pas morte, elle aurait eu soixante-dix-huit ans.

En vieillissant, les gens perdent leur allure. C'est un lieu commun, un cliché. Mais perdre sa beauté n'est que le commencement d'une chaîne. Le maillon suivant est la perte de la sexualité. A un certain âge, peut-être à l'approche des quatre-vingts ans, on ne peut distinguer les vieilles dames des vieux messieurs que par le costume, par les jupes et la coiffure. Puis vient le moment — que le bon Dieu nous en préserve — où l'humanité elle-même disparaît, il ne reste plus que de vieux singes en oripeaux humains...

Il est exact qu'Hélène, avec sa poitrine plate et ses mains noueuses, pourrait être un vieil homme, mais il lui reste encore beaucoup d'humanité. La voix fêlée demeure pleine de vie. Les yeux bleus pétillent, jamais lassés. Et elle sent merveilleusement bon (*Magie Noire,* cela s'appelle), comme aucun vieux monsieur ne sentira jamais. Je désirais revenir en 1943, pour Stewart, et je l'interrogeais sur le retour de Gérald.

« Il est revenu en permission au printemps, ma chérie, mais ensuite il est resté quelque temps au ministère de la Guerre. »

Je voulais savoir comment et pourquoi il était rentré. Quand j'avais quatorze ou quinze ans, personne ne m'en avait parlé. Je savais seulement qu'il était allé en Afrique du Nord, puis à

Madagascar (ce qui lui avait fait manquer la bataille d'El Alamein) avant de rentrer en Angleterre au début de 1943. Pour combler le trou, j'avais étudié l'incident de Madagascar et découvert que les Anglais, débarqués en mai 1942, s'étaient emparés d'une base navale du nom de Diégo-Suarez. On espérait que le gouverneur français, partisan de Vichy, accepterait un rapprochement et abandonnerait le reste de l'île ; en fait, il attendit simplement la saison des pluies, en octobre. Les Anglais attaquèrent alors la capitale, Tananarive, et les forces pétainistes se replièrent vers le sud. Après plusieurs autres campagnes victorieuses, les hostilités avaient cessé en novembre, et le gouverneur vichyssois avait été jeté en prison.

« Je crois que nous avons dû nous retirer de l'île en janvier ou février, me dit Hélène. Nous avons désigné comme gouverneur un Français partisan de De Gaulle. C'était Bill Platt qui commandait nos hommes — un si gentil garçon, il dînait souvent. (Expression typique d'Hélène pour indiquer que le général Sir William Platt venait souvent dîner avec elle et son mari.) Il a renvoyé Gerry chez lui, tu comprends. Dans un bombardier. Pour rendre compte personnellement de la situation militaire là-bas à un personnage très haut placé. Peut-être Churchill, autant que je sache. Ou le ministre de la Guerre, si ce n'était pas Churchill. Si le cher général était encore de ce monde il te raconterait tout cela mieux que moi. Cette affaire de la pauvre Véra a vraiment été la fin pour lui, tu sais. Je pense que ça l'a littéralement tué. »

C'est peut-être vrai. Hélène et le général sont restés à Stoke envers et contre tous après la mort de Véra, mais ce fut très dur pour eux. Ils furent ostracisés. Le demi-sang cessa de compter. La généreuse Hélène avait appelé Véra sa sœur en face du monde entier, et maintenant que Véra avait commis le pire des crimes et connu la pire des fins, il n'était pas question qu'elle renie leur parenté. Il aurait d'ailleurs été vain d'essayer. Tout le monde savait. Dans les villages, tout le monde sait tout. Et à vrai dire, l'ostracisme ne se fonda pas seulement sur le souci de ne pas mélanger les torchons et les serviettes, le désir de ne pas se lier à des gens pareils. Le manque de confiance et la gêne comptèrent pour beaucoup : les gens ne savaient que dire à Victor et Hélène s'ils les rencontraient. Je les vis beaucoup dans les années qui suivirent, naturellement, et je me trouvais dans la maison le jour de la première crise cardiaque du général. Par la suite, il ne fut plus jamais le même. Cinq ans après la mort de Véra, il mourut lui aussi. Dans les bras d'Hélène, comme elle disait volontiers, mais je ne crois guère que l'on puisse mourir réellement dans les bras de quelqu'un.

« Gerry était brillant, me dit Hélène. Le général l'a toujours dit. Mais un vrai pète-sec, tu sais, incapable d'un mot pour se faire valoir. Tu t'imagines, mariée à un homme qui ne te ferait jamais rire ? » Je n'avais jamais considéré Victor Chatteriss comme un comique éblouissant non plus, mais bien entendu je ne trahis rien de mes sentiments à ce sujet.

« Un vrai raseur, franchement, mais le général disait toujours qu'il ne fallait pas se fier aux apparences, pour Gerry. Absolument, mon chou. C'est forcé quand on songe à ce qu'on voyait de lui au premier regard : des yeux vides, en boule de loto, qui lui sortaient de la tête, comme s'il avait, comment ça s'appelle, la maladie de Bright, non ? Bref, il était comme un de ces machins qu'il y a aux Antilles. En tout cas dans les films. Un bongo, un zobo, tu vois ?

— Un zombie, dis-je.

— C'est ça, un zombie. Un zobo, c'est le croisement d'un yak avec une vache. Nous en avons souvent vu aux Indes, mais Gerry n'était pas du tout comme ces bêtes-là. Bref, comme je te le disais, il était très brillant à sa manière et c'est sans doute pour ça que Bill l'avait choisi pour rapporter ces renseignements importants. Ce devait être en janvier 1943, parce que Véra, Eden et Francis avaient passé Noël avec nous, et Véra n'avait pas encore la moindre idée qu'il allait venir. Eden n'a passé qu'un seul Noël de guerre avec nous, et ce ne pouvait pas être le Noël suivant, pas vrai ? Ni le précédent puisqu'en 1941 nous n'étions pas chez nous, nous étions allés chez la sœur du général à Gleneagles, un vrai trou !

« N'est-ce pas drôle, reprit Hélène au bout d'un instant. Comme je me souviens parfaitement de ce qui s'est passé il y a quarante ans, mais si tu me demandes ce que j'ai fait hier, je ne saurais pas te répondre trois mots. Il paraît que c'est à cause de tous les millions de petites cellules grises qui se détruisent : elles tombent comme des feuilles ou je ne sais quoi — comme mes pauvres cheveux, tu sais — et les cellules de mémoire, enfouies depuis des années, se trouvent remises à nu. Peu importe, d'ailleurs. Non? On peut aussi bien vivre avec de vieux souvenirs qu'avec des nouveaux. Mieux, même. Je suis sûre que je m'amusais plus à l'époque qu'hier. En tout cas, dit-elle en se rappelant, en tout cas jusqu'à tu-sais-quoi. »

Hélène appelle toujours l'exécution de Véra « tu-sais-quoi ». Elle ne saurait en exprimer la douleur autrement que par un euphémisme. Elle m'a avoué que pas une seule journée ne s'était écoulée sans qu'elle y songe, sans qu'elle se demande quel effet une pendaison pouvait faire, ce qui se passait dans l'esprit et le corps juste avant.

« Ils sont venus nous voir à Londres, lui dis-je. Mais ils n'ont pas passé la nuit chez nous. Ils étaient descendus dans un de ces hôtels qui faisaient sourire les gens en prenant un air entendu — le Strand Palace ou le Regent Palace. Gerry raconta à ma mère qu'ils passaient une deuxième lune de miel.

— Ils étaient en train de *s'accoupler*, ma chérie. Voilà ce qu'ils faisaient, ou plutôt ce que faisait la pauvre Véra. Elle se servait de ce pauvre bougre pour avoir un autre enfant, je le crains. »

Je me levai pour commencer à préparer nos dry Martini. Hélène lorgna le Cinzano Secco d'un œil inquiet.

« Montre la bouteille au gin c'est tout, je t'en supplie. Cet été-là il est parti en Sicile avec la Huitième armée. D'ailleurs il était avec la Huitième armée avant Madagascar. Les Américains se trouvaient aussi dans le coup : leur Septième et notre Huitième. Je crois que je ne me rappelle plus la date, ma chérie. Je sais que c'était avant que le vieux Mussolini soit déboulonné.

— Le 9 juillet, lui dis-je. Le 9 juillet 1943. J'ai vérifié. Il n'est plus revenu avant la fin de la guerre. »

Mon mari entra. Il se dirigea vers Hélène, l'embrassa et demanda s'il y avait assez de dry Martini pour qu'il en prenne un petit. Je suis contente qu'ils s'entendent bien tous les deux, qu'ils soient amis, alors qu'étant donné la situation, ils pourraient si aisément ne pas l'être.

« Nous parlions de Gérald, lui dis-je.

— Ce n'est pas votre jour de lui rendre visite? »

Je secouai la tête. Gérald vit depuis des années dans une maison de retraite pour officiers, à Baron's Court, où je vais parfois le voir avec Hélène. Il est sourd comme un pot et paraît plus vieux qu'Hélène alors que c'est l'inverse.

« Nous parlions de ce qu'il aurait appelé “ sa ” guerre, dis-je.

— Le général estimait que Gerry avait fait une bonne guerre, tout bien considéré, ajouta Hélène. Et je répondais souvent : tant mieux pour lui, car il n'a vraiment pas eu une très bonne paix. A propos, ma chérie, j'ai failli oublier de te le dire, qui crois-tu que j'ai rencontré chez Lucy l'autre jour ? »

Lucy est sa petite-fille. Mariée à un diplomate, elle donne de grandes réceptions dans l'un de ces appartements de Hyde Park Gardens qui ont des terrasses sur le toit. J'ai répondu que je n'en avais aucune idée. Mon mari donna à Hélène le second des deux Martini auxquels elle se rationne.

« Lady Glennon ! Que penses-tu de cela ? »

Rien. Ce nom ne signifiait rien pour moi. « Nous ne fréquentons pas ces cercles éthérés, Hélène, commenta mon mari.

— Mais tu te rappelles Michael Franklin, je suppose. C'est sa belle-sœur. Le frère a hérité quand il a coulé avec son bateau. Tu dois te souvenir de ce déjeuner affreux, des lapins grillés de la pauvre Véra et de notre conviction de plus en plus précise qu'aucun noble Michael ne montrerait le bout de son nez. Il aurait été vicomte Glennon, sans cette torpille allemande, et tout aurait été différent ; peut-être aurais-je rencontré chez Lucy cette chère Eden, en Lady Glennon.

— Elle ne l'a jamais connu, sauf pour lui dire : Voici un message pour vous en trois exemplaires, mon capitaine.

— Je me demande si tu as raison. Véra avait l'air si certaine. Parfois, je crois que je le confonds avec cet autre officier d'Eden. Ne me raconte pas qu'il n'existait pas celui-là, ma chérie. »

Je lui répondis que je n'étais pas au courant. Comment aurais-je pu savoir ?

« Ce devait être en septembre 1943, quelque part en Irlande.

— Quelle mémoire, Hélène ! s'écria mon mari. Vous êtes un exemple pour nous tous.

— Ah, mais vous pouvez me dire, vous, ce que vous avez pris ce matin au petit déjeuner, mon cher, alors que j'en suis incapable. A ce propos, Mme Anstruther, dans l'appartement du dessous, est passée à la radio, figure-toi. Dans *l'Heure de la femme*. Pour parler d'un journal intime de sa grand-mère, qui vient d'être publié. Elle est de mon âge, en fait. Mme Anstruther, je veux dire, pas la grand-mère, qui aurait naturellement des *siècles* de plus, si elle vivait encore, ce qui n'est pas le cas.

Avant de commencer ce qu'ils appellent leur enregistrement, je crois, ils lui ont demandé un essai de voix, pour le son. Il fallait qu'elle dise quelque chose dans le micro. Bref, naturellement, Mme Anstruther n'a pas su quoi dire — dans un cas comme ça, on ne sait jamais, n'est-ce pas ? — alors le journaliste lui a suggéré : — Dites simplement ce que vous avez pris ce matin au petit déjeuner. Mais Mme Anstruther n'a pas pu. Elle ne s'en souvenait plus. Elle a dit : — Je ne peux plus me rappeler ce que j'ai mangé ce matin — dans le micro — je suis trop vieille. Et ils ont tous ri, mais bien entendu elle n'avait pas l'intention de les faire rire.

« Eden était à Londonderry à l'époque, enchaîna Hélène. On l'avait mutée à Londonderry au printemps. Le bateau avait accosté pour une réparation ou je ne sais quoi et elle devait repartir pour Jars, Cane, un de ces noms d'oiseaux... Mais elle n'est jamais arrivée. Londonderry était plein d'Américains cet été-là. Je garde encore quelque part une lettre d'Eden qui me raconte tout sur ces adorables Américains, si riches, tu sais, et toujours à vous faire des cadeaux. Le général disait souvent : " Méfie-toi des Américains qui apportent des présents. " Il l'a dit à Patricia quand elle est venue à Walbrooks en permission avec une de ses amies. C'est tiré de Virgile, assurait-il, qu'il avait étudié à Eton, mais j'ai toujours eu des doutes, l'Amérique n'avait pas encore été inventée du temps de ces Romains, n'est-ce pas ? »

Mon mari l'accompagna à un taxi qui la conduisit chez elle, à deux pas. Daniel Stewart désirerait sans doute cette lettre, me dis-je. Je continuai à déguster mon Martini très dry, ce qu'il en restait, en songeant à cet été-là, la seule fois en dix étés où je n'avais pas passé mes vacances à Sindon. Je devais partir, j'étais prête, ma valise faite, mais ma mère fut opérée d'urgence, une hystérectomie, opération très grave à l'époque, et elle demeura fragile pendant plusieurs semaines, incapable de faire grand-chose. Je suis restée à la maison pour m'occuper d'elle. Véra et Francis durent passer entre eux aux Lauriers ces grandes vacances entre le trimestre d'été et le trimestre d'automne. Ce furent les dernières grandes vacances qu'ils passèrent seuls ensemble.

La lettre que Véra écrivit à mon père à l'automne 1943 s'est perdue. Peut-être est-elle venue trop tôt pour que nous ayons déjà du feu. Mais je suis sûre qu'elle a existé. Je me souviens, elle a été lue, en tout cas en partie, au petit déjeuner. Ce devait être un jour d'octobre. En reconnaissant l'écriture de Véra sur l'enveloppe je me résignai à entendre les reproches à mon égard qu'elle contiendrait (j'en étais certaine). Je n'étais pas allée à Sindon en août et bien que la maladie de ma mère fût une raison valable, connue de Véra, elle ne manquerait pas de signaler ma défection, me disais-je, en demandant par exemple pourquoi je n'étais pas venue pendant le séjour de ma mère à l'hôpital sinon au cours de sa convalescence. « Faith n'a pas pu se résoudre à venir », ou « Je suppose que Faith ne se soucie plus des Lauriers depuis qu'Eden est partie » — voilà ce que je craignais. Mon père aurait réagi en me demandant d'écrire à Véra « une lettre gentille ». Or il n'y avait aucun reproche, et je n'étais mentionnée qu'avec ma mère dans la formule de politesse, où elle nous exprimait sa tendresse. Mon père nous dit :

« Véra attend un bébé. »

La nouvelle me fit rougir. Je suppose que l'idée même me gênait. Par bonheur, il n'y avait aucun Francis pour le faire remarquer.

« Eh bien, mon Dieu ! dit ma mère. Elle y aura mis le temps. Francis doit bien avoir... Combien ?

— Francis a eu seize ans en janvier dernier, répondis-je.

— Oui, c'est ce qu'elle écrit. Francis aura dix-sept ans en janvier, et j'ai peur que cela ne fasse une grande différence, quand le bébé arrivera en avril. J'aimerais beaucoup avoir une fille cette fois, mais ce qui viendra me remplira de joie... »

Mon père commença à s'inquiéter pour Véra. Son mari était loin — en Italie, d'après leur code — au front, et courait des risques considérables. Son fils se trouvait en pension et mon père savait, comme moi, qu'il ne lui aurait apporté de toute manière ni aide ni réconfort. Eden était maintenant à Londonderry, port de départ des escorteurs de convois dans l'Atlantique Nord. Véra se trouvait seule, enceinte, et demeurerait probablement seule — sauf si la guerre se terminait miraculeusement — jusqu'à la naissance du bébé et au-delà. Il était donc inquiet pour elle, agité, et il finit par décider d'aller la voir. Il irait à Sindon l'inviter à venir s'installer avec nous. Un peu plus tôt cette proposition aurait paru impensable, mais 1943 avait été l'année la plus calme de la guerre. Nous dormions de nouveau tous au premier étage. Et les gens qui passaient encore la nuit dans le métro de Londres le faisaient davantage pour la bonne compagnie, disait-on, pour « la lumière et la gaieté », que pour des raisons de sécurité. La trêve durerait encore plusieurs mois avant le « petit blitz » du printemps 1944. Dans notre banlieue, Véra serait à peine plus en danger qu'à Great Sindon, semblait-il, et beaucoup moins solitaire.

Bien entendu ma mère n'approuva pas l'idée. Ce bébé n'était pas un accident, dit-elle, il a été probablement « planifié ». Véra savait dans quelle situation elle se mettait. J'ignore ce que mon père lui dit en privé. Il fit très peu de commentaires en ma présence. Il n'était pas homme à discuter la possibilité d'une grossesse, accidentelle ou non, devant sa fille âgée de quinze ans. Ma mère finit par accepter, de mauvaise grâce, que l'on invite Véra. Mais elle, elle n'irait pas à Sindon avec mon père. Dans le train, nous avons un peu bavardé, lui et moi.

« D'après le ton de sa lettre, m'avoua-t-il, je ne jurerais pas qu'elle soit — comment dirais-je ? — au septième ciel.

— Je l'ai entendue affirmer à Hélène qu'elle avait envie d'un autre bébé.

— Ah bon ? » Cela parut le rassurer. « Dans ce cas, tant mieux. Quand tu étais sur le point de naître, nous étions si ravis, si excités ! » Il secoua la tête. « Nous étions très jeunes, bien entendu. Tu crois donc que Véra est contente ? »

Quelle question ! Avais-je jamais vu Véra contente ? Quelle forme prendrait un bonheur-de-Véra ? Je l'avais vue affairée, empressée, hystérique, frappée de panique, exultante, triomphante, frustrée, pétulante, furieuse, mais je ne l'avais jamais vue contente.

Je lui assurai : « Elle adore les enfants. Elle avait envie d'un bébé. Elle est contente, c'est évident. On ne peut rien déduire d'une lettre. »

Cela le calma. Il soupira. Le train arriva en retard, l'autocar était parti, et nous avons attendu le suivant pendant des heures, me sembla-t-il. Véra, penchée au-dessus de la grille, scrutait la rue en tous sens comme lorsqu'elle cherchait Francis absent à l'heure du coucher.

« J'avais renoncé. Je croyais que vous ne viendriez jamais ! Qu'est-ce qui vous a retenu ? J'ai reçu deux faisans, que

Richard Morrell a tués, mais ils doivent être fichus maintenant, complètement desséchés. »

La grossesse ne l'avait pas changée. Je veux dire : elle avait toujours le même caractère, car sur le plan physique, elle semblait malade. Elle paraissait verdâtre et ses cheveux avaient la couleur de l'orge dans les champs un mois avant la récolte. Sa peau était pâle, jaune. La grossesse, qui ne se remarque pas chez la plupart des femmes avant le cinquième fois (je l'avais déjà observé), avait déjà gonflé sa taille. Les restrictions battaient leur plein : un manteau vous coûtait dix-huit bons de textile et une robe onze, or l'on n'en touchait que soixante-six pour quinze mois. Personne ne gaspillait ses coupons pour des vêtements de grossesse. Mais Véra, jadis si pointilleuse pour sa toilette, aurait sans doute pu mieux faire, me dis-je. Elle portait une vieille robe en georgette avec de petits motifs rouge et blanc ; elle avait (forcément) enlevé la ceinture mais laissé les passants, et l'ourlet n'était pas régulier. Elle avait enfilé par-dessus un cardigan vert et elle était chaussée de pantoufles, sans bas bien qu'on fût en novembre et l'on sentait déjà le froid.

Elle nous fit passer à table en toute hâte. Les faisans — les premiers que j'aie mangé — étaient merveilleux, pas du tout trop cuits. Véra demeurait une excellente cuisinière, vraiment de la classe de Mme Marshall. Pendant tout le repas, elle parla d'Eden, de sa promotion — elle avait pris du galon —, de ses amis, tous des officiers de grade élevé, Anglais et Américains, de la belle photographie qu'elle lui avait envoyée. N'en avions-nous pas reçu une ? Eden avait promis d'en adresser une à mon père. Elle, Véra, en avait reçu deux. Et voilà comment je me trouve en possession, dans « le coffre », d'un portrait d'Eden à la Veronica Lake, pris par le photographe de Londonderry.

« Nous voudrions que tu songes à t'installer avec nous au moins jusqu'à la naissance de l'enfant, lui dit mon père.

— Je n'ai pas besoin d'y songer. C'est hors de question. Je ne le pourrais absolument pas. Cela dépasse l'imagination. » Elle était si catégorique que son visage jauni en devint écarlate. Puis elle se rappela ses bonnes manières. Elle dit : « C'est très aimable de ta part, John, je t'en suis reconnaissante », et ajouta : « Je n'imagine pas Vranni enthousiaste à cette idée-là.

— Oh si. Vranni pense tout à fait comme moi. Tu ne devrais pas rester seule ici. Dans ton état...

— J'ai mes amies. Eden prendra des permissions. Hélène n'est pas loin. »

Nous avons essayé de la convaincre — en fait, mon père. Je l'ai soutenu, mais le cœur n'y était pas. Depuis que je me trouvais au pied du mur, la pensée d'avoir Véra en permanence à la maison me souriait beaucoup moins. Après le déjeuner, elle se mit à l'inévitable ouvrage : la layette. Elle détricotait péniblement un vieux chandail blanc d'Eden et elle recardait la laine avant de la laver pour ôter les plis. Il fallait enrouler en pelote la laine lavée la veille et je lui tins l'écheveau pendant qu'elle enroulait. Francis devait rentrer le lendemain pour les vacances du milieu de trimestre. Pourquoi ne resterais-je pas pour le voir ?

Je parvins à décliner l'invitation poliment. Je remontai la rue du village jusque chez les Cambus. Nous entretenions, Anne et moi, une de ces amitiés que je crois fréquentes entre adolescentes. Mes amies de chez moi étaient mes compagnes permanentes et Anne une simple amie d'occasion, mais elle n'en était pas moins nécessaire, elle tenait une place particulière, spéciale, dans mon affection, et elle la garde encore après quarante années. Ces amitiés étaient encore plus fréquentes à l'époque qu'aujourd'hui car les enfants se déplaçaient constamment de refuge en refuge, puis revenaient à leur point de départ. Nous semblions toujours reprendre les rênes à l'endroit où nous les avions abandonnées, six mois ou un an auparavant. Nos absences nous offraient beaucoup à raconter. Anne m'apprit une chose curieuse.

Un matin de septembre en allant à l'école, ce qui l'obligeait à passer devant les Lauriers, elle avait vu Véra sortir en trombe, le visage crispé, les joues baignées de larmes, puis traverser la rue vers le rectorat. Anne savait que les Morrell ne s'y trouvaient pas. La mère de Richard Morrell venait de mourir et ils étaient partis tous les deux à Norwich pour les obsèques. Bien entendu, Véra était revenue d'un pas hésitant — Anne attendait à ce moment-là près de l'arrêt de l'autocar — puis elle était rentrée chez elle, toujours en larmes, le visage enfoui dans ses mains.

« Francis, répondis-je à Anne. Sans doute une chose que Francis avait faite.

— Je l'ai supposé aussi. Il n'est pas resté beaucoup à la maison pendant les vacances d'été. Il était presque tout le temps sorti. »

Dans la chambre d'Eden ce soir-là, je remarquai des signes d'occupation récente. Eden était rentrée en permission. Le contenu des tiroirs de sa coiffeuse avait changé. On avait enlevé les produits de beauté pour les remplacer par des beaux sous-vêtements de soie, des culottes à l'anglaise et à la française, couleur abricot, gris perle et bleu très pâle, des bas de soie dans des enveloppes de papier fin. Dans un autre tiroir, avec la crème nutritive Biocel de Tokalon et la cire mercolisée, se trouvait un flacon de parfum Chanel n° 5. J'avais déjà vu des photos publicitaires, mais jamais le parfum lui-même. Je fixai le flacon longuement, versai une petite goutte sur mon poignet et reniflai — un peu comme une pauvre primitive, je suppose, en possession d'un concentré de civilisation.

Ce fut la dernière fois que je regardai dans les cachettes intimes d'Eden. Après tout, j'avais quinze ans et ma conscience me troublait avec trop d'insistance pour que je passe outre. Je refermai les tiroirs et, allongée entre les draps, dans la chambre glacée — personne ne chauffait les chambres en 1943 — je contemplai la photographie d'Eden, pareille à une Madone, que Véra nous avait donnée, en me demandant si j'atteindrais un jour une telle beauté — avec quelle ardeur désespérée je le désirais !

Nous devions retourner à la maison le lendemain après le déjeuner. Où était Francis ? Véra répondit qu'elle ne l'attendait pas avant l'heure du thé. Je trouvai fort étrange qu'il rentre pour les vacances de milieu de trimestre un dimanche après-midi. Pourquoi pas le vendredi ? Les disparitions de Francis étaient toujours déconcertantes.

Mon père parut ravi de voir Chad Hamner arriver le dimanche matin. Il était encore jeune — mon père —, pas encore trente-huit ans, très jeune pour être mon père mais aussi démodé qu'un sexagénaire dans ses idées et ses idéaux. Il avait mené une vie protégée et étroite, éducation stricte et sage, mariage à vingt et un ans. Rien de ce qu'Eden avait dit lors de sa visite chez nous n'avait modifié son opinion — implantée par moi à l'origine — que Chad demeurait le prétendant en titre d'Eden. Dans son utopie personnelle, les femmes, notamment ses sœurs et sa fille, n'avaient qu'un seul amoureux leur vie durant, un homme qui les adorait, avec qui elles se fiançaient, se mariaient, avec lequel elles vivaient pour toujours, heureuses ou non d'ailleurs, mais il tenait le bonheur pour acquis dans ces circonstances imposées. Chad, à ses yeux, était ce prétendant, et mon père avait pris les dénégations hautaines d'Eden pour de la modestie, une candeur délicate à laquelle il rendait hommage. Donc à l'arrivée de Chad il fut charmé de faire sa connaissance, sans trouver bizarre que cet homme qu'il considérait comme l'amoureux d'Eden vînt aux Lauriers alors qu'Eden elle-même se trouvait à des centaines de kilomètres de là, en Irlande du Nord.

Il fit aussitôt allusion à la situation. C'est-à-dire, dès que Véra eut soufflé à Chad qu'il devait être ravi de rencontrer enfin son frère.

« Nous remplaçons très mal ma sœur Eden, j'en ai peur.

— Oh, Chad a vu Eden quand elle est rentrée, il y a quinze jours, répondit Véra. Je crois qu'il en a eu plus qu'assez. » C'était la première fois que je l'entendais parler d'Eden avec la moindre nuance de dénigrement, et je m'en étonnai. Le monde ne bascula pas carrément, mais il pencha d'un côté pendant un instant. « Bien entendu, ce n'est pas ce que je veux dire. C'était adorable de l'avoir. Seulement il nous faut continuer notre train-train en dépit de toute l'agitation du monde extérieur. »

Remarque bien digne de Véra dans ses jours de mystère. Je me rappelai, mal à l'aise, les paroles de Mme Cambus la veille — que la bonne dame n'aurait peut-être pas dû confier à une fillette de quinze ans. Mais elle était cancanière, et connue dans le village comme telle.

« Il ne faut jamais rien dire à ma mère, répétait toujours Anne. Absolument *rien.* »

Voici ce que Mme Cambus m'avait raconté : « Ce jeune journaliste, là, constamment en train de tourner autour des Lauriers. Les gens en causent. Bien entendu, ce n'est guère à toi d'en parler à ta tante, mais ton père pourrait lui glisser une allusion ».

Je ne répétai ceci à personne. C'était pour moi extrêmement révoltant, je sentais ma peau se hérisser chaque fois que j'y pensais. Ce fut le cas quand je vis Chad assis devant moi, à l'aise, tout à fait comme chez lui : il tenait pour acquis qu'on lui demanderait de rester déjeuner — faisan froid augmenté de charcuterie en boîte venue d'outre-Atlantique au titre du Prêt-Bail —, il savait où se trouvaient les couverts, il mettait la table, il servait le vin de fleur de sureau confectionné par Véra. Et les yeux de Véra s'attardaient beaucoup sur lui, observaient ses mouvements comme s'ils la fascinaient. Je m'attendais qu'il parte en même temps que nous, et quand il nous accompagna à l'arrêt d'autocar, je crus qu'il avait lui aussi l'intention de le prendre, mais dès que l'autocar apparut à l'horizon, visible à presque deux kilomètres de distance sur la route de Sissington, il nous serra la main et lança :

« Retour à un après-midi paisible d'ouvrages de dames. »

Mon père parut légèrement intrigué. Je savais que Chad entendait par là un tête-à-tête avec Véra : il lui tiendrait son écheveau de laine, lui lirait le *Sunday Express* pendant qu'elle convertirait les bouts de trois vieilles robes en une tenue de maternité, allumerait un feu de bûches et énoncerait des secrets derrière les portes closes. Jusqu'à ce que Francis arrive et dérange tout. A moins que les deux complices fissent quelque chose de très différent ?

Mes parents avaient le téléphone depuis 1937 mais ne s'étaient jamais habitués à l'utiliser. C'était un instrument sacré. Vous avanciez les lèvres vers le combiné jusqu'à ce que votre haleine se condense sur la bakélite, et vous énonciez chaque syllabe avec soin sur un ton plus appuyé que pour une conversation normale. Il servait aux appels locaux ou en cas d'urgence ; il n'était pas question d'appeler à tort et à travers, et les appels interurbains, même pour la distance relativement courte de cent kilomètres qui nous séparait de Great Sindon, demeuraient impensables. Mon père et Véra communiquaient par lettres, comme d'habitude. Eden n'écrivait pour ainsi dire jamais en dehors de Noël et des anniversaires, mais curieusement, ce fut Eden qui se chargea de nous donner des nouvelles du bébé de Véra, alors que Véra elle-même garda le silence.

Au début, Véra s'était mis dans la tête d'avoir l'enfant chez elle, ce qui n'avait absolument rien d'exceptionnel à l'époque. Avoir son premier enfant chez soi provoquait quelques remontrances mais non une condamnation véhémente, comme aujourd'hui, ou c'est plus ou moins exclu. D'ailleurs, ce ne serait pas son premier bébé. Elle changea cependant d'avis et retint un lit dans une maternité de Colchester. Nous l'avons appris par Eden, qui téléphonait de temps en temps d'Irlande du Nord — ce qui faisait beaucoup d'effet sur mon père, d'autant plus que c'était aux frais de l'Etat. Les rares lettres de Véra, dont aucune n'a survécu, évoquaient banalement le temps, les maladies d'hiver de ses voisines et sa propre santé, apparemment excellente. Parfois une allusion à Oncle Gérald mais sans dire où il était ni où elle le croyait, uniquement à titre de spéculation, du genre Je-me-demande-ce-qu'en-penserait-Gerry, ou Gerry-ne-va-pas-croire-que. Progressivement, le secret, si cher au cœur de Véra, partie essentielle de son caractère, se referma. Les lettres cessèrent et Eden prit le relais.

Mon père finit par s'inquiéter. Avril traîna en longueur puis s'acheva. Mai commença. Presque tous les soirs il disait :

« Je crois que je devrais téléphoner à Sindon », comme dirait aujourd'hui une personne de peu de moyens ou nettement rétrograde : Je crois que je devrais téléphoner en Australie.

Ma mère, bien entendu, n'encourageait jamais ses projets s'il touchait à son faible pour ses sœurs. Elle faisait une remarque sur le prix des communications ou lançait une réplique parfaitement injustifiée mais irréfutable, dans le genre :

« A ta guise, mais nul ne t'en saura gré. »

Nous savions qu'Eden devait avoir une permission et mon père fut soulagé d'entendre sa voix quand il téléphona enfin : il commença par une longue préparation mentale et s'assura du silence total dans la maison, fenêtres fermées, avant de demander à l'opératrice de lui passer le numéro des Lauriers. Véra allait bien, très bien, mais non : encore aucun signe du bébé. Oui, il était en retard, mais les bébés naissent souvent plus tard qu'on ne les attend, pas vrai ?

« Et comment va ton jeune homme ? »

Eden dut sans doute répondre d'une voix irritable : « Je ne sais pas de quoi tu parles, John », car mon père rit et ajouta que les cloches de la noce sonneraient sûrement bientôt. Puis il se ressaisit et se souvint : bien entendu, ils attendaient la fin de la guerre, pas vrai ?

Il termina de façon plutôt lamentable. Elle garderait le contact, n'est-ce pas ? Elle enverrait un « câble » à la naissance du bébé ?

Le mariage de mes parents n'était pas particulièrement heureux. Ils s'étaient mariés très jeunes, ils venaient de milieux très différents. Les jeunes d'aujourd'hui, mes propres enfants, me disent d'un ton de triomphe :

« Il a duré, non ? Ils sont restés ensemble. N'est-ce pas ce qui compte ? »

Mais la réponse est non. A l'époque les gens restaient ensemble, les gens ordinaires de la classe bourgeoise en tout cas, les pas très riches. Aucune autre possibilité ne s'offrait vraiment à eux. Mes parents n'avaient pas commis d'adultère, ne s'étaient pas montrés cruels, ne s'étaient pas abandonnés. Ils avaient leur foyer, qu'ils avaient bâti ensemble, leur enfant, ils étaient habitués l'un à l'autre. Et s'ils n'étaient pas compatibles, pas unis corps et âme, pas merveilleusement heureux ensemble et malheureux dès qu'ils se séparaient, fallait-il pour autant dissoudre le mariage, à grand renfort de scandale, de dérangements, de mensonges et de dépenses ? Je me demande s'ils l'ont même envisagé. Mon père a continué à exaspérer ma mère avec son culte ridicule et extasié de ses sœurs, son idéalisation désuète, courtoise, vide et dénuée de sens de la Femme ; et ma mère, dans sa jalousie malveillante, ne laissait jamais passer une occasion de rabaisser sa famille et de railler ses membres, avant d'élargir sa critique en une mise en cause générale de la bourgeoisie britannique.

Je l'ai entendue dire à mon père :

« Gérald a participé à ces débarquements de Sicile. C'était le 9 juillet l'an dernier. Le *neuf* juillet. Tu ne peux pas le nier, c'est de “ l'histoire ”. »

Il sortit de la pièce, le visage livide, buté. J'avais fait mes additions moi aussi. Qui aurait résisté ? C'était sans aucun doute la plus longue grossesse connue. Le télégramme d'Eden arriva le 10 mai. VERA A UN FILS. TOUS DEUX BIEN. TENDRESSES. EDEN.

IX

On a dit que nous ne pouvons nous souvenir qu'à partir du moment où nous apprenons à parler. Nous pensons en mots, donc la mémoire opère également par mots et nous ne pouvons rien nous rappeler des deux ou trois premières années qui précèdent la parole. D'un autre côté, il existe une école de pensée pour laquelle le souvenir serait possible depuis notre séjour intra-utérin. Jamie m'a dit qu'il ne se rappelle rien de ce qui lui est arrivé avant l'âge de six ans (sauf une chose qui ne s'est jamais produite !) pour la seule raison, prétend-il, qu'il était trop malheureux. Son psychisme, pour se défendre contre un surcroît de souffrance, a bloqué tous les souvenirs. Je me souviens très bien, moi, de ses premières années, en tout cas de certains épisodes. Il n'était pas malheureux, c'était impossible. De quoi pourrait avoir besoin un nouveau-né, un jeune enfant, en plus de l'amour inébranlablement dévoué d'une mère comme Véra ?

Peut-être croit-il que sa première enfance a été malheureuse parce qu'il sait, maintenant, ce qui s'est passé, que l'on s'est servi de lui comme d'un pion sur un échiquier. J'en suis certaine, car je sais que je n'ai pas falsifié le passé : le changement survenu en Véra m'avait frappé trop profondément cet été-là. Aucun traumatisme n'a perturbé ma mémoire, aucun parti pris, aucune crainte n'a altéré ce que j'ai vu et entendu. Pour moi évidemment, aucune émotion n'était impliquée : je me contentais du spectacle de la maternité et me demandais comment j'aborderais moi-même cette étape, quand viendrait le moment.

Jamie fut baptisé en août. Je devais rester avec Véra deux

semaines et mon père passerait un jour et une nuit pour assister au baptême. Heureusement, car aucun autre membre de la famille ne s'y rendit, ni Eden, ni Francis, ni Hélène. Je m'étais imaginée comment serait Véra avec un bébé. Esclave de la routine, pensais-je, faisant tout à l'heure juste, fanatique d'hygiène, draps du berceau non seulement lavés mais repassés, les couches aussi, cela ne m'aurait pas surprise. Il ne pouvait pas disparaître à l'heure du coucher, elle n'aurait pas besoin de le pourchasser dans la maison et dans les rues, mais ses oreilles de nouveau-né apprendraient sans doute très vite que six heures était le moment crucial, l'échéance au-delà de laquelle aucun bébé bien conditionné ne devait être en dehors du berceau.

Il n'en fut rien. C'était un bel enfant, un ange blond. Véra avait écrit qu'il avait les yeux d'un bleu profond, intense, mais ce fut le seul point sur lequel il ne s'accordait pas à sa description de mère adoratrice. Ses yeux, clairs, immenses et pleins d'intelligence, avaient une curieuse couleur changeante d'agate, comme si leur bleu d'origine avait été lavé dans une eau couleur d'ambre. Son visage, ses joues, ses membres, ses poignets et ses chevilles semblaient tout ronds et satinés. A trois mois, il commençait déjà de sourire, et tous les sourires s'adressaient à Véra.

Pour une fois, elle n'attendait pas à la grille, elle ne scrutait pas la rue, elle ne se préparait pas à nous dire que nous arrivions en retard et qu'elle avait renoncé, persuadée que nous ne viendrions jamais. Elle ouvrit la porte avec Jamie dans ses bras, et quand nous la suivîmes dans la salle de séjour, elle le posa par terre sur une couverture et le laissa rouler, se débattre et lancer des coups de pied. Je ne dirai pas que je n'aurais pas reconnu Véra si je l'avais croisée dans la rue. Les contours de son visage m'étaient familiers, ainsi que les gestes vifs de son corps, mais on retrouvait la Véra des premières photographies, la jolie blonde toute mince plutôt que la mégère anguleuse aux lèvres pincées et aux paupières ridées. Elle était transfigurée par une sérénité qui collait à sa peau comme la plus seyante des robes, dont la couleur rose se serait reflétée sur ses joues. Elle se savait à son avantage et cela pétillait dans ses yeux.

« Tu as l'air très bien », dit mon père, incapable de détacher les yeux de sa sœur. Il la contemplait avec une telle admiration que je ne pus m'empêcher de penser, non sans rancœur, qu'il ne regardait jamais ma mère ainsi — comme elle lui aurait été reconnaissante pour la moindre fraction de ce regard admiratif !

« Je ne me suis pas sentie aussi bien depuis des années, répondit Véra. Mais je ne compte pas. Comment trouves-tu Jamie ? N'est-il pas beau ? N'est-il pas adorable ? Quand tu penses que je voulais une fille ! Je ne le changerais pas pour la plus adorable et la plus raisonnable des fillettes. Non qu'il ne soit pas raisonnable, il est parfait, il ne me donne jamais le moindre ennui, n'est-ce pas, mon ange, mon agneau ? »

Pas le moindre ennui ? Allons donc ! Pour moi, cela semblait une rude charge, la source d'un travail sans fin, compliqué la plupart du temps par Véra elle-même et son insistance à le porter à tout moment, à passer une heure et davantage à le nourrir, à le bercer dans ses bras ou contre son épaule pour l'endormir. Finis la couture, la broderie fine, les vêtements à découdre, les écheveaux de laine. Finis les références incessantes à Eden, les fiers éloges de ses réussites. Finies aussi, apparemment, les récriminations vindicatives contre l'absence de Francis. En fait, il nous fallut poser la question pour savoir.

« Oh, Francis ne viendra pas à la maison. Il est tellement jaloux de Jamie ! Sans vouloir l'avouer, bien sûr. Et quant à se déplacer pour le baptême, il m'a répondu qu'il ne croyait plus en Dieu depuis l'âge de sept ans. En qui crois-tu donc ? lui ai-je demandé, et vous savez ce qu'il m'a répondu ? En Moi. C'est-à-dire en lui. Charmant, non ?

— Dommage qu'Eden ne puisse être ici, dit mon père.

— Tu ne peux tout de même pas t'attendre qu'elle vienne de Gonrock pour un baptême...

— Gonrock ? Je la croyais en Irlande du Nord. »

Un autre secret, évidemment, un autre mystère... Véra détourna légèrement les yeux et le rouge lui monta aux joues. Elle n'était pas contrariée, elle n'était pas fâchée, bien que prise en flagrant délit de mensonge ou du moins de dissimulation. « Oh, qu'importe où elle est. Quelque part en Angleterre, comme on dit. De toute façon, nous ne sommes pas censés savoir. » Et elle prononça alors la phrase clé que tout le monde utilisait, depuis les commerçants à qui l'on demandait des choses impossibles à obtenir jusqu'aux mères de famille critiquées pour leurs repas peu appétissants : « Tu ne sais donc pas ce que c'est la guerre ? »

Jamie ne pleurait jamais. Véra ne lui en laissait pas l'occasion. Les bébés que l'on porte, que l'on câline et dont on satisfait tous les caprices ne pleurent pas. Véra l'habilla d'une robe de voile blanc, garnie de dentelles faites à la main par la grand-tante Priscilla Naughton, qu'elle-même, Eden, mon père et sans doute également Francis, avaient portée le jour de leur baptême. Il faisait un temps étouffant, sans vent, le ciel couvert. Pour la première fois depuis mes séjours aux Lauriers, le jardin semblait négligé, des mauvaises herbes poussaient dans les massifs de fleurs, de la doche, des laiterons géants et du bouillon-blanc de deux mètres de haut, dont les chenilles avaient rongé des trous dans les feuilles grises et la fleur jaune. Nous sommes partis à l'église, Jamie dans les bras de Véra plutôt que dans le haut landau noir brillant qui avait appartenu à Francis. Nous avons avancé, en procession car Chad était venu se joindre à nous, dans la grand-rue et dans l'allée conduisant à Sainte-Mary. Les vaches et les moutons qui paissaient dans les prairies la première fois que j'étais venue à Sindon avaient disparu pour la plupart. On avait défriché des champs dans le cadre de l'effort de guerre, pour semer des céréales et planter des betteraves à sucre. La robe magnifique de Jamie tombait sur la robe fatiguée, misérable, en soie Macclesfield de Véra, et la recouvrait à moitié. En passant, elle saluait d'un geste de la main les gens dans leurs jardins — jamais je ne l'en aurais crue capable.

Mon père fut le parrain de Jamie. Il n'y avait pas d'autre prétendant. J'aurais adoré être sa marraine, mais nul ne me l'avait proposé et je manquais trop d'assurance pour le demander. De toute manière, c'est une fonction sans importance, dénuée de sens ; on choisit en général les parrains en fonction des généreux cadeaux d'anniversaire et de Noël qu'ils pourront faire. Le fait d'être son parrain ne donna à mon père aucun droit de garde sur Jamie, le moment venu, et ne fit pas de lui un parent subrogé. Et quand Jamie eut quatorze ans — pension toute l'année et vacances avec la Contessa —, mon père ne s'est pas seulement souvenu qu'il avait le devoir de le présenter à l'évêque pour sa confirmation. Jamie pleurnicha un peu quand mon père le prit, puis encore un peu quand il sentit les doigts mouillés de M. Morrell sur son front.

En sortant de l'église, je crus que Chad rentrerait chez lui, mais il n'en fit rien. Il revint avec nous aux Lauriers. Il avait l'air nerveux et préoccupé, comme s'il attendait quelque chose ou quelqu'un. Mon père lui parla d'Eden, sans aller jusqu'à lui demander quand ils comptaient annoncer officiellement leurs fiançailles, mais il sous-entendait la question dans presque tout ce qu'il disait. Pas dans le rôle du grand frère lourdaud qui se renseigne sur les intentions d'un prétendant, pas du tout, mais avec chaleur et enthousiasme, comme si aucun sujet de conversation ne pouvait plaire davantage à son interlocuteur. Je compris qu'il avait soupesé Chad en tant que futur beau-frère et avait jugé qu'il faisait le poids. Chad répondit enfin :

« John, je dois vous dire qu'Eden et moi n'avons absolument aucune intention de nous marier. Je ne veux pas que vous vous mépreniez à cet égard. J'ai l'impression que cela s'est produit peut-être par ma faute. J'en suis flatté, bien entendu, très flatté, mais il n'en est pas question. »

Véra, qui avait déposé Jamie endormi sur le sofa, dans un nid de couvertures et de coussins de broderie anglaise, détourna les yeux. Elle joignit les mains et les abaissa, penchée en avant, de toute sa force. C'était la première fois que je lui voyais faire ce geste depuis notre arrivée. Mon père parut gêné et contrarié. Il avait pâli. Mais il essaya, lamentablement, de prendre la nouvelle à la blague.

« Elle vous a plaqué, c'est ça ?

— Si vous voulez.

— Faible cœur ne gagne jamais belle femme, dit le proverbe.

— Brave cœur ne triomphe pas toujours non plus, répondit Chad (avec une tristesse infinie, me sembla-t-il). L'opinion en faveur voudrait que si l'on désire suffisamment quelque chose, on l'obtient. Il suffirait de s'acharner pour réussir. Mais ce n'est pas vrai. » J'ai connu peu de gens capables de parler des émotions librement et sans gêne ; Chad en fait partie et ce fut sans doute le premier.

Ma famille, sur une échelle imaginaire d'ouverture à autrui, se serait située au pôle opposé. Je vis mon père se recroqueviller presque dans sa coquille aux paroles de Chad, et Véra sembla paraître en colère, furieuse comme autrefois. Puis Chad nous adressa le sourire qui le transformait, qui le rendait jeune et beau :

« J'ai un train à prendre », dit mon père.

Chad resta, et nous avons dégusté un des magnifiques goûters de Véra, modifiés mais non dégradés par l'austérité, les cakes à la pomme de terre et à la poudre d'œuf n'avaient pas moins bon goût. Il sortit de nulle part une de ses bouteilles de sherry et nous en oignîmes le front de Jamie. Il ne fut pas question de m'envoyer au lit, mais je ne pouvais pas oublier les insinuations de Mme Cambus et je me surpris à épier Véra et Chad, à l'affût du moindre signe des relations que ces ragots suggéraient. Que pouvaient-elles être au juste, je n'en avais pas une idée précise. Tout ce que je savais des aventures amoureuses, clandestines ou non, me venait du cinéma. J'étais passionnée de films et de pièces de théâtre. L'adultère constituait un thème populaire inévitable dans les années quarante. C'était le grand thème, qu'il s'agisse d'un drame historique, d'une comédie légère ou d'une tragédie de guerre. S'il y avait réellement « quoique ce soit entre » (selon l'expression de Véra elle-même) Véra et Chad, je me croyais capable de le déceler. Je me voyais, par exemple, entrer soudain dans une pièce où je les trouvais enlacés — bien entendu ils s'écarteraient aussitôt d'un air coupable. Une chose me paraissait en tout cas certaine : j'étais trop évoluée, pensais-je, pour me laisser abuser comme mon père et croire que Chad tenait à Eden. C'était là un paravent, un simple prétexte pour justifier ses visites constantes aux Lauriers.

La remarque de Mme Cambus m'avait mise très mal à l'aise. Cette impression s'était un peu émoussée mais je me sentais encore coupable et j'avais honte de mes soupçons — pas suffisamment toutefois pour m'empêcher d'épier et de spéculer. Véra, qui m'avait semblé laide, vieille et usée la première fois que j'avais envisagé — et écarté — cette éventualité, avait un air différent à présent, rajeunie. Même pour moi, dont les exigences formées par les vedettes de cinéma et Eden demeuraient très élevées, elle paraissait passablement jolie, *assez* jolie en tout cas. Mais s'il y avait des étreintes, des baisers et des murmures, je n'en surpris pas. Il n'y eut non plus aucune tentative de se débarrasser de moi pour être seuls.

Hélène vint déjeuner le lendemain avec le général. Transportée de joie, elle ne cessait de rire, hystérique de soulagement et de bonheur. Son fils Andrew, porté disparu depuis des semaines, son avion abattu quelque part au-dessus de la Rhénanie, était prisonnier des Allemands. Ils l'avaient appris le matin même. L'absence des Chatteriss au baptême n'avait pas d'explication plus sinistre. Hélène serra Véra dans ses bras.

« Vraiment chic de ta part, ma chérie, de ne pas nous en tenir rigueur. C'est si merveilleux quand nos proches *comprennent.* J'étais incapable d'aller au baptême du fils d'une autre alors que mon propre fils... » Elle éclata en sanglots violents. Véra lui donna un verre du sherry de Chad. Le général posa la main sur son épaule frêle, qui frissonnait. « Oh, quel soulagement ! Le savoir sain et sauf ! » Hélène pouvait parler ouvertement d'émotions, elle aussi, mais seulement d'un certain genre et d'une certaine manière qui était en général acceptable par tous.

« Le Boche a la réputation de se conduire en gentleman », dit le général en baissant la voix. Peut-être croyait-il qu'une remarque de ce genre entrait dans la catégorie « Des oreilles ennemies nous écoutent ». Nous n'étions que de simples femmes, bien entendu, mais néanmoins « sûres ».

Hélène, je ne sais pourquoi, avait apporté les albums de photographies de ses enfants, des albums et des instantanés, en vrac comme si elle avait pris la première chose qui lui était tombée sous la main cinq minutes avant de sortir. Patricia, de tout temps l'enfant Chatteriss préféré, ne comptait plus maintenant. Andrew était tout : Andrew dans son landau, sur les genoux de sa mère, sur une plage, en uniforme du lycée, en uniforme d'officier-pilote, souriant, jeune, trop jeune semblait-il pour faire partie des rares Elus. J'aimerais pouvoir dire qu'en voyant ces photos je ressentis un sentiment d'anticipation, d'espoir ou d'enthousiasme, même un pressentiment de ce qui se passerait, mais ce serait mentir. Si j'avais alors des pensées de cet ordre, elles s'adressaient à Chad. Il commençait à supplanter Eden en tant qu'objet de ma passion, une Eden qui s'estompait de plus en plus, sans voix, sans mouvement, photographie monochrome avec une longue mèche tombante de cheveux pâles.

Mais elles parlèrent d'Eden cet après-midi-là, Véra et Hélène, pendant que le général somnolait dans son fauteuil et que Jamie, par terre sur un tapis, agitait les bras et pédalait à toutes jambes. L'idée que se faisait Véra de la vie d'Eden à l'avenir avait changé depuis la dernière fois que je l'avais entendue aborder le sujet. Elle avait assuré ce jour-là, tristement, qu'Eden ne reviendrait jamais habiter à Sindon.

Tout était différent. Eden avait écrit à Véra qu'elle pourrait reprendre son ancien emploi si elle le désirait. Et si c'était le cas, où serait-elle mieux qu'aux Lauriers ? Eden se trouvait pour l'instant quelque part en Ecosse. Véra le savait, à cause de leur code, le même que celui de Gerry. Au milieu de sa phrase, Francis entra. Il arriva sans s'annoncer, presque sans bruit, et à ma vive surprise il se dirigea directement vers Hélène et l'embrassa. C'était la première fois que je le voyais embrasser quelqu'un. Elle tendit vers lui une longue main délicate, aux ongles rouges, aux lourdes bagues, et elle lui aurait tout de suite parlé d'Andrew, je crois, si Véra n'avait pas continué, comme si Francis n'était pas entré, son récit sur l'affectation et les occupations d'Eden. Il saisit au vol la question du code, mais non pour s'en moquer de la même façon que les fois précédentes.

« Je vais vous raconter ce qui est arrivé à un garçon que je connais, au lycée. Son frère est prisonnier des Japonais. Ce type, le prisonnier, lui écrit de mettre de côté les timbres de ses lettres pour quand il reviendra, de les décoller à la vapeur. Ils passent donc le timbre à la vapeur, et dessous le type avait écrit : *Les Japs m'ont coupé la langue.* »

Hélène poussa un cri d'horreur en portant les mains à sa gorge. Je trouvai l'histoire horrible moi aussi. Comme vous voyez, je ne l'ai jamais oubliée. Je jure que Véra avala sa salive avant de parler à Francis.

« Si cela t'intéresse, sache que ton cousin Andrew est maintenant prisonnier de guerre. Peut-être cela t'apprendra-t-il à penser aux autres avant de parler. Et maintenant, présente tout de suite tes excuses à Tante Hélène. »

Comble de l'ironie, ce fut la seule fois où je vis Francis obéir à sa mère.

« Ma chérie, il ne pensait pas à mal, il ne pouvait pas savoir ! murmura Hélène.

— Hélène, je regrette sincèrement », dit Francis. Il ne l'appelait plus tante, comme moi. Et il ajouta, ce qui n'arrangea pas les choses : « J'aurais préféré me couper la langue. Oh, mon Dieu ! s'écria-t-il. Pardonne-moi.

— Il est dans un camp allemand », dit Hélène.

Nous ne savions encore rien des camps, ni des conséquences de notre bombardement de Dresde. Hiroshima était loin. Nous étions innocents. Francis, qui s'identifiait avec Hélène et voyait dans ses propres malheurs une image de ceux de sa tante, un maillon identique dans la chaîne Longley d'indifférence ou d'injustice à l'égard des enfants, était devenu très pâle dans sa confusion. Il avait des couleurs extraordinaires, plus étonnantes que celles d'Eden, une peau d'un beau blanc laiteux, des cheveux très jaunes, les yeux d'un bleu violet intense. Des gouttes de sueur, de la taille d'une tête d'épingle, perlèrent sur sa courte lèvre supérieure ourlée. Il avait les traits du David de Michel-Ange, parés de couleurs étranges.

Il regarda le bébé sur le tapis comme s'il aurait aimé lui lancer un coup de pied. Pendant un instant, j'en eus vraiment peur. Francis était si étrange, si différent des autres. Je pouvais concevoir une situation dans laquelle il tuait Jamie puis annonçait froidement à Véra ce qu'il venait de faire. Le général continuait de dormir, il avait réussi dans son sommeil à dissimuler son visage sous le *Sunday Express*. Jamie se mit à geindre et Véra le prit aussitôt. Elle le tint contre son épaule, la joue ronde de l'enfant appuyée contre sa joue maigre. Hélène changea complètement de sujet mais tomba aussi mal.

« Tu sais, ma chérie, je crois qu'il aura les yeux marron. Si c'est le cas, ce sera le premier Longley avec les yeux marron. »

Francis, très immobile, la dévisagea.

« Je ne me souviens plus si Gerry a les yeux marron, dit Hélène. N'est-ce pas trop affreux de ma part ? Ne pas savoir la couleur des yeux de son beau-frère ? Voilà ce que la guerre fait de vous. Je crois qu'ils sont noisette. N'est-ce pas ?

— Mon père a les yeux bleus », dit Francis d'une voix morte. La phrase résonna curieusement comme la première réplique d'une pièce, peut-être un Tchékov perdu, jamais joué.

Jamie, cependant, avait fermé les yeux et s'était endormi dans les bras de Véra.

Elle le nourrissait au sein. Que va déduire Daniel Stewart de *ça* ? Jamie lui-même en a déduit beaucoup trop : de quoi se bâtir un monde sûr. Cela lui a permis d'esquiver (ce qu'il appelle « affronter ») la vérité sur sa mère. Francis, bien entendu, l'a nié. Il s'est souvenu des biberons stérilisés sur le fourneau de la cuisine dans les grandes cocottes où Véra faisait ses confitures. Moi aussi, je m'en souviens. Jamais personne n'a prétendu qu'elle avait assez de lait pour nourrir Jamie sans compléments. Il a également bu, au biberon, le lait en poudre du « gouvernement ». Eden était incrédule.

« Véra a nourri Jamie ? a-t-elle dit un jour devant moi. Tu veux dire, comme ça ? » et avec une authentique vulgarité de midinette chichiteuse elle a levé ses mains, la paume vers l'intérieur, à deux centimètres de ses propres seins. « Oh, jamais, impossible ! Mon Dieu, elle ne l'a même pas fait pour Francis. »

Je n'avais jamais vu auparavant une femme faire téter son enfant. D'abord, n'aurait-il pas fallu que ce soit une sorte de Bohémienne pour agir ainsi en présence d'une personne autre que son mari ou sa mère ? Dans les années quarante, il n'était pas question de relever son T-shirt dans le métro. Je n'avais jamais réfléchi vraiment à la question, bien que l'alimentation au sein fût en train de revenir à la mode. Quand j'ouvris la porte de Véra en réponse à son invitation à entrer — je voulais lui dire que je partais me baigner avec Anne — ce que je vis me gêna. Le tableau possédait une sorte de crudité naturaliste difficile à associer aux Longley. A mon arrivée, j'avais remarqué des rondeurs nouvelles à la poitrine de Véra. Elle avait toujours été assez plate. Le sein rond et blanc que tétait Jamie aurait garni le décolleté d'une robe de bal de façon charmante, avec son complice, pas du tout recouvert comme on aurait pu s'y attendre connaissant la modestie de Véra, aussi nu que l'autre et avec une seule goutte de lait perlant du mamelon.

Véra était assise sur une chaise que je ne connaissais pas auparavant, en bois avec un dossier haut, des pieds courts et un siège arrondi — une traditionnelle chaise de nourrice que ma grand-mère et sa mère avaient utilisée pour allaiter leurs nouveau-nés. Véra était assise bien droite, jambes écartées, la tête penchée pour contempler le bébé qui tétait sans discontinuer. Elle l'avait blotti dans le creux de son bras. Son autre main se refermait légèrement derrière la tête blonde, couverte de duvet, de l'enfant. Elle avait sur son visage une expression que je n'avais jamais vue — si jeune, si tendre, si infiniment douce et pleine d'adoration.

Je regrette maintenant que nous n'ayons pas parlé de ce qu'elle faisait. Les choses seraient peut-être plus claires, cela aurait aidé. Le fait est qu'elle ne prononça pas un mot, elle se borna à offrir à mes regards, d'une curieuse façon semblait-il, le spectacle de cet acte intensément physique et chargé d'émotion. J'étais timide, je détournai la tête.

« Je peux aller me baigner ? lui demandai-je. Du côté du barrage ? »

Elle leva les yeux en souriant. Puis hocha la tête. Je pris mes affaires de bain et descendis l'escalier en courant. Je crois que je courus jusque chez Anne d'une seule traite. Ce n'était pas que je fusse gênée, et certainement pas choquée. Mon corps semblait plein d'une énergie concentrée qu'il fallait dissiper. C'était la première fois que j'allais sur le bord de la rivière depuis que ma mère m'avait raconté l'histoire de Kathleen March. Comme je ne parvenais pas à imaginer Véra avec un bébé, l'incident ne m'avait pas semblé réel. Maintenant au contraire... Ma mère n'était pas allée jusqu'à suggérer que Véra elle-même avait fait du mal à l'enfant, seulement qu'elle avait négligé de le surveiller. Je demandai à Anne si elle connaissait l'histoire, mais me gardai bien de citer le nom de Véra : un bébé laissé dans son landau sur la berge, emporté par quelqu'un et jamais retrouvé.

Anne avait effectivement entendu parler d'un bébé perdu, mais sans aucun détail. Nous longions la rivière à l'endroit où, pour je ne sais quelle raison liée à une station de pompage, les berges avaient été redressées et renforcées de béton, ce qui avait créé un bassin profond. La nature était tellement plus sauvage à l'époque, avec une exubérance de fleurs des champs, de papillons et de libellules. Le grand nettoyage, la stérilisation de la campagne anglaise n'avait pas encore commencé. Les haies subsistaient, ainsi que les basses prairies inondées, toujours humides, jamais labourées. Nous regardâmes un martin-pêcheur descendre brusquement vers l'eau et faire parade de ses belles couleurs.

« Véra allaite Jamie elle-même, dis-je brusquement, sans savoir pourquoi. Avec son propre lait. » J'étais trop timide pour prononcer le mot « sein » devant Anne.

« Oui, je sais, me répondit-elle. Elle l'a dit à Maman. Elle le dit à tout le monde. »

Cela me surprit. Je savais que Véra n'aimait pas Mme Cambus.

Nous nous déshabillâmes. Nous avions déjà nos maillots de bain sous nos robes. Anne savait plonger, bien qu'on lui eût interdit de le faire dans le bassin. Elle refit surface et me dit : « Toujours des bébés, n'est-ce pas ? Le bébé qu'Elsie n'a jamais eu, maintenant le bébé de ta tante et autrefois le bébé qui a disparu. Tu as « fait » *Macbeth*, au lycée ? »

C'était un des textes du programme — pour elle comme pour moi, semblait-il.

« *Macbeth* est plein de bébés et de lait, dit Anne. Tu regarderas. Vraiment étrange qu'une pièce comme ça, bourrée d'horreurs, ait tous ces bébés et ce lait, tu ne crois pas ? »

Je lui demandai si elle avait découvert ça toute seule ou si son professeur d'anglais le lui avait soufflé. La maîtresse d'anglais, avoua-t-elle. Je promis de jeter un coup d'œil de toute manière, car l'histoire de Véra était pleine de bébés et de lait, elle aussi.

Le lendemain de mon retour, j'allai au théâtre. J'allais au théâtre généralement les samedis cette année-là. Cela paraît fantastique mais en fait, j'étais condamnée au paradis : je faisais la queue pour un strapontin dès le matin à la première heure, je m'assurais une place pour une somme qui paraît dérisoire aujourd'hui, une demi-couronne ou trois shillings, et souvent j'assistais à la matinée puis à la soirée. Nous étions toujours deux ou trois camarades de classe.

J'aimerais vraiment pouvoir me souvenir de ce que j'ai vu ce samedi-là. Je crois que c'était au Cambridge, une comédie musicale intitulée *Song of Norway*. Daniel Stewart peut le vérifier s'il pense que tout ce que j'ai à lui dire sur cette soirée-là est important. Et j'ai vu tellement de pièces cette année, l'année précédente et l'année ou les deux années qui ont suivi ! Richardson et Olivier au New dans les drames historiques de Shakespeare, ainsi qu'*Œdipe roi* et *The Critic*. *Blithe Spirit* au Piccadilly et *Vies privées* au Fortune. Mais je suis sûre d'avoir vu une comédie musicale ce soir-là, et dans un grand théâtre où le paradis était vraiment en plein ciel — regarder par-dessus le garde-fou vous donnait le vertige, même si vous aviez une tête d'alpiniste. Nous avions eu de la chance. Nous étions au milieu du premier rang.

L'une de nous lança, citant *Le Roi Lear* que nous avions vu récemment :

« *Quelle peur, quel vertige*
De jeter le regard si bas... »

Nous jetions toutes notre regard, par-dessus le garde-fou,

visant les têtes des spectateurs de l'orchestre, loin au-dessous de nous. Grande était la tentation de laisser tomber des choses sur ces têtes — les pépins d'orange étant de tradition. Mais aucune d'entre nous n'avait vu d'oranges depuis des années. Je baissai les yeux vers une tête dorée qui, au même instant, se tourna vers le haut, le regard ne dépassant pas le premier balcon. C'était la tête d'Eden.

Ma réaction fut assez étrange. Immédiatement — en sursautant, je crois bien — je détournai les yeux et m'adossai à mon siège. Je n'avais plus rien à voir dans cette position hormis le plafond, habituel mélange, baroque et surchargé, de chérubins et de fleurs. Je me forçai à regarder de nouveau en bas et la tête n'avait pas bougé, toujours retournée, le menton levé. Aucun doute, c'était Eden. Le chignon venait d'être remis à la mode et elle en avait un, couronné par un échafaudage complexe, boucles et accroche-cœur nichés au creux d'une vague profonde, presque conçu pour une vue aérienne. Alexis Smith avait remplacé Veronica Lake. Je ne pouvais pas voir ce qu'elle portait, mais c'était blanc et d'un tissu doux et fin. En tout cas rien de commun avec un uniforme des auxiliaires féminines de la Marine. L'homme à ses côtés était son cavalier. Je le compris parce que je le vis la toucher. Elle tourna la tête vers lui. Elle devait avoir quelque chose dans l'œil. Leurs visages se rapprochèrent et la main de l'homme, avec un mouchoir d'un blanc éclatant, un mouchoir qui brillait réellement là en bas, au milieu des noirs, des ors et des couleurs sombres, s'approcha de l'œil d'Eden et, sans doute avec dextérité, ôta le cil ou le grain de poussière. Je me persuadai aussitôt, sans autre raison, qu'il devait être médecin. Il portait un complet sombre. Il avait sur le haut du crâne une zone chauve au milieu de boucles brunes.

Les lumières baissèrent puis s'éteignirent, le rideau se leva. Je ne parvins pas à les bannir de mon esprit. La pièce ne réussit pas à les chasser. Chose extraordinaire, je ne voulais pas qu'Eden me voie. Je sentais qu'elle désirait dissimuler sa présence à Londres : elle serait furieuse que je l'aie vue. Elle se trouvait à Londonderry ou bien en Ecosse. Véra ne m'avait-elle pas assuré, moins de deux semaines auparavant, qu'elle était en Ecosse, sans espoir de permission puisqu'elle venait d'en obtenir une récemment ?

Il y eut deux entractes. Peu de chance qu'elle me voie étant donné la ségrégation du public : l'orchestre, le premier balcon et le deuxième balcon ne se mêlaient pas à nous, pauvres enfants du paradis ; nous devions même utiliser une entrée séparée. J'avais tout de même peur de tomber sur Eden et son ami médecin. J'étais sûre que si cela se produisait, Eden me prendrait à part et me raconterait des mensonges. Comment pouvais-je le savoir ? Je l'ignore mais j'en étais certaine. Elle me demanderait de ne pas parler de notre rencontre à Véra ou à mon père, puis elle justifierait la nécessité du silence par une raison complètement fabriquée, par exemple une mission secrète à Londres, liée à la guerre. Et cette perspective m'effrayait, peut-être parce que je conservais encore un restant de ma « passion » pour Eden, et que personne ne recherche la désillusion totale, même lorsqu'on ne peut l'éviter. Au deuxième entracte, je restai dans la salle quand mes amies sortirent.

Pourquoi avais-je oublié que le plus grand risque serait après le spectacle, dans la rue ? Mais c'est un fait. Je crus le danger terminé quand le rideau tomba et que nous nous levâmes pour écouter l'hymne national, que l'on jouait toujours, à l'époque.

La rue ? Peut-être le Strand, ou Shaftesbury Avenue, ou Haymarket. Je crois plutôt Charing Cross Road à l'endroit où débouche Shaftesbury Avenue, à Cambridge Circus. La longue tyrannie du couvre-feu était presque terminée et l'on avait autorisé un éclairage réduit dans le centre. Mais en cette fin août — et pour encore des semaines, à cause du manque de personnel et d'ampoules électriques — le West End demeurait dans le noir. C'était une nuit de pleine lune, et la lune ne disparaissait pas encore derrière le smog et la pollution. Nous suivions le trottoir avec la foule, qui parut s'écarter soudain comme sur une indication scénique ou l'ordre d'un metteur en scène, et sur le bord du trottoir juste devant moi ils apparurent, tous les deux, bras dessus bras dessous, prêts à traverser. Ils avaient dû attendre un taxi puis décider de se diriger vers une station de métro, probablement Leicester Square.

Moins de trois mètres entre nous. Un sourire timide se formait déjà sur mes lèvres, un « Bonsoir, Eden », se posait déjà sur ma langue. Son regard croisa le mien, s'y fixa, intense et dur — puis se détourna. A cet instant, je perdis tout sentiment que j'avais jamais éprouvé pour elle. Je restai abasourdie, car à mes yeux elle était un adulte et moi encore à moitié enfant ; j'avais aussi tellement honte pour elle, j'étais consternée. Elle m'avait vue, cela ne faisait aucun doute. Je savais qu'elle m'avait vue et reconnue. Rien ne tue autant que le mépris, et le mépris que je ressentis soudain pour elle me monta aux joues avec une telle violence que je posai les paumes sur mon visage pour le rafraîchir. Eden et son cavalier traversèrent la rue et se perdirent dans la foule, mais je fermai les yeux et elle réapparut, je continuai de la voir sur ma rétine noire, son visage si bien modelé, ses traits si fins, pareils à ceux de Francis, son rouge à lèvres aussi rouge qu'un fard de clown, rouge borne d'incendie sur sa peau très blanche, ses yeux aussi bleus que des agates, ses cheveux aussi dorés que ceux d'un chérubin sur un plafond de théâtre. Robe blanche, croisée et drapée, jambes nues et chaussures à la Betty Grable, avec des talons faits pour trottiner sur place comme un cheval de l'école de Vienne.

Si j'en avais parlé à mon père, il m'aurait répondu que je m'étais trompée. J'y réfléchis beaucoup. S'il me le demandait il faudrait que je la décrive. Et si j'évoquais la robe grecque et le chignon doré j'étais sûre qu'il me lancerait :

« Cela ne ressemble pas du tout à ma petite sœur. Tu as pris quelqu'un d'autre pour elle. »

Bien entendu, je ne m'étais pas trompée. Il s'agissait bien d'Eden, et elle se trouvait à Londres alors que tout le monde la croyait en Ecosse. Aux mystères et cachotteries adorés des Longley s'ajoutait une nouvelle énigme, un nouveau secret. Je me demandai si Eden appartenait encore à la Marine, et si elle habitait Londres ou était seulement de passage. Je me demandai même — ce genre de chose peut vous rendre vraiment paranoïaque — si je n'étais pas la seule exclue du secret, si mon père et ma mère ne savaient pas eux aussi où se trouvait exactement Eden, et m'avaient dissimulé la vérité pour des raisons insondables. Et Véra ? N'était-elle pas au courant de tout quand elle avait dit à mon père, un jour, qu'Eden était à Londonderry, et le lendemain qu'elle se trouvait à Gonrock. Et ce pauvre Chad, qui avait évoqué avec tant de tristesse, me semblait-il, son échec à conquérir l'amour d'Eden malgré tous ses efforts ?

Me voici en train de créer des mystères à mon tour ! Ce n'est pas pour rien que je suis une Longley. Bien entendu, j'essaie d'organiser mes souvenirs par ordre chronologique, et non pas seulement de me rappeler des événements et des révélations « dans le désordre », pour ainsi dire. Mais il se passa beaucoup de temps avant que je découvre la vérité à ce sujet, plusieurs années — à une époque où je devais découvrir beaucoup de vérités. Eden avait effectivement quitté la Marine. En ce mois d'août, les trois quarts d'une année s'étaient écoulés depuis qu'elle n'était plus l'Auxiliaire de Première Classe Longley, stationnée à Londonderry. L'Ecosse ? Elle n'y avait jamais mis les pieds. Elle avait trouvé à Londres un emploi de secrétaire et dame de compagnie chez une vieille aristocrate de Belgrave Square, Lady Rogerson. Le plus curieux, c'est qu'elle avait obtenu cette place grâce à un des cousins nobles de Chad, que celui-ci lui avait présenté. Mais Chad n'en savait rien. Eden s'était simplement servie de lui dans son ascension vers « la grande chance », comme elle se servait de toute personne utile. Elle habitait à Belgrave Square et au bout de quelque temps (nous déclara-t-elle un jour) Lady Rogerson la considéra presque comme sa fille — en tout cas, sa nièce. L'homme aux cheveux bruns bouclés était une sorte de cousin de Lady Rogerson ; il avait un titre, lui aussi, mais je ne me rappelle plus lequel. De toute manière, ce ne fut pas lui qu'Eden prit finalement dans ses rêts du fait d'habiter Belgravia.

Et Véra avait toujours su cela.

X

J'AVAIS tellement l'habitude de considérer les Lauriers comme la maison de Véra que je fus choquée d'entendre mon père dire à ma mère qu'elle serait sans doute vendue et le produit de la vente partagé entre Véra, Eden et lui. Telles avaient été les dernières volontés de ma grand-mère. Mon père avait renoncé à ses droits parce que Véra avait besoin d'un endroit où créer un foyer pour Eden, puis la guerre était venue déranger les projets de tous. Avec un peu de chance, la vente des Lauriers réaliserait mille cinq cents livres, et mon père parla beaucoup de ce qu'il ferait des cinq cents livres qui lui reviendraient — peut-être agrandir la maison, déménager, acheter une voiture neuve, remeubler le salon, aller en Suisse voir la famille de ma mère... Il les dépensa en imagination plusieurs fois de suite. Pour un directeur de banque — il venait de le devenir —, il demeurait naïf en matière d'argent.

La tête plus froide, et d'ailleurs plus réaliste, ma mère ne crut jamais à cet argent dès le départ. Elle ne se faisait aucun scrupule à vous lancer : « Je te l'avais bien dit » et la phrase « Tu verras si je me trompe » appartenait également à son vocabulaire. En général, elle ne se trompait pas.

« A la mort de ta mère, je t'ai dit de vendre la maison. Gérald aurait trouvé une maison pour Véra et Eden aurait pu vivre avec nous. Tout aurait été très différent si tu m'avais écouté. »

Très différent, à n'en pas douter.

« D'abord, Eden n'aurait pas été considérée comme une princesse de conte de fées, dit ma mère, Idolâtrer les gens ne leur fait aucun bien. »

Mon père répondit d'un ton désagréable que personne ne courait ce genre de risque chez nous... Intéressant, pour moi, de spéculer sur la présence d'Eden comme une sorte de grande sœur. J'ignorais qu'ils l'avaient envisagé. Est-ce que cela n'aurait pas troublé ce que George Eliot appelle « la convergence furtive des destinées humaines » ? En modifiant le cours des choses, de sorte que la semaine dernière Véra aurait pu prendre le thé avec Hélène et moi pour son soixante-dix-huitième anniversaire ? Et Eden n'aurait-elle pas été là, elle aussi, sémillante blonde de soixante-trois ans ? Peut-être Francis serait-il arrivé au beau milieu de notre conversation pour lancer une parole apocalyptique, à son habitude, comme tel demi-dieu lançant la pomme d'or de la discorde au milieu des invités ? Jamie aurait-il gardé son vrai nom ? Se serait-il tout de même condamné à l'exil ? Qui sait ? Je crois en fait que de toute manière il se serait passé à peu près la même chose, étant donné la guerre et la personnalité des acteurs du drame.

Eden n'écrivait jamais, Véra écrivait souvent, et continuait de parler d'Eden comme si elle était en Ecosse et encore dans la Marine. Mon père ne renonça jamais à son habitude de lire ses lettres à voix haute pendant le petit déjeuner et en entendant les détails de la vie d'Eden rapportés ainsi (bien que je ne mis nullement en doute ce que mes yeux avaient vu), je commençai à la croire innocente de tout autre subterfuge qu'une escapade à Londres sans nous rendre visite et le signaler à Véra. Nous subissions alors les attaques des V1, qui s'achèveraient seulement quand les Alliés détruiraient les sites de lancement des fusées, dans le Pas-de-Calais. Mais il était encore prématuré en septembre d'annoncer comme le fit la radio que « la bataille de Londres était terminée, à quelques bombes près ».

Le même mois, les V2 commencèrent. Ces premières fusées volaient si vite qu'on ne pouvait pas les entendre avant l'explosion. A ce moment-là, on était soit mort, soit en vie, selon le cas. Nous les appelions « les conduites de gaz volantes », exactement comme nous avions appelé coccinelles ou bombes-bourdons les V1 qui ronronnaient plus fort avant de percuter et d'exploser. L'un des derniers V2 qui atteignit l'Angleterre tomba sur Colchester, en plein sur la clinique où Véra avait accouché de Jamie ; on compta plusieurs centaines de blessés, dont plus de la moitié moururent. Mon père fut pris de panique pour Véra et

Jamie. N'était-ce pas une nouvelle phase de la guerre, une sorte de chant du cygne de l'agression, qui se déchaînerait sur l'East Anglia ?

Cinq mois plus tard, tout était terminé. Si Eden avait encore été dans la Marine à la fin de la guerre, elle aurait été la première, sur cinq millions d'hommes et de femmes sous les drapeaux, à recevoir son ordre de démobilisation. Ernest Bevin annonça que les retours commenceraient le 18 juin, et une semaine plus tard Véra écrivit qu'Eden était redevenue « civile ». Même mon père trouva la chose étrange. Gérald dut attendre beaucoup plus longtemps, il ne rentra dans ses foyers qu'à l'automne 1945. Francis était déjà parti à Oxford et Véra, pour une fois, était venue en vacances chez nous.

Ma mère y consentit, je crois, parce qu'elle aimait la compagnie des très jeunes enfants, qualité plus rare qu'on ne le croirait, chez une femme. La plupart des gens, quoi qu'ils en disent, trouvent la compagnie des jeunes plus qu'assommante. Ma mère, intelligente, très vive d'esprit et fort brusque avec les adultes, faisait preuve d'une patience infinie à l'égard des enfants. Elle disait souvent qu'elle les aimait parce qu'ils n'avaient pas encore appris les faux-fuyants, l'hypocrisie et les manières affectées des grands.

Jamie devait avoir quinze mois à l'époque. Il avait un teint curieux, très beau mais inhabituel : sa peau était mate. Claire et lumineuse, mais mate. Ses cheveux ? D'un blond éclatant. Ses yeux ? Marron. Pas marron clair, ni noisette, ni d'un or bleuté, mais un marron foncé, intense, absolu, aussi marron que le regard d'un Espagnol ou peut-être même d'un Indien. Et il ne ressemblait à personne de la famille. Souvent, les bébés ressemblent vraiment à tel oncle ou telle tante, donnent l'impression générale d'une copie de cette personne bien que si l'on analyse cette ressemblance trait par trait, la similitude cesse aussitôt. J'ai passé beaucoup de temps à feuilleter les albums de photographies des Longley et des Naughton et j'ai remarqué ces ressemblances à maintes reprises. Par exemple, Véra à sa naissance semblait une réincarnation de la grand-tante Priscilla ; et mon père évoquait immédiatement le vieux William, le bottier. Eden et Francis, comme je l'ai dit, auraient pu passer pour jumeaux. Mais Jamie était lui-même, et seulement lui-même. Il ne ressemblait pas plus aux Longley (sauf pour les cheveux) qu'à Gérald — Gérald a le visage très long et la tête presque pointue, ce qu'il attribuait, à en croire Hélène, à l'étroitesse du bassin de sa mère et à l'invraisemblable longueur de temps qu'il avait mis à naître. J'en conclus que Jamie devait ressembler à un de ses ancêtres Hillyard, mais je ne disposais d'aucun album de cette famille.

Il était très attaché à sa mère. Comment en eut-il été autrement, puisqu'il vivait depuis sa naissance presque exclusivement dans la seule compagnie de Véra ? Je sais que ma mère aurait aimé jouer avec lui, lui parler et le prendre sur ses genoux, mais elle n'en eut guère l'occasion. Jamie ne pleurait pas beaucoup. Simplement, il ne réagissait pas aux autres. Il restait assis en silence ou enfonçait son pouce dans sa bouche, sans accepter ni rejeter les avances. Si vous le preniez sur vos genoux, il tolérait votre main caressante, vos sourires et vos encouragements d'un air tendu et inquiet : son corps se raidissait de plus en plus, puis il vous glissait entre les mains pour s'élancer vers Véra, bras tendus. En toute justice, elle n'encourageait pas particulièrement cette attitude. Je la trouvais plus aimable qu'avant. Elle se montrait beaucoup plus agréable à l'égard de ma mère, par exemple, et elle suppliait Jamie d'aller vers Tante Vranni. (Depuis la remarque d'Hélène, Véra avait ostracisé « Tatie ».) Elle accepta même de sortir un soir avec mes parents en confiant Jamie à ma garde. Jamie, dit-elle fièrement, savait qu'un enfant de son âge se couche à six heures. Question d'éducation, n'est-ce pas ? Et pour cette raison, jamais il ne lui avait fait passer une mauvaise nuit.

Les gens adoraient sortir, cet été-là à Londres. L'austérité était encore de règle, il n'y avait rien de bon à manger, rien de beau à porter, ni luxe ni confort, pas beaucoup d'essence, mais jamais les théâtres et les cinémas ne s'étaient mieux portés. Et traîner dans les rues éclairées, en toute liberté et sans risque, vous montait délicieusement à la tête. On savait que rien ne tomberait soudain du ciel. Véra lança, sans s'apitoyer sur son sort ni solliciter de la sympathie, en fait sur un ton très gai :

« Ce sera la première fois que je sortirai le soir depuis plus de trois ans. »

Jamie se réveilla dix minutes après leur départ. Je crois maintenant que tous les événements de cette soirée — pas le réveil de Jamie, bien sûr — avaient été manigancés par Véra et Eden pour parvenir à leurs fins, mais que la combinaison avait déraillé. Elles s'étaient trompé de soirée. Ou l'une, ou l'autre. Probablement Eden. Ces choses-là ne sont pas faciles quand on communique surtout par lettre. Véra avait insisté pour sortir le vendredi soir, et non le samedi, je suppose donc qu'elles avaient tout organisé pour le samedi mais qu'Eden avait fait erreur. Je crois qu'elles voulaient donner, en présence de mon père et de ma mère, et secondairement en présence de Tony Pearmain, une *démonstration.* Elles voulaient montrer à ces trois personnes, à ces trois personnes très importantes — je crois que je ne comptais pas pour beaucoup, je n'avais que dix-sept ans — comment elles avaient établi leur vie, et comment il fallait les accepter. Ensuite seulement, elles passeraient à la phase suivante.

L'éveil soudain de Jamie provoqua en moi une petite panique. Je savais très peu de chose sur les nourrissons. Comment résoudre le problème de leurs cris ? Si j'avais suivi mon instinct, j'aurais refermé la porte de sa chambre, je serais partie hors de portée de ses pleurs ou j'aurais enfoncé des boules de coton dans mes oreilles.

Bien entendu, je ne fis rien de tout cela. J'ouvris la porte furtivement et jetai un coup d'œil. A ma vue, ses cris se muèrent en hurlements. Il était dans un berceau qui m'avait appartenu, en cage, debout, et il secouait les barreaux. Je me souviens d'avoir jugé étrange d'enfermer des enfants dans des cages. Pourquoi n'avait-on pas conçu un berceau à la fois sûr et sans barreaux ? Ce fût la dernière pensée rationnelle cohérente que j'eus pour fort longtemps.

Jamie s'était excité lui-même jusqu'à la panique et au début, il ne me laissa pas le toucher. Quand je voulus le prendre, il lança son corps en tout sens, me repoussa et me donna des coups de poing. J'ai sans doute entendu depuis lors des enfants faire encore plus de vacarme, mes propres enfants par exemple, mais le bruit de Jamie ce soir-là est resté gravé dans ma mémoire comme particulièrement horrible, peut-être parce que c'était un authentique déchaînement de détresse. Il souffrait vraiment, il était perdu. Je suis certaine que Véra croyait en toute sincérité que Jamie ne se réveillerait pas. Cela n'était pas arrivé depuis des mois et des mois. Oui, je suis certaine qu'elle ne serait pas sortie si elle avait cru que cela se produirait. Jamais auparavant il ne s'était réveillé sans qu'elle fût là — et le pire c'était qu'à ce moment il avait trouvé quelqu'un d'autre à la place. Son désespoir et sa terreur semblaient sans limites. Je réussis enfin à le soulever et à le descendre au rez-de-chaussée. Il était trempé de partout : larmes, bave, urine et sueur.

Rien en mon pouvoir ne pouvait arrêter ses cris. Véra ne l'allaitait plus, mais elle l'avait sevré au bol, non au biberon. Et aucun enfant Longley n'avait jamais eu de sucette. J'essayai de lui fourrer son pouce dans la bouche, mais il hurla de plus belle, et j'appris par la suite que Véra avait passé des mois à lui faire perdre cette habitude en mettant de l'aloès sur ses doigts. Ne pouvant l'empêcher de hurler, je le laissai faire le temps de changer, maladroitement, sa couche et le pantalon de son pyjama. Puis je lui essuyai le visage. A ce moment-là ma panique devait être à peu près aussi intense que la sienne. Cela faisait une demi-heure qu'il pleurait, il avait le visage violacé, les veines saillaient sur son front. J'avais entendu parler de bébés en proie à des convulsions, et je craignais que ce fût le cas. Peut-être l'était-ce, comment aurais-je pu reconnaître des convulsions ?

Je lui criai : « Jamais plus je ne garderai un enfant de toute ma vie » — résolution que j'ai presque appliquée à la lettre — et à ce moment-là quelqu'un sonna à la porte.

Nous avions traversé des heures de violence, nous avions vécu la guerre, mais nous conservions à l'époque une beaucoup plus grande impression de sécurité qu'aujourd'hui. Si je me trouvais maintenant, seule avec un bébé, dans une maison de la banlieue londonienne après la tombée de la nuit, j'hésiterais à ouvrir la porte. En tout cas je demanderais d'abord qui est là. Ce soir-là, l'idée ne m'en vint même pas à l'esprit. Je pris Jamie (qui hurlait toujours) sous mon bras, comme j'avais vu dans des livres illustrés des paysans emporter à la foire leurs gorets gigotants et je lui beuglai de se taire. J'ouvris. Sur le seuil, Eden et un homme.

« Mon Dieu, ma chérie ! Jamais je n'ai entendu un bruit aussi affreux de toute mon existence ! On l'entend jusqu'en bas de la rue.

— Etiez-vous en train de le tuer ? Nous vous avons interrompu ? » demanda l'homme.

C'était sans doute ma façon de porter Jamie qui lui avait inspiré cette réplique. Je soulevai le bébé contre mon épaule, à laquelle il s'accrocha en sanglotant.

« Ne vas-tu pas nous inviter à entrer ? » dit Eden. Typiquement Longley. La quintessence du longleyisme consiste à poser des questions mesquines, inutiles et de pure rhétorique quand on voit son interlocuteur dans les ennuis jusqu'au cou. J'ouvris davantage la porte et reculai.

Si assommé que je fusse par les rugissements de Jamie, je demeurais suffisamment consciente pour remarquer leur allure et m'en étonnai. Garée le long du trottoir se trouvait une voiture sport d'un rouge éclatant. (Eden avait-elle vraiment entendu Jamie en bas de la rue à l'intérieur d'un carrosse pareil ?) Ils avaient l'air tous les deux habillés comme pour une photo de mode dans un magazine de luxe, publié peut-être en Afrique du Sud ou en Nouvelle-Zélande, car nous n'avions rien de luxueux ici, ni les magazines, ni les vêtements, ni les gens pour les porter. Mais ces deux-là étincelaient comme des étoiles de cinéma. Ils avaient même l'air plus propres que le reste d'entre nous et ils l'étaient sans doute, si l'on songe aux restrictions de combustible et de savon. Eden portait un tailleur de toile bleue avec un motif de fleurs blanches, son cavalier un blazer dont l'écusson proclamait qu'il avait ramé, ou joué au cricket, dans je ne sais quel club ; sa chemise éclatante de blancheur semblait aussi fraîche et glacée qu'un sorbet du meilleur pâtissier. Il avait l'air jeune, même pour moi, à peine vingt-cinq ans, un homme au visage pur et aux cheveux bruns, vraiment comme Richard Burton, dont personne n'avait encore entendu parler.

Eden, bien entendu, ne le présenterait pas. Apparemment insensible au vacarme, elle parcourut des yeux notre vestibule minable, dont on avait enlevé l'abri anti-aérien, mais en laissant de grandes balafres sur le parquet de chêne. Les rideaux du couvre-feu pendaient encore lamentablement à la fenêtre près de l'entrée.

« Tony Pearmain, dit l'homme. Comment allez-vous ? »

Je lui dis qui j'étais, mais Eden le lui avait déjà appris. Elle avait dû lui faire, dans la voiture, un petit exposé sur ce qu'il trouverait à son arrivée ici.

« Ils sont tous sortis, dis-je en criant pour dominer les hurlements de Jamie.

— Tous ? »

Comment se fait-il que même sur le moment je compris qu'elle jouait la comédie ? Peut-être parce qu'elle n'était pas comédienne.

« Tu ne savais pas que Véra était chez nous ?

— Véra ? Ici ? »

C'était évidemment surprenant. Ou plutôt, cela aurait été une surprise pour elle si elle ne l'avait pas su auparavant.

« Mais oui. Et voilà Jamie. Tu ne le reconnais pas ?

— Ils changent si vite à cet âge. Tu ne peux pas l'empêcher de faire tout ce boucan ? »

Tony Pearmain tendit les bras et prit Jamie. Le résultat fut magique. Avait-il un parfum merveilleux, émanait-il de lui une grande confiance, communiquait-il de quelque façon mystérieuse, en dehors des cinq sens, par les pores de sa peau ou ses cellules nerveuses, qu'il représentait la sécurité, une chaleur et une gentillesse infinies, des bras à toute épreuve ? Quoi que ce fût, Jamie le reconnut et se tut. Il posa son visage, de nouveau mouillé, collant et en sueur, contre le tissu lisse du blazer de Tony Pearmain et il fit silence, mis à part un hoquet ici et là, le temps de reprendre son souffle. Le pauvre Tony avait ce don-là avec les enfants. Comme il les aimait, ils l'aimaient, ils gravitaient tous vers lui, pareils à des épingles attirées par la pierre d'aimant, sa présence les rendait calmes et sages. La tragédie éternelle de sa vie fut de n'avoir jamais d'enfants à lui, alors que les circonstances lui rendirent odieux l'unique enfant qu'il aurait pu aimer et dont il aurait pu être aimé.

Ce soir-là fut la première rencontre de Jamie et de Tony. J'ai raconté à Jamie que Tony l'avait pris dans ses bras et l'avait calmé, mais il n'a rien voulu entendre, mon récit lui a déplu et il m'a répété que je devais me tromper : c'était sans doute un autre petit ami d'Eden, pas « Pearmain » si froid et distant à son égard, et qui l'avait envoyé en pension dès qu'il l'avait pu — continuant en cela la tradition de la famille Longley : d'abord Hélène puis Francis et lui. Mais c'était bien Tony, oui, qui avait accompli ce miracle. Je restai plantée dans le vestibule, soulagée enfin. Je savourai la merveilleuse paix au point d'en oublier presque, pendant un instant, la présence d'Eden derrière moi.

« Où sont-ils allés ?

— Quelque part dans le West End. Peut-être au cinéma.

— C'est affreusement agaçant. »

Je les conduisis dans notre salle de séjour. Leur présence, leur jeunesse, leurs vêtements neufs élégants, faisaient ressortir les carences d'une maison qui n'avait pas reçu une couche de peinture ni un meuble neuf depuis six années de guerre. Le fauteuil sur lequel Tony s'assit, avec toujours Jamie dans ses bras, avait les ressorts cassés et le siège s'affaissa presque jusqu'au sol. Il n'y avait dans la maison ni alcool, ni café, et pas grand-chose en matière de thé. Je sentis qu'Eden allait me demander d'un instant à l'autre si je n'allais pas lui offrir un verre. Je ne pouvais leur servir que l'orangeade, une sorte d'ersatz de l'époque. Je fus tentée d'offrir le jus d'orange « du gouvernement » réservé à Jamie, mais je craignis la colère de Véra. Nous n'avions pas de réfrigérateur, évidemment, et l'orangeade était tiède.

Il était juste huit heures. Mes parents et Véra ne rentreraient probablement pas avant dix heures et demie. Jamie s'endormit et Tony le porta au premier. Au lieu de redescendre aussitôt, il s'assit près du berceau. Eden portait une très belle paire de chaussures de cuir blanc à haut talon, avec des motifs à l'emporte-pièce sur l'empeigne. Nous en étions toutes réduites aux galoches à semelles de bois. Je ne sais toujours pas où et comment elle s'était procuré ces souliers. Trois ou quatre ans plus tard, il fallait encore faire la queue pour une paire de mauvaises sandales. Mais Eden connaissait toujours des gens capables de lui fournir n'importe quoi, des gens qui avaient un doigt (ou toute la main) dans le marché noir, qui faisaient entrer ceci ou cela dans le pays par la valise diplomatique ou dans des colis de livres, qui vendaient des bons de textile, court-circuitaient les queues et gardaient tout ce qui intéressait Eden « sous le comptoir ». Elle s'assit dans un autre fauteuil, un peu moins défoncé, contempla ses souliers, caressa légèrement sa jambe droite, croisée sur la gauche, et fixa la chaussure droite en penchant un peu la tête. Une longue boucle de cheveux d'or tomba en avant. Sans lever les yeux elle me dit :

« C'est un *des* Pearmain, tu sais. »

Je ne savais pas. Elle me faisait prendre une conscience très aiguë de mon vieux corsage blanc et de ma jupe écossaise.

« Je suppose que tu vas parfois faire des courses, non ?

— Oh, ce Pearmain-là, répondis-je. Tu veux dire *Brewster*

and Pearmain ? » Les grands magasins *Brewster and Pearmain* ! Je me sentais dépassée, humble par rapport à Tony, alors qu'il ne m'avait pas du tout intimidée. J'avais l'intention de parler à Eden de la soirée au théâtre, de lui demander pourquoi elle avait fait semblant de ne pas me voir mais cette révélation sur Tony Pearmain, sans raison, m'empêcha de la questionner. Sentant qu'elle m'avait inspiré un respect plein de crainte, Eden renchérit, pour ainsi dire, et ajouta :

« Je l'ai rencontré à une soirée chez Lady Rogerson. »

Aurais-je dû être au courant de Lady Rogerson ? Véra m'en avait-elle parlé au moment de la « démobilisation » d'Eden ? Tout cela me fit comprendre combien je comptais peu pour elles, même à l'époque.

« Lady Rogerson me considère plus ou moins comme sa fille. Bien entendu je l'ai accompagnée quand elle s'est rendue à Fontlands. Nous y retournerons le douze. »

Ce qu'elle me dit m'était incompréhensible. Je crois que plusieurs années s'écoulèrent avant que je ne sache que Fontlands était la résidence de campagne des Pearmain (avec étang à tétras) dans le Yorkshire, Lady Rogerson la vieille aristocrate dont elle était dame de compagnie, et le douze, le 12 août, date d'ouverture de la chasse au tétras. Eden me demanda à quelle heure rentreraient les autres. Ils ne resteraient probablement pas, me dit-elle en l'apprenant. Tony revint. Le « pauvre petit bonhomme » s'était endormi profondément, et avais-je écouté la TSF aujourd'hui ? Je secouai la tête. Que restait-il encore à apprendre ?

« Nous avons lâché une nouvelle sorte de bombe sur les Japs, dit Tony.

— Quelle sorte de bombe ? demandai-je, pas très intéressée. Un genre de V2 ?

— Plus gros que ça, paraît-il. Sur un endroit nommé Hiroshima, ou je ne sais quoi. La guerre va bientôt se terminer en Extrême-Orient également, vous verrez. J'ai laissé la porte du petit bonhomme entrouverte pour que vous l'entendiez s'il se remet à crier. »

Et ils s'en furent dans la voiture sport rouge. La première remarque de Tony ce soir-là (Etais-je en train de tuer Jamie ?) fut le seul mot d'esprit ou passant pour tel que je lui entendis prononcer. Sa famille possédait un énorme magasin, son frère s'était marié à une jeune fille de la noblesse italienne. Il était aussi terne que de l'eau de fossé et aussi riche qu'une mine d'or. Il avait également très belle allure, rien de commun avec Chad, pauvre, sans rien de bien remarquable au premier regard, mais qui n'ouvrait jamais la bouche sans dire quelque chose d'intéressant, d'amusant ou de provocant. Quand elle partit, Eden me parut contente d'elle, la mauvaise humeur qu'elle avait exprimée en découvrant l'absence de Véra et de mes parents était oubliée. Mais, bien entendu, même en leur absence, elle avait dû accomplir la plupart des objectifs de sa visite, et si rien du tout n'avait été fait pour Véra, si la situation avait même légèrement empiré — ma foi, tant pis.

Mon père se considérait comme un bourgeois. Il disait à tout bout de champ « la classe moyenne » avec une sorte de fierté honteuse. Il ne précisait jamais que la classe moyenne ne commet jamais l'adultère, quoi que puissent faire les classes supérieure et inférieure, mais cela demeurait un aspect fondamental de son credo. Il ne lui serait jamais venu à l'esprit qu'une de ses sœurs puisse être infidèle à son mari. Ma mère et lui ne s'entendaient pas bien, et je ne peux même pas dire qu'*au fond* ils s'aimaient, car je suis sûre du contraire : ils ne s'aimaient pas. Mais jamais, du vivant de ma mère, mon père n'aurait eu de relations avec une autre femme. Pour lui, c'était la même chose que voler, ou se lancer dans des détournements de fonds de la banque. Donc, quand Gérald revint aux Lauriers et se sépara presque immédiatement de Véra, mon père ne se demanda nullement pourquoi, et ne parvint pas à la conclusion naturelle de la plupart des gens — à savoir que Véra avait eu une « aventure » avec Chad Hamner. Il attribua tous les torts à Gérald. Au début, d'ailleurs, il ne voulut même pas reconnaître cette séparation.

Véra ne lui en parla pas. Ce n'était pas son genre. Pour Gérald, officier de carrière, il n'était évidemment pas question de démobilisation. Nous avions tous supposé qu'il rentrerait en permission, puis que Véra l'accompagnerait au poste où il serait affecté, probablement en Allemagne avec l'armée d'occupation. Les Lauriers seraient alors mis en vente et le produit partagé en trois. Mais à l'automne, quand Gérald partit rejoindre son régiment du côté de Lübeck, les lettres de Véra n'annoncèrent pas qu'elle l'accompagnerait, et elle ne donna aucune explication ni raison de cette décision.

Eden vint nous voir assez souvent cet hiver-là, en général seule mais une fois avec Tony Pearmain, pour le présenter à mes parents. Elle garda le silence sur la question de Véra et de Gérald, un silence plein de mystère : elle donnait l'impression de tout savoir mais de refuser de trahir. Ce fut Hélène qui nous raconta.

Mon père et Hélène ne s'étaient jamais vraiment entendus. Elle lui avait toujours déplu. Un jour il avoua presque qu'il lui en voulait d'être plus fortunée et d'appartenir à un niveau social supérieur à celui de la deuxième famille de mon grand-père. Le fait qu'Hélène profitait de ces avantages uniquement parce que son propre père l'avait rejetée ne modifiait en rien ses sentiments. Elle était tellement affectée, disait-il. Impossible ! Mais ils s'étaient toujours parlé ; jamais il n'y avait eu de querelle déclarée. Hélène lui avait donc écrit... Voyait-il une objection à ce qu'elle donne la réception de mariage d'Eden chez elle ? Et dans la même lettre, elle avait fait allusion à la rupture Véra-Gérald.

Au moins, mon père savait déjà qu'Eden allait épouser Tony Pearmain. De justesse, mais il l'avait appris. Eden lui avait téléphoné la nouvelle le soir précédant l'annonce officielle dans le *Times*. Bien entendu, elle n'osait pas trop le lui annoncer, Tony était peut-être un excellent parti, une « prise » sensationnelle en fait, avec toutes les qualités souhaitables aux yeux d'un frère aîné — mais ce n'était pas Chad Hamner. Mon père ne plaisantait pas sur ce genre de chose, il se comportait comme si les êtres humains étaient biologiquement monogames, programmés avec l'image d'un seul partenaire, comme le tétras gris ou le gibbon. A ses yeux, changer de partenaire après en avoir choisi un revenait à défier la nature même. Il avait l'air lugubre quand il raccrocha, et il secoua la tête en revenant vers nous. Au fond de mon cœur j'eus du chagrin pour Eden, qui devait pétiller d'animation et ne s'attendait pas que son frère se montre si consterné.

Il avait apparemment cru que Tony était une sorte de cousin de l'employeur d'Eden (à ce moment-là, nous étions tous au courant de sa situation auprès de Lady Rogerson) et qu'Eden servait parfois de secrétaire au jeune homme. Mon père était capable de se convaincre de n'importe quoi dès qu'il avait vraiment envie de le croire, si improbable que ce fût, s'il essayait avec assez de conviction.

« Je n'en avais aucune idée, dit-il en passant la main sur son front d'un air déconcerté. Je croyais qu'elle avait tout réglé avec ce gentil garçon que nous avons rencontré au baptême. Je ne comprends pas ces changements à tout bout de champ. Qu'est-ce qui ne lui a pas plu dans ce journaliste, je me le demande.

— N'avait pas assez d'argent, répliqua ma mère.

— Les gens ne s'attachent pas forcément à la même personne toute leur vie », dis-je. Prévoyant déjà pour moi des difficultés dans ce domaine, je ne voulais pas, le moment venu, affronter trop de questions de mon père. « Pas quand on se rencontre à dix-huit ans, pas pour soixante années, n'est-ce pas ? » Cela me semblait épouvantable. « De toute manière, je crois qu'Eden n'était pas amoureuse de Chad, ni lui d'elle. A mon avis, ce n'était pas ce genre de chose.

— Qu'est-ce que c'était donc ? lança mon père. Il ne venait tout de même pas aux Lauriers pour voir ma sœur Véra ! » Ceci sur le ton caustique d'une personne qui avance une proposition totalement absurde, ne méritant pas d'être prise au sérieux. Il est fort troublant d'entendre, comme dans ce cas, le sarcasme s'associer à l'innocence. Il était innocent. Il aurait pu suggérer sur le même ton que Chad venait aux Lauriers pour acheter la maison, ou parce que sur la radio de Véra, la réception était meilleure que sur la sienne. Je ne dis rien mais observai le regard de ma mère : une vérité était en train de se faire jour ! Un sourire releva les coins de sa bouche.

Le lendemain, nous avons lu l'annonce dans le *Times* :

« *Fiançailles et mariage prochain d'Anthony Fairfax Pearmain, fils unique de M. et Mme Pearmain, de Fontlands, Ripon (Yorkshire), avec Edith Mary, la plus jeune des filles de feu M. et Mme Arthur Longley, de Great Sindon (Essex).* »

La lettre d'Hélène arriva quelques jours plus tard. Ce ne fut pas une de celles que mon père lut à haute voix pendant le petit déjeuner. Il la lut et quitta la pièce en l'emportant. Il revint presque aussitôt, l'air très agité et décontenancé. Il donna la lettre à ma mère. D'abord la première page, puis, à regret, la seconde.

« Un très bel endroit pour un mariage, dit-il au prix d'un effort. Ils ont une demeure merveilleuse ». Il parut se souvenir de sa rancœur du fait que Walbrooks appartenait à Hélène, ce qui ranima sa mauvaise humeur. Pourtant, aucun autre membre de la famille ne pouvait avoir (même à ses yeux) le moindre droit sur le domaine. Il se tourna vers ma mère, plus irascible que jamais : « Tu as vu ce que raconte cette femme stupide et affectée ?

— A propos du mariage ? »

Elle savait très bien qu'il ne pensait pas au mariage, mais elle cherchait à le provoquer.

« Evidemment pas ! Sur ma sœur Véra. Quelle faiseuse d'histoires cette femme ! Il est bien normal que ma sœur n'ait pas envie de vivre dans une caserne, et surtout en Allemagne ! »

Mais le mal était fait. Ou la vérité était dite. Ma mère se borna à le regarder, d'un air qu'elle avait mis au point depuis peu, quand il voulait faire passer ses sœurs, comme elle disait, pour « une double réincarnation de la Vierge Marie ». Elle penchait la tête d'un côté, ouvrait des yeux ronds et haussait les sourcils aussi haut qu'ils pouvaient monter.

Exactement, qu'est-ce qu'Hélène avait donc suggéré ? Je n'ai jamais vu cette lettre, et elle est perdue depuis longtemps. Mon père la détruisit sans doute le jour même. Mais je ne crois pas qu'Hélène soit allée jusqu'à avancer ce qui était dans l'esprit de ma mère, ce qu'elle répliqua bel et bien à mon père quelques mois plus tard au cours d'une de leurs querelles, alors qu'elle souffrait d'être comparée défavorablement aux femmes Longley.

« Gérald sait très bien que Jamie n'est pas son enfant. Il sait que ce n'est pas possible. Il est peut-être idiot, mais pas au point d'ignorer qu'une femme ne reste pas enceinte dix mois. »

Je fus très gênée de l'avoir entendue. J'en avais assez, j'attendais déjà l'automne avec impatience pour partir à Girton et ne plus les entendre se déchirer mutuellement sous la peau, sous les cicatrices, à l'endroit où les maux ne guérissent jamais tout à fait. A ce moment-là, j'étais parvenue depuis longtemps à la conclusion de ma mère, j'avais fait mes calculs et remarqué l'impossible gestation de Véra : environ 312 jours. Je m'étais également habituée à l'idée de Véra et Chad ensemble, et je m'étais presque convaincue que j'avais réellement surpris leurs étreintes et leurs baisers. Pendant que je dormais dans la chambre d'Eden, me disais-je, Chad rejoignait Véra à pas de loup, se glissait dans l'escalier. Mais cela ne semblait pas du tout dans son caractère. L'histoire paraissait absurde : Véra était plus âgée que lui et faisait tellement plus vieille, leur sens de l'humour n'avait rien en commun, leurs goûts étaient si divergents. Mais j'avais déjà appris que la sexualité demeure le domaine du mystère et que les raisons des relations sexuelles défient en général l'analyse. Jamie, bien entendu, était l'enfant de Chad, ce qui expliquait la présence de Chad au baptême — et l'absence de beaucoup d'autres gens. Jamie avait les yeux marron foncé de Chad et sa peau mate pâle. Je supposai aussitôt qu'il y aurait un divorce : Chad épouserait Véra — ce qui me décevait et m'irritait un peu. Au fond de mes pensées, demeurait le sentiment que si seulement il avait attendu un peu, il aurait pu m'avoir.

Il devint vite clair que Véra allait vivre indéfiniment aux Lauriers. Je crois qu'il y eut à ce sujet un certain nombre de lettres, plusieurs coups de téléphone et même un rendez-vous entre mon père et Eden qui n'était plus à plaindre. Elle épousait un homme dont la famille ne possédait, m'apprit Hélène, pas moins de cinq maisons de campagne. Tony et Eden pourraient choisir celle qu'ils auraient envie d'habiter.

« Adieu maison neuve, voiture neuve, vacances en Suisse, dit ma mère.

— N'importe comment, nous n'aurions pas pu nous payer toutes ces choses-là, répondit mon père.

— Juste une seule, quel plaisir ! »

J'aurais aimé leur dire que très bientôt, sans doute, Chad donnerait un foyer à son enfant, et à la mère de son enfant, mais bien entendu je n'en fis rien. Pour mon père, Chad était encore le charmant garçon qui continuait d'aimer Eden. Et ma mère, qui prenait un plaisir presque allègre au fait que Jamie ne pouvait pas être le fils de Gérald, n'était jamais allée jusqu'à proposer une autre paternité — elle parlait comme si Véra l'avait conçu par parthénogenèse, faute de savoir-vivre justifiant une mise au ban de la société.

Eden épousa Tony Pearmain à Sainte-Mary, Great Sindon, par un beau samedi ensoleillé de l'été 1946.

XI

CROIREZ-VOUS que je fus l'une des demoiselles d'honneur d'Eden ? Ma robe ne me coûta pas un seul bon de textile, car toute la soie arriva de Hong Kong, apportée à Eden par une de ses relations à British Airways. Je passai une partie du temps chez Hélène, une partie avec Véra. Ce fut au cours de la semaine précédant le mariage, pendant un séjour aux Lauriers, que je fis avec Véra et Jamie la promenade qui nous conduisit devant la fermette où, dans son enfance, Véra avait découvert le cadavre de la vieille Mme Hislop. Elle se montra ce jour-là plus expansive que je ne l'avais jamais vue. Pas assez, cependant, pour me parler de la disparition de Kathleen March.

Le plus étrange, c'est que j'en sois arrivée à ce point de mes réminiscences intimes, de la révision chronologique de tous mes souvenirs sur Véra et Eden, sur Chad, Francis et Jamie, juste au moment où Daniel Stewart m'annonça par écrit sa découverte remarquable. J'ai même rêvé de Kathleen March la nuit précédant l'arrivée de sa lettre — je m'étais donné le rôle du spectateur invisible observant Véra et Mavis assises sur la berge de la rivière, puis le landau sans surveillance, avec l'enfant, au milieu des osiers et des reines-des-prés. Le père de Kathleen passait sur le pont, aveuglé par ses maux de tête. Ce qui m'éveilla, ce fut l'horreur venue des belles prairies sous le ciel bleu : un monstre noir couvert d'écailles — comment croire qu'une femme de mon âge puisse susciter dans ses fantasmes une chose pareille, issue directement d'un conte illustré d'Andrew Lang ? Il s'empara de l'enfant et je m'éveillai avec un de ces sanglots qui sont pour le rêveur une tentative de cri. J'avais lu la veille une nouvelle de M. R. James où se produisait un incident semblable : *The Mezzotint.*

Le courrier du matin m'apporta un nouveau chapitre de Daniel Stewart. Il était tombé sur les faits par hasard. Il était certain que personne d'autre n'avait remarqué ce curieux lien. Qu'est-ce que j'en pensais ?

Dans les annales des meurtres restés sans solution (écrivait-il) l'affaire de Kirby Theiston est sans doute l'une des plus bizarres et des plus négligées par les criminologues. Est-ce parce qu'elle a de si nombreux traits en commun avec le mystère de Constance Kent ? Ou bien parce que jusqu'à une date très récente, les personnages en apparence les plus importants du drame étaient encore vivants ?

Constance Kent, jeune adolescente du village de Rode dans le Somerset, fut jugée pour le meurtre de son demi-frère en bas âge, et acquittée. May Durham, jeune fille de dix-sept ans du village de Kirby Theiston, dans le Norfolk, fut arrêtée pour le meurtre de sa demi-sœur de deux ans, mais relaxée sans être déférée en justice. Constance, toujours soupçonnée, toujours considérée avec malveillance, termina sa vie dans un couvent. Plus d'un demi-siècle plus tard, May Durham, ostracisée elle aussi, fut exilée par sa propre famille en Australie, en compagnie d'une tante. Elle mourut de tuberculose cinq ans plus tard. Dans aucun des deux cas jamais on ne découvrit le vrai criminel.

Kirby Theiston, environ cinq cents habitants, se trouve à l'ouest de Norwich. En 1922 la population était beaucoup plus nombreuse, et la nationale à quatre voies qui coupe maintenant le village en deux n'avait pas encore été construite. L'église est consacrée à Saint Michel et Tous les Anges, et la principale demeure, Theiston Hall, ancienne résidence d'une branche de la famille Digley de Holkham, était occupée depuis vingt ans par Charles Ethelred Durham et sa famille. Un beau manoir anglais, ce Theiston Hall, avec certains éléments datant du XVe siècle, mais en grande partie reconstruit à la fin du XVIIe par Henry Dell, disciple d'Archer, dans le style baroque avec façade galbée, salon octogonal, et salle de réception au plafond décoré de peintures de Thornhill. Durham était le petit-fils d'un riche industriel du siècle dernier, fabricant de cotonnades de Rochdale, mais ni lui ni son père n'avaient jamais eu d'autre occupation que celle de gentilhomme de campagne. Loudon, le célèbre paysagiste, avait conçu les jardins à la fin du XIXe siècle, mais Durham, dilettante aux aspirations d'artiste, avait déraciné les bordures, les parterres et les roseraies peu après son arrivée à Theiston, et entrepris de créer un jardin sur le modèle de ceux qu'il avait admirés, au cours de ses voyages en Italie, à Bagnaia, à Settignano et dans les jardins de la Villa d'Este à Tivoli. Il fit venir des quantités de statues et fin 1922 des ouvriers travaillaient encore aux escaliers, aux bassins ornementaux, aux folies et aux temples nécessaires à l'italianisation.

Durham, à quarante-six ans, en était à son second mariage. Sa première femme, Honoria Filby, était morte à l'âge de vingt-sept ans après lui avoir donné un fils, Charles, toujours appelé Charlie, et une fille, Honoria Mary, connue sous le diminutif de May. Durham avait épousé sept ans plus tard, en 1917, la fille d'un médecin prospère de Norwich, Irène McAllister. En 1920, elle lui avait déjà donné trois autres enfants : Edward, Julius et Sonia. Ce dernier prénom était alors à la mode, non pas à cause de l'influence russe, car la Révolution avait eu lieu en 1917, mais grâce au roman de Stephen McKenna, publié la même année — c'était le nom de l'héroïne et le titre de l'ouvrage. En fait, tout le monde appelait le bébé Sunny, en partie à cause de son tempérament particulièrement doux et gai — ensoleillé — et en partie parce que son frère Edward avait déformé en Sunny le prénom de Sonia.

A l'époque du meurtre, la maisonnée était nombreuse. Elle se composait de M. et Mme Durham, Charlie, May, Edward, Julius et Sunny, avec leurs domestiques : un maître d'hôtel nommé Thomas Chapman, Mme Deedes, la gouvernante, Mme Brown, la cuisinière, Sarah Keringle, la bonne des enfants, et son assistante, Bessie Stonedridge. Sans compter les trois jardiniers : John Williams, le chef, Thomas Pritchard et Arthur Bailey. Le vaste domaine autour de Theiston Hall comprenait des bois. Il y avait des faisans et des perdrix, et Durham employait un garde-chasse, Robert Jephson, qui occupait sur la propriété une maisonnette voisine de celle où habitait John Williams, le chef jardinier. Au mois de mai 1922, il n'y avait qu'un seul membre de la maisonnée absent de Theiston Hall : Charlie, en deuxième année d'études au Worcester College, à Oxford. Tous les autres étaient là, et le nombre habituel se trouvait même augmenté par la présence d'invités chez les Jephson. Comme tous les ans à la même saison, le garde-chasse recevait sa sœur, le mari de sa sœur et leurs deux enfants. Cette visite avait un double but : elle offrait des vacances à la famille, ct permettait à Jephson de disposer d'un supplément de main-d'œuvre pour la tâche délicate et fort longue de ramasser les œufs du gibier pour les placer sous des poules couveuses ou des faisanes déjà en couvaison. Le faisan était un animal sacro-saint dans la région, précieux à chaque phase de son cycle de vie, et il s'était même produit un incident désagréable quelques années plus tôt. Le prédécesseur de Jephson, un vieux bonhomme du nom de Brimley, avait tué le chat de May Durham un jour où il l'avait surpris en train de chasser et de décapiter de petits faisandeaux. Charles Durham ne l'avait pas exactement renvoyé, mais l'avait mis à la retraite avec une petite pension, en lui enlevant la maisonnette où il vivait depuis quarante ans.

May Durham était une jeune fille d'une beauté extrême, âgée de dix-sept ans et neuf mois, avec de beaux yeux sombres et des cheveux noirs si longs qu'elle pouvait s'asseoir dessus — elle envisageait cependant de les couper court à la nouvelle mode. Elle avait reçu son éducation à la maison. Sa préceptrice était partie à Noël l'année précédente et Charles Durham avait l'intention de l'envoyer dans une institution pour jeunes filles en France. Au printemps, May avait rencontré Thierry Watkin, jeune architecte de Norwich. Il lui avait demandé de l'épouser, mais Durham avait refusé de sanctionner des fiançailles officielles avant de se connaître plus longtemps. May vivait à Theiston Hall avec peu de choses à faire, sauf aller en visite avec sa belle-mère, arranger des fleurs, jouer au tennis. Elle n'avait, semble-t-il, aucun passe-temps favori, aucun intérêt intellectuel particulier. On la considérait comme une pianiste accomplie mais elle n'avait jamais soulevé le couvercle du piano depuis le départ de la préceptrice. Ses relations avec sa belle-mère n'allaient pas sans gêne bien qu'elle eût apparemment surmonté l'hostilité intense, farouche, qu'elle avait ressentie au lendemain du second mariage de son père. Elle aimait ses petits demi-frères, jouait avec eux, les sortait et leur accordait beaucoup d'attention, si bien que les amis de la famille approuvaient en souriant le projet de mariage avec Watkin — ils jugeaient que May appartenait au type maternel.

Mais elle n'aimait pas Sunny, a-t-on dit. On a du mal à

imaginer qu'une jeune fille de dix-sept ans, belle, en bonne santé, bien en place dans la vie, éprouve de l'hostilité pour une demi-sœur de deux ans, surtout si l'enfant a un caractère facile et un tempérament « ensoleillé ». D'un autre côté, si nous devons voir en May une névrosée ou une quasi-psychopathe, deux facteurs liés à Sunny auraient pu lui inspirer une haine pathologique. Elle ressemblait extraordinairement à sa mère, Mme Irène Durham, et son père l'adorait au point que l'enfant avait peut-être remplacé May dans ses affections. Georgina Hallam-Saul, le seul auteur qui ait étudié en détail l'affaire de Kirby Theiston, a avancé une curieuse hypothèse. A savoir que dans les premières années du XXe siècle, et plus précisément entre 1910 et 1940, a existé une tendance bien définie à confondre blondeur et beauté, si bien qu'une femme brune était considérée comme moins favorisée qu'une blonde, très souvent indépendamment de ses autres prétentions justifiées à la beauté, régularité des traits, silhouette, ou couleur des yeux. Or May Durham, nous l'avons vu, avait les cheveux bruns, presque noirs, la peau mate, les yeux marron. Elle ressemblait à sa propre mère. Charles Durham avait les cheveux clairs, sa deuxième épouse était une blonde platine à la peau pâle, et leur fille Sunny avait des cheveux d'or et des yeux bleus. Mlle Hallam-Saul suggère qu'il faut y voir la cause de l'envie et de la rancœur de May à l'égard de sa demi-sœur, mais bien entendu Mlle Hallam-Saul reste attachée à sa théorie de la culpabilité de May.

Il semble incontestable que May emmenait rarement la petite Sunny faire un tour avec elle dans le jardin ou les champs, alors que les deux petits garçons étaient toujours les bienvenus pour une promenade ou une visite aux divers animaux de la famille Durham — un poney, le chien de berger dont le chenil se trouvait dans la cour des écuries, les pintades dans leur volière et les lapins blancs tachetés de roux. Mais par ce mardi matin de mai 1922, lorsque May Durham sortit avec Edward et Julius pour leur montrer les petits que sa chatte (la remplaçante du chat tué par Brimley) avait mis bas une semaine plus tôt, elle emmena également Sunny. C'était la deuxième portée de chatons de la chatte, et comme la première fois, elle avait fait son « nid » non dans la corbeille spéciale que May lui avait préparée dans sa propre chambre, mais dans le tronc creux d'un vieux chêne.

Nul ne sait ce qui se passa au cours de cette sortie. Et

maintenant, nul ne le saura jamais. May prétendait simplement qu'elle avait « perdu » Sunny. La chatte, pourtant aimable avec sa maîtresse, griffa Edward quand il la caressa, et pendant plusieurs minutes, May consacra toute son attention à son demi-frère : elle le consola et essuya le sang avec son mouchoir. L'arbre où la chatte avait mis bas se trouvait à l'orée des bois, pas très loin de la maison, mais séparée tout de même par les écuries et le clos des chevaux. May déclara qu'elle croyait Sunny assise sur une souche à côté de Julius ; mais quand elle s'était retournée, Julius n'avait pas bougé alors que Sunny avait disparu.

Julius Durham, âgé maintenant de soixante-six ans, ne se souvient de rien. Il n'avait alors que trois ans. Son frère Edward, son aîné de dix-huit mois, se rappelle certains détails, mais reconnaît que la plupart de ses « souvenirs » proviennent en grande partie de ce qu'on lui a raconté plus tard.

« La chatte de May m'a griffé la main. J'imagine que ce fut la première douleur réelle de ma vie. Je ne me souviens pas de sang, seulement de May qui me serrait dans ses bras et me disait d'être brave. Bien entendu je braillais à tue-tête. May a noué son mouchoir autour de ma main, puis je crois que nous nous sommes tous mis à la recherche de Sunny. Comme vous le savez, nous ne l'avons pas retrouvée. »

May ne s'est pas trop inquiétée, semble-t-il. Elle a cru que Sunny était rentrée à la maison toute seule, conclusion étrange de sa part, étant donné que Sunny avait à peine deux ans et se faisait toujours porter au bout de quelques pas. Quand May rentra à la maison avec les deux garçons, elle ne posa aucune question au sujet de Sunny. Elle en donna une bonne raison à la police : de loin, sur l'allée qui reliait la cour des écuries à la partie du domaine où se trouvaient les maisons du jardinier et du garde-chasse, elle avait vu Bessie Stonebridge, la jeune bonne d'enfants, en train de bavarder avec une femme, et une petite fille qu'elle avait prise pour Sunny se trouvait avec elle. En fait, l'enfant n'était pas une fille mais un garçon, un neveu du garde-chasse, et la femme était sa mère. May Durham était myope. N'était sa vanité, elle aurait porté des lunettes.

Il se passa donc plus d'une heure avant qu'on ne remarque la disparition de Sunny. Les Durham donnaient une réception-tennis dans l'après-midi : les jeunes des environs étaient invités à jouer au tennis et leurs parents à les regarder. Pritchard venait de marquer le court et May vérifiait avec lui la hauteur du filet (une hauteur de raquette verticale, plus une largeur de raquette horizontale) quand Sarah Keringle, la gouvernante, vint lui signaler qu'il était temps de faire déjeuner Miss Sunny. May, consternée, répondit qu'elle croyait l'enfant avec Bessie, mais Bessie se trouvait dans la chambre d'enfants avec les deux garçons depuis plus d'une demi-heure.

On partit aussitôt à la recherche de Sunny. Au début, Charles Durham, John Williams et Arthur Bailey. Plus tard, Durham et May se joignirent à eux. Le premier invité qui arriva pour le tennis — personne à Theiston Hall n'avait déjeuné, sauf Edward et Julius — fut Thierry Watkin et il se joignit lui aussi aux recherches. Mais Sunny demeura introuvable et Charles Durham se résigna à téléphoner à la police locale. Thierry Watkin se chargea de la mission peu enviable de renvoyer les invités à leur arrivée.

La police arriva assez promptement ; un gendarme du village, puis un sous-officier de Norwich. Ils commencèrent par interroger toutes les personnes qui auraient pu voir Sunny, à commencer par les domestiques de la maison, ceux du domaine de Theiston Hall, puis les gens de Kirby Theiston. Personne ne reconnut l'avoir vue depuis onze heures ce matin-là. Le soir venu, les habitants de Theiston Hall durent se coucher sans nouvelles du sort de Sunny.

Le lendemain matin, le chien de Jephson trouva le cadavre de l'enfant à moins de cinquante mètres de la souche où elle était assise la veille, à côté de son frère. Le corps était dans une tombe de quelques centimètres, creusée dans la couche de feuilles décomposées et d'humus — sans doute à la main, sans outil. Elle avait la gorge tranchée.

Sans le moindre doute, il s'agissait d'un meurtre. La cause de la mort éliminait tout verdict d'accident. La police judiciaire du Norfolk vint interroger May. Sarah Keringle leur avait dit qu'au moment où Mlle May était venue chercher Sunny, elle portait une robe de coton imprimé, de couleur bleue, mais que plus tard, quand elle vérifiait la hauteur du filet de tennis, elle s'était changée : elle portait une jupe de toile et un chandail noir et blanc. Pourquoi, demanda la police, avait-elle changé de robe *avant* de vérifier le filet, et non après le déjeuner et avant la réception ? May répondit qu'il y avait sur la robe bleu du sang venant de la main griffée d'Edward. Et la police emmena aussitôt May au commissariat de Norwich.

Elle y passa la nuit et fut libérée le lendemain. L'inspecteur-chef John Finch s'était convaincu que la chatte de May avait bel et bien griffé Edward et que le meurtrier de Sunny n'aurait pas eu seulement quelques gouttes de sang sur ses vêtements ; il en aurait été aspergé. Il orienta alors ses recherches et celles de ses hommes vers le village et ses quelques habitants réputés moins respectables que leurs voisins — l'un d'eux, par exemple, avait passé une nuit en prison pour ivresse et tapage ; un autre passait pour braconnier. Inutile de le dire, personne à Kirby Theiston n'avait jamais été soupçonné, même à tort, d'avoir molesté, et à plus forte raison assassiné un enfant.

Ce fut seulement à ce stade que l'on s'interrogea enfin sur les parents de Jephson, logés dans sa maisonnette. C'est l'aspect le plus extraordinaire du meurtre de Kirby Theiston. Finch avait appris dès le jour de la découverte du corps de Sunny la présence de la sœur de Jephson, de son beau-frère et de son neveu de deux ans et demi, mais il ne s'intéressa nullement à eux, ni n'essaya de leur parler avant le *cinquième jour* qui suivit la disparition de Sunny. Quand il se présenta pour les interroger, leur visite était terminée et ils étaient sur le point de rentrer chez eux, à Sindon Road, dans l'Essex.

La sœur de Robert Jephson se prénommait Adèle et son mari était Albert March.

Deux ans auparavant, les March avaient également perdu un enfant, également une fillette, également âgée de deux ans — leur fille Kathleen. L'inspecteur-chef Finch ignorait ce fait et aucune de ses questions ne le mit au jour. Miss Hallam-Saul, dans son analyse de l'affaire de Kirby Theiston, n'y fait aucune allusion. Elle ne parle de la famille March que dans deux paragraphes du chapitre sur les domestiques de Theiston Hall et leurs antécédents.

Dans son recueil d'affaires de meurtres, *Murder in East Anglia,* James Moore Whyte accorde une place d'honneur au mystère de Kirby Theiston, mais ne cite pas les March, en dehors d'une vague allusion dans le paragraphe suivant :

L'inspecteur-chef Finch demanda à Mme Jephson, l'épouse du garde-chasse, l'autorisation de fouiller sa maison. Il recherchait des vêtements tachés de sang et l'arme du crime, sans doute un couteau. Mme Jephson répondit à Finch qu'il pouvait fouiller tant qu'il voudrait : son mari et elle s'absentait pour une heure ou deux. Ils partaient à Norwich accompagner à la gare son beau-frère et sa belle-sœur, qui se trouvaient en visite chez eux.

Quelles questions Finch posa-t-il à Albert et Adèle March ? Apparemment, il se borna à leur demander s'ils avaient vu la petite Sunny et s'ils avaient remarqué un suspect dans la propriété le jour du crime. A ces deux questions ils répondirent par la négative, quittèrent la maison et ne furent plus jamais interrogés.

On ne découvrit jamais le meurtrier de Sunny Durham. Irène Durham croyait sa belle-fille responsable et citait comme motif la jalousie irrépressible de May. Elle-même au bord de l'effondrement mental — elle était enceinte lors du meurtre et elle fit une fausse couche une semaine plus tard — Irène frappa May au visage quand la jeune fille voulut lui présenter ses condoléances, et déclara à son mari qu'elle ne voulait plus de May sous son toit. Les fiançailles avec Thierry Watkin n'étaient pas officielles, et malgré la parole qu'il avait donnée, Watkin ne renouvela pas sa demande en mariage. Il ne vint voir May qu'une seule fois après le jour de la partie de tennis, et quitta la région peu après. Peu à peu, il devint manifeste que tout le village croyait que May avait tué sa demi-sœur et n'était pas passée en jugement par manque de preuves. Un jour, un groupe de gamins du village lui lança des cailloux et il fallut lui faire plusieurs points de suture au front.

Son père la crut-elle coupable ? Au lieu de terminer ses études en France, May partit dans un sanatorium près de Brunner, en Suisse. La tension nerveuse, expliqua-t-on, avait ruiné sa santé. Jamais auparavant l'on n'avait soupçonné que May fût phtisique, mais ce fut pourtant de tuberculose qu'elle mourut cinq ans plus tard, après quatre années passées à Melbourne en compagnie de la sœur de son père, Mlle Mary Durham. Ou bien la famille

Durham serait-elle parvenue à étouffer ainsi un éventuel suicide de May ?

Charles Durham est mort en 1939 ; sa deuxième femme, Irène, en 1962 ; son fils Charlie cinq ans après sa belle-mère. Le fils auquel Irène donna naissance en 1925, baptisé Colin Jonathan, trouva la mort au cours d'une ascension de l'Himalaya en 1964. De la famille Durham de Theiston Hall, seuls Edward et Julius Durham sont encore en vie. La demeure est actuellement un centre de conférences. John William, le chef jardinier, est mort en 1932 ; Thomas Pritchar, en 1942 ; Arthur Bailey en 1946 et Sarah Keringle en 1952. Bessie Stonebridge, mariée et mère de quatre enfants, s'appelle maintenant Mme Dryburgh ; âgée de quatre-vingts ans elle vit chez une de ses filles mariées, à Aberdeen. Des autres domestiques, seule l'aide-cuisinière, Margaret Otter, est encore vivante. Agée de quatre-vingts ans et célibataire, elle habite toujours dans la région de Norwich. Robert et Kitty Jephson, couple sans enfant, moururent à quelques mois d'intervalle en 1970. Adèle March est morte à l'âge de quatre-vingt-dix ans un mois avant que ces lignes soient écrites, après avoir survécu cinquante-cinq ans à son premier mari, Albert, et seize ans à son second mari William Bacon.

Kathleen March avait deux ans lors de sa disparition. Sonia « Sunny » Durham le même âge. Elles se trouvaient l'une et l'autre sous la garde d'une jeune fille, et ces deux jeunes filles en portèrent les stigmates toute leur vie : aux yeux de tous et dans les ragots, elles demeurèrent des tueuses d'enfants. Le facteur commun des deux affaires n'en est pas moins Albert March. On sait qu'il a franchi le pont, à Sindon, vers le moment de la disparition de sa fille. On sait qu'il se trouvait à Theiston Hall au moment de la disparition de Sunny Durham. Au cours des dix années qui séparent 1920 de 1930 — c'est-à-dire depuis un an après le mariage de March jusqu'au moment de sa mort — pas moins de cinq enfants de sexe féminin âgée entre dix-huit mois et cinq ans ont disparu dans la région nord-Essex/sud-Suffolk. March avait reçu une blessure au crâne en France pendant la guerre de 1914-1918 et souffrait de maux de tête atroces, de type migraineux. Avait-il également subi un traumatisme cérébral d'une autre nature, de sorte qu'au cours de ces crises de douleur intolérable il était poussé à commettre des actes dont on ne pouvait le tenir pour responsable et qu'il oubliait dès la fin de sa migraine ?

Je posai les feuillets du manuscrit, aussi surprise et émue que s'y attendait sans doute Daniel Stewart, mais pour des raisons qu'il n'aurait guère soupçonnées. Certes, je reconnaissais le bien-fondé de ses dires, tout portait à croire Albert March coupable du meurtre de Kathleen. Véra devait en être absoute. Mais cela ne suscita en moi qu'indifférence : jamais je n'avais cru Véra capable de tuer un enfant.

Ce qui avait touché mes sentiments d'un doigt glacé, ce qui m'avait incitée à poser ces pages pour plonger un regard aveugle dans le passé, c'était le nom de Jonathan Durham. Un Jonathan Durham était le garçon d'honneur de Tony Pearmain, et il avait épousé par la suite une des demoiselles d'honneur (pas moi) exactement comme les garçons d'honneur sont censés le faire mais s'y décident rarement. Etait-ce le même Jonathan Durham ? Forcément. Je me souviens qu'il était alpiniste et venait de quelque part dans le Norfolk. Et l'âge correspondait aussi. Voilà vraiment la convergence furtive des destinées humaines ! Je me souviens de lui aussi bien que de tout le reste, ce jour-là, le jour du mariage d'Eden.

Nous portions (les demoiselles d'honneur) des couleurs de pois de senteur. J'étais la violette, la rose s'appelait Evelyn Quelque-chose — c'est elle qu'épousa plus tard Jonathan. Eden, refusant de porter le satin alors à la mode, avait une robe vaporeuse confectionnée (me dit-elle, ainsi qu'à Véra) avec vingt mètres de tulle blanc. Elle passa la nuit précédant la noce aux Lauriers, et Véra fut la première à la voir vêtue de cette stupéfiante toilette, corsage et manches moulants, jupe énorme. Une jeune fille qui travaillait chez une coiffeuse de la région (et qui habitait avec ses parents Inkerman Terrace, dans la maison voisine de celle des March autrefois), vint à neuf heures du matin coiffer d'abord la mariée, puis Véra. Mes cheveux, très longs et raides, n'avaient pas besoin de ses services. La soirée précédente s'était déroulée à peu près comme au bon vieux temps : Francis dans sa chambre de l'autre côté du palier, Eden et moi dans la chambre d'Eden, les lits aussi éloignés l'un de l'autre que possible. Quand elle ouvrit l'un des tiroirs de sa coiffeuse à la recherche d'une pince à épiler les sourcils, un sentiment de culpabilité me saisit et je me demandai si elle avait jamais remarqué mes incursions dans son domaine privé. N'avais-je pas laissé un de mes longs cheveux bruns, ou les traces de doigts de douze ans pas très propres ? Mais je m'aperçus qu'elle avait jeté tous les produits de beauté et parfums que contenait jadis la coiffeuse. Elle avait gravi plusieurs échelons, seuls les produits français de haut luxe pouvaient encore la satisfaire. Mais son évolution ne s'étendait pas à la décoration d'intérieur. Avant de se coucher elle décrocha du mur la photographie de Peter Pan.

« Il ne faut pas que j'oublie de l'emporter, dit-elle. C'est ma statue préférée, absolument, tu sais, Faith. Quelle merveille d'être à Londres et de la voir chaque semaine. »

Je me rappelai malgré moi qu'une nuit à Londres elle m'avait rencontrée mais avait décidé, pour des raisons bien à elle, de faire comme si elle ne me voyait pas.

« Je suppose que cette chambre va être celle de Jamie, lui dis-je.

— Sincèrement, je ne me suis pas posé la question. Il faudra que tu demandes à Véra. »

Eden n'aimait pas les enfants. En tout cas c'est l'impression que j'avais quand je la voyais avec Jamie. Elle faisait à peine attention à lui, sauf pour lui interdire ceci ou cela, plus précisément de toucher à ceci ou cela, quand c'étaient des affaires à elle. Elle s'assit dans le lit et glissa sa bague de fiançailles, qu'elle portait jour et nuit, de sa main gauche à sa main droite. Une bague qui ne passait pas inaperçue : un nœud de diamants — ou plutôt un véritable dôme — sur un jonc de platine. Eden me déclara le lendemain matin qu'elle n'avait pas fermé l'œil de toute la nuit, et c'était peut-être vrai. Comme j'avais fort bien dormi, je n'étais pas en mesure de juger.

Son visage avait l'air un peu tiré et ses yeux bouffis. J'étais en train de rassembler mon énergie pour me lever et prendre mon bain. Nous devions tous prendre un bain, et comme j'étais la moins importante, je devais passer en premier, à sept heures et demie, pour laisser au chauffe-eau à accumulation le temps de se réchauffer.

« Attends une minute », me dit Eden, et elle me stupéfia en me livrant la première confidence que je devais recevoir d'elle. Et quelle confidence ! Je commençais justement à me débarrasser de ma fâcheuse habitude de rougir, mais je sentis les joues me brûler soudain et je me détournai pour ne pas croiser son regard.

Les mots jaillirent de sa bouche, sans contrôle : « Est-ce qu'il va s'apercevoir que je ne suis pas vierge ?

— Je ne sais pas, répondis-je. Comment le saurais-je ? »

Les six ans entre nous n'étaient rien, la relation entre tante et nièce était tout. Une gêne profonde domina presque tout autre sentiment. Des années s'écoulèrent avant que je songe à quel point cette question était incongrue dans la bouche d'une jeune fille qui avait sermonné mon père pour une lettre de remerciements que je n'avais pas écrite — la même qui avait fait semblant de ne pas me reconnaître dans la rue.

« Je ne le suis pas, dit-elle. Il paraît que les hommes s'en rendent compte.

— Seulement s'ils ont couché avec beaucoup de filles, je pense, lui répondis-je, faisant appel à mon bon sens. Est-ce que c'est le cas ? »

Elle me répondit qu'elle l'ignorait. Elle s'assit dans le lit et prit ses genoux dans ses bras. Avec sa tête enturbannée d'un foulard de mousseline, elle ressemblait à l'Espérance assise sur le monde, dans le tableau célèbre, dont grand-mère Longley avait une reproduction en sépia — disparue au moment où Véra avait pris la maison en main.

« Pourquoi me le demander à moi ? lui dis-je. Pourquoi pas à Véra ? Elle doit mieux savoir.

— Je ne peux pas. (D'un ton tranchant et désespéré.) C'est hors de question.

— J'ai lu quelque part, lui dis-je — toute mon expérience provenait de livres — qu'on parvient au même résultat en montant. A cheval, je veux dire. Est-ce que tu montes à cheval ? »

Elle secoua la tête. « Encore une chose à lui avouer ! Que je ne suis jamais montée sur un cheval. Il croit que je sais. Il n'a jamais connu personne qui ne sache pas monter. »

J'eus du mal à garder mon sérieux. « En tout cas ne lui

avoue rien, n'est-ce pas ? Je ne parle pas du cheval, mais du reste. Souviens-toi de ce qui est arrivé à Tess d'Urberville. »

Mais Eden n'avait jamais entendu parler de Tess. Pendant mon bain, je me demandai avec quel homme Eden avait perdu sa virginité. Chad ? Sûrement pas, s'il était l'homme de Véra et le père de Jamie. L'idée même me fit frémir. L'officier de marine, l'aristocrate perdu en mer ? Le brun avec qui elle était allée au théâtre ? Ou peut-être avaient-ils tous été ses amants. J'étais intriguée et un peu choquée. Nous étions en 1946. L'idée qu'une femme ait des amants en dehors du mariage n'était plus horrifiante, inqualifiable, ou une prérogative audacieuse de la classe supérieure ; mais elle restait choquante pour les personnes d'un certain âge. Pour ma génération et celle d'Eden, elle devait encore s'entourer de discrétion et de réticences. C'était pour cette raison, me dis-je, qu'elle ne voulait pas solliciter l'opinion de Véra. Véra avait près de quarante ans, dans sa jeunesse la situation était très différente. Je ne vois pas aujourd'hui comment j'ai pu me persuader d'une idée pareille, tout en croyant Véra infidèle à Gérald et entretenant une liaison avec Chad...

Ce fut le seul exemple à ma connaissance d'une femme conduite à l'autel du mariage par son propre neveu. Mon père fut froissé qu'Eden ne lui eût pas demandé de la conduire. Elle lui donna (au téléphone) une excuse typiquement Longley — on ne pouvait pas appeler cela une raison. Il raccrocha, revint vers ma mère et moi, et tenta de masquer sa déconvenue.

« Elle dit que ça ne se fait pas parce que j'ai moi-même une fille. Elle dit que ce serait différent si Faith était mariée et que je l'aie déjà accompagnée à l'autel.

— Je crains que Faith ne puisse pas se marier seulement pour lui faire plaisir », répondit ma mère.

Ce fut donc Francis qui l'accompagna à l'autel. Il descendit prendre le petit déjeuner avec le pantalon rayé de son habit et la chemise blanche qui allait avec, mais sans cravate. Véra, soucieuse, lança qu'il allait faire des taches d'œuf sur ses vêtements. Francis, bien entendu, en profita pour jouer un de ses numéros, que j'avais déjà vu. Il quitta la table, s'assit dans un fauteuil et plaça en équilibre sur un des accoudoirs une tasse de thé avec sa soucoupe. Jamais je n'avais vu Francis commettre une maladresse, il avait beaucoup de grâce dans les gestes et il était habile de ses mains, jamais il ne laissait tomber ou ne renversait quoi que ce fût, sauf s'il le voulait bien. Et comme je le savais, Véra devait le savoir mieux que moi. Mais elle n'apprenait jamais. Francis se mit donc à jouer avec les angoisses de sa mère : il bougea le coude de façon à frôler la tasse, changea de place sur le fauteuil pour le faire trembler, porta la tasse à ses lèvres et la reposa décentrée par rapport à la soucoupe. Si le thé s'était renversé, il serait probablement tombé sur son pantalon et les manches de sa chemise, ou bien sur Jamie qui avait choisi ce coin de tapis pour jouer avec un jeu de construction en bois ayant appartenu autrefois à mon père.

Véra voulut déplacer Jamie. Elle le fit, et il se mit à hurler jusqu'à ce qu'elle le rapporte au même endroit. Avec Francis, elle ne pouvait rien faire, sauf le supplier d'enlever la tasse. Elle lui apporta même une petite table basse après en avoir ôté tous les bibelots qui l'encombraient. Francis réagit en posant sur la table le journal, ses cigarettes et un briquet en or qui me parut fort cher. Quant au thé, il y avait à peine trempé les lèvres.

« Il refroidit, lança-t-il. Je ferais bien d'en prendre une autre tasse. » Il jeta le thé, remplit sa tasse et la remit sur le bras du fauteuil.

Comment se fait-il qu'en négligé les femmes vraiment belles paraissent souvent plus affreuses que les femmes ordinaires ? Je l'ai remarqué à maintes reprises. Elles jugent sans doute inutile de se donner du mal. Les hommes leur ont dit qu'elles paraîtraient belles même vêtues d'un sac, ce qui est possible, car un sac peut très bien ne pas désavantager une femme qui s'en revêt. Seulement il n'est pas question de sac mais de vieilles robes de chambre douteuses, en flanelle bleue, et de foulards effilochés et pleins de taches, de babouches sales et de vernis à ongles écaillé. Eden se présenta à table parée de cette tenue, le visage gras, un bout de peau de cerise du dîner de la veille coincé entre ses incisives. Elle ne mangea pas. Jamie, qui commençait à ne plus dépendre totalement de Véra, seule personne existant dans son monde, se dirigea vers Eden avec une voiture miniature à la main. Elle lui adressa une grimace d'impatience excédée et, sans précisément le pousser en arrière, fit vers lui un de ces gestes que l'on adresse aux chats ou aux chiens d'autrui qui vous importunent — un mouvement vif de la main, pour les congédier.

Véra ne faisait jamais de reproches à Eden. Elles semblaient moins intimes qu'autrefois mais la règle tenait encore. Elle prit simplement un air malheureux.

« Viens voir Maman, mon chéri », dit-elle en lui tendant les bras.

Ce qui se produisit alors fut extraordinaire. Le thé de sa tasse ayant joué son rôle, Francis le jeta puis se dirigea vers Eden, la souleva de sa chaise, la prit dans ses bras et la serra très fort.

« Haut les cœurs, mon vieil amour. »

Elle enfouit son visage contre l'épaule de Francis. Ils restèrent enlacés ainsi, en se balançant légèrement. Je demeurai seule à table, avec d'un côté Véra qui étreignait Jamie et de l'autre Francis qui étreignait Eden. Au début cela m'agaça puis — toujours la même impression d'autrefois — je me sentis exclue.

D'une voix morne, neutre, Véra annonça : « La coiffeuse sera là dans dix minutes. »

Eden poussa un petit cri et lâcha Francis.

« Il faut que je te parle !

— Ah bon, mon cœur ? répondit-il. Je crois que cela pourra s'arranger. Mon temps t'appartient sans réserve. Je te donne ma journée. »

Je supposai qu'elle lui poserait la même question qu'à moi. Et je me dis qu'il connaîtrait la réponse. C'était bien le genre de personne qui sait toujours ces choses-là.

« Va prendre ton bain, dit-il. Ensuite nous déferons tes cheveux et enlèverons ta culotte — ou ce que font les jeunes filles quand elles veulent mettre leur cœur à nu...

— Francis ! » cria Véra. Elle serrait Jamie contre son corps comme si quelqu'un le menaçait. Je crus qu'elle allait reprocher à Francis sa remarque sur la culotte. « Indécent », dirait-elle. Mais elle n'en fit rien. « Comment ça, *parler* ? Et d'abord, parler de quoi ? Eden se marie à midi. »

Très curieux. J'eus l'impression qu'elle s'adressait à Eden, mais c'était à Francis qu'elle lançait les mots, d'un ton autoritaire qu'elle n'aurait jamais adopté à l'égard d'Eden. Est-ce le recul du temps qui me fait affirmer qu'elle avait l'air pâle et effrayé ? Sans doute. Elle dit bêtement :

« Je t'interdis de faire fâcher Eden ! »

Il éclata de rire. La coiffeuse sonna à la porte et j'allai la recevoir.

Je ne sais pourquoi, peut-être parce que je le considérais

comme le successeur de Gérald, je m'attendais à ce que Chad passe aux Lauriers dans la matinée. Mais il ne vint pas et son nom ne fut pas prononcé. Mes parents étaient descendus dans un hôtel de Sudbury ; le fiancé et sa famille dans un autre, beaucoup plus luxueux, à Dedham. Il y aurait deux cents personnes à la noce. Eden aurait aimé passer sa dernière nuit de demoiselle Longley dans la demeure des Chatteriss, me raconta Hélène plus tard, tout était même réglé dans sa tête, car elle comptait sur un dîner magnifique pour faire grand effet sur ses futurs beaux-parents. Hélène aurait été ravie d'offrir ce dîner, mais son cœur saigna (c'est son expression) pour la pauvre Véra.

« Songe à quel point elle serait malheureuse, ma chérie, avait-elle dit à Eden. Reste avec elle cette nuit-là, je t'en supplie. Tu es tellement comblée ! Et vraiment, quand on y pense, elle a si peu de choses. »

Et Eden avait renoncé de mauvaise grâce, en disant, ce qui paraît incompréhensible : « J'aurais cru que Véra avait plus qu'assez de moi. »

En allant m'habiller, je passai devant la porte ouverte de la chambre de Véra et je la vis à l'intérieur en train d'habiller Jamie : culotte courte bleue et chemise de soie blanche. La dernière fois que je les avais vus ensemble au même endroit, Jamie était au sein de Véra. Mais son expression n'était pas moins radieuse et passionnée, de l'adoration. Chad m'avait dit que pour rendre un personnage de roman aimable, il fallait lui donner quelque chose à aimer. Sa vieille mère ferait l'affaire, ou son épagneul, au besoin même sa perruche. Je n'avais jamais aimé Véra, mais on ne pouvait pas s'empêcher d'aimer une femme qui adorait un enfant avec autant de passion que Véra adorait Jamie. Elle était métamorphosée par lui, adoucie, pour ainsi dire purifiée. Il existe un mot affreux pour dire ce que cet enfant lui faisait : il l' « attendrissait », comme on attendrit un bifteck.

« Nous pensions qu'il serait le page de Tante Eden, n'est-ce pas, mon trésor ? dit-elle. Mais l'idée n'a pas plu à Tante Eden. Elle a craint que les enfants troublent la fête. Ce qui est tout à fait compréhensible », ajouta-t-elle, raisonnable.

Que sont devenues les photographies du mariage d'Eden ? Je suppose que Tony les a encore, ou plus probablement qu'il les a jetées depuis longtemps. Il ne s'est jamais remarié et il passe le plus clair de son temps à l'étranger. En Extrême. Il n'y a dans « le coffre » qu'une seule photo de mariage, Eden seule, et peut-être n'existe-t-il donc aucune trace matérielle de la beauté d'Eden et de Francis côte à côte, magnifiques jumeaux blonds, semblait-il, couple hollywoodien de l'époque où les vedettes de cinéma étaient belles, les films soignés et bien léchés, et une certaine tenue de rigueur pour assister à une cérémonie. Ils étaient aussi un peu irréels, tandis qu'ils attendaient dans la salle de séjour de Véra, debout parce que s'asseoir plus longtemps aurait froissé le tulle d'Eden. On eût dit des figures de cire, avec leurs visages lisses et leurs cheveux brillants, un chatoiement sur leurs costumes et une certaine raideur dans leurs doigts — fac-similé de personnages que quelqu'un avait pris l'initiative de fabriquer, sachant qu'un jour le musée de Mme Tussaud serait content de les posséder. Mais il n'y a que Véra chez Mme Tussaud ! Son effigie est mieux en chair et plus éclatante que la vraie femme ne le fut jamais, mais par je ne sais quel hasard grotesque (à moins que ce ne soit par dessein) elle porte la même robe que le jour du mariage d'Eden, bleu foncé avec un nœud de foulard à pois bleu et blanc au col.

Quand je remontai l'allée centrale de l'église derrière Eden, avec le groupe des demoiselles d'honneur, dont Evelyn qui a épousé Jonathan Durham, Patricia Chatteriss et une cousine Naughton prénommée Audrey, je vis Chad sur un des prie-Dieu du premier rang, du côté de la mariée mais loin de Véra, assise avec Jamie entre Hélène et ma mère, selon la règle. De l'autre côté d'Hélène, entre elle et le général, se trouvait leur fils Andrew, ancien pilote de Hurricane pendant la bataille d'Angleterre, puis prisonnier de guerre, mon cousin sans que nous fussions vraiment germains, car nous avions en commun un seul grand-parent et non deux. Plus brun que nous, les Longley, il avait à l'époque un côté cadavéreux : visage tout en creux, joues avalées. Dans le camp, il s'était très amaigri et n'avait jamais regagné son poids. Pour moi, il avait une allure fabuleusement romantique, et même héroïque. Quelle émotion d'avoir un avion qui se désintègre autour de vous ! Puis la chute terrible au milieu du feu d'artifice de la DCA, avant de planer à la dérive dans le ciel noir d'un pays ennemi, où vous attendait Dieu sait quoi... Je le regardai. Sans sourire, il me fit un clin d'œil. Plus tard, je compris que ce clin d'œil s'adressait à sa sœur, mais sur le moment je crus qu'il était pour moi.

Chad regardait dans la direction d'Eden avec une intensité particulière — de la douleur. Cela m'incita à me demander s'il ne s'était pas rabattu sur Véra parce que Eden l'avait repoussé. Je détournai les yeux, puis fixai le voile d'Eden, pour que Véra ne puisse pas m'accuser plus tard de conduite indigne d'une demoiselle d'honneur. Que peut-on raconter sur un mariage ? Ils se ressemblent tous, toutes les mariées sont jolies, toutes les décorations florales sont les plus belles qu'on ait jamais vues, toute la musique la plus sublime qu'on ait jamais entendue — jusqu'à la fois suivante. Sauf dans *Jane Eyre,* personne ne se lève au fond de l'église pour faire opposition. Et malgré toutes les circonstances curieuses entourant le mariage d'Eden, malgré l'étrangeté quasi névrotique de son comportement et de celui de Véra, nul n'aurait pu justifier une opposition. Ce qui s'était passé ne constitue pas une raison suffisante sur le plan légal, quoique sans doute Tony Pearmain en aurait jugé autrement.

Qui avait choisi la Marche nuptiale du *Mariage de Figaro* pour la descente de l'allée à la fin de la cérémonie ? Pas Eden qui, j'en suis certaine, n'avait guère entendu parler de Mozart. Donc Tony, ou sa mère, ou son garçon d'honneur. Courageuse tentative d'originalité, mais qui échoua parce que cette marche, écrite pour un orchestre, défie tous les arrangements pour orgue. L'organiste — la sœur de Mme Deliss, du Prieuré — fit de son mieux : l'instrument tonna, siffla et souffla, mais personne ne sut sur quel pas avancer, et l'on adopta finalement une sorte de pas de l'oie. Je vis ainsi l'assistance des gens faire la grimace. Chad, que je m'attendais à voir réagir plus charitablement à l'égard d'Eden, fit lui aussi la grimace, et passa par toutes les expressions, lèvres pincées et contorsions surprenantes, d'un homme qui a de plus en plus de mal à retenir son fou rire. Il prit son mouchoir et fit semblant de se moucher.

Jamie resta sage du début à la fin de la cérémonie et garda un silence émerveillé jusqu'à la maison d'Hélène. Mais là, il fit la conquête du personnel des traiteurs, des serveuses qui l'emportèrent aux cuisines, où elles l'emmaillotèrent de serviettes de table et le gavèrent de glace. Le repas fut servi dans la salle à manger, dont les portes-fenêtres s'ouvraient sur la pelouse. Ce ne pouvait être qu'un repas modeste, en 1946, mais la gaieté releva l'indigence, l'argenterie des Richardson et les fleurs distrayèrent l'esprit (et aussi le palais) du poulet, des vol-au-vent, du lapin et de la crème ersatz. C'était une merveilleuse journée tropicale, un de ces jours d'été, si rares en Angleterre, clairs et ensoleillés, sans brume de chaleur qui vous masque le ciel. Tant bien que mal, sans personne, les Chatteriss avaient réussi à entretenir leur jardin pendant toute la guerre. Hélène, dont les mains n'avaient jamais fait, semblait-il, de plus gros travail que de la broderie fine ou le nettoyage de la porcelaine, avait jardiné plusieurs heures chaque jour pendant l'absence d'Andrew, porté disparu — le meilleur moyen, disait-elle, de parvenir à une certaine paix de l'esprit. Elle n'y entendait rien, mais elle avait composé ses plates-bandes sur le modèle de celles qu'elle avait admirées avant la guerre à Glyndebourne, elle avait pris dans les jardins de ses voisines des boutures et des rejets, et bientôt, les massifs qui du temps des Richardson n'étaient que rosiers et lavande dessinèrent de longs rubans épais de couleur, pousses carmin et ivoire des astilbes, agapanthes, pavots bleus, échinopes, vipérines, brouillard bleu des népètes, armoise argentée et cinéraire, l'espèce de citronnelle que l'on appelle Amour d'Adonis, et *Alchemilla mollis,* l'haleine de vierge. La pelouse s'étend jusqu'à une pièce d'eau peu profonde, couverte de nénuphars, qu'Hélène appelait étang et Véra, quand elle en parlait à ses amies et connaissances, « le lac ». Debout près de l'eau, avec à la main un verre de quelque chose qui n'était pas tout à fait du champagne, sentant avec mes orteils, à travers mes chaussures minces (des souliers de satin de ma mère, datant des années vingt et teints en violet), les restes durs comme du fer, ou comme des cals, de la souche du grand arbre sous le gazon, je demandai à Andrew s'ils avaient commandé les cygnes spécialement pour la noce. Ils glissaient avec une dignité indifférente aux regards des hommes, au milieu des feuilles de nénuphars en forme d'assiette, couleur bronze, et sous les saules qui trempaient leur feuillage blanchâtre dans le courant vitreux.

« Ils sont arrivés hier, me répondit-il. Quel plaisir de les voir ! Il n'y avait pas eu de cygnes à Walbrooks depuis le couple que l'on avait abattu.

— Quelqu'un a tué des cygnes ? demandai-je.

— Tu ne connais pas l'histoire ?

— Je ne connais jamais les histoires. Je ne sais pas comment cela se fait, mais tout le monde les connaît sauf moi. Et cela dure depuis toujours. J'ai appris il y a trois ans seulement que Véra avait sauvé la vie d'Eden sous l'arbre qui se trouvait ici.

— Oh *ça* ! » C'était Francis. Nul ne savait railler avec autant de mordant que Francis. Il venait d'arriver derrière moi, avec Chad.

« C'est tout de même arrivé, dis-je.

— Elle a toujours eu des instincts d'Ame Vaillante !

— Parle-moi des cygnes, demandai-je à Andrew.

— Mes arrière-grands-parents, les grands-parents de ma mère, qui habitaient ici autrefois, avaient un petit garçon. Il s'appelait Frederick et s'il était encore en vie il aurait à présent soixante-dix-huit ans. Mais ils ont perdu leurs deux enfants, leur fils à l'âge de trois ans, et leur fille, la mère de ma mère, à vingt et quelques années. Un couple de cygnes nichait ici, près de l'étang. La jeune fille qui s'occupait de Frederick devait être stupide, débile plus ou moins retardée, je suppose. Elle le conduisit près de l'étang pour lui montrer les jeunes cygnes, et le jars — dit-on *jars* pour les cygnes ? — l'a attaqué ? Oui, il l'a attaqué et tué à coups d'ailes.

— C'est horrible ! m'écriai-je.

— Oui. Ils ont renvoyé la fille. Mon arrière-grand-père a pris son fusil de chasse et tué le jars, la cygnette et tous les petits cygnets. Je suppose que sous le choc, dans sa douleur, il était hors de son bon sens. Et voici qu'au bout de soixante-quinze ans, les cygnes sont revenus.

— Croyez-vous qu'ils aient des petits dans les roseaux ? demanda Francis avec une nonchalance affectée. Nous devrions peut-être demander à l'une des serveuses du traiteur — celle qui a laissé tomber la bouteille de sherry — de conduire Jamie par ici. »

Il y eut un silence choqué, puis Chad dit :

« Pas vraiment drôle, mon cher.

— Cela dépend des goûts. Je m'aperçois que j'ai une conception particulièrement raffinée de ce qu'est un amusement. Par exemple, j'ai souvent pensé que j'aurais pris beaucoup de plaisir aux jeux romains. J'aurais aimé faire ce que Wilde a attribué à Domitien : regarder à travers une émeraude claire le carnage rouge du cirque. »

Andrew ne dit rien mais son visage, très sévère, condamnait

Francis. Chad riait. Il se mit à raconter que son grand-père avait interdit à sa mère, à l'époque une femme de vingt-cinq ans, de garder un exemplaire de Dorian Gray dans la maison. Mais il se tut brusquement et cita, d'une voix très différente :

« Il n'est pas de nom, même répété avec l'emphase d'un amour passionné, dont l'écho ne s'affaiblisse enfin. » Il avait l'air de s'adresser aux cygnes. « Et Dieu en soit loué ! » ajouta-t-il.

Il s'éloigna avec Francis — sans doute pour faire enrager quelqu'un d'autre.

« Je trouve malheureux, dit Andrew, qu'ils aient parlé d'Oscar Wilde ainsi, et l'aient même cité en ta présence. »

Cette attitude noble, pour ne pas dire chevaleresque, m'enchanta. J'étais tellement émue que j'omis de lui faire remarquer que la citation était de Landor, non de Wilde.

« Deux garçons étranges. J'ai du mal à considérer Francis comme mon cousin.

— As-tu du mal à me considérer comme ta cousine ? lui dis-je, enhardie par le faux champagne.

— Je crois que je n'y parviens pas vraiment. A te considérer comme ma cousine, je veux dire. Est-ce que tu y tiens ?

— Oh, non. »

Il me lança un regard curieux. Patricia, Evelyne et Jonathan Durham s'avançaient vers nous.

« Francis est à Cambridge, non ?

— A Oxford, répondis-je.

— Quel soulagement ! Je vais à Cambridge en octobre. » Je ne lui appris pas que j'irais moi aussi. Pourquoi lui dire une chose qu'il me semblait alors préférable qu'il découvre d'une autre manière ? « Je serai âgé pour un étudiant. », commença-t-il, puis il s'interrompit pour me présenter Jonathan.

Je me demande à présent : si Andrew avait attendu l'arrivée de Jonathan pour me raconter l'histoire du petit Frederick Richardson et des cygnes, est-ce que Jonathan aurait parlé de sa propre sœur, tuée au même âge ? Et dans ce cas, aurait-il cité Jephson dans son récit et aurais-je établi la corrélation quarante ans avant Daniel Stewart ? Mais l'histoire des cygnes était terminée, Jonathan ne l'avait pas entendue et déjà Eden et Tony se préparaient à partir pour leur lune de miel dans une maison empruntée du Derbyshire. Pourquoi, dans les classes supérieures, ou en tout cas chez les riches, à partir de la famille royale et vers le bas, prête-t-on aux jeunes mariés des maisons de campagne alors que le reste d'entre nous passe la lune de miel dans des endroits aussi intéressants et excitants que Brighton, Paris ou Capri ?

Nous sommes repartis aux Lauriers, Véra, Jamie et moi. Pur altruisme de ma part et je n'en étais pas peu fière. Mes parents étaient rentrés à Londres. Hélène m'avait demandé de rester à Walbrooks « avec toute la jeunesse » et cela m'aurait plu, oui, beaucoup plu. Sans compter que laisser Véra seule avec Chad pour la soirée et peut-être la nuit aurait fait preuve de tact.

« Jamie et moi allons être tout seuls, dans ce cas », lança Véra d'un ton plaintif.

Improbable, à mon avis, Francis serait sans doute là. Il était dans la pièce pendant que nous en discutions, Véra, Hélène et moi, légèrement à l'écart mais l'oreille aux aguets, à son habitude, comme un personnage de drame du XVIIe siècle (Bosola, par exemple), en train de ramasser des miettes pour quelque malfaisance future, pensai-je. Et je répondis que je rentrerais avec Véra. Peut-être sentais-je que ce jour-là elle avait perdu Eden pour toujours. Je ne m'attendais pas à la voir si joyeuse — et sa joie n'était pas forcée — pendant le trajet du retour, dans la voiture de M. Morrell, et ensuite quand elle prépara Jamie pour la nuit.

« Ça s'est très bien passé, n'est-ce pas ? dit-elle en le trempant dans son bain, au milieu de sa flottille de jouets. On ne pouvait pas souhaiter meilleur temps et la cérémonie a été belle. N'as-tu pas trouvé la musique adorable ?

— Ma foi, répondis-je, je n'ai pas beaucoup apprécié la marche, pour la sortie. On aurait dit que l'orgue était détraqué.

— Béni celui qui ne s'assied point sur le siège du mépris. »

C'était une des citations bibliques préférées de Véra et de mon père, d'Eden également, autant que je sache. Ils la tenaient de leur mère. Etant donné leur attitude à l'égard de la vie, c'est un des plus beaux exemples de projection que l'on puisse rencontrer. J'aurais dû savoir qu'il ne fallait rien critiquer qui soit lié à Eden. Véra savonna Jamie et l'éclaboussa doucement ; il poussa des hurlements de joie et l'éclaboussa à son tour. Quand elle avait prononcé son verset sur le siège du mépris, son visage s'était tout fripé et bloqué en un masque dur, figé. Elle avait déjà acquis ces rides verticales sur la lèvre supérieure qui se voient rarement avant la cinquantaine, mais en jouant avec Jamie elle se métamorphosa de nouveau, redevint jeune et prit le visage lisse et innocent, du portrait dans le coffre.

Elle me surprit en parlant d'Eden d'une manière que je n'aurais jamais crue possible. Je suppose qu'elle commençait à me considérer comme une adulte. Jusqu'alors, elle n'avait mentionné Eden que pour louer une chose qu'elle avait dite ou faite, ou bien pour se rengorger des amis et de la position sociale de sa sœur.

« Si je ne m'abuse (autre expression Longley typique !), Eden aura un bébé dans l'année. Tu t'imagines bien qu'*il* voudra avoir des enfants — en tout cas un héritier, et son père aussi. »

Cela me parut bien féodal, et je préférai ne faire aucun commentaire.

« Oui, il voudra un fils. Bien entendu, Eden adore les enfants, elles les vénère. »

Je n'avais pas eu cette impression quand elle avait repoussé Jamie le matin même, ou les innombrables fois où je l'avais vue détourner la tête quand il lui parlait.

« Eden en voudra six, tu peux en être certaine. Et comme l'argent ne sera pas un problème, je ne vois pas pour quelle raison ils n'auraient pas une famille nombreuse. Si je ne m'abuse, ma chère, la prochaine grande cérémonie à laquelle nous assisterons sera le baptême du fils d'Eden. Un petit garçon qui aura beaucoup de chance. » Ces derniers mots s'adressaient au petit Jamie, déjà sec, talqué, en pyjama et visiblement somnolent. « Tout lui sera servi sur un plateau d'or. Mais une chose est certaine, n'est-ce pas, mon trésor, il n'aura pas plus d'amour que mon petit garçon. C'est une chose qu'aucune somme d'argent ne saurait acheter. »

Francis n'était pas rentré avec nous. Deux heures s'étaient écoulées et il n'avait pas reparu. Véra borda Jamie dans son berceau, l'embrassa et se releva.

« Ils sont tellement adorables quand ils sont petits, dit-elle, et quand ils grandissent, ils n'ont pas nos manières et ils sont plus désagréables à notre égard qu'envers leur pire ennemi. »

J'écoutai, fascinée, émerveillée par cette sensibilité inattendue : j'en espérais davantage, et bien entendu, j'allais être déçue.

« Mais il ne sera pas comme ça. Pas vrai, mon trésor ? Francis a été trop en contact avec d'autres gens, tu comprends. De là tous les problèmes. D'abord son ayah, puis son école. Il m'a à peine connue. Il vaut mieux que les jeunes enfants restent seulement avec leur mère. On voit ça très bien sur les photos des peuples primitifs, n'est-ce pas ? Les sauvages, les indigènes et tout ça. Les mères portent toujours leurs bébés sur leur dos. Je ferai en sorte que nous ne soyons jamais séparés, Jamie et moi. »

Chad ne vint pas non plus. Le soleil s'était caché vers six heures — si j'étais romantique au point de croire que la nature imite nos états d'âme, je dirais qu'il disparut quand Eden s'en alla — et la longue soirée s'annonça terne et morne. La soirée qui suit une noce a d'ailleurs toujours un côté déprimant. On se sent exclu. La vérité c'est que l'on est vraiment exclu, tous sauf les deux pour qui la comédie a été jouée, et qui s'embarquent dans une aventure que nul ne saurait partager avec eux. C'est comme si, invités à assister à un opéra, on prenait le thé sous la tente, on faisait le tour du lac, on buvait le champagne, puis, juste avant le lever de rideau, on était renvoyé chez soi. J'aurais pu dire cela à Anne Cambus, à Chad, peut-être à Andrew Chatteriss, mais sûrement pas à Véra. Nous sommes restées assises, plus ou moins en silence : elle tricotait un chandail pour Jamie, avec un motif jacquard très compliqué, et je lus jusqu'à ce que la lumière baisse. Véra avait renoncé depuis longtemps à m'apprendre le tricot, la couture ou le crochet ; elle semblait résignée à me voir lire, mais elle jugeait sans doute que je perdais scandaleusement mon temps. Ce soir-là, cependant, elle remporta une victoire, car elle était parvenue à une partie plus simple de son chandail et elle pouvait tricoter sans regarder son ouvrage. Par économie, je suppose, elle n'aimait jamais allumer la lumière. Elle retarda l'échéance encore plus que d'habitude et quand je proposai d'allumer la lampe de la table juste pour moi, elle réagit comme l'ancienne Véra irritable de mon enfance.

« La pièce se remplira d'insectes. Toutes les mites vont rentrer. » Impossible de la convaincre que tous les papillons de nuit ne sont pas des mites qui rongent les vêtements — confusion d'autant plus ironique que son fils allait devenir un éminent entomologiste. « Nous serons envahies par les mites, insista-t-elle. Je trouvais vraiment agréable d'être tranquille ainsi dans le crépuscule, pour une fois. »

Et nous restâmes donc tranquilles ainsi dans le crépuscule. Les doigts de Véra s'agitaient automatiquement et les aiguilles, des aiguilles de bois datant de la guerre, cliquetaient doucement. A quoi pensais-je ? A la nuit de noce d'Eden, j'en ai peur. A l'époque, les jeunes gens éprouvaient davantage les démangeaisons de la curiosité. L'expérience leur venait plus tard qu'à présent, et de façon moins diverse. Principalement je me demandais comment elle avait surmonté, si elle l'avait surmonté, l'obstacle de Tony découvrant qu'il n'était pas le premier. Les remarques de Véra, en début de soirée, sur la tendresse d'Eden pour les enfants et sur la famille nombreuse qu'elle aurait, m'avaient à peine intéressée à l'époque, et je suis surprise de me les rappeler encore. Mon souvenir n'est probablement pas précis dans les détails, mais pour la substance, pour le sens profond, essentiel, de ces remarques, je suis certaine de mon fait. J'ai eu l'occasion d'y réfléchir plus d'une fois depuis.

Avait-elle peur dès ce moment-là ? Est-ce que ses Euménides se rassemblaient déjà, perchées ainsi que des corneilles dans les arbres autour de la pelouse de plus en plus sombre, ou bien voletant contre les vitres de la fenêtre comme les mites qu'elle détestait tant ? Je le crois. Je crois que les événements futurs projetaient déjà leurs ombres, pareilles aux vraies ombres qui apparurent soudain en longues bandes en travers du gazon, pendant le bref instant où le soleil brilla sous les nuages avant de se coucher.

C'est peut-être pure imagination de ma part, mais je pense qu'elle estimait avoir payé. Elle avait déboursé un prix élevé : son mari, sa liberté, un avenir confortable sur le plan financier, ce qu'elle aurait encore pu sauver de Francis, la dévotion d'Eden. Elle avait abandonné cette énorme rançon aux Furies, et je pense qu'elle espérait les tenir à l'écart. Il suffisait que les dieux fassent une seule petite chose pour elle, et pourquoi auraient-ils refusé ? Ils le faisaient pour la plupart des femmes, trop fréquemment parfois, ce qui constituait un tourment et non une bénédiction. Alors pourquoi pas pour elle, dans ces circonstances ? Oui, on pouvait dire de Véra qu'elle désirait seulement qu'on la laisse seule. Quand elle disait qu'elle avait envie d'être tranquille dans le crépuscule, elle ne l'entendait pas uniquement au sens littéral. J'ai du mal à croire que les nouvelles qui lui parvinrent presque aussitôt après le retour d'Eden de sa lune de miel aient pu l'enchanter, bien qu'à l'époque le reste de la famille considérât que c'était pour elle un net avantage. Est-ce que son cœur se brisa ? Se sentit-elle prise au piège ? Sans doute pria-t-elle pour que la lettre suivante lui apporte la nouvelle qu'elle attendait avec une telle impatience, sans doute pria-t-elle pour qu'un soir le téléphone se mette à sonner...

Le crépuscule devint de plus en plus déprimant. J'annonçai que j'allais faire un tour chez les Cambus. Véra lança machinalement : « A une heure pareille ? » mais ne souleva pas d'autres objections. Je crois que c'était juste avant qu'elle fasse la connaissance de la nouvelle Mme Cambus, Josie, qui deviendrait son amie intime, toujours prête à l'aider (et le principal témoin de la défense lors de son procès) : en tout cas elle ne la connaissait pas encore très bien, car en me disant au revoir, elle ne me parla pas d'elle mais me recommanda simplement de bien verrouiller la porte de derrière à mon retour. Comme j'avais progressé vers l'âge adulte depuis l'époque du coucher à huit heures ! Ou bien, comme sa tolérance avait augmenté ! Mais elle ne cita pas le nom de Josie Cambus alors qu'elle l'aurait fait à coup sûr si cette visite avait eu lieu deux ou trois mois plus tard : elle m'aurait confié toute sorte de messages et m'aurait demandé de lui transmettre son affection.

La mère d'Anne était morte du cancer et, six mois plus tard, son père venait de se remarier. Mon mari affirme que Donald Cambus et Josie étaient amants depuis longtemps et je crois qu'Anne s'en doutait : elle se montrait hostile à sa belle-mère plus qu'elle ne l'aurait été autrement. Elle pensait que Josie, veuve avec deux enfants à charge, avait désiré la mort de l'épouse de son amant, s'était félicitée de sa mort, et n'avait eu qu'une hâte : chausser les pantoufles de la défunte. En fait, ce n'était pas du tout, à mon sens, dans la nature de Josie. J'ai appris à la connaître, je l'ai même très bien connue par la suite, et j'ai compris que son principal trait de caractère était le sentiment *maternel* ; elle était de ces personnes dont la mission dans l'existence consiste à veiller sur les autres, et en venant à Sindon, en abandonnant son emploi de secrétaire et sa maison de la banlieue de Londres, elle était poussée autant par le désir de sauver la famille de Donald Cambus et de prendre soin de ses enfants, que par le besoin de se trouver tout le temps avec lui.

Ce soir-là elle était sortie avec Donald et je passai une heure ou deux en tête à tête avec Anne. Nous avons parlé du mariage, bien entendu, et de la question angoissée d'Eden le matin (que je répétai sans la moindre hésitation, je l'avoue) puis Anne déversa son venin contre la pauvre Josie et ce qu'elle appelait ses manigances. Pour sa part elle était impatiente d'entrer à l'école normale d'institutrices ; elle ne reviendrait jamais, me dit-elle, dans la maison de son père.

Je rentrai aux Lauriers par le raccourci, ce qui m'arrivait rarement après la tombée de la nuit. Au fond du jardin des Cambus, une porte dans la clôture donnait sur un chemin étroit, ou plutôt une sente qui traversait un bout de champ, coupait au coin d'une cour de ferme, courait entre deux grands murets de pierres sèches, et longeait enfin la clôture à l'arrière du jardin des Lauriers. La raison pour laquelle j'évitais cette sente n'était autre que le chien de la ferme, un labrador noir au sale caractère. Mais j'avais vu, par la fenêtre du salon des Cambus, ce chien partir en promenade la laisse au collier, avec son maître. Je pris donc le raccourci après avoir allumé ma torche. Il était dix heures et demie passées.

Très sombre. Une nuit dense, humide, soudain assez froide, sans lune. Nul ne sait ce qu'est le noir avant d'avoir vécu dans un village de la campagne anglaise dont les habitants s'opposent fermement à tout éclairage public. Impossible de rien voir, cette nuit-là, sauf une nuance plus claire d'obscurité au-dessus de sa tête et des ténèbres plus denses à l'endroit où devait se dresser une haie, un muret ou un arbre. Avec la torche, je n'avais aucun mal à trouver mon chemin. En arrivant à la porte de la clôture des Lauriers, je vis les premières lumières depuis que j'avais quitté la maison des Cambus. Il y avait une lampe allumée dans la chambre de Véra et une lueur très faible, un halo de lumière, venait de la « cabane ».

Je restai debout, encore sur le point de m'effondrer sans pourtant faiblir davantage. La maison qui penche sans jamais s'écrouler. C'était autrefois l'endroit où Eden jouait avec ses poupées, les lavait, repassait leurs vêtements et les couchait sans doute à six heures. A l'intérieur de ses murs de torchis croulant, Anne et moi avions joué et rejoué la tragédie de Marie Stuart, massacré Darnby et caché en vain Rizzio sous les jupes de la reine. Au moment où je m'approchai, la fenêtre brisée s'auréola de lumière, d'un jaillissement soudain de lumière. Comme une petite bougie lance loin ses rayons ! Ainsi brille une bonne action dans un monde mauvais.

Ils ne me virent pas. Ils étaient trop occupés et leurs yeux ne cherchaient pas les passants. Leur lumière, une bougie dans une soucoupe sur la table à lessive, ne leur permettait que de se voir eux-mêmes. Par politesse, j'éteignis ma torche. Si cela vous paraît blasé, si cela vous donne l'impression que je n'étais pas choquée, horrifiée, désemparée, bouleversée, aux abois, vous vous trompez, car je l'étais, oui, j'étais tout cela. Mais je ne perdis pas pour autant mon sens de la discrétion — et puis je craignis soudain qu'ils s'aperçoivent que je les avais vus.

Je ne jetai qu'un seul coup d'œil avant de continuer vers la maison. Chad et Francis faisaient l'amour, incontestable sodomie, impossible à confondre — je le voyais bien dans leur nudité blême et fourchue — sur le sol de la cabane.

XII

EDEN aurait pu choisir une des maisons des Pearmain. A la place, elle préféra acheter Goodney Hall. Mon père en fut ravi, ainsi qu'Hélène. Véra et elle ne seraient donc guère séparées, elles pourraient se voir deux ou trois fois par semaine, car Tony avait offert une voiture à Eden en cadeau de mariage.

Les gens trouvèrent gentil de la part d'Eden, une prévenance, d'établir son foyer près de celui de sa sœur. Plus tard ils prétendirent que c'était de la préméditation. Je crois qu'aucune gentillesse ni aucune méchanceté n'entra en ligne de compte. Eden, élevée par Véra dans une optique snob, avait dépassé son mentor. Je crois que sa vie durant, elle avait désiré intensément la richesse et le pouvoir que confère l'argent. Alors que Véra, en toute franchise, se complaisait dans la gloire réfléchie du prestige d'Hélène, en profitait par procuration, était fière simplement de l'avoir pour sœur et de glisser son nom dans la conversation, Eden avait toujours envié Hélène et éprouvé de la rancœur à son égard, comme mon père. Et maintenant, elle pouvait lui rendre la monnaie de sa pièce. Walbrooks n'était après tout qu'un manoir (une maison de manant), si somptueux qu'il fût. Goodney Hall à Goodney Parva, sur la même rive de la Stour que Stoke, était ce que ma grand-mère Longley appelait une « gentilhommière », et même mieux que cela, car le château avait été bâti en 1786 sur les plans de Steuart, l'architecte d'Attingham Park dans le Shropshire et de l'église St Chad à Shrewsbury. Il avait un portique avec d'immenses colonnes, un salon chinois et une chambre principale dite « étrusque » ; dans l'ensemble, il me rappelait un peu le Pavillon, à Brighton. Mais c'était exactement ce qu'Eden désirait, Goodney Hall lui donnait la préséance sur Hélène et presque toutes les autres personnes qu'elle connaissait. La première fois que mon père écrivit à Véra, après l'achat, il lui fit part de sa joie, mais la réponse de Véra ne fit aucune allusion à Eden ni à sa décision. Eden non plus ne répondit pas à la lettre de mon père où il lui demandait, maintenant qu'elle était confortablement installée, d'envisager de donner sa part des Lauriers à Véra, car il ferait de même. Mieux valut, au fond, qu'il ne reçoive pas de réponse, car toute allusion à ce projet mettait ma mère en fureur, et attisait de terribles querelles entre mes parents.

« Si tu fais ça, je te jure que je te quitte, lui dit-elle, et tu ne pourras plus distribuer de maisons, il faudra que tu me trouves un toit ! »

Mon père espérait, et exprimait sans cesse cet espoir, que Gérald et Véra passeraient sur leurs divergences et reprendraient la vie en commun. Ils n'étaient pas divorcés et n'avaient aucun espoir d'y parvenir — jusqu'au début des années soixante-dix, divorcer n'était guère facile. L'adultère était une raison admise, mais je commençais à me demander, à la lumière de ce que je savais à présent, s'il y avait vraiment eu adultère. Même si c'est rare, on a déjà vu des enfants naître au bout de dix mois. Des parents aux yeux bleus peuvent avoir des enfants aux yeux marron. Peut-être Gérald savait-il tout cela, peut-être savait-il qu'il n'y avait pas eu adultère ; la séparation s'était produite simplement parce que Véra et lui avaient cessé de s'aimer, étaient devenus indifférents ou préféraient la vie de célibataire que la guerre leur avait appris à mener. Une chose était certaine, Chad Hamner n'était pas son amant et ne l'avait jamais été. Jamie n'était pas le fils de Chad.

Tant de choses me parurent claires à la suite de ce que j'avais vu cette nuit-là, à la chandelle, dans la cabane au fond du jardin de Véra. Tant de choses en furent changées. Mais je ne fus pas traumatisée par le spectacle de cette scène barbare. Il est exact que je dormis très peu cette nuit-là ; ce que j'avais vu m'avait choquée, mais le choc était plutôt *intéressant*, fascinant et non désagréable. Cela expliquait beaucoup de choses, et une partie des révélations tournait à mon avantage, un vrai soulagement en ce qui me concernait.

En tant qu'amoureux possible pour moi-même, peut-être le premier, Chad s'était mis hors jeu en devenant (pensais-je) celui de Véra. Quand j'ai cru qu'il était l'amant de Véra, je n'étais pas assez bête pour vouloir encore de lui ou espérer qu'il m'aime ; mais je demeurais blessée qu'il ait pu me préférer Véra, blessée et très déçue. Je m'étais imaginé qu'il avait aimé Eden, mais ce n'était qu'une répétition générale de son amour pour moi. Il aurait dû m'attendre, et s'il s'était plutôt tourné vers Véra, c'était seulement par impatience ou par faiblesse. Je fus soulagée de découvrir que ce n'était pas le cas. Je ressassais le passé, trop intriguée par les révélations pour pouvoir dormir ou penser à autre chose : tellement de paroles et de faits s'expliquaient.

Les inexplicables visites aux Lauriers en l'absence d'Eden, toujours le jour où Francis devait rentrer ou quand on attendait un de ses coups de téléphone ; les propos sur l'amour sans espoir, sa remarque à mon père que braves cœurs et obstination ne triomphent pas toujours, ses regards à l'église, adressés non pas à Eden comme je l'avais cru mais à Francis qui l'escortait — je comprenais tout cela à présent. Je comprenais la coquetterie de Francis, sa façon de poser et de faire de l'esprit, en présence de Chad. Je ne sais pourquoi, mais je conclus que ce n'était pas un amour heureux, une relation de désir et d'affection mutuels, mais des rapports unilatéraux, où l'un des deux embrasse et l'autre se laisse embrasser. Et encore pas souvent, peut-être de moins en moins souvent et à un certain prix, Francis accordant de temps en temps ses faveurs raréfiées pour renforcer son emprise.

Et je vis encore autre chose, mais non cette nuit-là, seulement quand je fus plus âgée et mieux versée dans ce domaine. Chad avait fait la connaissance de Francis par Eden. Sinon comment se seraient-ils rencontrés ? Chad — qui avait déménagé, qui était parvenu à trouver un emploi à l'*Oxford Mail* pour vivre dans la même ville que Francis — travaillait alors au journal local de Colchester et Eden chez son avocat. Peu importait qu'ils eussent fait connaissance au tribunal, dans un cocktail ou au bureau de l'avocat. Ils s'étaient rencontrés et Eden avait présenté Chad à Francis. Cela impliquait qu'elle devait savoir. Cela impliquait qu'à dix-huit ans, alors que Francis avait seulement treize ans, elle avait su, elle avait toléré et sans doute encouragé, une liaison amoureuse qui constituait un délit au cours des années quarante, et que la plupart des gens considéraient comme répugnante, monstrueuse et à tous égards contre-nature. En d'autres termes, elle avait introduit dans la maison un homme qui aimait les jeunes garçons et elle lui avait offert comme giton le fils de sa sœur. Elle le faisait venir en tant que son amoureux en titre, ou plutôt son prétendant, pour qu'il puisse séduire — quoique sans grand succès, sans grand bonheur, Francis étant ce qu'il était — un garçon prépubère.

Connaissant Francis comme je le connaissais, je ne fus pas indignée, mais tout de même abasourdie. Je n'aurais jamais cru qu'Eden eût *cela* en elle. Pourquoi avait-elle agi ainsi ? Quel était son intérêt ? Je ne l'ai jamais su et ne le saurai jamais. J'en suis réduite à des conjectures. Pour elle, les secrets, en avoir, en créer, les garder et les révéler par bribes, étaient aussi précieux que l'air dans ses poumons. Et c'était là un secret qu'elle dissimulerait à Véra. Ou bien la raison fut-elle plus pratique et moins névrosée que cela ? Peut-être qu'à l'époque, avant son engagement dans la Marine, quand elle offrait au monde l'image même de la jeune fille immaculée, belle et innocente — la vierge dans le bosquet en fleurs d'un siècle révolu, concept de la parfaite jeune fille, calme, soumise, pure, accomplie —, elle se lançait en réalité dans une aventure amoureuse avec un homme totalement inacceptable. Simple supposition, mais j'ai tendance à la croire fondée. C'est tout à fait le genre de solution qu'Eden aurait adoptée : rencontrer en secret son amant imprésentable, ou simplement marié (de toute manière quelqu'un que Véra, mon père et Hélène auraient fortement désapprouvé) tout en faisant croire à Véra qu'elle se trouvait en compagnie du sage Chad. Et Chad, à ses propres fins, aurait consenti à devenir son complice, tandis que Francis aurait observé le jeu de son regard narquois, en jouant de temps en temps ses propres cartes, quand cela lui chantait. Pauvre Véra ! Moi qui croyais qu'elle tenait tout en main, avec son pouvoir absolu ! Je commençais à la considérer comme la dupe de tout le monde. Bien entendu, aucune de ces deux situations n'était entièrement vraie : Véra passait en fait de l'une à l'autre.

Et maintenant Eden était installée à Goodney Hall comme une châtelaine « à un jet de pierre de Great Sindon », selon l'expression de mon père, bien que ce fût à dix minutes de voiture, du côté Suffolk de la vallée de la Stour, à l'endroit où les

Weeping Hills s'élèvent, plongent et ondoient vers le vallon de Dedham. Je ne vis la demeure qu'un an plus tard, car j'étais partie à Cambridge à l'automne, après le mariage, et l'année suivante quand je revins dans ces lieux, dans cette région, pour les grandes vacances, ce fut chez les Chatteriss que je me rendis, et non avec Véra ou Eden.

Les gens recommençaient à prendre leurs vacances à l'étranger. Tony avait emmené Eden en Suisse, à Lucerne, et Hélène avait reçu une carte postale représentant le mont Pilate — le lac qui se trouve à son sommet est l'une des sept entrées traditionnelles de l'enfer, l'endroit où Ponce Pilate se lave les mains pour l'éternité. La carte postale de Véra représentait un téléphérique et elle en parut exagérément enchantée, elle l'apporta même quand elle vint déjeuner avec Jamie le lendemain.

« J'espère qu'ils en profitent au maximum, dit-elle. Ce sera leur dernière occasion d'aller n'importe où, comme ça, pendant longtemps.

— Eden aura une nourrice pour le bébé, répondit Hélène. Cela ne changera pas grand-chose dans leur vie. »

Ainsi ai-je donc appris qu'Eden attendait un enfant. Elle n'était pas encore enceinte de deux mois. Véra ne pouvait parler de rien d'autre. Elle était transportée d'allégresse. Eden était mariée depuis plus d'un an. Véra avait commencé à se demander s'il existait un problème, car elle savait combien Eden souhaitait avoir des enfants. Enfin, tout allait bien. Elle se mit à faire des conjectures sur le sexe de l'enfant, le nom qui serait choisi, à qui il ressemblerait et quel genre d'accouchement Eden allait avoir. Cela continua tout le déjeuner. L'aimable Hélène ne trahit aucune impatience, écouta et répondit à Véra, mais le général, Andrew et moi commençâmes à nous ennuyer et à nous agiter. Quant à Patricia, revenue pour une semaine, elle demanda carrément une ou deux fois (mais en vain) si l'on ne pouvait pas changer de sujet.

« C'est moi qui l'ai appris la première, dit Véra. Sais-tu qu'Eden m'a mise au courant de ses soupçons avant même d'en parler à Tony ? Elle m'a dit : Je crois, j'espère, je suis presque certaine que je vais avoir un enfant, et je veux que tu sois sa marraine. J'étais tellement contente que j'ai éclaté en sanglots. »

Jamie, trois ans passés, parlait maintenant très bien. C'était un « bon petit garçon », calme, qui faisait encore la sieste l'après-midi et se couchait à six heures et demie. Il avait l'air intelligent. Il parlait d'une manière assez affectée, qui plaisait beaucoup chez un enfant si jeune, parce qu'elle faisait « cocasse ». Par exemple, il disait « les aînés » au lieu de « les grands » et il ne se trompait jamais sur les pluriels des mots en *al,* ne disait jamais « chevals » au lieu de « chevaux » ou « journals » pour « journaux ». Et c'était un enfant heureux, très heureux même, je m'en porte garante. Je me demande s'il s'est souvenu de cette visite, de cette journée à Walbrooks, quand il a choisi comme nom une version italienne de Richardson. Après le déjeuner, Hélène nous montra à tous la « surprise » que le général lui avait faite pour son anniversaire, un portrait par Augustus John d'une femme douce, aux traits réguliers, vêtue d'une robe sombre à col de dentelle. C'était sa grand-mère, vers le milieu de sa vie ; le tableau avait été vendu à la mort des Richardson, pendant les années vingt, par l'avocat qui s'était occupé de la succession pour Hélène, leur héritière. Il ne se doutait guère qu'Hélène aurait désiré conserver un souvenir de Mary Richardson. Mais le portrait s'était retrouvé en vente et le général, perspicace, l'avait acheté. Il était accroché au mur du salon.

Hélène n'a jamais beaucoup parlé de la partie difficile de son enfance, quand son père l'avait abandonnée au lendemain de la mort de sa mère ; elle n'en a jamais fait tout un plat comme Francis de ses propres frustrations. Mais elle ne pouvait pas parler de sa grand-mère sans une émotion passionnée, et devant le tableau, ce jour-là, quand elle regarda notamment les mains croisées, le quatrième doigt de la main gauche alourdi par l'épaisse alliance d'or et la bague de fiançailles de rubis sur une monture surchargée de l'époque victorienne, des larmes lui montèrent aux yeux.

« J'aime bien cette dame, dit Jamie. Si je la voyais je m'assiérais sur ses genoux. »

Une grande faveur, vraiment, car Jamie ne s'asseyait jamais que sur les genoux de Véra.

« Ah bon, mon chéri ? s'écria Hélène ravie. C'était une dame douce et gentille, elle t'aurait appelé *mon agneau.*

— J'aimerais que tu m'appelles ton agneau », dit Jamie à Véra, et elle dut le faire, bien entendu. Jamie la reprit chaque fois qu'elle oublia.

Pendant ces vacances, également, nous allâmes tous voir

Eden. Ce fut une journée extraordinaire, dramatique et bouleversante. Nous partîmes dans la voiture du général, une Mercedes Benz de 1937 dissimulée dans les écuries de Walbrooks pendant toute la guerre, car le général craignait que les gens du village jettent des pierres à une automobile de marque allemande. Et à juste titre, disait-il. Quelle erreur d'avoir acheté une voiture allemande à l'époque, même d'occasion ! Il devait avoir perdu l'esprit, c'était apporter son concours à l'effort de guerre de Hitler ! Nous nous sommes arrêtés en chemin pour prendre Véra et Jamie, tous deux sur leur trente-et-un, avec des vêtements neufs confectionnés par Véra. Elle avait taillé dans les courtepointes de l'ancien berceau une veste pour elle et un costume pour Jamie. En 1947, si l'on ne voulait pas porter du Fonctionnel, il fallait faire ses vêtements soi-même. Véra avait fait la robe d'Hélène avec la jupe d'une ancienne robe de bal en crêpe de Chine. Je portais une jupe qui venait d'une ancienne robe de coton de ma mère, avec un chandail de coton que ma mère m'avait tricoté. Je précise tout cela à cause de la toilette d'Eden, et de ce qu'elle avait rapporté de Suisse.

La maison, Goodney Hall ? Eh bien, c'était — et c'est toujours, j'imagine — une jolie maison de campagne du XVIIIe siècle, élégante sans être très vaste. Je suis assez blasée pour affirmer qu'il y en a beaucoup d'aussi belles en Angleterre. Des jardins avec des parterres et des bordures fleuris, un mur palissé de rosiers, des rhododendrons célèbres dans la région et une serre pleine de fleurs étonnantes. La maison elle-même n'avait pas beaucoup de caractère, ni ne portait l'empreinte de la personnalité de ses nouveaux propriétaires. J'appris plus tard que Tony l'avait achetée avec tous ses meubles, l'avait achetée « prête à habiter » comme on dit, et peut-être était-ce la meilleure solution. Ni Eden ni lui ne s'y connaissaient en antiquités, et l'on ne pouvait guère meubler Goodney Hall en Fonctionnel. Dans mon souvenir, la maison d'Eden était entièrement décorée en rose et en vert, mais bien entendu c'est impossible. Il devait bien y avoir du jaune dans le salon chinois et du rouge dans la chambre étrusque, même si je ne m'en souviens pas. Je me rappelle en revanche les moquettes vert-pois, les meubles français avec des sièges de soie rose, de grands vases chinois roses, avec des motifs barbouillés, des tableaux vraiment sans intérêt, pour la plupart des gravures à la manière noire représentant des villes du nord de l'Europe et des bateaux sur des mers démontées, et enfin des rideaux de velours vert avec de gros glands d'or passé.

Mais Eden, de toute évidence, en était immensément fière. Elle était aussi immensément heureuse. Elle avait beaucoup changé. Je ne dirais pas qu'elle avait l'air « bien » au sens d' « en bonne santé ». Certes non. Elle paraissait plus mince, plus pâle, avec un visage moins plein. Sans doute parce qu'elle était enceinte, me dis-je. Elle semblait différente comme les femmes riches le sont. Pour paraphraser la conversation entre Hemingway et Scott Fitzgerald, on peut dire que les riches *ont l'air* différent, ils ont davantage d'espace et de liberté. A cet égard Eden paraissait même différente d'Hélène — Véra et moi n'entrions pas en compétition — qui, après tout, portait une robe faite à la maison et s'était lavé les cheveux elle-même. Voyez-vous, tout autour d'Eden relevait de la meilleure qualité, du niveau supérieur, le plus cher. Le meilleur coiffeur de Londres lui avait coupé les cheveux, elle avait adopté la gamme de produits de beauté la plus prestigieuse du marché. Elle portait sa bague de fiançailles au diamant énorme et une alliance de diamants que Tony lui avait offerte deux semaines auparavant, quand elle lui avait annoncé sa grossesse. Sa robe était de broderie anglaise blanche, l'une des six qu'elle avait rapportées de Suisse et étalées sur le lit (présumé) étrusque avant notre arrivée. Les Suisses étaient différents, eux aussi. Pas d'austérité là-bas, ni de Fonctionnel. Les boutiques étaient pleines de vêtements, nous dit Eden, des robes, des tailleurs, des chaussures, des dessous de soie et des bas de soie ; elle en avait acheté des masses, autant qu'ils avaient pu en emporter étant donné — je m'attendais qu'elle dise « le prix » — le peu de place dans leurs valises.

Véra se montra exagérément reconnaissante pour le cadeau qu'elle reçut : une broche qui représentait un edelweiss — en os ou en corne, je suppose, mais on aurait dit quelque ancêtre de la matière plastique. Une vilaine petite broche, pas du tout bien faite. Eden avait acheté une quantité de bijoux fantaisie représentant des gentianes ou des edelweiss pour faire des cadeaux à telle ou telle connaissance, et elle n'avait fait absolument aucune distinction entre sa sœur bien-aimée qui avait été une mère pour elle et la femme du village qui venait faire les gros travaux.

Ensuite elle déballa sur le lit le contenu d'un beau coffret de bois ciselé : une douzaine d'animaux taillés dans le bois, merveilleusement sculptés comme seuls les Suisses en sont capables : le saint-bernard couché semblait sur le point de se lever pour s'en aller, et l'on ne se serait pas étonné si le chat siamois s'était étiré puis avait passé la patte sur ses moustaches.

Jamie, bien entendu, s'excita aussitôt. D'abord, il se figea, émerveillé. Il n'avait jamais rien vu de pareil. Je n'aimais pas beaucoup les enfants à l'époque, je n'ai jamais été une de ces jeunes filles qui adorent les bambins, ont toujours envie de les prendre dans leurs bras, de les promener et de s'occuper d'eux, mais je fus tout de même émue par l'expression de Jamie lorsqu'il leva les yeux. Il était dans une telle extase, tellement transporté par le ravissement et la joie devant ces objets qui ressemblaient à s'y méprendre à de vrais animaux à échelle réduite, qu'il commença par sourire puis éclata d'un rire joyeux.

« Le chien ! s'écria-t-il. Le chat ! Regarde, maman, celui-ci, c'est un ours. Regarde, maman ! »

C'était un enfant doux et ce fut une main douce qu'il tendit pour caresser le dos du chien, qui semblait à tous égards couvert de fourrure.

« Non. Ne touche pas, s'il te plaît ! » lança Eden d'un ton assez sec.

Il n'y avait aucun jouet dans les magasins. Certains enfants nés au début de la guerre ou juste avant n'avaient jamais vu un jouet neuf digne de ce nom ; ils avaient hérité des laissés-pour-compte de leurs frères et sœurs ; ils s'estimaient heureux quand ils avaient des parents ou des cousins capables de coudre et de tricoter des poupées, ou de sculpter des chevaux et des carrioles. Mais Jamie n'avait pas cette chance. Si Francis avait possédé des jouets — c'était forcé, quoiqu'on eût du mal à l'imaginer — il les avait perdus ou donnés depuis longtemps. Jamie avait dû se contenter du vieux jeu de construction qui avait appartenu à mon père, d'un ours en peluche usé et chauve, autrefois à Véra, ainsi que d'objets divers, des ustensiles de cuisine par exemple. Il ne fit pas attention à Eden. Il prit le chien et le tint dans ses mains, près de son visage.

« Pose-le ! Ce n'est pas un jouet. » Eden lui arracha le chien des mains. « Pourquoi le laisses-tu faire ça ? Je croyais qu'il était obéissant. »

Je me rappelai, loin dans le passé, la lettre à mon père : « J'estime que tu pourrais enseigner à ton enfant de meilleures manières... » Je n'ai pas souvent ressenti de la pitié pour Véra, mais j'en ai éprouvé à ce moment-là. Elle ne répondit rien à Eden, elle ne défendit pas l'enfant, pour qui ces choses étaient un émerveillement, un plaisir sans mélange. L'amour l'avait rendue soumise et humble. Elle se tut. Elle prit Jamie dans ses bras et il pleura contre son épaule. Le plus curieux, c'est que ses pleurs ne furent pas les hurlements et les sanglots sans retenue d'un enfant privé d'une chose qu'il désire beaucoup, mais des larmes silencieuses, prolongées, pareilles à un chagrin d'adulte. Et j'eus l'impression — Andrew me confia plus tard qu'il l'avait ressenti lui aussi — que Véra était pour Jamie un rocher, que même dans son malheur, il prenait presque plaisir à avoir *ces* bras, *cette* épaule, *ces* mots doux murmurés à son oreille. Et Véra puisait elle aussi une sorte de force dans le chagrin de Jamie, parce qu'il était confié à elle seule : elle seule pouvait consoler et soutenir; à elle seule elle constituait pour lui l'humanité.

Nous avons dû faire un tour de la maison et un tour du jardin. Véra s'était ressaisie. Elle loua tout de façon extravagante, flatta Eden de façon absurde, la complimenta comme si elle avait planté et taillé elle-même les rosiers, fait pousser les framboisiers, brodé au petit point les sièges des fauteuils et peint les lotus et les dragons sur la porcelaine. On eut dit un de ces sycophantes qui traînaient autour de la noblesse au XVIIIe siècle, comme M. Collins près de Lady Catherine de Bourgh. Eden accueillait tout avec des sourires gracieux mais n'avait pas l'air d'aplomb ; elle paraissait fatiguée et il y avait dans ses gestes un côté langoureux. Elle se ranima cependant, et se montra même enthousiaste, aussi bouillonnante que devant son butin suisse, quand nous entrâmes dans la pièce qui allait devenir la chambre d'enfant.

Elle était au fond de la maison, une pièce d'angle avec des fenêtres vers l'ouest et le sud. Elle avait déjà servi de chambre d'enfant, sans doute très longtemps avant car le papier des murs représentait des fées d'Arthur Rackham, toutes fanées ; et entre deux fenêtres se trouvait un cheval à bascule gris pommelé, avec selle et harnais usés. Mon souvenir demeure très clair, très vif : je suis au milieu de cette pièce baignée par un soleil lumineux et doux du mois d'août, qui dessine des taches et des carrés sur le tapis rose, bordé tout le tour d'un motif de volubilis blancs entrelacés à du lierre d'un vert invraisemblablement pâle. Le papier peint me rappela le tableau d'Eden, celui qu'elle préférait (disait-elle), représentant la statue de Peter Pan, et je me demandai si elle l'accrocherait dans cette chambre. Les fenêtres de l'ouest donnaient sur les Weeping Hills, douce chaîne de collines, de vallons et de crêtes boisées, très différentes d'un paysage typique du Suffolk ; les fenêtres du sud s'ouvraient au contraire sur la vaste étendue de pelouses bordées d'arbres majestueux. Tout le long de la terrasse, en bas, s'élevaient à intervalles réguliers des urnes de pierre décorées comme une urne de Keats, avec des éphèbes et des vestales, des processions vers des fêtes champêtres, des prêtres de mystères païens, des génisses meuglant vers le ciel et d'audacieux amants qui ne s'embrassaient jamais ; dans les urnes poussaient l'*Agapanthus africanus*, le lis bleu, l'allium blanc et violet, des variétés rares et spéciales, comme Véra le sycophante prit soin de nous le préciser. Maintenant, penchée à l'une de ces fenêtres, elle louait la vue. Hélène avait l'air de s'ennuyer un peu, en tout cas autant que l'aimable Hélène oserait jamais le montrer. Jamie, bien entendu, était grimpé sur le cheval, et cette fois Eden ne l'en empêcha pas. Elle était en train de nous expliquer comment la pièce serait décorée et meublée (la nourrice occuperait la chambre attenante). D'ailleurs, le cheval était vieux et mal en point, sans doute à jeter avec les petites chaises de bois, la table et le lit de cuivre, alors peu importait que Jamie s'en amusât, n'est-ce pas ?

Andrew dit : « Tu devrais avoir des paons, Eden. Tu devrais avoir un couple de paons sur ta terrasse.

— Dieu sait où l'on pourrait trouver des paons, mon chéri, fit observer Hélène. La vieille Mme Williams n'a même pas pu trouver une perruche quand sa Bobby est morte. »

Eden se retourna. « Jamais je n'aurai de paon, tu n'y songes pas ! » Elle s'enflamma soudain : « Des sales bêtes. As-tu entendu le bruit qu'ils font ? Les as-tu entendus crier ? » Ses lèvres tremblaient. Mais que lui arrivait-il donc ? « Je n'ai pas envie de me faire réveiller par des cris à quatre heures du matin.

— Tu fais bien d'engager une nourrice, dans ce cas. »

Eden fit comme si elle n'avait pas entendu la pique d'Andrew. « Prendrons-nous un verre avant le déjeuner ? » dit-elle.

Il fallut de nouveau arracher le pauvre Jamie à un jouet qui l'enchantait. Cette fois, il ne pleura pas. Il glissa sa main dans celle de Véra, suivit le long couloir à ses côtés puis descendit l'escalier à balustres. Tony apparut. Il n'allait travailler à Londres que trois jours par semaine mais il s'était rendu je ne sais où voir un homme pour éclaircir leur bois. Il s'affaira aussitôt à nous servir l'apéritif et, fidèle à son caractère — aimable, prévenant, sociable, terne et totalement insensible à l'ambiance, aux différences entre les gens ou à leurs goûts par rapport aux siens —, il nous raconta pendant ce temps où et comment il avait déniché ce gin, ce whisky, ce sherry ; et d'où il espérait que lui viendraient les prochaines bouteilles. Ils avaient des quantités de verres de toute forme et de toute taille, et pour Tony utiliser pour chaque boisson le verre qu'il fallait revêtait une importance extrême. Il souligna même qu'il fallait des verres de forme différente pour le sherry sec et pour le sherry demi-sec, distinction que je n'ai jamais vu faire depuis.

« Et pour le petit bonhomme, qu'est-ce que ce sera ? »

Véra répondit que Jamie pendrait une orangeade ou du jus d'orange du « gouvernement » qu'elle avait apporté, mais Tony ne voulut rien entendre.

« Oh, voyons ! Nous pouvons faire mieux que ça. Personnellement, je crois qu'il faut habituer les garçons au vin dès l'âge tendre. C'est ce que mon père a fait pour moi, et je n'ai jamais eu la moindre raison de le regretter.

— Pas à trois ans, tout de même ? dit Andrew.

— Je n'en suis pas si sûr. Je n'avais pas beaucoup plus. Mon précepteur tenait à ce que je connaisse les vins, voyez-vous, et il disait qu'il n'est jamais trop tôt pour bien faire.

— Je suppose qu'il a mis en perce pour vous un fûtaille de montrachet ? » dit Andrew très sérieusement.

Je n'entendis pas la réponse de Tony. Je pensais qu'à une seule chose : il ne fallait pas qu'Andrew se moque de Tony, c'était aussi méchant que se moquer de Jamie. Puis en levant les yeux pour prendre mon sherry, mon regard glissa dans la direction d'Eden et je vis du sang couler le long de sa jambe.

Cela me glaça. Mes doigts venaient juste de toucher le verre et ils restèrent sur la surface fraîche, dure, glissante, ronde, ou plutôt ils s'y agrippèrent tandis que mon regard se figeait sur la jambe gauche d'Eden. Elle venait de se lever. La bonne qui logeait dans la maison et faisait le service, dont le mari était jardinier et bricoleur, entra alors dans la pièce avec deux plats de canapés, morceaux d'œuf, de fromage et de cornichon sur des petits ronds de pain grillé. Eden les lui avait pris des mains et était en train de les offrir à Hélène. Au moment où elle s'était penchée en avant, la jupe droite de sa robe blanche était remontée légèrement, relevant l'arrière de ses genoux. Aucune d'entre nous ne portait de bas — il fallait donner des bons de textile et de toute manière, on n'en trouvait jamais — mais Eden en avait, très fins et très pâles, sans doute suisses ; le sang, filet sombre et épais, coulait à l'intérieur de sa jambe, il était arrivé au genou, au mollet, et il se rapprochait de la cheville et de la mince lanière de sa sandale blanche.

Curieusement, je ne pensai pas aussitôt à ce que cela impliquait. Je pensai seulement à ses règles et aux circonstances où la même chose m'était arrivée, ou avait failli m'arriver. Surtout, je pensai au moment où Eden allait se rasseoir après avoir distribué les canapés : le sang tacherait sa belle jupe d'un blanc de glace, brodée à jours. Mais je ne savais pas comment la prévenir. Tout compte fait, je ne suis pas sûre que je saurais, même aujourd'hui. Si je lui avais chuchoté, quand elle aurait été devant moi avec le plat, de sortir une minute parce que j'avais quelque chose à lui dire, je suis certaine qu'elle aurait relevé les yeux en riant pour demander ce que je pouvais bien avoir à lui raconter que personne ne devait entendre, que voulais-je donc cacher aux autres ?

Elle était comme ça. C'était Eden. Je refusai de la tête les canapés, je la laissai passer devant moi, et j'eus enfin la présence d'esprit de croiser le regard d'Hélène de façon tellement suppliante qu'aussitôt, si intelligente, si délicate, si intuitive, elle se leva et déclara qu'il lui fallait utiliser la salle de bains avant le déjeuner — et ne ferais-je pas de même ?

A l'époque, les femmes ne parlaient pas de leurs règles. Ou pas beaucoup. Peut-être à des femmes du même âge, et en général par euphémismes. Dès que nous eûmes franchi la porte, je racontai vite à Hélène ce que j'avais vu. Je lui dis « ses périodes ». C'était déjà mieux que le « visiteur dans la maison » de Véra.

Hélène me posa la main sur le bras. « Mais, ma chérie, ce n'est pas possible. Elle est enceinte.

— Oh, mon Dieu ! m'écriai-je. J'avais oublié.

— Le fait est, mon cher cœur, si c'est ce que tu as vu, elle n'est plus enceinte du tout. »

Et elle ne l'était plus, mais nous n'avons pas eu besoin de lui parler. A notre retour dans la pièce, le salon chinois de Stewart que je me rappelle rose et vert bien qu'il fût aussi sans doute jaune, Eden n'était plus là, Andrew avait l'air déconcerté et Tony, qui aurait dû avoir l'air déconcerté pour ne pas dire angoissé, continuait son exposé sur l'éducation des enfants aux finesses mondaines — il en était arrivé au cigare. Nous nous assîmes. Nous attendîmes. Jamie annonça qu'il avait faim. Il n'aimait pas les œufs brouillés et les cornichons sur du pain grillé froid, et je ne saurais lui en tenir rigueur. Soudain, Véra lança :

« Eden va bien ?

— Oh, absolument, répondit Tony. Elle est sortie un instant pour se poudrer le nez. » A présent, tout le monde dit « absolument » mais à l'époque personne ne parlait ainsi sauf Tony, et il le répétait à tout bout de champ.

Véra monta au premier. Il fallut qu'elle emmène Jamie car il refusait de rester, il ne voulait pas être séparé d'elle. Mme King, la gouvernante, vint annoncer que le déjeuner était servi, et Tony répondit : D'accord, nous passerons à table dans une minute. Il sortit à son tour, mais non pas pour savoir ce qu'il était advenu d'Eden, comme je le crus : pour ouvrir des bouteilles de vin qui devaient « respirer ».

Je dis à Andrew : « Eden est en train de faire une fausse couche.

— Bon Dieu ! »

Il y avait un téléphone dans la pièce. Au même instant, nous entendîmes son tintement : quelqu'un se servait du poste de l'étage. Nous avons tous compris que Véra téléphonait au docteur.

« Ne pensez-vous pas, dit Hélène, que nous devrions partir tout de suite, sans attendre notre congé ? Je veux dire, prendre peut-être Jamie avec nous et laisser Véra ici avec Eden ?

— Pas Jamie. Je t'en prie, dit Andrew. Il vaudrait mieux des paons. Mais surtout partons vite.

— De toute façon, ça m'a coupé l'appétit », avouai-je.

Faire comprendre tout ceci à Tony s'avéra d'une difficulté surprenante. Bien entendu, la mission d'expliquer incomba à

Hélène, mais nous étions présents, nous avons entendu. Il se montra incroyablement obtus. Il ne cessait de répéter que c'était une plaisanterie, Eden voulait le taquiner, essayait de l'inquiéter — que devait donc être leur mariage ? —, Véra et elle étaient simplement montées pour « échanger des secrets » entre femmes. Puis Véra descendit. Elle était livide, accablée. Jamie, dans ses bras, se penchait à moitié par-dessus son épaule.

« J'ai fait venir le médecin. Eden a une hémorragie assez grave. J'imagine qu'elle a perdu le bébé. »

Le seul d'entre nous qui déjeuna fut Jamie. Véra avait l'air désespérée, profondément malheureuse et inquiète, mais Jamie, pour elle, continuait de passer avant tout. Elle l'emmena à la cuisine et lui fit servir à manger, du lait et un sandwich au poulet. Hélène, Andrew et moi rentrâmes à Walbrooks et plus tard — en fin d'après-midi, j'imagine — Tony reconduisit Véra et Jamie chez eux. Le médecin avait fait hospitaliser Eden d'urgence.

Que lui arriva-t-il à l'hôpital ? Je ne l'ai jamais vraiment su. Sans doute Tony le sait-il — c'est-à-dire s'il peut s'en souvenir, et s'il le peut, voudra-t-il en parler ? Voudra-t-il le révéler à Daniel Stewart ? Je n'en suis pas certaine. Eden fit une fausse couche et subit une opération. Je me suis souvent dit depuis qu'elle avait dû avoir une grossesse ectopique, dans laquelle le fœtus s'implante dans une des trompes de Fallope. Quand l'embryon grossit, le tube risque d'éclater, auquel cas il faut procéder à l'ablation de la trompe elle-même, sinon la femme meurt. D'un autre côté, le fœtus peut se détacher et être expulsé sans dommage pour la trompe. Ce que je sais en tout cas, c'est qu'après cette fausse couche, le bruit se répandit dans la famille qu'Eden ne devrait plus, ou ne pourrait plus, avoir d'enfants. Une nouvelle grossesse serait dangereuse pour elle — ou bien impossible (selon la version). Ma mère disait :

« Je ne peux m'empêcher de me demander si ce n'est pas le résultat de la vie qu'elle a menée dans la Marine. »

Je ne comprenais pas ce qu'elle voulait dire. Mon père ne le comprenait pas davantage. Nous pensions tous les deux qu'il s'agissait d'un préjugé comminatoire, mi-calomnie, mi-superstition, hérité de la morale victorienne. Mais ce qu'elle suggérait était tout à fait rationnel, parfaitement exact sur le plan médical. Elle supposait qu'Eden, en couchant à droite et à gauche, avait contracté une gonorrhée, dont l'une des séquelles possibles est un blocage des trompes. Il paraît que c'était autrefois la cause de nombreuses familles d'un seul enfant. La jeune mariée attrapait la gonorrhée de son mari en même temps qu'elle concevait, si bien qu'un premier enfant naissait sans problème. Mais le ravage avait eu lieu : les trompes bloquées, aucune autre conception ne serait possible. Si Eden avait attrapé cette maladie avec un amant, elle pouvait très bien avoir eu une grossesse extra-utérine.

Il n'existait aucune raison réelle de le croire. Il arrive que les trompes de Fallope se bloquent à la suite d'une opération abdominale. Eden enfant avait eu l'appendicite. Ou il s'agissait peut-être d'un simple hasard malheureux, inexplicable. Mais une chose semblait certaine : Tony Pearmain n'avait pas d'héritier et n'en aurait probablement jamais.

XIII

A peu près quinze ans après tout cela, Chad Hamner m'a raconté l'histoire de sa vie devant une tasse de thé au Brown's Hotel. Je l'avais rencontré par hasard dans Bond Street, où j'étais allée me faire coiffer chez Vidal Sassoon. Prendre le thé au Brown's est un rite de haute civilisation. Vous vous enfoncez dans votre fauteuil, et l'on vous apporte une petite tartelette maison, grillée, qu'on laisse tomber sur votre assiette avec des pincettes. Sous-entendu : c'est *cela* que vous *devez* manger, c'est ce que tout Anglais bien né mange naturellement avec son thé. Les gâteaux, qui arrivent sur un présentoir d'argent à trois étages, sont optionnels et pour après. Ils sont là, ils ont l'air appétissants, mais il faut d'abord manger la tartelette — comme pour le goûter des enfants.

Dans ce milieu, Chad et moi n'étions peut-être pas à notre place. Nous n'avions pourtant pas l'air déplacés, bien entendu ; nous avions l'air comme tout le monde, aussi élégants et mondains, moi avec ma coiffure, Chad plus mince et déjà grisonnant. C'était le premier homme parmi mes connaissances qui avait abandonné la veste sport au profit d'un blouson à fermeture Eclair. Quand nous nous étions rencontrés, j'étais sur le trottoir devant chez Asprey. Il écarta les bras et je m'y précipitai. Nous sommes restés enlacés ainsi, et le plus étrange, c'est que nous ne nous étions jamais enlacés, jamais embrassés — même pas touché la main, autant que je me souvienne. Mais il existait entre nous un lien étrange. Il y a peu de gens à qui l'on soit lié par une femme pendue.

Je ne sais pas pourquoi nous sommes allés au Brown's.

Sûrement pas parce que Chad y était descendu, ou était devenu riche, ou y allait souvent. Journaliste indépendant, *free-lance* comme on dit, il avait un appartement à Fulham (ce qui en 1963 n'était ni à la mode, ni intéressant, ni un signe de promotion sociale) et je crois qu'il ne s'en sortait pas très bien. Pour Francis, il avait gâché sa vie, détruit toute perspective de réussite. Il me l'avoua pendant que nous mangions nos galettes. Pendant longtemps, il avait considéré que l'amour méritait que l'on perde le monde, mais l'ennui, c'est que l'amour ne dure pas, et qu'ensuite on se souvient que le monde existe, et qu'on l'a perdu.

Il ne se serait pas lancé dans cette voie si je n'avais pas moi-même raconté, dans un désir soudain de me confier et d'avouer, ce que j'avais vu le soir du mariage d'Eden. Je ne l'avais encore dit à personne — même pas à Andrew, même pas à Louis. Chad me regarda droit dans les yeux, un regard froid, ferme, vraiment inattendu après ce que je venais de lui dire.

« J'étais malade avec amour, murmura-t-il. C'est ce que devrait dire la traduction du Cantique des Cantiques, et non malade *d*'amour. Ah, si j'avais seulement été malade *d*'amour ! Je suis tombé amoureux de Francis quand il avait treize ans. Assez classique, ne trouvez-vous pas ? L'empereur Hadrien et Antinoüs. Un vilain vieux bonhomme et un beau gosse.

— Pas vraiment vieux à trente ans », répondis-je.

Chad fit un de ses haussements d'épaules à la française. « L'âge est un état d'esprit. Je me sentais vieux quand j'étais avec Francis, et je me sentais laid. J'ai fait une chose que la plupart des gens considèrent abominable même aujourd'hui, mais cela ne s'est pas souvent reproduit ; il ne me le permettait pas. Et je n'étais pas le premier. Cela vous surprend ? Il me laissait faire l'amour avec lui à peu près trois fois par an. Mil neuf cent quarante-cinq a été ma meilleure année — il voulait sans doute fêter la fin de la guerre — il m'a laissé le faire quatre fois. Pas étonnant, n'est-ce pas, que je n'arrivais pas à le chasser de mon univers.

— Francis fait la nique à Freud, on dirait ! répondis-je. La pauvre Véra n'était pas précisément une mère dominatrice et possessive.

— Oui, mais Francis n'était pas vraiment homosexuel. Pas comme moi, pas jusqu'au cœur. Je n'ai jamais eu une seule femme. Francis allait simplement vers les hommes et vers les femmes, à sa guise. Je me demandais souvent pourquoi il se souciait de moi, et j'ai découvert deux réponses. Je suis encore certain qu'elles étaient vraies. La première, c'est qu'il est merveilleux d'être adoré — en tout cas je le crois, car je ne l'ai jamais été — merveilleux d'avoir une personne qui vous vénère, et de savoir que malgré tout ce que vous pourrez faire, malgré l'indifférence, l'absence d'égards et même la méchanceté flagrante que vous lui témoignerez, son attitude ne changera pas d'un iota.

— Quelle est l'autre raison ? demandai-je.

— Francis aimait faire des choses que les autres et lui-même considéraient comme vicieuses. Il aimait les faire pour le plaisir de mal faire. En fait, c'est très rare, beaucoup plus rare que vous le croyez, sans doute. Même les plus grands pécheurs de ce monde — Hitler, par exemple, Staline, certains assassins odieux — croyaient faire le bien, ou en tout cas agir en vue d'une juste fin. Presque personne ne se met à faire le mal comme le Lucifer de Milton, et d'ailleurs Lucifer ne nous convainc jamais vraiment, il a toujours l'air d'un assez brave bougre... Et ce n'était pas du tout un cas de « Mal, sois mon Bien » : Francis voulait que le mal reste le mal, soit son mal, le mal ne demeurait désirable à ses yeux qu'à cette condition. Mais rien de tout cela ne changeait mon amour pour lui. Je l'aurais suivi au bout du monde. »

Cela me rappela une réplique. Je songeai qu'Anne et moi nous étions servi de la « cabane » les jours de pluie, et que Chad et Francis s'en étaient servi les nuits de brouillard.

« Comme Marie Stuart, lui dis-je, qui suivait Bothwell vêtue de son jupon.

— Un caleçon dans mon cas, répondit Chad, sauf qu'il me laissait rarement aller si loin. J'ai raté tellement d'occasions pour lui, voyez-vous. J'étais correspondant local d'un journal national et l'on m'a proposé un emploi à la direction, mais je l'ai refusé. Je ne voyais Francis qu'aux vacances scolaires, bien sûr, mais si j'étais allé à Fleet Street, je ne l'aurais plus vu du tout. La place à l'*Oxford Mail* m'a paru tomber du ciel. Je pourrais le *voir* tous les jours, sinon lui parler. Puis j'ai été renvoyé. A peu près six mois après que vous nous avez vus, cette nuit-là, j'ai été renvoyé. Et une fois de plus à cause de Francis. Je ne veux pas dire que c'était de sa faute, car c'était la mienne, mais c'est arrivé à cause de lui.

« Un soir, j'avais un article à écrire pour le journal, le compte rendu du dîner annuel du tennis-club d'Headington. On ne va pas à ce genre de soirée ; on se fait donner un aperçu du programme à l'avance, et on obtient le reste en téléphonant à la secrétaire ou à un membre du club après le dîner. Je n'avais aucune intention d'y aller de toute manière. J'avais invité Francis à dîner, ce serait la première fois que je me trouverais seul avec lui depuis un mois. On dit que chacun vit un " sommet " dans sa vie, une expérience culminante. Pendant une journée ou quelques heures, on connaît le bonheur le plus parfait, le plus sublime de toute son existence, un moment d'extase, si vous voulez. Eh bien, cette soirée fut mon " sommet ". Je l'ai pensé sur le moment et je n'ai eu aucune raison de changer d'opinion depuis. Francis est revenu à mon appartement, nous avons fait l'amour, il a été gentil avec moi, j'ai connu un bonheur extatique et j'ai vécu mon expérience culminante. Ce fut aussi mon dernier moment de bonheur pour fort longtemps — je veux dire la dernière fois où j'ai été même moyennement content. J'ai écrit mon article sur le club de tennis d'après le programme, sans rien vérifier, le journal est sorti des presses et à la minute suivante je me suis retrouvé devant le directeur qui m'a demandé pourquoi je n'avais pas jugé bon de signaler que l'invité d'honneur du dîner, un gros bonnet de la ville, était mort d'une attaque au milieu de son discours. J'ai donc reçu mon congé, et je suis rentré dans mon trou du nord de l'Essex — où j'aurais en tout cas plus de chance de voir Francis que nulle part ailleurs — et comme un autre journaliste les avait lâchés, on m'a rendu mon ancienne place. »

Il m'en raconta beaucoup plus cet après-midi-là : il avait suivi Francis à Londres, et comme Fleet Street n'avait pas voulu de lui, il était allé travailler comme reporter pour un journal local de la banlieue nord-ouest, *The Willesden Citizen.* Francis s'était enfin lassé de lui et un jour l'avait même battu ; il l'avait fait descendre à coups de poing les trois étages conduisant à son studio, près de Brondesbury Park. Il s'était aussi produit des scènes plus pénibles : Francis avait abusé de la tendresse de Chad pour lui — tendresse qui subsistait encore, d'ailleurs — pour lui jouer des tours plus subtils et méchants ; déterminé à se débarrasser de Chad, il l'avait humilié en public, avec beaucoup plus d'intelligence et de perversion qu'il n'avait humilié Véra dans son enfance... Donc, quand Francis eut vingt-cinq ans et Chad la quarantaine, tout cessa ; et Chad n'était plus assez jeune, plus assez solide pour faire du travail de reporter dans une banlieue sinistre du nord.

« Je suis comme Hadrien à plus d'un égard, dit-il en me montrant les petites rides en diagonales qui plissaient les lobes de ses oreilles. Apparemment, elles se produisent chez les personnes prédisposées à une maladie de cœur ; c'est un fait médical, démontré, et non un conte de bonnes femmes. Nous le savons, d'après des bustes d'Hadrien et son portrait sur des monnaies, qu'il avait ces rides sur les lobes de ses oreilles, et c'est d'une maladie coronaire qu'Hadrien est mort. »

Mais avant de me raconter tout cela, il me parla de son retour en Essex et à son ancien emploi pendant l'hiver 1948, l'hiver de la maladie de Véra. Il se rendait alors assez souvent aux Lauriers. L'idée qu'on le soupçonnait d'être ou d'avoir été l'amant de Véra ne l'avait jamais effleuré.

La perspective d'avoir une femme pour partenaire sexuel lui était trop étrangère pour qu'il y songe, et quand je le mis au courant, ce fut une révélation. Non, il ne le savait pas, cela ne lui était jamais venu à l'esprit. Il aimait bien Véra, il s'était lié d'amitié avec elle, mais pour une seule raison : elle était la mère de Francis et la maison où elle vivait demeurait imprégnée de la présence de Francis. Il lui rendait visite pour se trouver chez Francis et parler de lui si l'occasion se présentait, exactement comme Hadrien (autant que je sache) aurait pu faire un saut chez la mère d'Antinoüs, en Bithynie. Etre l'ami de la famille, pensait-il, serait s'assurer de la possession de Francis pour toujours. Sans doute d'une manière fort limitée, de très loin, par procuration, sans le voir pendant des années de suite, mais continuer cependant de le posséder un peu. Et ces quelques miettes de nouvelles, l'écho de ce nom cité par hasard, et même l'inévitable douleur, ne constituaient-ils pas une meilleure part, une bien meilleure part que l'autre option — à savoir : rien du tout ?

« Vous vouliez garder un pied dans la place, lui dis-je.

— En partie cela, oui. Nos relations — quel mot ! Je le déteste, mais quel autre employer ? — nos je-ne-sais-commentdire, étaient si minces dans les faits, si hypothétiques, si faciles à briser — pour lui, je veux dire, et si fragiles pour moi... Mais de cette manière je pouvais au moins m'imaginer vingt ans plus tard, en train de vieillir avec Véra, au coin de la cheminée de Véra : le confident, à qui l'on dirait où il était et ce qu'il faisait, ses promotions et ses publications. Si je ne parvenais pas à obtenir davantage, au moins pouvais-je m'assurer cela, me disais-je, et rien ne me l'arracherait si j'étais déterminé à m'en accommoder. Il suffisait que je continue de rendre visite à Véra. Et en outre Francis risquait de venir. En théorie, il vivait encore aux Lauriers. Il ne tarderait pas à partir pour de bon, m'avait-il assuré, pour ne plus jamais revenir. Mais je ne l'avais pas cru, et en tout cas, ce n'était pas dans l'immédiat et je vivais dans le présent. On dit que c'est une bonne chose, vous savez, un idéal selon la psychologie moderne. Bizarre, parce qu'à la vérité, on vit dans le présent quand le passé est trop sinistre pour qu'on s'en souvienne et l'avenir trop menaçant pour qu'on l'envisage. »

Un jour, cet hiver-là, une semaine après Noël, Chad se rendit aux Lauriers parce qu'il s'attendait à y trouver Francis. Il n'y était pas. Il avait décidé de passer les fêtes du Nouvel An chez des gens qu'il connaissait en Ecosse, et bien entendu, il ne s'était pas donné la peine de prévenir Chad. Ce fut une déception horrible, m'avoua Chad, un choc amer de ne pas le rencontrer et d'apprendre qu'il retournerait à Oxford sans repasser chez lui. Chad ne le reverrait donc pas pendant quatre mois. Ebranlé par cette nouvelle, il ne s'aperçut pas tout de suite que Véra était malade. Il ne le remarqua, en fait, qu'au moment où Véra lui demanda de l'excuser de ne pas lui offrir le thé, mais elle n'avait pas la force de se lever de son fauteuil. Il vit alors qu'elle était très pâle, les yeux gonflés, et quand il lui posa la main sur le front, il sentit une bouffée de chaleur à travers la peau.

Ce fut ainsi que Chad commença son récit, au Brown's Hotel ; puis il me confia qu'il s'était demandé parfois dans quelle mesure il n'avait pas contribué à provoquer les événements ultérieurs. S'il avait fait ce que Véra allait lui demander ce jour-là — dans les circonstances, quelle étrange requête de la mère d'un petit garçon à un homme comme lui ! — n'aurait-il pas détourné l'horrible convergence des destinées humaines ? Tout ne se serait-il pas bien passé ? Je ne crois pas. Je le lui ai dit, je lui ai recommandé de ne pas laisser cette hypothèse troubler sa conscience. Autant qu'il puisse savoir, je les connaissais mieux que lui, elles étaient ma famille... Nous nous sommes quittés pour ne jamais nous revoir, jamais avoir de nouvelles l'un de l'autre jusqu'au jour où Daniel Stewart s'est introduit dans notre vie.

Je lui posai tout de même une autre question. Peut-être avais-je tort. En quoi cela me regardait-il ?

« L'écho s'est-il affaibli enfin, Chad ? »

Il fit semblant de ne pas comprendre.

Et j'ai maintenant devant moi, littéralement sur la table devant moi tel qu'il est sorti de son enveloppe, le récit par Chad lui-même de ce qui s'est passé lors de sa visite à Véra, la veille du Jour de l'An, cette année-là. Il l'a écrit pour Stewart, à la demande de Stewart, parce qu'il n'y a plus personne en vie qui sache, qui ait assisté — plus aucun autre témoin. Chad, quoique septuagénaire à présent, et malgré les stigmates d'Hadrien sur les lobes de ses oreilles, paraît très vivant, très *compos mentis*, mais son style autrefois si lucide, si gracieux, si plaisant — qu'en est-il advenu ? Je suppose qu'il l'a répudié et sacrifié pour l'amour de mon cousin Francis. Stewart désire que j'examine ce récit, que je le confirme. Cela m'est impossible. Je n'étais pas présente. J'étais à Londres, à Cambridge et parfois à Stoke-by-Nayland, et tout ce que j'ai jamais su de la maladie de Véra se trouvait dans une lettre qu'elle avait adressée à mon père. Mais je lirai cependant ce qu'en écrit Chad. Je suis curieuse d'apprendre le reste, tout ce qu'il ne m'a pas raconté au Brown's Hotel.

Je vais essayer de vous faire un récit objectif (écrit Chad) sans permettre à ce que je sais de la suite d'intervenir dans mes déclarations pour les fausser. Je vais essayer de vous écrire ce qui m'a paru la vérité sur le moment. En 1948, le dernier jour de 1948, je n'étais au courant d'aucun mystère concernant James Ricardo (alors Hillyard) que nous appelions Jamie. A ma connaissance c'était le fils de Gérald Hillyard, et jamais je n'avais songé à remettre ce point en question. Je supposais que la séparation de M. et de Mme Hillyard s'était produite pour une autre raison. Je ne soupçonnais pas non plus l'existence d'une brouille entre Véra Hillyard et Eden Pearmain. Depuis que je les connaissais, elles étaient liées l'une à l'autre bien plus que ne l'impliquent en général, si je puis dire, des sentiments fraternels. Je croyais la situation inchangée, et elle l'était d'ailleurs jusqu'à un certain point, même à l'époque.

Le 31 décembre 1948 était un vendredi. J'avais une enquête à faire pour mon journal dans la matinée, et quand je l'aurais rédigée, ma journée serait libre. Il avait été vaguement question que je passe la veillée du Jour de l'An avec la famille Hillyard. Pour confirmer ce projet, je rentrai de Colchester chez moi en passant par Great Sindon et je m'arrêtai chez Véra Hillyard, aux Lauriers.

Pendant la journée, la porte n'était jamais fermée à clé. La sécurité régnait encore. J'entrai en l'appelant par son nom. Le petit garçon, Jamie, arriva en courant mais je trouvai Véra assise dans un fauteuil, et elle ne se leva pas à mon entrée dans la pièce. Toutefois, il se passa un certain temps avant que je me rende compte qu'elle était souffrante. J'attribuai son accablement au fait que son autre fils, Francis, avait changé d'avis et ne passerait pas le Nouvel An avec nous. Puis elle me dit qu'elle devait avoir la grippe. Elle venait de prendre sa température : trente-neuf. Je lui proposai d'appeler le médecin, elle me répondit qu'il lui ordonnerait de s'aliter — et comment feraitelle, avec Jamie ?

J'étais très embarrassé. Véra me paraissait malade et son mal empirait visiblement. Je vis de la sueur perler sur son visage, puis elle se mit à frissonner et me demanda d'aller lui chercher une couverture. J'avais peur de la laisser toute seule ; d'un autre côté, je ne pouvais rien faire pour elle et je n'avais aucun désir d'attraper la grippe à mon tour. Mais je pouvais l'aider d'une manière. Je lui proposai d'emmener Jamie pendant quelques heures, pour qu'elle puisse se reposer. Elle accepta sur-le-champ. Je conduisis alors l'enfant chez moi et je le fis déjeuner, puis je rédigeai mon article pendant qu'il jouait avec un vieux jeu de Mah Jong. Vers quatre heures je le ramenai aux Lauriers.

Véra allait beaucoup plus mal. Elle était au lit, ou plutôt couchée sur le lit tout habillée. Elle s'agitait d'un côté et de l'autre, les mains crispées contre sa poitrine, et elle avait du mal à respirer. Cette fois, je n'hésitai pas. Je téléphonai à son docteur et lui demandai de venir au plus tôt. A l'époque, on pouvait encore téléphoner aux médecins et leur parler, sans l'obstacle d'une réceptionniste ou, pire, d'un répondeur automatique. Et ils venaient vous voir sans qu'il soit nécessaire que le ciel vous tombât sur la tête. Je ne me souviens plus du nom de ce docteur, mais il habitait Great Sindon et il vint dans la demi-heure qui suivit.

La température de Véra était peut-être de trente-neuf quand elle l'avait prise, mais à l'arrivée du médecin, elle était montée à quarante. Elle avait la grippe, et il croyait même à une pleurésie. Il lui recommanda de se tenir au chaud, de garder le lit, de boire beaucoup et de prendre de l'aspirine ; il repasserait le lendemain matin. Elle avait de la chance que je sois là pour veiller sur elle, me dit-il. Je crois qu'il m'avait pris pour son mari. Je le détrompai aussitôt mais promis de passer la nuit. Qu'aurais-je pu faire d'autre ?

Après le départ du docteur, je demandai à Véra si elle n'aimerait pas que je téléphone à Eden, mais elle refusa : il n'était pas question que je dérange Eden, surtout pour la veillée du Jour de l'An. Ce qui m'inquiétait, bien entendu, c'était Jamie. Je pouvais m'occuper de Véra pendant deux ou trois jours, mais sûrement pas, en même temps, d'un enfant de son âge — sans doute trois ans, presque quatre. Je parvins néanmoins à le mettre au lit et dès que Véra fut endormie, j'essayai de joindre Eden. La gouvernante, une certaine Mme King, me répondit que ses maîtres étaient tous les deux sortis. C'était la veillée du Nouvel An, me rappela-t-elle. Cette nuit-là, je dormis dans la chambre de Francis Hillyard en réglant la sonnerie du réveil pour pouvoir vérifier l'état de Véra à deux heures du matin, puis à cinq heures.

« Délire » est un mot très fort, et je ne dirai donc pas que Véra avait le délire. Mais sa température était très élevée, et elle n'avait plus toute sa tête. La deuxième fois que j'allai dans sa chambre, elle me saisit la main, la garda, et se mit à me parler d'une voix rapide, haut perchée ; une suite de mots dénuée de sens, me dis-je sur le moment, puis une phrase un peu plus lucide sur la vie qui n'a aucun but sans enfant, et soudain elle récita un poème.

Je n'avais jamais considéré Véra comme le moins du monde « littéraire », mais je suppose qu'elle avait dû l'apprendre par cœur à l'école, et qu'il lui avait fait beaucoup d'effet.

Car il n'y a aucun ami comme une sœur,
Par temps calme ou dans la tempête;
Pour vous réjouir sur le chemin morne,
Vous rattraper si vous vous égarez,
Vous relever lorsque vous chancelez,
Vous renforcer quand vous êtes debout.

Je retournai me coucher et Jamie m'éveilla vers sept heures. Il voulait aller voir sa mère mais je lui interdis d'entrer dans la chambre, car il risquait d'attraper sa grippe. Le docteur vint. Il m'assura qu'on pouvait laisser Véra seule si nous trouvions une voisine qui passe la voir deux ou trois fois par jour mais il n'était pas question de laisser l'enfant avec sa mère. De nouveau, j'essayai de téléphoner à Eden et de nouveau elle était sortie. La gouvernante me promit de demander à Mme Pearmain de me téléphoner quand elle rentrerait pour déjeuner. Elle serait là forcément à midi puisqu'elle attendait des invités.

Véra avait encore du mal à respirer et sa voix n'était pas normale. Elle s'assit dans son lit et je lui répétai ce que le médecin avait dit. J'étais obligé de m'en aller, mais j'avais parlé à Josie Cambus qui m'avait promis de venir à l'heure du déjeuner et dans la soirée. Je resterais cependant jusqu'à ce qu'Eden rappelle, parce qu'il fallait prendre des dispositions pour que quelqu'un s'occupe de Jamie.

Cela la galvanisa, si malade qu'elle fût. Elle me saisit le poignet à deux mains et se redressa en s'accrochant à moi. Il fallait que j'emmène Jamie, me dit-elle. Il fallait que je lui promette d'emmener Jamie et de veiller sur lui. Je ne me rappelle plus ses paroles exactes.

« Emmenez-le, Chad, il vous connaît. Il sera très bien avec vous. Je serai tranquille, je pourrai dormir si je le sais avec vous. »

Elle se rétablirait vite, me dit-elle, il était impensable qu'elle reste malade plus d'un jour ou deux. Elle ne se souvenait pas d'avoir été malade une seule journée depuis les ennuis qu'elle avait eus dans son adolescence, quand Eden était bébé, et ce n'était que de l'anémie, pensait-elle, facile à guérir si quelqu'un avait eu le bon sens de lui donner du fer. Elle continua de parler sans suite, en s'agitant beaucoup, toujours agrippée à ma main. Je lui promettrais de garder Jamie, n'est-ce pas, jusqu'à lundi ? Lundi elle irait mieux, elle se porterait comme un charme. Jamie ne me causerait aucun tracas, il mangerait la même chose que moi, il ne se réveillerait jamais la nuit, tous ses vêtements propres se trouvaient dans la commode de sa chambre. Elle les rangerait elle-même si je voulais bien lui apporter une valise.

Je n'envisageai pas un seul instant d'accepter. Je trouvais sa requête parfaitement absurde. Je vivais en célibataire dans un appartement qui se réduisait à une chambre et une cuisine. Que savais-je des besoins, des goûts et des caprices d'un enfant en bas âge ? Le lendemain, bien que ce fût dimanche, j'avais une interview avec le député de la circonscription, le seul moment où il pouvait me recevoir. Le lundi matin, je devais être au bureau à neuf heures. Je ne considérai donc même pas un instant ce que Véra me demandait. D'abord, j'étais persuadé qu'elle n'avait aucune chance de se rétablir avant le lundi. Je lui répondis qu'une des femmes se chargerait de lui ou qu'Eden le prendrait.

Elle se cabra dans le lit comme si elle avait vu un fantôme franchir la porte. Elle me fixa comme si elle voyait derrière moi quelque chose d'horrible, un spectre qui était entré et qui se dressait, les bras levés. En un sens, c'était vrai, mais ce spectre était alors invisible pour le reste du monde. Elle s'accrocha à ma main de plus belle, et me retint comme si elle voulait me garder prisonnier.

« Je vous en prie, gardez Jamie, Chad ! »

Elle m'implorait, me suppliait, et je crus que sa température élevée lui faisait perdre la raison.

« Je ne peux pas, lui dis-je. Soyez raisonnable. Vous savez bien que je ne peux pas.

— C'est la seule chose que je vous ai jamais demandée, et je ne vous demanderai jamais plus rien. Je vous en prie, Chad.

— Ce n'est pas possible, Véra, répondis-je.

— Alors voulez-vous demander à Josie de le prendre ? Il ne

connaît pas Josie aussi bien que vous, mais c'est une brave femme, elle sera gentille avec lui. Promettez-moi de convaincre Josie. »

Je répondis que je le lui demanderais. Je ferais de mon mieux. Le téléphone se mit à sonner au rez-de-chaussée. Je descendis pour répondre, et c'était bien entendu Eden. La gouvernante lui avait expliqué que Véra était malade, dès la fin du déjeuner elle viendrait directement, sans attendre le départ de ses invités. Tony serait à la maison, elle viendrait directement et ramènerait Véra et Jamie avec elle à Goodney Hall.

Quel soulagement pour moi. Je me sentis beaucoup mieux, c'était la fin de nos ennuis. A l'instant où je raccrochais, Josie arriva avec le déjeuner de Véra, qu'elle fut incapable d'avaler, bien entendu. Comme Josie était l'une des rares femmes du village (à l'époque) en possession d'une machine à laver, elle emporta un tas de linge sale, de Véra et de Jamie. J'appris à Véra qu'Eden allait venir et sa réaction fut très étrange.

Elle me regarda avec des yeux fous, mais elle n'était pas hystérique, elle n'avait même pas l'air de délirer. Elle prononça sa requête démente d'une voix rationnelle, calme, intense.

« Jamie va faire sa sieste. Enfermez-le à clé dans sa chambre, Chad, et dites à Eden que Josie l'a emporté. »

Que pouvais-je répondre ? Que répond-on à des demandes apparemment insensées de ce genre ? Je la calmai. Je lui dis « D'accord »... Que Dieu me pardonne.

Je ne lus pas plus loin pour l'instant. Je trouvais le récit de Chad curieusement troublant. Bien entendu, je savais que cela s'était mal passé, depuis le début, je savais à quel point Véra était désespérée, mais j'ignorais que cela s'était passé aussi mal que ça. Quant à vérifier les faits pour Daniel Stewart, j'en étais incapable de toute manière. Que pouvais-je, en dehors de retrouver la lettre écrite par Véra à mon père environ une semaine après ce samedi-là ? Elle est datée du 6 janvier et c'est une des rares lettres d'hiver que mon père a gardées. Le plus remarquable dans cette lettre n'est pas ce qu'elle dit, mais ce qu'elle tait.

Cher John,

J'aurais dû t'écrire plus tôt pour te remercier du mandat que Vranni et toi avez aimablement envoyé à Jamie pour Noël. Malheureusement, je suis restée clouée au lit toute la semaine. J'ai attrapé une grippe carabinée avec des complications à la gorge et à la poitrine, mais tout le monde s'est montré merveilleusement gentil et dévoué, Josie et Thora Morrell sont venues me voir chaque jour et Hélène a été vraiment un ange, elle a passé des heures avec moi, elle m'a fait la lecture et m'a apporté des repas de Walbrooks.

Jamie est avec Eden. Je craignais beaucoup qu'elle ne soit pas encore assez solide pour s'occuper de lui, mais elle m'a assuré qu'elle se sentait de nouveau parfaitement en forme. C'est vraiment le meilleur endroit pour lui, cette maison, et je pourrai le reprendre avec moi la semaine prochaine. Eden est venue le chercher à la minute où elle a appris que j'étais malade...

La lettre fut évidemment lue à haute voix pendant le petit déjeuner, et ma mère écouta avec son habituelle moue d'exaspération.

« Je suis content que l'enfant soit avec sa tante, dit mon père. Cela me soulage l'esprit. Il ne saurait être en de meilleures mains, Eden sera la gentillesse même. En dehors de sa propre mère, il ne pouvait mieux tomber.

— Je suppose que cela ne changera guère pour lui », dit ma mère de sa voix neutre. Elle entendait par là qu'à son avis Véra et Eden étaient aussi horribles l'une que l'autre pour un enfant confié à leurs soins. Mon père le comprit très bien car il jeta la lettre sur la table et lui demanda de préciser sa pensée. Elle lui répondit de façon indirecte.

« Tu sais ce que je pense. Je t'ai dit, quand j'ai appris la fausse couche de ta sœur, que cela valait bien mieux. Elle n'aime pas les enfants, elle n'a aucune patience avec eux, il suffit de la regarder trois minutes pour s'en rendre compte. »

Ils se disputèrent sur ce point un moment, car mon père voulait à toute force que l'instinct maternel ait trouvé sa plus parfaite incarnation chez ses deux sœurs de la même manière — elles le tenaient de sa mère. Ma mère n'avait jamais oublié l'incident d'Eden qui avait nettoyé la poussière de sa chambre quand elle avait dormi chez nous. Elle donna libre cours à son opinion sur l'égoïsme d'Eden, son absence de prévenance, sa recherche d'un bon parti et continua de la sorte. Je me rappelai le geste d'Eden, le matin de son mariage, pour chasser Jamie : elle l'aurait giflé s'il n'avait pas esquivé sa main. Je me rappelai aussi qu'elle ne parlait jamais de lui si elle pouvait l'éviter. Je crus revoir Jamie saisir entre ses doigts le chien suisse sculpté et j'entendis Eden l'invectiver :

« Pose ça ! Ce n'est pas un jouet ! »

Mon père se leva pour se rendre à son travail. « Je crois vraiment que c'est le meilleur endroit pour lui, lança-t-il comme si aucune discussion n'avait eu lieu. Il ne peut pas être mieux qu'avec sa tante.

— Je l'aurais pris ici avec plaisir si j'avais su », répondit ma mère.

Personne ne prononça le nom de la seule personne la mieux placée pour s'occuper de Jamie et soigner la pauvre Véra. Je suppose que nous avions tous renoncé depuis des années à tenir Francis pour un être capable de se rendre utile, pour un être normalement social. Nous avions presque renoncé à le considérer comme un membre de la famille. D'après ce que Chad a écrit, il semble que Véra n'a jamais suggéré de le faire revenir de l'endroit où il fêtait Hogmanay dans les Highlands. Mes parents avaient oublié son existence. Je n'avais moi-même jamais envisagé Francis dans ce rôle, alors que si nous avions parlé d'une autre famille j'aurais naturellement demandé pourquoi le fils aîné de la malade ne pouvait pas s'occuper de tout. Je parcourus de nouveau le récit de Chad, à la recherche d'une allusion à Francis dans ce contexte, mais en vain. Je remarquai seulement que Chad avait passé deux nuits dans la chambre de Francis, dans le lit de Francis sans doute, et je me demandai ce qu'il avait ressenti : l'extase ou la douleur, ou peut-être les deux ?

Je n'enfermai pas Jamie à clé dans sa chambre (continuait Chad). Je le mis simplement au lit avec ses jouets en espérant qu'il dormirait un moment. Eden arriva vers trois heures. Vous désirez les faits, vous tenez à tout ce dont je me souviens, alors je dois peut-être vous préciser que sans être ivre, elle avait beaucoup bu. Elle sentait le vin. A en croire Mme de Pompadour, le seul vin qu'une femme puisse boire sans cesser d'être belle est le champagne, je suppose donc qu'Eden avait bu du champagne, entre autres choses. Sincèrement, elle n'aurait pas dû prendre le volant dans cet état. Elle alla directement dans la chambre de Jamie pour faire la valise de l'enfant. Ensuite, elle alla voir Véra.

Je n'entendis rien de ce qu'elles se dirent. Eden avait réveillé Jamie en entrant dans sa chambre et il pleurnichait. Je lui donnai un peu d'orangeade et un biscuit. J'étais vraiment impatient de filer. J'entendis Eden m'appeler et je montai au premier. Véra gisait sur le palier ; elle avait eu une faiblesse, elle était tombée. Elle n'avait pas perdu conscience mais elle semblait trop faible pour se relever. Je crus qu'elle essayait de se rendre à la salle de bains. C'est ce que je pensai sur le moment, mais plus tard je parvins à une conclusion différente. Eden se trouvait aussi sur le palier, avec ses gants enfilés, son sac à main sous le bras. Je crois maintenant qu'Eden avait pris congé de Véra puis était sortie de sa chambre ; Véra avait dû se lever pour la suivre, essayer de courir derrière elle puis dans sa faiblesse, s'était écroulée. Je la pris dans mes bras et la portai sur son lit. Elle s'allongea sur les oreillers, les yeux clos. En bas, Jamie s'était mis à pleurer.

Véra murmura : « Jamie... Je vous en supplie, Chad... » Des larmes se mirent à couler sur ses joues. Je crus qu'il s'agissait de larmes de faiblesse, de fièvre.

« Il vaut mieux la laisser seule, qu'elle dorme un peu », dit Eden. Sa voix me parut un peu pâteuse. Une personne ne connaissant pas sa voix normale ne l'aurait probablement pas remarqué.

Nous descendîmes auprès de Jamie. Il pleurait parce qu'il avait renversé de l'orangeade sur ses vêtements. Je l'essuyai et lui en donnai un autre verre. Eden ne parla absolument pas d'emmener Véra et Jamie avec elle. Et je ne lui rappelai pas ce qu'elle m'avait proposé au téléphone. Véra n'était pas en état de se déplacer de toute manière. Le docteur lui avait ordonné de ne pas quitter le lit. Nous venions de voir ce qui s'était produit quand elle essayait de marcher. Je me demandais si je prendrais le risque de la laisser seule quand Josie Cambus arriva, avec son tricot et un livre de la bibliothèque, prête à rester jusqu'au soir et toute la nuit s'il le fallait.

Et ce fut tout. Eden mit Jamie sur la banquette arrière de sa voiture et la valise dans le coffre, puis s'en alla. Je promis à Josie de téléphoner à Véra le lundi pour prendre de ses nouvelles et je partis à mon tour. Mais le lundi j'eus la grippe. Je demeurai malade, incapable d'aller au travail, pendant toute la semaine et une partie de la semaine suivante. Quand je téléphonai enfin à Véra, Josie me répondit : elle allait beaucoup mieux mais elle venait de s'endormir. Je ne reparlai pas à Véra avant longtemps, et quand je le fis les choses avaient beaucoup changé. Je ne revis jamais Eden Pearmain. La dernière image que je conserve d'elle est le moment où elle se mit au volant de sa voiture. Les derniers mots que je lui ai entendue prononcer? Elle lança à Jamie de faire attention à ses doigts, avant de claquer la portière.

Véra resta malade longtemps. Sa mine me bouleversa quand je la revis en février, et je me dis qu'Hélène avait raison : Véra n'était pas encore assez solide pour reprendre Jamie.

J'étais venue passer le week-end à Walbrooks, j'étais arrivée avec Andrew le vendredi soir. Si mon père avait reçu des nouvelles de Véra ou d'Eden au cours des semaines précédentes, il ne m'en avait rien dit, sauf que la convalescence de Véra s'annonçait très longue. J'arrivai à Stoke-by-Nayland en ne m'inquiétant de Véra que dans la mesure où je n'avais pas la conscience très nette à son égard. Pour des raisons qui auraient dû sauter aux yeux de tous, même les siens et ceux d'Eden, je séjournais maintenant chez Hélène et non chez elle lorsque je venais dans cette région. Sans doute Véra comprenait-elle, mais je ne l'en avais pas moins abandonnée.

« Oh, ma chérie, me dit Hélène, elle n'aurait pas voulu de toi. Je ne l'entends pas dans ce sens, bien sûr, mais elle ne va pas bien du tout. Elle ne s'est pas encore remise de cette grippe. Nous irons la voir demain et tu te rendras compte par toi-même. Elle veut que Jamie revienne, elle veut que nous allions tous chez Eden le chercher, mais je ne sais pas... Tu verras. »

Elle était si mince que je dus détourner les yeux. Et elle avait cet air fané, usé, que prennent parfois les blondes en vieillissant, un air de feuille morte. Sa peau s'était ratatinée, si je puis dire, et il y avait beaucoup de gris dans ses cheveux. Ses os faisaient comme des nœuds à ses poignets et ses genoux, et quand elle souriait son visage devenait un crâne. Malgré tout cela, malgré sa faiblesse évidente, elle avait passé la semaine précédente à repeindre la chambre de Jamie. Nous dûmes tous nous lever pour admirer son œuvre, Hélène, le général, Andrew et moi. C'était la chambre où j'avais dormi, où j'avais regardé Eden enduire son visage de crème et mettre des bigoudis dans ses cheveux, la chambre où j'avais essayé ses produits de beauté. Elle était transformée. Véra avait peint les murs en blanc et les boiseries en bleu pâle, elle avait fait pour Jamie un tapis de chiffon, avec des bouts de tissu bleu et blanc, et elle avait découpé dans des livres de Beatrix Potter des illustrations qu'elle avait montées sous verre.

« Céleste ! lança Hélène. Il va l'adorer, n'est-ce pas ? Mais ma chérie, es-tu sûre d'avoir assez de force pour t'occuper de lui ? »

Véra lui adressa son sourire-crâne. « Bien sûr, voyons ! Aurais-je pu faire tout ça si je n'étais pas en forme ? De toute manière, je suppose qu'Eden n'a pas envie de garder Jamie plus longtemps. Ce serait trop lui demander. Elle a une vie mondaine très active, tu sais. Je pense qu'elle est vraiment lasse de l'avoir, elle ne sera que trop heureuse de le voir repartir. »

Elle parlait d'un ton si léger, si confiant, si... désespéré ?

« Je pourrais le prendre pendant quelque temps », proposa Hélène, mais elle ne semblait guère enthousiaste. Pourtant elle le pensait et je suis certaine que chacun de nous le crut. Elle prendrait Jamie avec elle si Véra le désirait. « Je le ferai de bon cœur, ma chérie, si tu ne te sens pas d'attaque et si Eden désire un peu de repos. »

Véra ne répondit pas. Je m'aperçus alors qu'elle avait peur. Ou bien cette impression m'est-elle venue après coup ? Ai-je vraiment remarqué sur le moment autre chose que sa minceur, sa fatigue, la façon dont elle secouait la tête tout en adressant à Hélène un sourire reconnaissant quoique négatif ? Nous sommes tous montés dans la voiture pour nous rendre à Goodney Hall. On accédait à la maison par une longue avenue de tilleuls. Autour de leurs racines et par plaques dans le parc, la neige avait subsisté. Le ciel avait l'air plein de neige. On était au beau milieu de l'hiver, l'époque la plus sinistre de l'année, bien plus lugubre que décembre. Les jours rallongeaient déjà mais il faisait nuit à cinq heures.

La belle demeure de Stewart gardait ses distances sur son piédestal de terrasses, de balustrades et d'escaliers. Il n'y avait pas, dans le voisinage immédiat, un seul conifère, un seul arbre à feuilles persistantes pour rompre la monochromie, le camaïeu gris de la maison et du ciel derrière. Trois heures, pas une seule lumière n'était encore allumée. Une chose curieuse se produisit quand nous arrivâmes sur le terre-plein de gravier devant la terrasse. Eden apparut à l'angle de la maison. Elle marchait lentement, toute seule, et elle s'arrêta à l'angle, où une urne de pierre se dressait au coin de la balustrade. Elle posa les mains sur le pied de l'urne et regarda d'abord le parc, puis dans notre direction. Elle était emmitouflée dans un manteau de fourrure dont le col épais, relevé, encadrait son visage. Je suis sûre qu'elle ne s'attendait pas à nous voir, qu'elle ignorait que nous allions venir et qu'elle était désagréablement surprise de notre présence.

Et elle ne parvint pas à le dissimuler tout à fait. Elle n'était pas née dans ce style de vie, elle n'avait pas été élevée dans une tradition de grâce mondaine, où l'on cache ses sentiments, où l'on sait prendre un masque de plaisir pour accueillir n'importe qui. Elle descendit l'escalier, d'un air d'abord fâché, puis résigné. Elle avait les cheveux entièrement couverts par un turban d'un tissu noir ressemblant à du jersey, ce qui — ajouté au grand col de renard roux — découragea les effusions. Personne ne s'embrassa. Eden dit :

« Eh bien, mon Dieu, comme c'est agréable de vous voir tous. Quelle surprise !

— Je t'avais dit que nous viendrions samedi, assura Véra.

— Tu m'as vaguement parlé, il y a deux semaines, de passer peut-être ce week-end. »

Elles donnèrent l'une et l'autre l'impression que si Véra avait essayé de prendre un rendez-vous ferme, Eden aurait refusé de la recevoir. Nous entrâmes dans la maison. Il y avait des restrictions de combustible, il y avait encore des restrictions de presque tout, mais je m'attendais cependant à trouver Goodney Hall bien chauffé. Eden et Tony se seraient débrouillés, me disais-je. Or il y faisait froid, plus froid qu'à l'université, à Walbrooks ou dans la maison de mes parents. Un petit appareil électrique était allumé dans le salon. Nous avons tous gardé nos manteaux, et peut-être pour cette raison personne n'a fait mine de s'asseoir. Eden annonça que Mme King avait pris son jour de sortie, mais de toute façon, n'était-il pas trop tôt pour le thé ? Tony était sorti lui aussi, quelque part.

La voix de Véra se fit étrangement timide : « Est-ce que Jamie fait encore sa sieste ?

— Jamie ? » dit Eden, comme si elle avait effectivement entendu ce nom autrefois et en conservait un souvenir vague, remontant d'un passé lointain. « Jamie ? Oui, je suppose. Je n'en suis pas sûre. »

Personne ne dit rien. Andrew m'avoua plus tard que pendant un instant, il avait eu la curieuse impression qu'Eden ne s'était pas occupée de Jamie, qu'il ne se trouvait pas dans la maison, que tout était une sorte de fantasme de la part de Véra. Elle *croyait* seulement qu'Eden s'occupait de lui alors que pendant tout ce temps, l'enfant demeurait en réalité chez Josie Cambus ou Mme Morrell. Bien entendu, Andrew se trompait, car Eden enleva soudain son manteau de renard roux, qu'elle laissa tomber sur un fauteuil, puis lança — ce qui fit un effet aussi accablant :

« Dois-je demander à la gouvernante de le descendre ou bien monterons-nous ? »

Véra prit soudain un peu de couleur. Comme si elle avait deux piqûres d'insectes sur son visage défait, une sur chaque joue.

« La gouvernante ?

— Oui, c'est ce que j'ai dit, répondit Eden d'un ton aimable.

— Tu as une gouvernante qui s'occupe de Jamie ?

— Nous avons pensé qu'il serait plus raisonnable d'engager une professionnelle, qui saurait ce qu'elle fait, oui. »

Comme si Jamie était autistique, retardé ou délinquant, me confia Andrew plus tard.

« Est-il en haut dans cette belle chambre d'enfant que nous avons vue, Eden ? demanda Hélène, très douce, très gaie. J'adorerais vraiment la voir habitée. »

Eden haussa les épaules : « Eh bien, venez. »

Le général s'excusa. Il appartenait à cette génération d'hommes, peut-être la dernière, pour qui les rôles masculins et féminins étaient totalement distincts. Les hommes ne mettaient pas les pieds dans les chambres d'enfants et ne bavardaient pas avec les gouvernantes. Les hommes, pareils à des sultans, n'avaient aucun rapport avec les enfants, même les garçons, tant qu'ils n'étaicnt pas parvenus à l'âge de raison. Il prit le *Daily Telegraph* — dont Eden avait fait les mots croisés à moitié, remarquai-je — et s'installa sur le sofa. Le rôle d'un homme était de conduire la voiture, et quand il faudrait reprendre le volant, il le reprendrait. Mais Andrew nous accompagna, et dans l'escalier je lui saisis la main.

Eden, une fois le renard enlevé, était habillée pour le rôle de la châtelaine du manoir. Jupe de tweed à plis rentrés, chandail et cardigan bleu pâle, plusieurs rangs de perles et son alliance de diamants. Ses cheveux d'or étincelants, coupés court, tombaient en gros rouleaux symétriques — elle s'était fait faire une permanente. Elle nous précéda dans le long corridor jusqu'à l'angle de la maison où se trouvait la chambre d'enfant. Il faisait si froid dans ce couloir que mes dents se mirent à claquer. Mais dans la nursery il ne faisait pas froid. Je n'avais pas remarqué la cheminée lors de ma visite précédente. Ce jour-là, je la remarquai ! Le feu brûlait, un feu généreusement alimenté avec de bons boulets de charbon, non des bûches, et qui dégageait une chaleur rouge, ardente, plus efficace que l'appareil électrique à deux résistances placé entre les fenêtres. Ces dernières étaient couvertes de condensation, car l'air au-dehors était sec et glacé. La première fois que j'avais vu cette pièce, le soleil brillait et dessinait des motifs sur le tapis rose bordé de lierre et de volubilis. Ce tapis avait disparu, remplacé par une moquette beige clair ; il y avait des rideaux de reps beige, mais la table et les chaises étaient toujours là, ainsi que le cheval à bascule. Une jeune fille un peu plus âgée que moi, peut-être de l'âge d'Eden, était en train de mettre le couvert sur cette table : tasse et soucoupe, des assiettes, un bol représentant un lapin. Elle portait une robe grise, pas précisément un uniforme mais assez terne pour le paraître. Jamie était sur le cheval à bascule et il devait le secouer avec énergie. A notre entrée il cessa, mais le cheval continua naturellement à se balancer. Il regarda dans notre direction puis détourna brusquement le visage.

Eden se dirigea vers la bonne et lui murmura quelque chose d'inaudible. Aussitôt, comme si elle réagissait à un bouton enfoncé ou à un levier baissé, la jeune fille lança :

« Dites bonjour à votre Mère, Jamie. »

Elle avait un fort accent du Suffolk et son ordre (qui ne fut pas obéi) nous parut étrangement déformé.

Véra eut l'intelligence de ne pas montrer son amère déception. Je ne m'étais pas rendu compte avant cet instant que Jamie et elle ne s'étaient pas vus depuis le premier janvier, six semaines auparavant. Six semaines est une longue durée dans la vie d'un enfant de quatre ans. Jamie descendit du cheval, se dirigea vers sa bonne et demeura près d'elle.

« Allons ! Ne faites pas le bébé », lui dit-elle.

Le visage de Jamie se plissa et il se mit à pleurer. La jeune fille le souleva et le serra contre elle. Assez maladroitement, pensai-je. Eden s'était écartée du petit drame en train de se jouer. Elle alla vers la cheminée, glissa sa main manucurée et baguée dans un gant à charbon, et se mit à attiser le feu avec un petit tisonnier de cuivre.

Incapable de se retenir plus longtemps, Véra courut vers Jamie, bras tendus. Comme n'importe qui sauf elle l'aurait prévu, cela eut pour effet d'inciter Jamie à s'accrocher davantage aux épaules solides, vêtues de coton gris. Il y enfouit son visage. Véra poussa un cri pitoyable, et la bonne réagit en tendant Jamie vers elle. La scène qui suivit fut pénible à voir. Ce genre de scènes — et elles sont fréquentes quand une mère et son enfant ont été séparés pendant une longue période — est toujours pénible. Jamie se mit à hurler, se débattit, échappa aux bras de Véra, se jeta dans les jambes de sa gouvernante, beugla, embrassa les genoux de la jeune fille. Pendant tout ce temps, Eden tisonnait et attisait le feu. Dehors, il s'était mis à neiger. De gros flocons de neige cotonneuse tombaient dru derrière les fenêtres couvertes de rosée. La bonne s'assit, serra Jamie dans ses bras, et Véra demeura debout, tremblant de tous ses membres, les poings serrés. Hélène dit :

« Il sera un peu désorienté au début, ma chérie. Mais ne t'en fais pas. Nous allons l'envelopper bien au chaud, prendre ses affaires et partir. N'est-ce pas le mieux ? »

Eden s'avança : « Vous n'avez pas l'intention de l'emmener ?

— Mais si, bien sûr, ma chérie. Je croyais que tu le savais.

— Certainement pas. De toute façon, il n'en est pas question. Regarde la neige. Il vient d'avoir un mauvais rhume et ce ne serait vraiment pas raisonnable de le sortir par ce temps, n'est-ce pas ? » lança-t-elle à la gouvernante.

Je crois que l'incapacité de cette pauvre fille à servir d'oracle sauta aux yeux de tous. D'ailleurs elle ne fit aucune réponse à l'appel d'Eden. Elle prit simplement un air bovin : elle fit sauter Jamie sur sa hanche et se balança ainsi avec lui d'un pied sur l'autre. Nous sentions tous également, peut-être, que si quelqu'un devait être consulté à propos de la santé de Jamie, c'était avant tout Véra. Jamie se libéra, s'assit sur le tapis devant le feu et se mit à sucer son pouce. Véra dit :

« Tu ne m'avais pas parlé de ce rhume.

— Non. Je ne t'ai pas parlé depuis dix jours, n'est-ce pas ? Il l'a eu depuis.

— J'ai téléphoné, téléphoné. Tu n'étais jamais là. C'est cette femme, ta gouvernante, qui répondait toujours.

— Véra, répondit Eden patiemment, je ne peux pas rester devant le téléphone toute la journée au cas où tu appellerais.

— Quand pourrai-je emmener Jamie, dans ce cas ? demanda Véra comme une fillette à qui l'on vient de refuser un plaisir et qui essaie d'extraire de ses parents une promesse ferme. Quand pourrai-je le prendre ? »

Andrew commençait à s'énerver, et le ton humble, suppliant, de Véra eut pour effet de redoubler sa colère. Il était peut-être étudiant de première année comme moi, mais il n'avait pas le même âge. Beaucoup plus âgé, plus âgé même qu'Eden, il approchait de la trentaine, il avait participé à la Bataille d'Angleterre, il avait été prisonnier de guerre, et il avait quitté depuis longtemps la catégorie des « enfants » de la famille, à laquelle j'appartenais encore.

« Tu peux le prendre quand tu veux, Véra, dit-il. C'est ton enfant. Nous allons l'emmitoufler et il ira très bien. Nous sommes venus pour l'emmener et c'est ce que nous allons faire. » Il s'adressa à la bonne sur un ton digne d'un descendant des Richardson, riches hobereaux s'il en fût jamais. « Préparez ses affaires, voulez-vous ? »

J'admirai ses façons. Emancipée comme je l'étais et déjà attachée aux droits de la femme, j'attendais cependant d'un homme qu'il se montrât prêt à « prendre les choses en main ». Hélène parut contente elle aussi. J'avais vu du désarroi se peindre sur son visage devant les façons arbitraires d'Eden. Curieusement, ce fut Véra qui renonça. Elle semblait décidée à apaiser Eden, bien que celle-ci se montrât plus ferme que furieuse.

« Si tu crois vraiment que ce ne serait pas bien pour lui, Eden...

— Je le crois. Je l'ai déjà dit. » Elle alla vers une fenêtre et écarta le rideau, bien que la tempête de neige fût parfaitement visible sans ce geste. Andrew formula ce que nous pensions sans doute tous :

« Si l'on conduit la voiture devant la porte, il ne restera pas dehors plus de dix secondes. Ce n'est pas comme s'il devait marcher trois kilomètres jusqu'à la gare, ajouta-t-il, sarcastique.

— Pourquoi ne disons-nous pas le prochain week-end ? Prenons un rendez-vous ferme », avança Véra. Cela semblait, même dans les circonstances, une très curieuse façon de s'exprimer. « Supposons que je dise samedi prochain, Eden ? »

— Tu devrais d'abord t'assurer que mon père sera libre samedi prochain, lança Andrew d'un ton bourru.

— Josie Cambus a une voiture. Elle me conduira. Alors, nous disons samedi prochain, Eden ? »

Eden prit son temps pour répondre. Personne ne s'était occupé du feu devant lequel Jamie était assis — il suçait toujours son pouce (la thérapie de découragement par l'aloès amer était bien oubliée !). Eden glissa la main dans le gant à charbon, mit deux ou trois boulets sur les braises et replaça le garde-feu de grillage. Quand elle eut terminé, elle ôta le gant, allongea le bras d'un air absent et ébouriffa légèrement les cheveux de Jamie. Il ne réagit pas du tout.

« Tu peux venir samedi prochain si ça te plaît, dit-elle.

— Dans ce cas, je viendrai le prendre dans la matinée, d'accord ?

— Oui, viens dans la matinée. »

La bonne revint avec du thé pour nous tous sur un plateau. Eden eut l'air agacé. Elle secoua la tête quand la bonne voulut verser du thé dans sa tasse. Véra s'assit sur une des chaises de bois. Elle se serait sans doute évanouie si elle ne s'était pas assise. Le silence régna jusqu'à ce qu'Hélène se mette à parler de la neige et raconte des anecdotes de neige datant de son enfance à Walbrooks. Pendant ce temps, il se produisit quelque chose d'étrange, et d'affreusement douloureux à la lumière de ce qui allait survenir. Jamie se leva du tapis de la cheminée et s'avança à côté de Véra. Il resta debout près de sa chaise. De nouveau, Véra se conduisit très intelligemment : elle ne montra pas l'émotion qu'elle ressentait (j'en suis sûre). Elle tendit les bras vers lui, ou plutôt les mains, dans ce geste tendre qui offre à l'enfant un petit câlin en passant, s'il le désire. Jamie, de toute évidence, le désirait. Il grimpa sur les genoux de Véra. Pour la première fois depuis notre arrivée, il parla.

« Eden va m'acheter un chien, dit-il à Véra.

— Ah bon, mon chéri ? C'est gentil.

— Un gros chien. Mais il sera d'abord petit.

— Oh, là là ! dit Véra. Je ne prévoyais pas d'avoir un chien, mais si tu le lui as promis, Eden… »

Jamie hocha la tête. « Elle a promis. » Il lança les bras autour du cou de Véra et se blottit contre elle.

« Ne laisse pas refroidir ton thé », dit Eden, et dans ses intonations imitées avec précision, j'en suis certaine, j'entendis ma grand-mère Longley dont je croyais avoir oublié la voix.

La neige nous força à partir. Le vent de tempête s'était calmé, mais de toute évidence, il allait encore neiger. Certaines allées deviendraient impraticables. Comme Andrew le déclara plus tard, se trouver bloqué pour la nuit à Goodney Hall aurait été pire que la mort.

Véra semblait beaucoup plus heureuse depuis que Jamie était venu vers elle lui témoigner son affection. Je crus, et je pense qu'Hélène et Andrew le crurent aussi, que c'était là l'unique problème : l'indifférence de Jamie l'avait bouleversée. On pouvait aussi se rendre compte qu'il avait eu un rhume. Son nez coulait, de temps en temps il se raclait la gorge. Il faisait très chaud dans la chambre d'enfant et l'emmener dans le froid, même dix secondes, n'aurait pas été sage. Je crois qu'au moment où nous descendîmes pour récupérer le général, nous étions tous beaucoup plus satisfaits de l'arrangement. Jamie avait embrassé Véra et s'était montré assez gai dans les bras de la gouvernante quand il nous avait fait au revoir de la main, depuis la porte de sa chambre. Et Eden embrassa Véra, elle aussi ; elle nous embrassa tous puis, frissonnante sous la neige, nous supplia de lui téléphoner à l'instant de notre retour à Walbrooks pour lui faire savoir que nous étions bien rentrés.

Ce fut le seul week-end que je passai en dehors de Cambridge pendant ce trimestre. La situation ne m'intéressait pas assez, ne me touchait pas d'assez près, pour que je demande ce qui s'était passé le samedi suivant. S'il m'arrivait d'y penser, je supposais que Jamie était revenu aux Lauriers avec Véra. Je me rappelle que je me suis même demandé comment Véra allait s'entendre avec un « gros chien », car aucun animal familier n'avait franchi le seuil d'un Longley, d'aussi longtemps que le plus âgé d'entre eux se souvînt.

On était déjà en avril quand j'appris que Jamie n'était jamais retourné aux Lauriers mais vivait encore à Goodney Hall, apparemment avec le consentement de Véra.

XIV

DANIEL STEWART paraît très jeune au premier abord. La première impression qu'il donne est celle d'extrême jeunesse : un vrai gamin. Parce qu'il est mince, se tient très droit, porte les cheveux longs et n'a aucun signe de calvitie naissante. Selon la théorie d'Hélène, pour faire le meilleur effet, les femmes — et les hommes, pour autant que je sache — devraient s'habiller dix ans plus jeune que leur âge, ni plus ni moins. Stewart s'habille vingt ans plus jeune qu'il n'est, et c'est trop, à la limite de l'absurde. Au bout d'un moment, on prend une conscience insistante des rides de son visage, si douloureuses quand il sourit, et du gris parmi ses cheveux, que le shampooing colorant n'a pas teint avec autant d'intensité que le reste — filets de cuivre, en fait, au milieu du brun.

Mais cela n'est qu'entre parenthèses. Il est agréable, un peu patelin, intelligent. Il s'installe dans mon salon avec tout un tas de livres sur les champignons étalés autour de lui et nous attendons l'arrivée d'Hélène. Il l'a déjà rencontrée, bien entendu. Je l'écoute d'une oreille, tandis que de l'autre je guette le moteur diesel du taxi qui la conduira.

« Je désire éclaircir un point, déclare-t-il. Le poison utilisé par Véra Hillyard était-il le même que le poison responsable du décès de la vieille dame qu'elle a trouvée morte dans la fermette ?

— Mme Hislop ? lui dis-je. Vous me posez la question ? Je n'ai jamais entendu dire qu'un poison l'avait tuée. Je savais qu'elle se préparait souvent des champignons — d'espèces que l'on ne considère pas comestibles en général.

— L'enquête a rendu un verdict de « mort naturelle » — le certificat de décès précise infarctus du myocarde, ce qui est une sorte de crise cardiaque. En d'autres termes, elle est morte d'un arrêt du cœur. Comme tout le monde, n'est-ce pas ? Au cours de l'autopsie, on a découvert une dégradation considérable des reins, mais sans rien en déduire. Après tout, Mme Hislop allait avoir quatre-vingts ans. Il y avait dans la maison un panier de champignons crus et dans une cocotte une sorte de ragoût de champignons. Les analyses ont montré qu'ils étaient inoffensifs. »

Je lui demande si l'on a trouvé des champignons vénéneux dans le corps de Mme Hislop au cours de l'autopsie. Je croyais que je ne m'intéressais pas à ce genre de chose — par exemple je ne lisais jamais de romans policiers — mais à mesure que nous en parlons, je m'aperçois du contraire.

« Rien. De là, le verdict. Mais l'on a beaucoup parlé de champignons vénéneux à l'enquête ; en grande partie, je crois, parce qu'on savait que Mme Hislop ramassait un peu n'importe quoi. Véra Hillyard a déposé à cette enquête, bien entendu, mais vous le saviez.

— Non », lui dis-je, et je suis très surprise. Parce que mon souvenir est précis : Véra m'avait parlé de sa découverte de Mme Hislop mais non de sa présence à l'enquête. Pourtant, cela aurait dû faire sur elle une impression profonde et durable, à l'âge de quatorze ans et élevée dans un milieu protégé. Ce qu'implique son silence à cet égard me frappe soudain. A cette enquête, elle avait dû entendre tous ces détails sur les champignons ; elle avait tout emmagasiné dans son esprit pour le ressortir plus tard.

« Malgré ce verdict, reprend Stewart, je suis certain que Mme Hislop est bien morte d'un empoisonnement par les champignons, et que le poison en cause est le même que celui utilisé par Véra Hillyard près de trente ans plus tard. Personne ne sait vraiment de quel poison il s'agissait, et personne ne le saura jamais. Nous ne pouvons que relever les symptômes et faire des hypothèses sur cette base : utiliser ce que nous savons et nous livrer à des conjectures raisonnables.

— Comme pour les oreilles de l'empereur Hadrien », lui dis-je.

Il ne relève pas mon allusion. « Je me demande si le poison

responsable n'a pas été l'orellanine. On le trouve dans les champignons de l'espèce des cortines. Pendant longtemps les cortines ont été tenues pour inoffensives et c'est seulement en 1962 qu'un Polonais du nom de Grzymala a découvert les propriétés du *cortinarius orellanus.* Le poison attaque les reins. Des enfants sont morts plusieurs jours après l'ingestion, et des adultes au bout de plusieurs semaines, voire des mois. Les reins se détraquent.

— Mme Hislop mangeait souvent des champignons étranges, lui dis-je. Vous m'assurez que l'autopsie a constaté une dégradation des reins. Véra m'a raconté qu'au moment où elle l'avait trouvée, elle était *tout enflée.* Des mois s'étaient peut-être écoulés depuis qu'elle avait mangé ces... *orellanus,* comme vous dites. » Je prends son guide des champignons comestibles et dangereux, je lis la section qui s'y rapporte, et je trouve aussitôt des objections à formuler.

« Oui, mais regardez donc, il paraît que cet *orellanus* est rare ou absent de Grande-Bretagne. Véra n'est pas allée en Pologne ramasser des champignons. Et l'autre variété, *turmalis,* est également rare ou absente ici.

— Je sais, me répond Stewart. Cela ne m'a pas échappé. Mais que dites-vous de l'agaric pourpré, qui n'est même pas dans ce livre ? Le voici... » Il me tend un mince opuscule publié par ce qui s'appelait alors le ministère de l'Agriculture et de la Pêche, quelque dix ans avant que Véra ne se lance sur la voie du poison. « *Cortinarius purpurascens,* dit-il. Un champignon apparemment assez fréquent. Il est placé dans la catégorie comestible, mais cela signifie seulement qu'il a été consommé sans effets négatifs connus. »

Ce livre — un autre exemplaire, bien sûr — je l'ai déjà vu. Malgré tout ce que je sais — que Véra était une criminelle, qu'avant de se servir du couteau elle a essayé le poison —, malgré tout ce que je sais, j'ai une curieuse impression : mon cœur chavire, comme on dit. Ce livre (qui s'intitule *Bulletin n° 23, Champignons comestibles et vénéneux*) est très plat, vert foncé avec sur la couverture l'image d'une chanterelle dorée, une girolle comme on en vend sur les marchés de France. Date de publication, 1940 ; prix, une demi-couronne. Dans le texte court qui accompagne le dessin rehaussé d'aquarelle de l'agaric pourpré, une note explique que la variété est difficile à déterminer, même par les experts, et prévient qu'il est préférable d'éviter toute expérience. Mais rien sur l'orellanine, cependant, et juste à l'instant où je vais le signaler à Stewart, je me rappelle ses paroles : les propriétés du poison n'ont été découvertes que vingt-deux ans après la publication du *Bulletin n° 23*.

« Il appartient à l'espèce *cortinarius,* me dit-il, et il contient très probablement l'orellanine qui attaque les reins. »

Je regarde le dessin et je me souviens avec une netteté parfaite d'avoir vu des champignons pourprés dans les bois de Sindon. J'y séjournais toujours à la fin de l'été, n'est-ce pas ? Pendant longtemps, je n'y étais allée qu'à la fin de l'été ou en début d'automne. Je me promenais souvent dans les bois avec Anne. C'était non loin du « Lavoir » où l'on traversait la rivière à gué ou sur la passerelle de bois, là où Véra s'était assise un jour pour bavarder avec sa camarade de classe pendant que Kathleen March était arrachée à son landau, oui, c'était là que j'avais vu ce cortinarius, qui poussait par plaques dans les feuilles en putréfaction : d'un brun olivacé (selon les termes du livre), glutineux et opaque, évasé et marqué par une zone d'un violet bistre, formant croûte, le pied fibrilleux, décoloré, les lamelles bleuâtres puis cannelle et violacées quand on les froisse, larges et serrées, la chair d'un bleu azur.

Juste à ces mots, Hélène entre, et comme j'en suis heureuse ! Je sens dans ma gorge la nausée de vieilles choses laides qui remontent... Elle m'embrasse, serre la main de Stewart.

« J'ai apporté mon Valium, monsieur Stewart, alors si vous voulez me parler de vous-savez-quoi, prévenez-moi je vous prie, que je prenne un cachet à temps. »

Stewart lui demande seulement de lui décrire Goodney Hall. Les gens qui l'occupent ne lui ont pas permis de visiter la demeure. Cela ne la troublera pas, n'est-ce pas ? Elle secoue la tête. Sa capeline a le somptueux violet brunâtre de l'agaric pourpré, elle est évasée et d'un lilas bistre ; je suis ravie qu'elle l'enlève et révèle ses cheveux courts, blancs et frisés.

« Je ne prendrai pas mon Valium, mais peut-être pourrions-nous prendre notre sherry un tantinet plus tôt, ma chérie ? »

Dans mes moments les plus fous, je me suis parfois demandé si je ne m'étais pas mariée pour avoir Hélène comme belle-mère. Faute d'être la cause, ce fut un heureux effet. A coup sûr je me suis mariée parce que j'avais peur — jeune, ignorante et sans expérience comme je l'étais —, oui, peur que si je ne me mariais pas dans la famille, personne d'autre ne voudrait de moi. Personne, hors de la famille, ne voudrait épouser la nièce d'une pendue.

Hélène se souvient d'il y a trente-cinq ans beaucoup mieux que moi. Je me rappelais du salon d'Eden rose et vert, toute la maison rose et vert, mais Hélène avait vu des écarlates et des jaunes. Elle n'a pas oublié le papier Arthur Rackham sur les murs de la chambre d'enfant, remplacé par un bleu soutenu, uni, qui donnait à la pièce un air froid même en été, même avec un bon feu brûlant dans l'âtre. Et elle se rappelle le nom de la gouvernante de Jamie : June Poole. Comment ai-je pu l'oublier ? L'infirmière et gardienne de M. Rochester ne s'appelait-elle pas Grace Poole ? Les situations étaient très différentes, bien entendu. Jamie n'était pas détraqué, ni une femme, ni un secret, bien que pendant un certain temps il demeura prisonnier, et il n'y a aucun rôle pour une Jane Eyre dans cette tragédie.

June Poole était une fille du village de Goodney Parva, et sa seule qualification — pas plus mauvaise qu'une autre, peut-être — pour devenir la gouvernante de Jamie était d'avoir six frères et sœurs plus jeunes qu'elle. Elle n'avait pas connu d'autre vie que le soin des enfants. Qu'elle ait *aimé* cette vie demeure une tout autre histoire. A-t-elle jamais aimé Jamie ? Mais Hélène ne parle pas de ça. Je sais qu'elle trouve particulièrement douloureux de parler de Jamie à quatre ou cinq ans. Je lui ai servi son sherry et elle évoque le jardin aux rhododendrons de Goodney Hall, célèbres dans tout le comté, et qu'Eden ouvrit au public ce printemps-là... Puis mon mari arrive.

J'aime beaucoup qu'ils soient contents de se voir, Hélène et lui ; ils sont à l'aise ensemble comme si c'était la chose la plus naturelle du monde. Pourtant, je ne m'y suis jamais habituée tout à fait. Je crois qu'il n'aime pas Stewart, et l'idée de ce livre lui déplaît sans aucun doute.

« J'espère que vous gardez la loi sur la diffamation toujours présente dans votre esprit, monsieur Stewart », dit-il en me lançant un clin d'œil dans le dos du vieux jeune homme.

La maladie gouverna les événements, à l'époque. D'abord Véra tomba malade, puis Jamie et enfin Eden. Ce que fut en réalité la maladie de Jamie, je ne l'ai jamais su. Peut-être le croup, bien qu'il ne fût pas assez jeune, ou une bronchite, une pleurésie, je l'ignore. Mais ce fut cette maladie que l'on invoqua pour justifier qu'il ne retourne pas chez lui, à Sindon. La lettre de Véra à mon père, datée du 30 mars 1949, a survécu.

« ... Eden m'a aimablement invitée à demeurer avec eux à Goodney Hall pour deux semaines. Tony enverra une des voitures me prendre demain... »

Pauvre Véra. Même au pire de ses frayeurs elle n'oubliait pas son snobisme — snobisme par procuration, dans ce cas.

« Jamie est là-bas depuis près de trois mois, maintenant, car nous n'avons pas pu le déplacer depuis le mauvais rhume suivi de complications qu'il a eu au milieu de février. Il me manque terriblement, comme tu peux l'imaginer, mais j'ai dû accepter ce qui était le mieux pour lui, j'en suis certaine. Il n'était pas question de le déplacer, de le sortir, etc., pendant la vague de grands froids. Eden a été la bonté même, mais je sais ce que tu penses : tout autre attitude *de sa part* nous aurait surpris, n'est-ce pas ? Elle n'a rien épargné pour lui et elle m'a tenue au courant de ses progrès chaque jour, par le menu. Ce sera agréable de passer quelque temps sous le même toit que lui. Il faudra, en fait, que nous refassions entièrement connaissance ! Quand les quinze jours se termineront, il devrait être assez en forme pour revenir avec moi aux Lauriers. »

Ces lignes sont un chef-d'œuvre à leur manière — dans l'art de dissimuler les faits réels et les vrais sentiments. Cette lettre serait-elle aussi une offrande propitiatoire à la Providence, ou une tentative d'apaiser les Furies ? Si je fais bonne figure, si je fais croire que tout va bien, tout ira bien... Et pourtant je sais si peu de chose (moi Faith), même si aucun être vivant en sait davantage. Par exemple, Véra et Eden avaient-elles à l'époque discuté de l'avenir de Jamie ? Ou du passé de Jamie, d'ailleurs ? Eden avait-elle fait à Véra une déclaration d'intentions précise ? Ou bien la pauvre Véra — et c'est ce que je crois le plus probable — était-elle restée tous ces mois en suspens, sans en savoir plus à cet égard que ce qu'elle nous avait appris par cette journée neigeuse de février, pas plus que ce qu'elle confiait à mon père dans sa lettre, tout en craignant le pire ?

Voici ce que je crois, à la lumière de la déclaration de Chad Hamner et de mes propres souvenirs : elle avait pris conscience d'avoir quelque chose à craindre dès le jour du mariage d'Eden et peut-être même auparavant, depuis l'annonce de ses fiançailles. Ses craintes étaient devenues concrètes, réelles et non des chimères, à partir de la fausse couche d'Eden.

Je me suis souvent demandé, depuis lors, ce que les deux sœurs se sont dit pendant qu'elles étaient seules ensemble, au cours de ces deux semaines d'avril. Tony allait à Londres, par le train de Colchester, au moins trois fois par semaine. Sans doute des amies d'Eden venaient-elles parfois, et Mme King entrait et sortait, ainsi que June Poole. Quand elles se promenaient, ou bien dans le jardin et aux repas, Jamie se trouvait probablement avec elles. Mais pendant les longues heures où elles étaient seules, en tête à tête ?

Ont-elles débattu du problème, tenté de trouver un compromis, essayé de créer un avenir partagé, une vie en commun ? Ou bien Eden s'est-elle montrée intraitable et Véra suppliante ? Ont-elles évoqué une seule fois l'identité du père de Jamie ? Comme je les connais, ces deux sœurs, j'ai tendance à croire qu'elles n'ont jamais soulevé aucune de ces questions. Elles n'ont jamais dit ce qu'elles ressentaient ni ce qu'elles avaient l'intention de faire, elles ont dû parler en demi-teintes et en demi-vérités. Eden a sans doute continué de prétendre que Jamie était « délicat », « pas solide », et Véra a eu peur d'éveiller son hostilité.

Ont-elles discuté du passé ? Cela leur aurait semblé douloureux, à coup sûr. Il n'était pas question qu'elles évoquent à ce moment-là l'époque lointaine où Véra avait sauvé la vie de la petite Eden, avait rejeté son propre fils pour devenir une mère pour sa sœur, les jours où elle avait versé des larmes amères quand la guerre avait appelé Eden, les jours où elles s'étaient aimées tendrement — *dans l'Extrême...*

Cet été-là, pendant une partie des grandes vacances, j'allai avec Andrew à Walbrooks. Evidemment, j'allais l'épouser. Pas encore, pas avant un an et plus, à la fin de nos examens, qu'il réussit brillamment et que je passai de justesse — quelle déception ! Cet été-là, nous n'étions même pas fiancés. Pendant quelques mois, j'avais été amoureuse de lui, mais n'étant pas Desdémone, je ne pouvais pas l'aimer pour les dangers qu'il avait traversés. Les dangers qu'il avait traversés commençaient à m'ennuyer à mourir et je redoutais la perspective d'entendre une fois de plus les mots Bataille d'Angleterre. Si Véra n'avait pas été pendue pour meurtre, j'aurais plaqué le fils d'Hélène avec autant d'élégance que possible, et nous serions peut-être redevenus de simples cousins.

Mais cette histoire est celle de Véra, non la mienne. Qu'étais-je à l'époque, et d'ailleurs à n'importe quel moment, sinon une vague silhouette dans un des rêves de Véra ? Un éventuel allié contre Eden ? Quelqu'un était-il pour elle autre chose que cela ?

Elle avait passé la plus grande partie de l'été à Goodney Hall ; elle retournait parfois chez elle aux Lauriers pour une semaine ou quelques jours, mais Jamie ne l'y accompagnait jamais. Il avait alors cinq ans, il avait eu cinq ans en mai, et il avait été question qu'il aille à l'école. Naturellement, il était tenu pour acquis qu'il fréquenterait l'école de village de Sindon, où il resterait sans doute jusqu'à onze ans. Véra ne ferait pas pour Jamie la même erreur que pour Francis. Elle ne se séparerait pas de son bien-aimé Jamie pour l'envoyer en pension. Et nous estimions tous également que Gérald n'interviendrait probablement pas. Véra déciderait, et déciderait seule. Je crois qu'aucun de nous ne considérait encore Gérald comme le père de Jamie — sans en parler entre nous, bien entendu. Jamie avait forcément eu un père, mais si ce n'était pas non plus Chad, Véra avait dû avoir un autre amant. Je pensais à l'époque (je ne l'ai jamais avoué, même à Andrew) qu'un ancien galant de Véra, un homme qu'elle avait connu avant de rencontrer Gérald, avait dû rentrer en permission : ils s'étaient retrouvés par hasard et la frustration, la nostalgie, peut-être une bouteille de vin achetée sous le comptoir, avaient fait le reste. Ce n'était guère dans la nature de Véra, mais les vies sexuelles des gens ne leur ressemblent pas toujours, il s'en faut.

Véra nous demanda, à Andrew et à moi, de kidnapper Jamie.

Nous étions allés à Bury St Edmunds dans la vieille Mercedes, tous les deux, et à notre retour nous avons traversé la Stour à

Sudbury pour entrer en Essex, et nous sommes passés à Great Sindon avant de revenir. C'est peut-être ce jour-là, en allant dans les bois de Sindon par le Lavoir pour ramasser des pommes de pin (Hélène en avaït besoin pour la cheminée du salon), que j'ai vu l'agaric pourpré sortir des feuilles pourries. Selon le livre de Daniel Stewart, *cortinarius purpurascens* abonde en juillet et août, or nous étions en juillet. Ou peut-être était-ce un autre jour, des années auparavant, quand je parcourais le bois de Sindon avec Anne Cambus. Ou des années plus tard, quand j'y suis retournée toute seule.

Je n'aime pas me dire que si nous avions accédé à la requête de Véra, aucun meurtre n'aurait eu lieu. De toute manière, ce ne serait pas vrai. Même si nous avions accepté, encore aurait-il fallu, pour éviter la catastrophe, que nos efforts fussent couronnés de succès. Or nous savons, d'après les événements qui suivirent, que nous n'aurions jamais réussi.

Véra ne nous attendait pas. Nous sommes arrivés sans prévenir. J'étais d'avis de continuer, d'éviter la petite rue où se trouvaient les Lauriers, mais Andrew déclara que cela ferait mauvais effet si une personne du village nous voyait et le signalait à Véra. Il a toujours été très à cheval sur les apparences.

Josie Cambus était avec elle. C'est peut-être la première fois que j'ai entendu parler du fils de Josie (de son mariage précédent) car à notre arrivée elle expliquait qu'il finissait son droit. Véra était aussi mince que la fois précédente, aussi vieillie, mais elle avait récupéré sa force nerveuse, semblait-il. Pendant toute notre visite elle parut avoir la bougeotte : ses mains ne cessaient de tirer sur le liseré des bras du fauteuil, et une ou deux fois elle fit son geste étrange : penchée en avant, en appuyant comme sur une perceuse, le visage crispé, tordu.

Cinq minutes à peine après notre arrivée, Josie s'en alla.

Véra lança : « Etes-vous venus en voiture ? » Comme s'il était possible de se rendre à Sindon par un autre moyen de transport au milieu de l'après-midi — l'autocar du déjeuner était parti deux heures plus tôt, et celui du thé n'arriverait qu'à cinq heures.

Comme si elle doutait de notre réponse, elle s'avança vers la fenêtre pour contempler la Mercedes, garée contre la haie de fuchsias. Elle hocha la tête. Elle offrait un tableau désolant : Véra à quarante-deux ans — émaciée, desséchée, dix ans de plus que son âge. Sa bouche, quoique vide, mastiquait comme si elle mâchait du chewing-gum.

Soudain elle se mit à parler, sautant du coq à l'âne mais comme si c'était la suite d'une conversation continuée pendant des semaines. Et c'était le cas en un sens, car j'ai appris plus tard qu'elle avait demandé la même chose à Josie, aux Morrell et même à Hélène, bien qu'Hélène ne nous en eût pas parlé.

« Si nous allions là-bas tout de suite, nous dit Véra, Tony n'y serait pas. Jc le sais de source sûre. Et c'est l'après-midi de congé de June. Je suis restée bien assez longtemps pour connaître toutes les habitudes de la maison. Il n'y aura avec Eden que Mme King, et Mme King n'est pas très solide, elle doit avoir la soixantaine bien sonnée. Nous pourrons le faire facilement. Je pourrai le faire moi-même, si vous retenez Eden en lui parlant. Ce serait facile. »

Les gens qui nourrissent une obsession en ont l'esprit tellement plein à l'exclusion de toute autre chose qu'ils supposent tout le monde au courant de ce dont ils parlent, sans aucun préambule. Il en était ainsi pour Véra. Aujourd'hui, je trouve étrange de n'avoir pas compris aussitôt ce qu'elle voulait dire — ni Andrew d'ailleurs.

« Emmener Jamie, bien sûr », lança Véra. Elle était impatiente. « Le ramener à la maison. Le prendre de force. C'est la seule façon. »

Nous avons pensé tous les deux (nous nous en sommes aperçus plus tard) que Véra était devenue folle. Andrew lui a dit :

« Il n'a pas envie de rentrer à la maison, Véra ? C'est ça ? » D'un ton aimable et prudent.

« Il a envie de rentrer, bien sûr. Il n'a que cinq ans n'est-ce pas ? Qu'est-ce qu'il connaît ? C'est Eden qui refuse de le laisser partir. Tout le monde le sait. Eden veut le garder parce qu'elle ne peut pas avoir d'enfant à elle.

— Voyons, Véra. Ecoute une minute... » Andrew avait l'air aussi épouvanté que je l'étais moi-même. « Ce n'est pas possible. Tu es un peu surmenée, n'est-ce pas ? Tu n'as pas l'air très bien. Mais n'exagère pas... Eden aurait-elle insisté auprès de toi pour que tu la laisses adopter Jamie ? C'est cela ?

— Insisté ! » lança Véra. Elle fit un atroce rire de gorge, s'avança tout au bord de son fauteuil, et commença à se tordre les mains.

« Parce qu'il te suffit de refuser, voyons. Ils ne peuvent pas te le prendre. La loi ne le leur permettrait pas. Tu le sais bien, n'est-ce pas ? »

Elle secoua la tête d'avant en arrière, d'un geste impatient, et même violent. « Tu as la voiture, et vous êtes là tous les deux, jeunes et forts. Tu pourrais te battre contre Eden. Tu pourrais enfermer Mme King dans sa chambre et Faith pourrait occuper Eden en bavardant pendant que je prendrais Jamie dans la chambre, et si Eden nous voyait avant que nous nous échappions, tu pourrais retenir Eden pendant que Faith et moi partirions.

— Je ne sais pas conduire », lui répondis-je.

Andrew me lança un regard noir. Je suppose donc que j'avais l'air de la prendre au sérieux.

« Ecoute, Véra, lui dit-il, je crois que tu devrais voir ton docteur. Te faire donner quelque chose pour les nerfs. » On parlait des nerfs, à l'époque, pas encore de névrose. « Allonge-toi calmement et réfléchis. Quand tu voudras ramener Jamie ici, à n'importe quel moment, nous irons le chercher à ta place. D'accord ? A n'importe quel moment — il te suffira de nous le dire. » Je l'adorais vraiment d'avoir parlé ainsi. Il se montrait fort, comme je l'avais toujours cru. « Seulement, nous devons le faire au grand jour, reprit-il. Prévenir Eden et nous montrer fermes, mais nous comporter tout de même en personnes civilisées, n'est-ce pas ? »

Elle lui adressa un regard d'ineffable mépris. « Pourquoi personne ne veut-il m'aider ?

— Tu n'as pas besoin d'aide, Véra. En tout cas, pas de cette façon. Tu as seulement besoin de l'aide d'un médecin, si tu veux mon avis.

— Je ne te demande pas ton avis. La seule chose que je te demande, tu la refuses. »

Nous sentîmes l'un et l'autre que nous ne devions pas la quitter dans cet état, tout en commençant à éprouver un immense écœurement pour cette histoire. Nous étions persuadés d'avoir compris, voyez-vous, compris les pressions et les résistances. Nous avons proposé qu'elle rentre à Walbrooks avec nous, qu'elle reste quelques jours avec Hélène et qu'elle voie peut-être le médecin d'Hélène. Elle ne voulut rien entendre. Si elle allait quelque part, ce serait de nouveau chez Eden pour être avec Jamie.

« Mais Eden a-t-elle vraiment envie de l'adopter ? demandai-je à Hélène ce soir-là.

— On le dirait, ma chérie. Elle ne peut pas avoir d'enfant, elle ne le pourra jamais. Apparemment, elle insiste depuis trois mois pour que Véra lui permette d'adopter Jamie légalement. Elle me l'a dit elle-même. Bien entendu, elle ne songe pas à en priver Véra par la force, ce serait absurde.

— Vraiment ? Que se passera-t-il au juste si Véra déclare qu'elle veut l'avoir *tout de suite* et qu'elle va l'emmener ? Elle n'a pas de voiture. Je veux dire : est-ce qu'Eden s'accrocherait physiquement à Jamie ? Est-ce qu'elle l'enfermerait dans la chambre d'enfant ? Est-ce que Tony et June Poole l'aideraient ?

— Je vois que Véra t'a parlé.

— Non, pas du tout, protestai-je. De toute façon elle ne m'a rien dit de tout cela.

— La vérité, je suppose, c'est que Véra ne veut pas d'histoires, ma chérie. Elle ne veut pas de rupture complète avec Eden. Et bien entendu, elle l'évite — nous étions une famille tellement unie. »

Je ne voyais pas du tout les choses sous ce jour et je ne le cachai pas. Arthur Longley n'avait pas été uni à Hélène quand elle était enfant et qu'il s'était remarié. Gérald et Véra n'étaient pas restés unis, et Francis n'avait jamais été uni avec personne. Les deux sœurs avaient toujours détesté ma mère et réciproquement. Mon père et Hélène ne s'étaient jamais bien entendus. Pour une famille unie, merci bien ! Andrew dit alors — à ma vive surprise :

« Ne prenez pas mes paroles en mauvaise part, mais si Eden l'adoptait ne serait-ce pas pour Jamie, à longue échéance, la meilleure chance du monde ? Véra ne paraît pas avoir toute sa tête depuis quelque temps. Elle est seule. Elle a du mal à joindre les deux bouts. On se demande parfois dans quelle mesure elle est vraiment idéale, comme mère.

— Pourquoi faut-il se le demander ? » lançai-je. Je déteste ce genre de phrase. « Existe-t-il une mère idéale ? La question c'est qu'elle est une mère et le seul parent qu'ait Jamie, autant que l'on sache. » A ces mots, Hélène « marqua le coup », j'entends qu'elle se montra choquée à sa manière : en faisant une bouche en Ohh ! et en haussant les sourcils. « Véra l'*adore*, tu n'as pas l'air de le comprendre, dis-je à Andrew. Elle l'aime vraiment avec passion, n'est-ce pas, Hélène ?... Je crois que tu ne les as jamais vus ensemble, sinon tu ne parlerais pas de mère idéale.

— Je songeais à l'enfant, me répondit Andrew. Je pensais à ses chances dans la vie. De cette manière, il aurait deux parents, et des parents jeunes. Une belle maison. De l'argent pour son éducation. Un milieu comme il faut. »

Cela m'écœura. « Eden déteste Jamie, dis-je. Elle déteste les enfants.

— Non, ma chérie, pas du tout, répondit Hélène. Je les ai vus ensemble, pas plus tard que la semaine dernière, et elle raffole de Jamie autant que Véra, maintenant. »

Dès ce soir-là, nous avons commencé à prendre parti pour un camp ou pour l'autre. Personne ne s'exprima ouvertement, personne ne proclama qu'Eden devait le garder ou Véra le reprendre, mais sans un mot nous avons pris parti. Assez curieusement, malgré ses protestations Andrew se rangea dans le camp de Véra. Pour une seule raison, je crois : il n'aimait pas Eden et avait envie qu'on lui rabatte son caquet. Le général était du côté de Véra parce qu'il avait des idées sentimentales sur la maternité. Hélène me stupéfia en adoptant l'attitude précédemment exprimée par Andrew. L'adoption par Eden et Tony représentait à ses yeux un avantage matériel incomparable pour Jamie. En outre, la famille serait probablement moins séparée ainsi, pensait-elle, car Véra passerait la moitié du temps à Goodney Hall pour être près de Jamie, alors que si Véra triomphait, Eden cesserait de lui parler à jamais. Je me rappelai l'amour fraternel profond qui les unissait autrefois, et j'en fus abasourdie.

« Quel dommage que Véra ait eu ce rhume », dit Hélène, comme si le rhume était la cause de tout. Mais n'était-ce pas ce que nous pensions alors à l'époque ?

Je ne dois pas donner l'impression que cette affaire Véra-Eden-Jamie nous occupait à l'exclusion de tout le reste. Nous y pensions beaucoup, nous en parlions, mais nous avions aussi d'autres sujets de conversation. Andrew et moi, en particulier. Nous étions en train de passer de l'amitié entre cousins à l'histoire d'amour. Patricia envisageait le mariage, elle aussi, et elle fit venir à Walbrooks pour deux semaines l'homme avec qui elle vivait à Londres. Bien entendu, pas une seule personne de la génération de nos parents ne savait qu'elle vivait avec lui, ce n'était pas une chose ouvertement admise en 1949, et quand ils venaient chez Hélène, on leur donnait naturellement des chambres séparées. Il y eut beaucoup de petits pas secrets dans les couloirs de la vieille maison des Richardson au cours de ces nuits d'août.

Une semaine environ après notre visite aux Lauriers, Eden passa, un matin. Elle vint seule. Elle avait laissé Jamie chez elle avec June Poole et Mme King. Elle passait, nous dit-elle, en allant chercher Véra qui reviendrait à Goodney Hall avec elle jusqu'à la fin du mois. Je crois que la question de Jamie devait tourmenter la conscience d'Hélène, sinon elle n'aurait sûrement pas explosé comme elle le fit en notre présence, et devant l'ami de Patricia, Allan. J'eus l'impression qu'elle ne pouvait plus se contenir.

« Ma chérie, ce n'est vraiment pas juste pour la pauvre Véra de continuer ainsi ! Tu dois simplement prendre ta décision sur ce que tu veux faire, puis le faire. Et ce pauvre petit bonhomme — que doit-il ressentir ? »

Eden se montra très calme et distante. Elle portait une robe indienne à gros carreaux bleu marine et jaune avec un col large et un décolleté profond, le cou garni d'une guimpe de dentelle bouffante. La jupe large et assez longue. Les conventions étaient encore tellement strictes que même pour conduire dans la campagne en pleine matinée, elle avait mis des bas de nylon piqués de grisottes et à coutures sombres, avec des chaussures à très haut talon, en agneau glacé bleu marine, retenues par des lanières à la cheville. Elle avait les lèvres et les ongles du même rouge écarlate. Elle portait un parfum très lourd, *Emeraude* de Coty.

« J'ai déjà pris ma décision, Hélène, répondit-elle. Tony et moi savons exactement ce que nous voulons. Nous voulons Jamie. Aucune difficulté de notre côté. C'est à Véra que tu devrais parler.

— Si Véra n'est pas d'accord avec vous, jeune dame, lui dit le général, il vous faudra renoncer. Vous le savez, je suppose. »

Je pus voir qu'Eden détesta qu'il l'appelle « jeune dame » autant que je le détestais moi-même. Il se servait de cette expression avec Patricia, Eden et moi quand il n'était pas content de nous.

« Je n'ai pas envie de parler de choses privées sur la place publique.

— Oh, ma chérie, la place publique ! Comment oses-tu ? Nous sommes tous de la famille, ici. »

Eden ne considérait pas Allan comme de la famille, mais n'eut pas vraiment le front de le dire. « De toute manière, c'est une question entre Véra et moi.

— Pas si votre sœur en est toute retournée », dit le général sans préciser si par « sœur » il entendait Véra ou son épouse. Le diable entra en moi, car je savais bien que de toutes les interventions extérieures, Eden détesterait la mienne plus que les autres. Excepté celle de ma mère, sans doute.

« Pourquoi n'adoptes-tu pas n'importe quel bébé ? lui dis-je. Pourquoi ne t'adresses-tu pas à une société d'adoption. J'aurais cru que tu préférerais un nouveau-né. Jamie a cinq ans.

— Je connais très bien l'âge de Jamie, Faith. Merci beaucoup d'avoir ajouté ton grain de sel. Mais en quoi cela te regarde, je ne le vois vraiment pas.

— Ne vous querellez pas, mes chéries, je vous en supplie ! s'écria Hélène. Je vois bien que tu as envie de ton propre neveu, Eden. Je peux le comprendre. C'est un bon petit garçon de toute manière, c'est un amour et... Tu pourrais l'envoyer à Eton. »

C'était si absurde que cela nous fit tous rire, ce qui contribua à détendre l'atmosphère. Eden nous dit, le sourire encore sur les lèvres.

« Autant vous l'annoncer puisque vous avez mis le sujet sur le tapis : tout est en ordre. Je ne voulais pas en parler tant que tous les tenants et aboutissants ne sont pas entièrement réglés. Nous allons garder Jamie, ce sera notre fils, ce n'est plus qu'une question de quelques formalités. Et bien entendu, Véra passera autant de temps qu'elle voudra avec nous jusqu'à ce qu'elle s'habitue au nouvel arrangement. »

Nous demeurâmes tous un peu abasourdis. Quel que fût notre camp, nous n'avions pas envisagé qu'une chose pareille se passe aussi rapidement. Et je me rappelai Véra en train de nous supplier de kidnapper Jamie. C'était seulement une semaine plus tôt qu'elle nous avait demandé de l'aider, Andrew et moi.

« Mais Véra l'adore, lui dis-je. Il est tout pour elle. » Eden me haïssait. C'est ce qui me donna du courage.

« Raison de plus pour vouloir ce qui sera le mieux pour lui.

— Tu sais que ce raisonnement ne tient pas. Personne n'a ce genre d'abnégation.

— Je n'ai pas l'intention d'en discuter avec toi, Faith. Tu n'as pas l'âge de comprendre. Autant que je sache, tu es encore plus ou moins à l'école.

— Je sais reconnaître l'amour quand je le vois, répliquai-je. La semaine dernière, Véra nous a demandé, à Andrew et à moi, de te prendre Jamie. Elle a laissé entendre que tu le retenais de force.

— Oh, Faith ! » dit Hélène.

Andrew me laissa tomber. Il ne prononça pas un mot. Son père l'interrogea. Il lui demanda : « Est-ce vrai ? » et Andrew haussa simplement les épaules. Mais même s'il m'avait soutenue, si nous les avions tous convaincus, qu'aurions-nous pu faire ? Patricia quitta la pièce en emmenant Allan. « Viens, Alan. Allons faire un tour.

— Tu crois vraiment, me déclara Eden avec un mépris infini, que Véra viendrait s'installer avec moi, que j'irais la chercher aujourd'hui, si elle était opposée à ce que nous adoptions Jamie ? Tu le crois ? Tu crois qu'elle le permettrait si elle n'était pas d'accord ? Pourquoi ne prendrait-elle pas simplement Jamie et ne s'en irait-elle pas avec lui ? A moins que Faith se figure que je le garde prisonnier ? »

Il n'y avait aucune réponse possible. Eden partit presque aussitôt, après avoir pris congé de nous tous d'un ton froid. Dès son départ, le général, furieux contre moi, me traita de « brandon de discorde ». J'eus avec Andrew une querelle homérique, au cours de laquelle je le forçai enfin à reconnaître que Véra nous avait demandé de kidnapper Jamie. Je parvins aussi à le lui faire dire à ses parents, mais il minimisa la chose et dénatura la vérité en donnant l'impression que Véra était hystérique et avait besoin de soins mentaux.

Cela bouleversa Hélène hors de proportion. A l'époque, les gens n'acceptaient pas la maladie mentale comme ils le font aujourd'hui. Ils se défendaient toujours en assurant qu'il n'y avait jamais rien eu de pareil dans leur famille. Ce fut ce qu'Hélène déclara. Mais visiblement horrifiée à l'idée d'un trouble mental éventuel de Véra, elle semblait pressée de l'attribuer à n'importe quoi. Elle annonça qu'elle comptait bien découvrir la vérité par elle-même. Elle irait à

Goodney Hall dans un jour ou deux et elle parlerait à Véra en tête à tête.

J'aurais aimé l'accompagner, mais elle refusa. Elle ne me le dit pas carrément, mais elle laissa entendre que ma présence ne ferait que braquer Eden. Les Chatteriss n'avaient aucun souci de faire des économies en n'utilisant pas le téléphone, et j'appelai mon père pour lui parler de Véra et de Jamie. Il ne s'était jamais vraiment habitué aux téléphones, qui étaient entrés trop tard dans sa vie, et il avait toujours tendance à s'adresser au combiné au lieu de parler simplement à la personne au bout du fil. Il parlait au téléphone comme si tout ce qu'il disait était enregistré à l'intention de gens connaissant mal les sons de la langue anglaise. Cela, ajouté au fait qu'il me croyait (comme Eden) trop jeune pour prendre parti dans cette affaire et surtout trop *présomptueuse* en tant que simple nièce, ne permit pas une conversation satisfaisante entre nous. Il ne cessa de répéter qu'il ne me suivait pas du tout, mais que Véra et Eden devaient bien savoir ce qu'elles faisaient. Le plus important, c'était que je reste en bons termes avec mes tantes.

A son retour, Hélène avait l'air vraiment gai. Véra était parfaitement normale, elle ne pouvait pas imaginer ce qu'avait voulu dire Andrew. Elle était sortie avec Jamie pour une promenade à Goodney Parva au moment de l'arrivée d'Hélène. Cela réglait une fois pour toutes la question de l'emprisonnement de Jamie, non? Véra l'avait ramené et l'avait renvoyé en haut, aux soins de June Poole, puis avait discuté avec Hélène de l'entrée de Jamie à l'école. Il irait à l'école de village de Goodney Parva à partir de septembre.

Je lui ai demandé si elle s'installerait là-bas elle aussi et elle m'a répondu non. Elle retournerait aux Lauriers fin août. Puis j'ai tout déballé : était-il exact qu'Eden et Tony allaient adopter Jamie légalement? Elle me répondit qu' « adopter légalement », elle n'en savait rien, mais ils allaient le garder, il vivrait avec eux. Je lui ai demandé pourquoi. Elle n'a rien dit, elle a fait simplement la grimace. Elle était en train de broder un de ces ridicules dessus de coussin, tu sais bien, le genre d'ouvrage qu'elles font, ma chérie, comme si elles avaient besoin de — comment dit-on déjà? — de thérapie occupationnelle. Elle a continué de tirer l'aiguille, sans me regarder.

— Es-tu allée au vif du sujet ? demanda le général. Lui as-tu demandé si c'était ce qu'elle désirait ?

— Oui, mon cher. Pas d'interrogatoire, je vous prie ! Elle m'a répondu d'un ton calme que c'était absolument ce qu'elle désirait et qu'on n'en parle plus. Je ne crois pas qu'elle soit le moins du monde dérangée, Andrew, en toute sincérité. Plutôt *léthargique,* si vous voyez ce que je veux dire. »

Mon père m'écrivit. Il me dit qu'il avait la plus grande confiance en ses sœurs, elles agiraient comme il faut et feraient passer leur devoir avant des considérations personnelles. Elles avaient été bien élevées, et c'est ce qui les maintiendrait dans la bonne voie et le droit chemin. Il n'y avait aucun exemple de maladie mentale dans notre famille, absolument aucun, il me demandait de le croire. Il ne voulait surtout pas que je m'inquiète pour ce genre de chose. Mais il jugeait probable que l'antipathie de ma mère pour ses sœurs, qu'il attribuait à la jalousie, m'avait contaminée en me donnant des préjugés contre elles. Il éprouverait un chagrin amer s'il apprenait qu'on avait tenté de détruire l'affection et l'admiration que je ressentais pour Véra et Eden. Et ainsi du reste. N'irais-je pas passer quelques jours avec elles avant de rentrer à la maison ? Après tout, je n'avais nul besoin de prolonger mon séjour chez Hélène, qui était seulement ma demi-tante.

Rien n'aurait pu m'inciter à passer quelques jours à Goodney Hall, à supposer que l'on m'y eût invitée. Eden, bien entendu, ne m'invita pas. Eden, étant Eden, s'attendait sans doute à des excuses écrites de ma part avant même de m'inviter à prendre le thé. Je restai à Walbrooks trois semaines environ, puis rentrai chez mes parents après avoir promis de revenir en septembre et de retourner à Cambridge avec Andrew pour le début du premier trimestre. Je ne parvins pas à faire comprendre à mon père pourquoi je n'étais pas allée voir Eden et Véra. Les explications commençaient à me fatiguer, d'autant plus que je me disais déjà que Véra et Eden devaient savoir des choses que le reste d'entre nous ignorait. Agir sans tout savoir était inutile. Faire des conjectures, inutile également. Véra envoya une lettre mais elle n'a pas survécu. Pourquoi, je n'en sais rien, car nous n'avions certainement pas de feu de charbon en septembre. Mon père apprit ainsi que Véra rentrerait à Sindon à la fin de la semaine (elle était déjà restée quinze jours de plus que convenu) et que Gérald désirait divorcer. Il avait rencontré une femme qu'il voulait épouser et il prendrait tous les torts. A l'époque, pour divorcer, il fallait que la femme prouve que son mari avait commis un délit matrimonial : adultère, abandon ou cruauté — le désir de se séparer ne suffisait pas.

« Elle sera bien débarrassée de lui, il l'a traitée de façon monstrueuse », commenta mon père.

Eden tomba malade à un bien mauvais moment pour le petit monde de Goodney Hall. June Poole prenait sa semaine de vacances. Le père de Tony venait d'avoir une légère crise cardiaque et Tony se trouvait dans le Yorkshire. Tout cela ne saurait être le résultat de manigances. Ce sont des coïncidences. La maladie d'Eden ne fut pas précisée et se mua donc en mystère. Ce n'était pas un rhume ou la grippe. S'agissait-il d'une autre fausse couche ? nous sommes-nous demandé. Au moment de mon retour à Walbrooks, elle avait déjà été hospitalisée.

Véra était restée seule à Goodney Hall avec Jamie, avec Mme King, la gouvernante, et une femme qui montait du village deux fois par semaine pour faire le gros ménage. Elle me raconta elle-même ce qui s'était passé au cours d'une soirée de pluie, deux jours avant mon retour à l'université — je m'étais à moitié soumise à la requête de mon père, et je passais deux nuits avec elle, non à Goodney Hall mais aux Lauriers. Au premier, Jamie dormait dans sa chambre redécorée. A un moment ou un autre, dans la nuit, Francis devait rentrer. A la stupéfaction de Véra, qui ne dissimula pas sa colère, il avait profité de l'absence de sa mère pour s'offrir une lune de miel dans la maison avec une fille — une serveuse de bar qu'il avait ramassée à Ipswich, me dit-elle. Le village scandalisé en frémissait de honte. La fille avait filé et Francis partirait le lendemain, lui aussi, mais Véra attendait son retour dans la nuit — sans doute aux petites heures.

« Le docteur a obligé Eden à se faire hospitaliser, sinon il dégageait toute responsabilité pour ce qui pourrait arriver », me dit Véra. Elle baissa un peu la voix et lança un coup d'œil à droite et à gauche comme si la maison était pleine de gens qui risquaient d'entendre et d'être dégoûtés. « Elle était incapable d'uriner. Le docteur a dit qu'elle avait les reins touchés. A mon avis, c'est la conséquence de ce qu'on lui a fait quand elle a perdu le bébé. De toute manière, nous n'avons pas envie d'en parler. Ce n'est pas le genre de chose que je devrais aborder en ta présence.

« Une ambulance est venue la chercher. J'ai téléphoné à Tony chez son père et il m'a dit qu'il rentrerait tout de suite. Jamie était à l'école. Il avait commencé quinze jours plus tôt. Je n'ai rien dit à Mme King. J'ai fait nos valises, celle de Jamie et la mienne, nous avions accumulé tellement de choses, tu ne le croirais pas, et je les ai laissées dans le vestibule, avec un petit mot pour demander à Mme King de les envoyer. Je suis descendue au village à pied, j'ai sorti Jamie de l'école et nous nous sommes enfuis ensemble, c'était vraiment drôle, nous avons bien ri. Oui, quelle *rigolade* ! Comme une farce de gamins. Je ne cessais de penser à quel point Eden serait furieuse. Et il est vraiment presque impossible d'aller de Goodney à Sindon sans voiture. Nous avons dû prendre trois autocars et nous ne sommes pas rentrés avant huit heures. Et bien entendu j'ai trouvé Francis ici, et la maison dans la pagaille la plus scandaleuse. J'étais épuisée mais ça m'était bien égal. J'ai mis Jamie dans mon lit, et puis je me suis glissée contre lui une heure plus tard, et nous avons dormi comme ça toute la nuit, c'était un tel bonheur. »

Le lendemain, Tony était venu. Il avait dit à Véra qu'il ne pouvait pas comprendre pourquoi elle n'était pas restée à Goodney Hall. Véra avait éclaté de rire et répondu qu'elle n'y reviendrait pas, que Jamie n'y reviendrait pas non plus, et que s'il se figurait qu'elle irait rendre visite à Eden à l'hôpital, il se mettait le doigt dans l'œil. Elle ne sortirait pas de chez elle pour lui donner l'occasion de venir lui prendre Jamie. Tony dut rester sans voix : il était tellement conventionnel, tellement rigoureux. Et il ne savait pas du tout ce qu'elle voulait dire. A l'époque, il ne savait vraiment rien. Eden ne lui avait encore rien dit, sauf qu'elle désirait adopter Jamie. Il avait consenti, sans doute pour la calmer.

Véra me raconta tout cela avec un regard brillant, en riant de temps en temps de sa propre ruse pour déjouer les plans d'Eden. Je me persuadai vite qu'elle était en train de devenir folle, ce qui n'était pas agréable du tout. On se sentait mal à l'aise avec elle. Mais je ne soupçonnais nullement ce jour-là, personne ne le soupçonnait encore, qu'elle était responsable elle-même de la maladie d'Eden. Je croyais tout comprendre : Eden avait harcelé Véra pour qu'elle lui laisse adopter Jamie, sous prétexte que ce serait dans l'intérêt de l'enfant ; Véra, quoique déchirée par son amour pour Jamie, avait consenti ; puis elle l'avait regretté et profité de l'occasion pour le reprendre. Je ne songeai nullement à l'effet que tout cela pouvait avoir sur l'enfant. J'étais trop jeune, je suppose.

Le lendemain, je rencontrai Francis. La plupart du temps, il habitait chez son père, et il allait entreprendre des études spécialisées, après sa licence, à l'université de Londres. Sa descente aux Lauriers avait eu lieu uniquement parce que Gérald n'avait pas consenti à ce qu'il emmène la fille coucher chez lui. Les relations de Gérald avec sa nouvelle compagne étaient circonspectes, et il organiserait la preuve de son adultère, pour le divorce, avec une jeune personne qu'il paierait pour la circonstance. Je n'avais pas vu Francis depuis le mariage d'Eden, au moment où je l'avais surpris avec Chad à la lueur de la chandelle. Je me sentis gênée.

« Il faudrait l'enfermer, dit Francis. Elle est en train de faire à ce gosse la même chose qu'à moi.

— Peu probable, répondis-je. J'ai l'impression qu'elle t'a poussé dehors. Elle fait au contraire l'impossible pour garder Jamie.

— Symptomatique. C'est une schizophrène paranoïaque. »

Jamie était entré dans la pièce. Il était très silencieux. J'avais remarqué qu'il était devenu extrêmement calme et « sage ». La nuit, il dormait depuis l'instant où Véra le couchait, à six heures, jusque très tard dans la matinée. Ce matin-là, il ne s'était levé qu'après neuf heures. Il entra en tenant à la main un petit tracteur avec des chenilles en caoutchouc, et il se mit à le faire rouler tout le tour de la pièce, sur le dossier des chaises, les étagères, les appuis des fenêtres, en le poussant avec lenteur, apparemment se concentrant sur ce qu'il faisait.

« Et après ? dit Francis. Je n'aime pas ce gosse. Pourquoi ne devrait-il pas souffrir ? Ce n'est pas la question. Elle est malade dans sa tête, elle a l'esprit fêlé. J'aimerais avoir le plaisir de la faire mettre à l'asile. Ce serait féodal, non ? Envoyer sa propre mère chez les cinglés. »

Il ne m'intimidait plus. Et peu m'importait ce qu'il pensait de moi. Je ne ressentais pour lui qu'une sorte de répulsion indifférente.

« Pourquoi t'en soucier ? lui demandai-je. En quoi cela te touche-t-il ? Tu ne vis pas ici. Ce n'est pas comme si tu t'intéressais à Jamie et à son avenir.

— Je vais te dire ce que sera son avenir. Eden se rétablira, viendra ici, le reprendra, et *elle* ne pourra rien y faire. Tu verras.

— Sûrement pas. Je ne serai pas ici moi non plus. Et tu te trompes. Véra ne laissera jamais repartir Jamie. Elle ne le quitte pas des yeux plus de cinq minutes. Elle sera là dans un instant pour veiller sur lui. »

Francis sourit et secoua lentement la tête. Il avait des paupières en capuchon, mon cousin Francis. L'effet était devenu plus prononcé avec l'âge, ses yeux semblaient s'avancer davantage et ses paupières s'étirer pour les recouvrir, en prenant du même coup une couleur pourprée d'ecchymose, comme une couche de fard. Les capuchons s'abaissèrent, et il sourit.

« Je te dis qu'elle ne pourra rien y faire. Eden viendra le chercher dès qu'elle quittera l'hôpital. » Il regarda l'enfant. Il lui lança un regard pénétrant et Jamie continua de faire rouler le tracteur sur l'appui de la fenêtre, sur l'architrave de la porte. « Je le conduirais à Goodney Hall moi-même si seulement je croyais cet idiot de Tony capable de le garder.

— Tu ferais ça ?

— Tu es tellement naïve », me dit-il.

Nous l'écoutions. J'en vins même à croire que la famille approuvait qu'Eden garde Jamie parce que tout le monde, ouvertement ou en secret, jugeait Véra mentalement instable. Cela me semblait injuste. Elle n'aurait pas pu être plus gentille avec lui, plus douce, plus attentionnée. Ce fut seulement à mon retour à Cambridge, en songeant un jour à Véra, à ses problèmes, à ce qu'en serait l'issue, que je me rappelai un détail : pendant mon séjour aux Lauriers, Jamie n'était pas allé à l'école. Il est vrai que je n'étais restée que deux jours et deux nuits, mais le trimestre de l'école primaire était commencé. N'avait-il pas fréquenté l'école de Goodney Parva pendant deux semaines avant que Véra ne l'en enlève ? Mais peut-être, tout simplement, Véra n'était-elle pas parvenue à le faire entrer à l'école de Sindon...

Pendant mon séjour, je rencontrai de nouveau Josie Cambus. Anne se trouvait dans une école normale d'institutrices à Londres, et nous nous étions vues pendant un moment la semaine précédente. Elle m'avait appris qu'elle avait fini par aimer sa belle-mère. Je n'avais jamais vu Véra aussi intime avec quelqu'un. Mme Morrell et Véra, par exemple, s'étaient toujours appelées Mme Hillyard et Mme Morrell ; et quant à Chad Hamner, il ne lui avait pas accordé son amitié sans arrière-pensée. Mais Josie et Véra se voyaient presque chaque jour. Elles se faisaient des confidences — mais non sans réserves, comme je l'appris plus tard. Josie était la seule personne à qui Véra confierait Jamie. Intense dans les rares affections qu'elle avait, Véra semblait avoir transféré sur Josie l'amour qu'elle dispensait autrefois à Eden. De Josie et de tout ce que celle-ci faisait, elle était fière, mais elle dénigrait en même temps le pauvre Donald Cambus et le critiquait : il ne la méritait pas, il était ingrat, totalement indigne de sa deuxième femme. Josie était une excellente cuisinière, un cordon bleu selon Véra, elle chantait dans le chœur de l'église, n'était pas une aquarelliste médiocre et donnait des cours de yoga avant que quiconque eût entendu parler de yoga. Véra chantait ses louanges sans relâche. Ce que Josie trouvait en Véra, je ne l'ai jamais su ; bien que j'aie eu par la suite plus d'une occasion de le lui demander je ne l'ai jamais fait. Si je ne suis jamais parvenue à aimer Josie comme Hélène, je l'ai cependant beaucoup aimée. Je me suis bien entendue avec elle. Mais je n'ai discuté de Véra qu'une seule fois, et en présence de mon père. Nous avions tous trop bu, volontairement — étrange trio de buveurs ! — et nous pouvions donc sans trop de souffrance, sans trop de honte, entendre de la bouche du seul témoin ce qui s'était produit à la fin.

Josie a témoigné au procès de Véra, mais je n'y ai pas assisté. Je ne lisais aucun journal à l'époque, et je n'ai vu les minutes du procès que maintenant.

Elle est morte depuis dix ans. La première fois que je l'ai rencontrée, elle avait la cinquantaine. C'était une femme grande, bien charpentée, brune avec des cheveux qui n'ont viré au gris qu'après soixante-dix ans. Elle avait une très belle voix — je veux dire quand elle parlait car je ne l'ai jamais entendue chanter —, c'était une de ces personnes dont la présence vous apaise ; facile à vivre de sorte que vous pouvez vous détendre en leur compagnie. Elles ne vous donnent jamais l'impression d'attendre de vous plus que vous ne pourrez accomplir. Son fils cadet a hérité de ces deux qualités ainsi que de sa belle allure espagnole bien qu'il soit, ainsi que sa mère, parfaitement anglais jusqu'à la racine des cheveux.

Comme Josie avait sa voiture, elle me proposa de me conduire à Stoke-by-Nayland la veille de mon départ pour Cambridge avec Andrew. Véra refusa de nous accompagner, malgré l'invitation d'Hélène. La route de Stoke, dit-elle, passait par Goodney.

« Très bien, nous prendrons un autre chemin, dit Josie. Nous ferons le grand tour. »

Les déviations qui ont transformé des chemins en grandes routes et laissé les villages en paix n'étaient pas encore construites. Pour éviter Goodney, il fallait faire un détour de plusieurs kilomètres par Langham et Higham.

Véra le fit observer. « Et je verrais le poteau indicateur ! » dit-elle. Nous étions censés en déduire, je pense, que la seule vue du nom « Goodney Parva » la bouleverserait. « Mais restez donc prendre le thé avec Hélène, ajouta-t-elle à Josie. J'aimerais qu'Hélène vous voie. »

Tout à fait dans la note de Véra. Elle n'avait pas envie que Josie voie Hélène mais qu'Hélène voie Josie. Exactement comme elle désirait autrefois exhiber Eden, et plus récemment Jamie.

Dans la voiture, pourquoi n'avons-nous pas parlé de Jamie et de son avenir ? Mais nous n'en avons rien dit bien que le problème occupât nos esprits. Peut-être Josie me jugeait-elle trop jeune. Pas trop jeune pour en discuter mais trop jeune pour que je m'y intéresse. A la place, elle m'interrogea sur ma dernière année de faculté, sur ce que je voulais faire. Ce fut seulement à Walbrooks, en vue d'Hélène descendue du perron pour nous accueillir en entendant la voiture, que Josie me dit :

« Je donnerais gros pour apprendre que les Pearmain ont décidé d'émigrer en Afrique du Sud malgré tout.

— Je ne savais pas qu'ils en avaient l'intention.

— Oh, si. Mais plus maintenant, j'ai bien peur », et elle enchaîna en saluant Hélène, à qui elle serra la main.

Peu après Noël, mon père reçut une lettre de Véra où elle lui demandait, en tant que propriétaire d'un tiers des Lauriers, l'autorisation de vendre la maison et de s'en aller. Cette lettre n'a pas survécu et je ne m'en rappelle rien, en dehors de l'essentiel. Mon père et ma mère avaient passé un week-end avec Véra à l'automne, profitant de leur séjour pour rendre visite à Eden, à l'hôpital. Elle demeura hospitalisée des semaines et des semaines, plusieurs mois, le temps qu'ils essaient de trouver ce qui n'allait pas. J'ignore ce qui s'est passé au cours de ce week-end. Véra les a-t-elle accompagnés à l'hôpital, par exemple ? Ont-ils vu Tony ? Ont-ils discuté de l'avenir de Jamie ? Ma mère m'écrivit seulement qu'ils avaient fait le voyage, qu'ils avaient dormi chez Véra, qu'Eden resterait à l'hôpital encore un mois au moins, et qu'il avait plu tout le week-end. La lettre de Véra tomba comme le loup dans la bergerie. Pendant quelque temps ma mère avait dû déclarer une trêve, le temps d'aller chez Véra et de rendre visite à Eden, mais la guerre reprit de plus belle.

« Si cette maison doit se vendre, nous en prendrons notre part ; elle s'achètera ce qu'elle voudra avec le reste. »

Mon père souleva aussitôt des objections : « Qu'est-ce que Véra pourrait acheter avec mille livres ?

— Dans ce cas, qu'Eden fournisse le complément. Elle roule sur l'or. Pourquoi devrions-nous donner de l'argent à ta sœur, alors qu'elle a un mari qui gagne très bien sa vie dans l'armée, et un fils assez âgé pour subvenir à ce qu'elle dépense ? Moi, je n'ai même pas un réfrigérateur. »

Mon père, à sa manière, s'opposa aussi à ce que Véra déménage. Sur ce point, en tout cas, ils étaient d'accord. Elle avait vécu à Sindon toute sa vie, dit-il (oubliant les années aux Indes), ses amies s'y trouvaient. Par « ses amies » il pensait à Josie, et je me demandai vraiment comment Véra avait pu songer à la quitter.

« Pourquoi veut-elle déménager ? » ne cessait-il de répéter.

J'avais affreusement peur de la réponse : pour mettre Jamie hors d'atteinte d'Eden. Eden, encore hospitalisée, allait beaucoup mieux et comptait rentrer chez elle très bientôt. Les médecins n'avaient pas trouvé ce qui s'était détraqué dans ses reins. Ils avaient repris leur fonctionnement normal, car Eden avait une constitution solide et une bonne santé. A sa sortie d'hôpital, ferait-elle ce que Francis m'avait dit ? Irait-elle aux Lauriers, peut-être escortée par sa suite — Mme King et June Poole —, s'emparer de Jamie ? Cela semblait irréel, un comportement antédiluvien, une attitude de hors-la-loi, comparable au vol du bétail de son voisin. Mais pendant mon séjour en Essex, quelqu'un m'avait parlé d'un vol de bétail de ce genre dans une ferme voisine, juste avant la guerre. Pourquoi pas un kidnapping ?

« Pourquoi veut-elle déménager ?

— Ne le dit-elle pas dans la lettre ? » demanda ma mère.

Il avait renoncé à les lire à haute voix, finalement vaincu par les sarcasmes incessants.

« Elle dit qu'elle a envie d'un changement. »

Il faudrait consulter Eden. Elle possédait la troisième part des Lauriers. Elle occupait à l'hôpital une chambre privée, et mon père aurait pu lui téléphoner, mais bien entendu il n'en fit rien. A la place il écrivit, pour lui demander son avis. Ce fut Tony qui nous téléphona. Eden était à la maison, il l'avait ramenée à Goodney Hall cet après-midi-là. Elle était assise à ses côtés, justement en train de faire les mots croisés du *Daily Telegraph*... En février il l'emmènerait à Majorque en convalescence. Cela paraît banal aujourd'hui, l'endroit où tout le monde va quand on n'a pas les moyens de faire mieux, mais en 1950 Majorque était encore une île de la Méditerranée pour ainsi dire inconnue, dans sa beauté originelle. Je venais juste d'en entendre parler. Ils iraient à Formentor, refuge pour vedettes françaises de cinéma. La maison de Véra ? Les Lauriers, n'est-ce pas ? Non, ils n'étaient pas au courant d'un projet de vente. Eden prit l'appareil et commença par demander à mon père la solution d'une définition de ses mots croisés. Elle pensait que Véra ne devrait pas vendre. En tout cas, il fallait lui laisser le temps de réfléchir. Elle lui dirait d'y réfléchir et quand elle — Eden — reviendrait de Majorque, ils pourraient en discuter de nouveau.

« Elle n'a pas envie d'encombrer sa jolie petite tête avec les affaires de sa sœur, maintenant qu'elle est riche », dit ma mère.

Dans sa rage, mon père froissa la lettre et la lança dans le feu, raison pour laquelle elle n'a pas survécu.

Après ce coup de fil, j'eus meilleure conscience. Je ne voudrais pas donner l'impression que je me préoccupais sans cesse de Véra et de Jamie, je n'étais pas altruiste à ce point, mais le problème me tourmentait parfois. Je n'avais pas envie, entre autres choses, que Francis ait raison. Et justement, il semblait bien à présent qu'il n'aurait pas raison. Eden ne traînerait pas chez elle un mois à préparer des vacances qui dureraient également un mois, si elle avait l'intention de reprendre Jamie. Je raisonnais ainsi. J'avais oublié le chasseur qui abandonne le terrier repéré pour prendre son déjeuner à loisir, et le chat qui renonce tranquillement à surveiller le trou de la souris tant qu'il fait grand jour.

XV

TOUTES les deux ou trois semaines, Hélène et moi allions voir Gérald ensemble. Il a sept ans de moins qu'Hélène, mais c'est un pauvre vieillard brisé, qui bavote et n'entend rien malgré son appareil acoustique. Il reste assis dans un fauteuil roulant toute la journée, alors qu'Hélène entre en coup de vent dans la salle. Elle a encore des gestes pleins de vivacité et de grâce, son ouïe demeure fine, seule sa vue se brouille un peu et elle doit vous regarder sous le nez pour vous reconnaître ; lors de notre dernière visite, elle a parlé quelques instants à un autre vieillard qu'elle prenait pour son beau-frère.

Je ne sais vraiment pas pourquoi j'y vais. J'ai à peine connu Gérald pendant qu'il était marié à ma tante. Il n'a jamais épousé la femme pour laquelle il voulait demander le divorce. La pendaison, sans doute... C'était trop pour elle. L'idée d'épouser le veuf de Véra Hillyard... Difficile à envisager. Ce fut trop pour nous tous. Cela me poussa à un mariage de panique, cela fit fuir l'amoureux de Patricia, cela tua (selon Hélène) le général, cela détruisit ce qu'il restait du mariage de mes parents — ils devinrent des étrangers qui se parlaient rarement. Mais Hélène demeura toujours en relation avec Gérald. Bien entendu, elle l'avait connu officier subalterne, longtemps avant qu'il ne rencontre Véra. Tous les deux seuls et dans une certaine mesure exilés, ils se rencontraient de temps en temps à Londres. Quand il céda à Francis la maison qu'il avait achetée à Highgate et s'installa au Foyer des officiers à la retraite de Baron, elle lui rendit visite, au début une fois par semaine. Il avait choisi le Foyer de Baron parce qu'il se trouvait à Baron's Court, non loin de l'appartement d'Hélène, à Kensington. Elle y va moins souvent à présent, parce qu'elle est beaucoup plus âgée, et si je l'accompagne, c'est peut-être que jc juge préférable de ne pas laisser se déplacer seule dans Londres une personne de quatre-vingt-dix ans.

La maison date de l'époque victorienne, briques rouges avec un fronton blanc, un endroit bruyant dans une de ces rues à sens unique qui dégorge un flot continu de voitures en direction du sud, vers l'autre rive de la Tamise. Sur le devant, les doubles vitres sont les plus épaisses que j'ai vues, mais il y a à l'arrière un grand jardin entouré de murs avec sur tout le périmètre de magnifiques figuiers qui semblent adorer la poussière et les gaz d'échappement. Les pensionnaires sont surtout des hommes, mais pas exclusivement, ce qui me surprend toujours. Bien entendu, je sais qu'il y avait des femmes officiers dans les forces armées pendant la Seconde Guerre mondiale, mais je trouve cependant étrange que certaines aient échoué ici, au milieu des anciens du désert de Libye et des héros du débarquement en Normandie. Ils restent tous assis la plupart du temps dans un grand salon dont les portes-fenêtres donnent sur le jardin des figuiers. La télévision marche en permanence bien que personne ne semble la regarder, sauf d'un œil très distrait, mais si vous passez devant ou si vous essayez de changer de chaîne, il se produit aussitôt un murmure de protestation. Rien dans la pièce n'indique que ces gens sont d'anciens soldats (d'anciens marins, d'anciens aviateurs), pas une carte, pas un tableau, pas un livre ; personne ne porte la cravate de son régiment, ni à plus forte raison la moindre décoration. Un de ces vieillards a la Victoria Cross, mais c'est le plus petit et le plus timide de tous, et un jour je l'ai vu se lever et s'éclipser quand la télévision a passé *Un pont trop loin*.

Gérald est encore mince, mais très voûté ; sa peau ridée ressemble à du cuir resté sous l'eau trop longtemps. Il est sénile. Il a tout oublié, non seulement le passé récent mais les événements d'autrefois. C'est sans doute aussi bien. Selon la directrice de l'établissement, il aime beaucoup nous voir, nos visites sont les grands moments de sa vie, mais rien ne nous l'indique dans son comportement. Il ne sourit jamais. Il ne quitte pas des yeux la télévision pendant toute la durée de notre visite. A notre entrée quand nous arrivons près de lui, vraiment sous son nez, il détourne les yeux du poste et dit :

« Ah, Hélène ! »

Moi, il ne me reconnaît pas. Il ne m'a jamais reconnue. Il me prend pour une fille d'Hélène ; pas Patricia, une fille dont il aurait oublié le nom. Au début, j'essayais de lui parler mais j'y ai renoncé. Ce qu'il aime, c'est que je lui tienne la main. Il pose sa main droite sur ses genoux, la paume vers le haut, il prend ma main avec sa main gauche, la pose dans la paume puis me serre très fort. Nous restons comme cela, mains jointes, pendant toute la visite. Nous ne parlons pas du tout car si nous bavardions, Hélène et moi, cela paraîtrait manquer de sensibilité. Gérald est tourné vers la télévision, souvent les yeux clos. Je regarde par les portes-fenêtres les dos des hautes maisons, à l'arrière les étroits défilés entre elles par lesquels j'aperçois de temps en temps un autobus rouge, et les jardins où rien ne pousse sauf des plantes et des arbres assez laids et résistants pour supporter les vapeurs de plomb et d'essence, la poussière et la déshydratation. Au milieu de notre visite, on sert le goûter aux résidents et des tasses de thé pour nous — mystérieusement on ne nous a jamais offert un gâteau ou un biscuit.

Hier, à l'arrivée du goûter, quand on nous a tendu nos tasses, un morceau de sucre dans du papier sur chaque soucoupe, un homme est entré dans la pièce et s'est arrêté pour regarder autour de lui, il cherchait Gérald des yeux et ne se rendit pas compte immédiatement que c'était l'occupant du fauteuil roulant entre les deux femmes. Quand il s'en aperçut il s'avança, sans sourire davantage que son père. C'était Francis. Je ne l'avais pas vu depuis vingt-cinq ans. Ce jour-là, je l'avais rencontré par hasard avec sa femme et ses enfants, Giles et Elizabeth, au théâtre de verdure de Regent's Park. Je les avais revus, Liz et ses enfants, mais non Francis car peu après notre rencontre de Regent's Park, il les avait quittés pour partir en Amérique du Sud à la recherche de bestioles. Francis a publié deux livres scientifiques remarqués sur le comportement des insectes. Je lui ai écrit pour le féliciter du succès de l'un d'eux, que j'avais lu avec beaucoup de plaisir (il ne contenait rien de Francis, m'avait-il paru), mais il ne me répondit pas.

Il ressemble à Véra, maintenant. Le côté jeune premier s'est estompé, l'auréole a disparu. Il est mince au point de paraître émacié — comment pourrait-il en être autrement avec les deux parents qu'il a eus ? — et sans doute parce qu'il est entomologiste, la comparaison qui m'est venue à l'esprit fut l'image d'une mante religieuse. Il y a en lui un air desséché, ratatiné, usé, un air blanchi, un air de grisaille, comme l'un de ces arbres morts dont l'écorce a pelé et que le temps a déteint. Je crois que je l'ai seulement reconnu parce que ce visiteur ne pouvait être que lui.

Hélène s'installa dans un fauteuil libre pour lui donner le siège voisin de son père. Il embrassa Hélène, en laissant sa joue contre celle de sa tante, un peu plus longtemps que ne le veut l'habitude pour un baiser de circonstance. Je me souvins qu'il l'avait toujours aimée. Francis est le genre de personne qui peut saluer une femme d'un baiser et une autre, qu'il connaît aussi bien, par un coup d'œil indifférent. Il portait un complet de velours gris, très vieux et élimé, avec une chemise extrêmement chère qui avait l'air neuve, une cravate Per Spook (supposai-je) et des souliers de chez Tricker. Il donne une impression de prospérité, le complet n'est qu'une excentricité de riche. Hélène m'a appris plus tard qu'il s'était remarié à la veuve d'un député milliardaire assassiné en Irlande. Pourquoi ne me l'avait-elle pas dit plus tôt ? lui demandai-je. Elle avait oublié. Elle avait oublié le nom de la nouvelle femme et presque tout ce qui la concernait. Mais si je lui demandais le nom de sa première femme, où ils s'étaient mariés et quand...

« Comment vas-tu, Francis ? lui demandai-je.

— Je vais. » Je ne sais pas pourquoi ne pas qualifier « je vais » par « bien » ou « très bien » fait affecté, mais c'est un fait. S'il lui arrive d'écrire des lettres, Francis les commence probablement avec le nom de son correspondant sans « cher ». Il ne me demanda pas comment j'allais. Il s'assit à côté de son père et, à mon étonnement, lui prit l'autre main.

Fait-il toujours ce geste ? Gérald tient-il la main de toutes les personnes de moins de quatre-vingt-dix ans qui viennent le voir ? Il ne prend jamais la main d'Hélène. Ou bien Francis — à mes yeux incapable d'aimer, et selon Chad Hamner capable seulement d'aimer le mal — aime-t-il son père ? Les gens sont un mystère, une énigme. Gérald n'a jamais changé de nom. *Hillyard* était son nom, pas celui de Véra, et il l'a conservé ; mais Francis, qui semblait ne se soucier de l'avis de personne, qui méprisait le monde entier, s'est fait appeler Hills depuis le jour de l'arrestation de sa mère, prévoyant le pire comme il fallait s'y attendre ; quand il donne ses cours à l'université, quand il écrit ses livres, quand il collectionne ses bestioles, il est le professeur Frank Loder Hills.

Nous sommes restés ainsi, chacun tenant une main de Gérald et Gérald accroché à nos mains, car il s'agrippe vraiment, il referme sa main de plus en plus sur les doigts emprisonnés jusqu'à ce que la douleur croissante vous indique qu'il est temps de vous lever et de partir. Gérald ne relâcha pas son étreinte de ma main quand il eut aussi celle de Francis à tenir, au contraire ; faible comme il l'est, il semblait néanmoins prendre appui sur nos mains pour se préparer à s'envoler d'un bond, hors de son fauteuil roulant. Je songeai à Véra et à son geste curieux — elle se penchait en avant et appuyait, écrasait, comme pour empêcher la douleur de jaillir. Est-ce que Francis, aussi blond, aussi ridé, aussi déshydraté qu'elle, ne lui rappelle pas Véra avec ses yeux du même bleu ciel lumineux ? Parfois sans doute, même à présent, il doit penser à la façon dont elle a essayé de lui « refiler » l'enfant d'un autre, un enfant à la peau aussi sombre que celle de son père portoricain. J'avais oublié la question des yeux, j'avais oublié que dans mon adolescence, j'avais essayé de me rappeler ou de découvrir la couleur des yeux de Gérald. Mais quand Daniel Stewart avait commencé son livre, je m'en étais souvenu, et lors de ma visite suivante à Gérald, ma visite d'hier, j'ai regardé. Ils sont bleus. D'un bleu plus soutenu que ceux de Francis, d'un bleu intense de bleuet.

Nous avons quitté ensemble, tous les trois, le Foyer des officiers à la retraite de Baron. Francis s'est dirigé vers le parking extérieur le plus proche, où il avait garé sa voiture. Il a parlé à Hélène. Non de la famille, non de son père, mais (entre tous les sujets !) d'un film russe de science-fiction qui passe en ce moment au cinéma de notre quartier, le Paris-Pullman. Apparemment, c'est aussi le cinéma de son quartier maintenant, car il a acheté avec sa femme une maison à Cresswell Place.

Ne prenant pas part à la conversation, je cherchai des yeux un taxi. Du côté opposé de la rue, je vis un vieil homme debout dans l'embrasure d'un magasin, le genre de magasin qui n'est pas très fréquenté (celui-ci exposait dans sa vitrine des carreaux de céramique). Il semblait regarder intensément vers nous, ou plutôt regarder Francis qui venait de lancer la tête en arrière en riant d'une repartie d'Hélène. C'était un homme assez petit, aux cheveux gris, qui portait un imperméable trop long, sans ceinture, un homme au visage quelconque, des yeux qui même à cette distance semblaient pleins de tristesse. J'éprouvai un pincement dans ma poitrine. L'écho ne s'était pas encore affaibli, la voix ne s'était pas encore tue...

Francis me dit : « Tu as aidé Stewart pour son livre, si je comprends bien.

— Oui.

— Ce genre de chose est tellement vulgaire et sans intérêt.

— Vulgaire, peut-être, mais non sans intérêt. Son éditeur lui a demandé de l'écrire.

— S'il publie mon nom, c'est-à-dire : s'il révèle mon identité, je le poursuivrai en justice. Tu peux le lui signifier.

— *Moi*, le lui signifier ?

— Ce sont bien mes paroles. Cela ferait retomber sur moi de la haine, du ridicule et du mépris, trois raisons justifiant un procès en diffamation. Ce type que tu as épousé, c'est un avocat, non ? Demande-le-lui donc.

— C'est la deuxième mission dont tu me charges en cinq minutes, Francis, Frank ou je-ne-sais-comment-tu-veux-qu'on-t'appelle, lui répondis-je. Heureusement que nous ne nous rencontrons qu'une fois tous les vingt-cinq ans. »

Un taxi arriva. Pendant que Francis aidait Hélène à y entrer, je regardai de nouveau de l'autre côté de la rue, et je vis qu'une femme venait d'arriver près de l'homme sur le seuil : il l'embrassa et ils s'en allèrent, bras dessus bras dessous, dans la direction de Blythe Road. Quel désir couvant en moi de drame romantique, et même de l'espèce tragique, m'avait-il poussé pendant un instant à croire qu'il s'agissait de Chad Hamner ? Il n'y avait aucune ressemblance, aucune possibilité que le vieillissement ait pu donner à Chad cet air-là. J'étais pourtant certaine que s'il était passé assez près j'aurais vu des lobes d'oreilles aussi ridés que ceux d'un bébé.

Et soudain, bien qu'il n'y eût aucune relation entre les deux prises de conscience, soudain je le sus de façon certaine : l'événement dont la perspective emplissait Francis de colère — de la rage assombrissait ses yeux quand il braqua son regard vers moi — n'aurait jamais lieu.

« Ne t'en fais donc pas, lui lançai-je, Stewart n'écrira pas ce livre.

— Qu'est-ce qui te fait dire ça ?

— Quand j'aurai fini de l'aider, comme tu le prétends, il n'en aura plus envie. »

La fois où il emmena la fille aux Lauriers en l'absence de Véra fut la dernière visite qu'il fit jamais à Sindon. Il me paraît étrange qu'un homme devenu entomologiste n'ait pas montré, autant que je sache, le moindre intérêt pour les insectes pendant son enfance. Il n'arrachait même pas les ailes des mouches, comme on aurait pu s'y attendre de la part de Francis. Après son départ à Londres pour ses études spécialisées à l'université, il tourna le dos à Sindon pour toujours, en abandonnant (ai-je appris plus tard) un grand nombre d'affaires personnelles, dont certaines de grande valeur, y compris des cadeaux de Chad. Et Chad lui-même, qui s'était servi de Véra comme couverture (malgré toutes ses protestations d'innocence à cet égard), qui avait trompé tout le monde en faisant croire qu'ils avaient une liaison amoureuse, ne remit jamais les pieds aux Lauriers après le départ de Francis. Sa visite du Nouvel An, quand Véra était tombée malade, fut presque sa dernière visite. Francis se rendit au Queen Mary College et Chad le suivit dès qu'il en eut l'occasion : il commenta les associations de dames patronnesses de Willesden, rendit compte des kermesses, et vécut dans la chambre en haut de l'escalier que Francis lui fit descendre à coups de poing.

Véra resta seule. Mais elle avait Josie. Elle avait Jamie. Assez souvent, elle avait aussi Hélène. Après le départ d'Eden à Formentor, mon père se rendit à Sindon et y passa la nuit ; il voulait essayer de décourager Véra de déménager. Sans le consentement de mon père et celui d'Eden, bien entendu, Véra ne pouvait rien faire. Mon père désirait que cela semble être la décision de Véra. Elle lui répondit, assez tristement, qu'elle n'avait jamais vraiment cru qu'Eden et lui consentiraient, en fait elle était certaine qu'Eden ne le voudrait pas. C'était simplement un coup d'épée dans l'eau, mais qui méritait un essai, lui dit-elle.

Cette conversation fut rapportée en suite à ma mère, qui me la répéta entre l'arrestation de Véra et son procès. Mon père avait demandé à Véra pourquoi elle voulait déménager, mais elle lui avait seulement répondu qu'elle en avait assez de Sindon. Il avait compris qu'elle dissimulait ses vrais raisons.

« Elle croyait qu'elle pourrait échapper à Eden, m'expliqua ma mère. Elle espérait s'enfuir avec Jamie. Le bout du monde n'aurait pas été assez loin, surtout qu'Eden avait l'argent de son côté.

— Et le bon droit, je suppose », lui répondis-je.

Après son échec avec mon père et Eden (comme elle s'y attendait), Véra essaya de convaincre Gérald de les désintéresser, d'acheter pour elle leurs parts dans la maison. Elle annonça à mon père qu'elle le ferait et elle a sans doute essayé. S'il voulait le divorce, il faudrait qu'il le paie, déclara-t-elle. S'il refusait d'acheter les parts, pas de divorce. Je crois que mon père fut choqué d'entendre une de ses sœurs — perle de vertu et de rectitude morale, croyait-il — parler de cette manière. En tout cas, c'est ce que ma mère a prétendu. Mais fallait-il s'attendre à autre chose de la part de ma mère ?

Mon père répondit à Véra que si Gérald lui proposait de racheter sa part, il la lui vendrait, mais il ne pouvait pas répondre pour Eden. « Tu dois la forcer, tu dois la forcer », s'écria Véra, en s'accrochant à son bras ; puis elle se détourna en disant qu'il serait trop tard, que tout était trop tard. Selon ma mère, Véra ajouta des paroles mystérieuses pour mon père, et que nous crûmes comprendre plus tard, bien que le sens lui eût échappé sur le moment.

« Pourquoi l'ai-je fait comme ça ? lui dit-elle. J'aurais pu le faire moi-même n'importe quand. »

Eden et Tony restèrent à Majorque beaucoup plus longtemps qu'on ne s'y attendait. Ils avaient prévu un séjour d'un mois, ils restèrent presque trois mois. Je suppose que le temps commença à se réchauffer et l'île à embellir juste au moment où ils devaient s'en aller, et qu'ils prolongèrent leur séjour. Nous avons reçu des cartes postales, ainsi qu'Hélène, mais selon ma mère Véra ne reçut rien — comment pouvait-elle le savoir ? Ils rentrèrent au milieu d'avril alors que je me trouvais à Walbrooks. Ils rentrèrent un samedi, sans doute épuisés après un vol de Palma à Barcelone, le train de Barcelone à Paris, puis de Paris à Calais, le bateau jusqu'à Douvres, le train jusqu'à la gare Victoria et la traversée de

Londres pour gagner la gare de Liverpool Street et prendre le train de Colchester. Mais le lundi matin, Eden était à Sindon, aux Lauriers, prête à emmener Jamie.

Véra n'avait pas été prévenue de sa venue. Elle savait qu'Eden et Tony étaient rentrés uniquement parce que Hélène (en ma présence) le lui avait appris au téléphone, elle-même très surprise que Véra ne fût pas au courant. Elle avait eu une journée entière pour se préparer — en fait, elle avait eu plusieurs mois. J'ai dit que Josie était la seule personne à qui elle aurait confié Jamie, mais à vrai dire elle ne quittait jamais l'enfant. Josie n'avait probablement gardé Jamie qu'une seule fois en dix-huit mois, le jour où Véra s'était rendue au mariage d'une de ses cousines Naughton.

Véra mentit à Josie. Elle lui demanda de garder Jamie parce que son avocat devait venir la voir au sujet du divorce. Josie le crut-elle sincèrement? Son propre fils exerçait déjà à ce moment-là et elle devait savoir que les avocats se déplacent rarement en pleine campagne pour s'entretenir avec des clients sans importance à neuf heures du matin. Car Véra s'attendait à voir arriver Eden à une heure aussi matinale et elle avait déjà conduit l'enfant chez Josie. En apprenant cela, j'ai songé à Moïse caché par sa mère dans les joncs et j'ai recherché le récit dans l'Exode. J'ai découvert que ce n'était pas cela du tout. Elle lui avait tressé un berceau étanche *avec* des joncs, puis elle l'avait caché au milieu des plantes aquatiques de la rive du fleuve, sans doute des iris d'eau. Mais il n'était pas question de cacher Jamie de cette manière : il avait cinq ans, ce n'était plus un nouveau-né. Pourtant, par le besoin qu'il avait de Véra, il demeurait très jeune pour son âge. A midi, il se mit à pleurer et à la réclamer. Josie, excédée par ses pleurs, le ramena chez lui. S'il s'agissait vraiment d'un avocat et s'il était venu à neuf heures, il serait sûrement reparti à midi...

Véra avait mal calculé. Eden avait sans doute pris l'habitude de se lever tard. Elle n'avait pas grand-chose pour occuper ses journées. Au lieu de neuf heures, elle arriva à onze heures. Même aujourd'hui, je déteste penser à l'état d'esprit de Véra pendant ces deux heures-là. En tout cas, Jamie n'était pas à la maison. Je n'ai aucun mal à imaginer ce que Véra dirait, la connaissant comme je la connaissais :

« Je l'ai caché à un endroit où tu ne le trouveras jamais ! »

Puis Josie arriva. Véra et Eden, seules, étaient assises face à face dans la salle de séjour, l'air prêt à résister jusqu'au bout à un long siège. Véra tendit les bras à Jamie dès qu'elle l'aperçut et il s'y jeta aussitôt. Eden lança une sorte de rire méprisant :

« Je suppose que tu as répété cette petite scène de mélodrame. »

Je le sais, parce que Josie a téléphoné à Hélène presque immédiatement après le départ d'Eden. Josie était très en colère, vraiment bouleversée, et elle déversa une partie de ses sentiments sur moi — j'avais décroché — avant de passer la communication à Hélène. Eden était tout de même repartie sans Jamie, mais non sans promettre de revenir.

En voyant arriver Josie, Véra l'avait suppliée de l'aider physiquement à repousser les tentatives d'Eden d'emmener Jamie. A l'époque, elle voyait tout sur le plan matériel, semble-t-il, comme si l'action et la dépense d'énergie sauveraient la situation alors que la discussion et la raison ne pourraient le faire. Ce n'était pas un mauvais calcul de sa part, je suppose.

« Je garderai Jamie pendant que vous la chasserez », lança Véra à Josie (nous dit celle-ci).

Josie en fut choquée. Elle répondit à Véra qu'elle n'entendait absolument pas participer à ce que Véra suggérait. Il n'était pas question qu'Eden prenne Jamie à sa mère. Jamais elle n'avait entendu parler d'une chose pareille, dit-elle. Ce qui ne m'étonne guère ! Elle demanda à Eden — très sèchement et fermement, si je ne me trompe — ce qui lui permettait de penser qu'elle eût le moindre droit d'arracher de force Jamie à sa mère et à sa maison.

« On ne s'occupe pas bien de lui ici, répondit Eden. Il n'a aucun ami de son âge. On le maintient isolé comme un ermite. Il a presque six ans et il n'est allé à l'école que deux semaines, quand il était avec moi. Elle le néglige — regardez ses chaussures ! »

Le fait est que Véra n'avait pas d'argent, elle recevait de Gérald chaque semaine une somme très maigre et n'avait rien d'autre. J'ignore ce qui n'allait pas dans les chaussures de Jamie mais je suis certaine que ce n'était rien de bien grave : elles n'étaient pas adaptées à la saison ou avaient des lacets de la mauvaise couleur. Mais négligé ! Jamais il ne l'avait été, bien au contraire, car le laisser davantage à lui-même lui aurait fait du bien. De toute manière, Josie ne tint aucun compte de tout ça. Elle répondit que si Eden devait adopter Jamie, cela devait se décider au tribunal, devant des magistrats, et non par des bagarres entre elles, comme ça.

« Faites-la partir, s'écria Véra en serrant Jamie dans ses bras.

— Vous entendez ce qu'elle dit, lança Josie. Vous feriez mieux de vous en aller. »

La haine entre elles est restée en suspens dans l'air comme un gaz empoisonné, déclara Josie à Hélène. Des « ondes » de haine, comme nous appellerions bientôt ce genre de choses. C'était affreux de voir des sœurs à couteaux tirés de cette façon, assura-t-elle. Et qu'aurait-elle pensé si elle les avait vues ensemble autrefois, comme moi ?

« Je vais partir, mais je reviendrai », dit Eden.

C'était la première fois que Josie la rencontrait. Elle n'était nullement intimidée par sa richesse et par ce que Véra appelait sa « puissance ».

« Si cela se reproduit, j'appellerai la police », lui lança-t-elle.

Hélène réagit en se faisant conduire aux Lauriers pour ramener Véra et Jamie avec elle à Walbrooks. A son retour, elle fit l'impossible pour obtenir de Véra une explication de la scène. Nous étions tous présents. La situation devenait trop grave pour qu'on se soucie des apparences ou qu'on exclue tel ou telle sous prétexte de son jeune âge.

Véra avait retrouvé son calme, elle était presque froide. Je crois qu'elle se sentait en sécurité à Walbrooks — et donc ce qui se passa par la suite dut lui paraître d'autant plus cruel. C'était une belle journée, très chaude pour avril, et nous nous trouvions dans le grand salon où avait eu lieu la réception de mariage d'Eden, avec les portes-fenêtres ouvertes sur le jardin et le soleil pénétrant à flots. La grande pelouse qui s'étendait jusqu'au « lac » était parsemée, surtout le pourtour, de touffes de jonquilles, et près de la maison poussaient des scilles bleues et des tulipes de cette petite espèce très rouge, plus belles que des orchidées.

« Si tu dis fermement à Eden qu'elle doit renoncer à toute intention d'adopter Jamie, il faudra bien qu'elle abandonne, expliqua Hélène à Véra. Peut-être ferais-tu mieux de lui écrire, ma chérie. Pourquoi ne rédigerions-nous pas une lettre tout de suite, une lettre sans aucune ambiguïté, et tu l'enverrais ? Faith et Andrew descendront au village la mettre à la poste, n'est-ce pas, mes chéris ? Et Eden la recevra demain matin. »

Véra ne parut pas enchantée de la proposition. Cela ne ferait « aucun bien », dit-elle. Cela ne ferait qu'« empirer les choses ».

« Mais pourquoi donc, Véra ? insista Hélène. As-tu fait à Eden pendant ta maladie une sorte de promesse qu'elle pourrait garder Jamie ? Tu as peur maintenant de revenir sur ta parole ? C'est cela ? Parce que tu ne dois pas laisser une chose pareille peser sur toi, tu dois l'oublier.

— Je n'ai évidemment rien promis, répondit Véra. Aurais-je promis une chose pareille ? »

Le général détestait Eden. Il était partisan d'aller en justice.

« Si j'appelle mon avocat, je sais ce qu'il fera. Il nous citera tous à comparaître devant un juge en référé et obtiendra une injonction. Il obtiendra une injonction pour empêcher cette petite harpie de se présenter encore à moins d'un kilomètre de vous et de cet enfant.

— Voyons, général, lança Hélène. C'est également ma sœur, ne l'oubliez pas.

— Seulement demi-sœur », répondit-il, oubliant sans doute que cela s'appliquait aussi à Véra.

Mais rien ne se passa cependant ce jour-là, ni le lendemain. Eden était retombée malade. Pas de la même manière cette fois-là, pas une maladie des reins. Le procureur, au procès de Véra, affirma que Véra avait effectué une deuxième tentative de l'assassiner en lui donnant une substance nocive dans une tasse de café, aux Lauriers, le lundi matin. Je vois à cela deux objections. Eden eut des migraines et de la diarrhée, ce qui impliquerait de toute manière une autre sorte de poison ; et en second lieu, on ne peut pas imaginer qu'Eden eût mangé ou bu quoi que ce soit dans les circonstances.

Nous avons découvert la maladie d'Eden parce que Hélène lui téléphona « pour parler à cœur ouvert avec elle ». Elle ne lui parla pas du tout. Mme King décrocha et lui annonça qu'Eden était alitée et qu'on avait fait venir le médecin. Véra éclata de rire quand Hélène le lui apprit ; elle dit d'un ton presque dément qu'on ne pouvait pas bafouer Dieu impunément. Elle parlait beaucoup ainsi, ou bien en phrases sans suite, un peu comme Ophélie. Elle resta à Walbrooks, et son comportement oscilla du calme presque cataleptique à des sursauts frénétiques d'énergie et d'excitation. Je devais rentrer chez moi quelques jours plus tard et Andrew m'accompagnerait jusqu'à la fin de nos vacances. Ce devait être notre dernier trimestre et les examens menaçaient. Mais pour la première fois je me sentis impatiente de quitter Walbrooks pour Londres. Au cours de l'une de ses flambées d'énergie, Véra proposa à Hélène de rallonger tous les rideaux de la cuisine. On les avait mal lavés et ils avaient rétréci. La cuisine de Walbrooks possède cinq fenêtres et ce ne serait donc pas une petite affaire. Depuis cette date, chaque fois que je vois une femme coudre un grand lai de tissu étalé sur ses genoux comme une tapisserie, la tête penchée et les doigts repliés plongeant et se relevant, l'image de Véra me revient à l'esprit. C'est peut-être la raison pour laquelle je ne couds jamais, pour laquelle je n'ai jamais songé à faire des rideaux pour mes propres maisons.

Le vendredi matin, je partis à Londres avec Andrew dans la voiture de cinquième main qu'il avait achetée, une vieille Morris 10. Hélène nous conseilla de ne pas rester pour attendre Véra. Elle la raccompagnerait chez elle avec le général. Elle avait l'impression, nous dit-elle, que nous avions été témoins des dernières tentatives d'Eden au sujet de Jamie. Tout était terminé — un simple bluff, en somme. Le général avait probablement enfoncé le bon clou lorsqu'il avait évoqué les promesses faites par Véra pendant sa maladie et sa faiblesse.

Nous sommes enfin partis, soulagés mais sans raison de l'être. Je ne parlai de rien à mon père et Andrew n'en fit rien non plus, sans nous être consultés par avance pour éviter le sujet. Je crois à présent qu'à l'instar de tous les autres témoins, nous pensions l'un et l'autre que la vérité ne se limitait pas à ce qui tombait sous les yeux. Il y avait tellement de secrets submergés, de choses que l'on nous cachait délibérément... Exprimer une opinion et conseiller une marche à suivre ne pouvait que nous faire passer pour des imbéciles. Nous n'en avons même pas discuté entre nous, Andrew et moi, pendant ces quelques jours, mais lorsque nous prîmes le train pour retourner à Cambridge, seuls ensemble dans le compartiment, il lança soudain, à la manière d'un homme qui fait un aveu :

« Je ne t'en ai rien dit, je n'en ai parlé à personne, je n'ai pas voulu provoquer d'inquiétudes... Mais c'est sur ma conscience, après toutes ces histoires d'avocats et d'injonctions. Pendant quc nous étions chez moi, la veille de notre départ, j'ai vu June Poole en haut de notre sente. »

Dans cette partie du pays, on appelle « sente » n'importe quel chemin d'intérêt local. La « sente » en question conduisait de la route à la maison en passant devant les fermes de Walbrooks, une maison barricadée où personne n'avait vécu depuis vingt ans, des granges et des écuries.

« Elle se rendait peut-être dans l'une des fermes, tu sais. Peut-être qu'une de ses cousines ou de ses tantes habite par là. J'ai toujours eu l'impression que tout le monde est cousin de tout le monde, dans la région.

— Elle avait le dos tourné, elle s'éloignait, mais j'ai eu l'impression qu'elle était debout juste derrière la haie. Elle attendait, et puis elle m'a vu. »

Je lui demandai comment il pouvait être absolument certain que c'était bien elle. A quelle distance se trouvait-elle ?

Il fut ravi de se raccrocher à ce fétu de paille. Au moins à cent mètres, peut-être davantage. S'il avait été question de le jurer — ma foi, non, il ne l'aurait pas juré. Le hasard voulut qu'on ne lui posât jamais la question, mais il passa si près que l'instant où il me fit cette déclaration apparemment dramatique dut lui paraître prémonitoire... Dans ce cas, je ne croyais pas qu'il devrait en parler à son père ?

« Quel bien cela ferait-il ? » lui dis-je.

Cela me rappelle à présent — tout ceci — Sunny Durham et le meurtre de Kirley Theiston, mais je ne vois vraiment pas pourquoi. Il y a peu de similitude. A l'époque je songeais à Kathleen March, enlevée pendant qu'elle était sous la garde de Véra puis tuée. Etait-ce réellement June Poole qu'Andrew avait vue, et attendait-elle sur la sente dans l'espoir de s'emparer de Jamie ?

Je n'ai jamais revu Véra. Le vendredi matin, je lui ai fait mes adieux d'un baiser, ou plutôt nous avons frotté nos joues en embrassant le vide.

« Transmets mon affection à ton père, me dit-elle. J'irai peut-être à Londres lui faire une visite-surprise, un de ces beaux matins. »

Ce furent les dernières paroles qu'elle m'adressa en plus d' « adieu ». Les Longley ne disent jamais « au revoir » — l'ai-je signalé ? L'expression fait l'objet d'un interdit aussi strict que le ban sur l'utilisation de la main droite pour manger.

« Adieu », me dit Véra en agitant le bras, debout à côté d'Hélène sur la sente. « Adieu ! » Jamie fit signe lui aussi, les deux mains levées, en pinçant les doigts et en les ouvrant comme je l'ai vu faire un jour à un professeur américain, au milieu d'un cours, pour nous montrer la forme des guillemets. La dernière fois que je me suis retournée, Véra et lui repartaient vers la maison la main dans la main.

Le reste, je le tiens d'Hélène et de Josie. Le général ramena Véra et Jamie chez eux à Sindon dans l'après-midi, convaincu que tout allait bien et qu'une grande partie de ce qui s'était produit s'était déroulé dans l'imagination de Véra, sinon dans la tête de Josie. Il resta une demi-heure aux Lauriers puis repartit chez lui. Hélène téléphona aussi à Eden. Eden allait beaucoup mieux, elle attendait six personnes à déjeuner, elle refusa de discuter de la garde de Jamie à l'avenir. Il n'y avait rien à discuter, répondit-elle, tout était réglé. Hélène crut comprendre qu'Eden avait renoncé et qu'elle se montrait arrogante dans la défaite.

Rien ne se passa le dimanche. J'ai parfois essayé d'imaginer une journée de la vie de Véra et de Jamie ensemble à cette époque. Ce n'est pas facile pour moi, car je n'ai jamais vécu ce genre d'existence moi-même, seule dans un village reculé en pleine campagne, avec peu d'amis, sans voiture, dans la pauvreté tout en essayant de sauver les apparences. Véra n'aurait pas eu les moyens d'inviter six personnes à déjeuner même si elle l'avait voulu. Que faisaient-ils ? Ils se levaient tôt, j'en suis certaine, Véra faisait le ménage, elle époussetait et astiquait chaque jour pendant mes séjours, Jamie jouait avec ses jouets. Puis, pour Véra, le *Sunday Express,* peut-être une promenade ; le déjeuner, toujours de la viande rôtie, un morceau minuscule, la ration d'une semaine entière en 1950, des pommes de terre au four, un pudding du Yorkshire, un légume vert, et pour finir une tarte à la confiture ou un peu de crème anglaise. Une autre promenade dans l'après-midi ? La sieste ? La radio ? De la couture ou du tricot, bien entendu. Elle lui lirait une histoire, peut-être plusieurs, elle lui parlerait et jouerait avec lui. Mais emplir ces longues heures par temps froid, quand il pleuvait ou que la nuit tombait tôt ! La bibliothèque de la salle de séjour était garnie du genre de livres que conservent les gens qui ne lisent pas, des prix scolaires et des cadeaux (sans doute peu appréciés).

Si je ferme les yeux, je peux encore voir cette bibliothèque. Je peux voir Jamie en train de faire rouler son espèce de tank sur l'étagère d'en bas, le faire remonter le long des tranches. *Le Bulletin n° 23, Champignons comestibles et vénéneux* se trouvait-il là à l'époque ? Je ne crois pas. Je peux voir : *Precious Bane, Anthony Adverse, Sesame and Lilies* (un prix d'école), *Black Barthelmy's Treasure, Le Manuel complet des papillons anglais,* par Frohawks... Me trompais-je donc en prétendant que Francis ne s'était pas du tout intéressé à l'entomologie pendant son enfance ? Ce livre appartenait-il à Francis ? Etait-il possible, dans ce cas, que le livre sur les champignons fût également à lui, rangé alors au premier, sur l'étagère à livres de sa chambre ? *Les Hauts de Hurlevent, L'Histoire de M. Polly, les Contes de Lamb...* et cette tranche vert foncé, à côté, n'est-ce pas le *Bulletin n° 23* ? Il ne pouvait pas être à deux endroits en même temps. Et peut-être n'était-il même pas dans la maison à l'époque. Mais je sais que je l'ai vu là une fois, sur cette étagère, dans la salle de séjour de Véra, vert foncé avec la chanterelle d'or sur la couverture, et à l'intérieur un folklore mycologique fascinant.

Ce dimanche-là — je ne me rappelle pas s'il a plu ou s'il a fait beau — j'étais à Cambridge. A cette époque de ma vie je m'arrachais à ma famille à petits pas, à petits bonds. J'avais décidé qu'en tant que personne (bientôt) indépendante, je n'aurais plus à l'avenir aucun rapport avec les sœurs de mon père ; mais en même temps, j'envisageais avec regret une rupture avec Hélène, inévitable si je plaquais Andrew. Comme je réfléchissais beaucoup à tout cela, je devais sans doute y penser ce dimanche-là, entre le moment où je relus la *Faerie Queene* de Spenser et mon rendez-vous avec Andrew. Mais je ne considérais sans doute pas Véra comme une personne accablée de souffrance, entraînée dans la pire sorte de convergence des destinées humaines. Ainsi que le reste d'entre nous, je croyais qu'Eden et elle avaient réglé leur différend. Et comme je me voyais à l'époque sous les traits d'une intellectuelle féministe à l'esprit pétillant, je jugeais sans doute leurs querelles mesquines très au-dessous de moi, j'en ai peur.

J'allais en être punie. Le meurtre déborde sur toute une famille, il imprime par procuration la marque de Caïn sur une douzaine de fronts, et même si ces marques pâlissent en proportion du degré de parenté, elles sont là et elles brûlent dans le cerveau. Une question, une parole lancée par hasard, les remettent au jour, de même qu'une écriture invisible apparaît et chatoie quand on l'expose au feu. Seul le temps les efface, et permet de replonger dans le passé avec une sorte de paix de l'esprit.

Le lundi arriva. Véra envisagea de s'enfuir. Plus tard dans la journée, elle l'avoua à Josie. Elle avait même commencé à préparer un sac de voyage, à rassembler les vêtements de Jamie et une partie de ses livres et de ses jouets. Telle une réfugiée — depuis quelques années, si grande que fût notre ignorance auparavant, nous avions appris l'existence de réfugiés —, elle s'imaginait en train de fuir devant une armée d'invasion, sans se soucier de ce qu'elle abandonnerait du moment qu'elle emmenait le seul bien précieux qu'elle possédait. Mais où pourrait-elle aller et comment vivrait-elle ? Elle n'avait aucun argent, aucun moyen d'en gagner et rien à vendre.

A dix heures, Eden arriva avec June Poole et Mme King. June portait la robe grise que nous avions vue sur elle et un chapeau de feutre gris, accessoire obligatoire de la tenue d'une gouvernante. Mme King avait une boîte de chocolats Magie Noire. Les sucreries étaient encore rationnées au printemps 1950 (elle le resteraient pendant des années) et ces chocolats constituaient donc un cadeau rare, quoique un choix discutable pour soudoyer un enfant de six ans. Il faisait soleil, presque chaud, et elles trouvèrent Jamie en train de jouer dans le jardin, à l'arrière des Lauriers, sur un tas de sable que Véra lui avait fait près de la maison. Dans mon enfance et celle d'Eden, le tas de sable était au fond du jardin à côté de la cabane — désormais irrévocablement associée dans mon esprit aux amours de Chad et de

Francis — mais cela semblait trop loin pour Véra. Elle avait besoin de le garder sous ses yeux.

Elle vit aussitôt ce qui se passait car elle était dans la cuisine, en train de laver le linge. On était lundi, et Véra faisait sa lessive. Ce serait le jour le plus affreux de sa vie, et je crois qu'elle le savait par avance, mais c'était tout de même un lundi, et donc jour de lessive. Par la fenêtre, elle vit ce qui se passait. June Poole dans son uniforme gris s'accroupit au bord du tas de sable et posa le bras autour de Jamie, pendant que Mme King se penchait vers lui pour lui montrer les chocolats. Comment Eden avait-elle embrigadé ces deux femmes dans son armée privée ? En les convainquant, sans doute, du bien-fondé de sa cause.

Véra ne vit pas Eden immédiatement. Elle sortit de la maison, les mains encore trempées, et se fit prendre, littéralement, par Eden, debout sur le sentier qui partait de la porte de derrière. Eden la saisit par les épaules et lui dit :

« Voyons, Véra, sois raisonnable. Tu sais que tu seras obligée de renoncer, alors pourquoi ne renonces-tu pas tout de suite, sans faire de scène ? »

Véra poussa un cri, se débattit et se glissa sous les bras d'Eden. Elle s'élança vers Jamie mais June l'avait pris dans ses bras et l'emportait par où elles étaient venues.

« C'est parfait, June, lança Eden. Mettez-le dans la voiture le plus vite que vous pourrez et nous nous en irons. »

Ce fut sur ces entrefaites que Josie arriva. Comme presque tous les matins, elle venait voir si Véra désirait qu'elle lui fasse une course, ou simplement bavarder devant une tasse de café. Au début, elle n'en crut pas ses yeux. C'est ce qui arrive quand nous sommes les témoins d'actes exceptionnels, qui paraissent irréels dans le contexte d'une vie routinière. Josie se dit : c'est un jeu, une comédie. Mais ces sentiments ne durèrent que quelques secondes. Elle vit Véra accrochée à June, puis traînée par les efforts conjugués d'Eden et de Mme King. Elle entendit Véra hurler et pleurer. Elle cria à Eden :

« Mais que faites-vous donc ?

— Ne vous en mêlez pas, je vous prie, Mme Cambus, lui répondit Eden. C'est une affaire entre ma sœur et moi.

— Ne les laissez pas l'emmener, Josie ! hurla Véra. Ne les laissez pas faire ! »

Mais Jamie était déjà dans la voiture. Il hurlait lui aussi. Deux ou trois voisines de Véra sortirent de chez elles, bien qu'elle n'eût pas de voisins très proches, ce n'était pas comme dans une rue de Londres. La première pensée de Josie fut pour Véra, qu'elle essaya de prendre dans ses bras, mais Véra se jeta contre la voiture, tapa sur les glaces et cria le nom de Jamie.

Eden sauta au volant. Josie crut qu'elle allait claquer la portière sur la main de Véra. Elle la manqua de peu. Elle lança le moteur en un rugissement et se tourna un instant pour regarder Josie. Le plus affreux, a déclaré Josie, c'était que des larmes ruisselaient sur le visage d'Eden. Mme King et June, assises à l'arrière, maintenaient Jamie qui se débattait, comme pris de folie, en hurlant : « Maman ! Maman ! »

Eden démarra et Véra aurait été projetée dans le vide si Josie ne l'avait pas rattrapée. Elle la soutint d'un bras et Véra enfouit la tête contre l'épaule de son amie, qui la reconduisit dans la maison.

XVI

Le courrier du matin m'a apporté, envoyés par Daniel Stewart, des extraits des minutes du procès de Véra. Jusqu'à ce jour, je m'étais volontairement tenue dans l'ignorance de ce qui s'est passé pendant la semaine d'audience de la cour d'assises, au cours de l'été 1950. Mon père est mort dans l'ignorance. Nous avions à la place une version de première main des événements du lundi, à Goodney Hall, de la bouche de Josie elle-même. Mais le récit de la soirée que nous avons passée, Josie, mon père et moi, enfermés dans notre salon, avec un whisky raide dans l'estomac et d'autres en perspective, je préfère le remettre à un peu plus tard.

Que désire Stewart ? « Ajoutez vos commentaires personnels, je vous prie, Mme Severn. » Quels commentaires ? Je n'étais pas présente. J'étais à Cambridge et de tout le trimestre je n'ai pas lu un seul journal. Mon père, à Londres, annula le *Daily Telegraph* du jour de la comparution de Véra devant le juge d'instruction jusqu'à la semaine qui suivit la fin du procès, et lorsqu'il se réabonna, il trouva à tout jamais les mots croisés trop difficiles pour les terminer. J'essayais quant à moi de bannir Véra de mon esprit, de me couper entièrement d'elle, mais malgré mes efforts, les résultats de mes examens furent inférieurs à ce que l'on attendait de moi. L'unique paragraphe que j'avais lu avant d'exclure les journaux de ma vue continuait de me hanter, et s'interposait souvent entre mes yeux et n'importe quelle autre page imprimée, sans doute plus littéraire.

Véra Ivy Hillyard, quarante-trois ans, de Bell Lane, Great Sindon (Essex), a comparu aujourd'hui devant le juge d'instruction de Colchester, prévenue du meurtre de sa sœur Edith Mary Pearmain...

Andrew et moi nous épousâmes dans la panique, pour que cela reste dans la famille. Tellement de gens savaient que Véra et Eden étaient nos tantes. Je les imaginais en train de cancaner, et leurs ragots déployaient des tentacules jusqu'à Londres, jusqu'à Cambridge... Je dus renoncer à ma résolution de me séparer de ma famille, de m'en dépouiller comme le serpent de sa peau usée, devenue inutile. Ce que ma famille avait fait m'en empêchait désormais. J'étais liée à elle, détruite comme les autres enfants et cousins, nièces et neveux, condamnée à une sorte de ghetto. J'ai aujourd'hui le sentiment que j'ai épousé Andrew pour me sauver, un peu comme on se marie parfois pour acquérir une nationalité ou éviter une expulsion. Ou peut-être était-ce le mariage de deux aveugles, l'union de l'infirme et du bancal. Notre mariage dura deux ans avant que nous nous séparions par consentement mutuel.

Peu de temps après notre divorce, Andrew épousa une autre femme qui, presque aussitôt, donna à Hélène une petite-fille. Hélène était déjà veuve, à l'époque, Goodney Hall vendu et Tony partit Dieu sait où dans l'Extrême, après avoir, avec l'approbation des autorités, planté Jamie en pension. Jamie avait été placé sous la tutelle du juge des familles, étant comme Melchisédek, le Roi-prêtre, sans père, sans mère, et sans lignée.

Plus que tout autre à ma connaissance, en fait.

Je vais aller le voir la semaine prochaine. Il me préparera le repas promis et nous nous installerons dans son jardin par un chaud crépuscule florentin. Nous... comparerons nos notes.

En attendant, vais-je lire ces minutes ? Pourquoi m'infligerais-je le pincement de douleur, l'inévitable grimace qu'elles vont provoquer ? Si nous étions dans les années quarante et que du feu brûlait dans l'âtre, ne ferais-je pas comme mon père avec les lettres d'hiver, ne lancerais-je pas ces feuillets dans le feu ? Ah, mais il les lisait toujours auparavant, je me rappelle, et souvent même plusieurs fois, selon la personne qui les lui avait adressées.

Qu'il en soit donc ainsi. En tout cas il n'y a pas tout,

uniquement les fragments décisifs, me dit Stewart. Josie fut le principal témoin de la défense et il m'a envoyé un extrait de sa déposition. L'avocat de Véra lui avait demandé de décrire ce qui s'était passé après qu'Eden eut enlevé Jamie avec ses deux acolytes.

Josephine Cambus : Je suis revenue dans la maison avec elle. Elle était folle de douleur, elle criait et elle pleurait. Il y avait du cognac dans la maison et je lui en ai donné un peu dans un verre, avec de l'eau. Je lui ai dit que j'allais téléphoner à la police, mais elle m'a répondu que ce serait inutile, alors j'ai dit que je parlerais à mon fils. Il saurait quoi faire.
M. le juge Lambert : Votre fils est agent de police ?
Mme Cambus : Non, monsieur le juge, avocat.
L'avocat de la défense : Avez-vous parlé à votre fils, madame Cambus ?
Mme Cambus : J'ai essayé. J'ai demandé son numéro à la standardiste de la poste. Véra, Mme Hillyard, m'a pris le téléphone des mains. Elle m'a dit que les avocats et la police n'y pourraient rien.
L'avocat : Lui avez-vous demandé pourquoi ?
Mme Cambus : Elle m'a répondu que seule sa sœur et elle connaissaient tous les tenants et les aboutissants. Ce sont ses propres termes. Elle m'a dit qu'elle irait à Goodney Hall parler à sa sœur et à son beau-frère ; elle attendrait, sur le seuil si nécessaire, jusqu'à ce qu'il rentre à la maison. Elle s'était déjà complètement calmée. Elle m'a paru fataliste. Elle me semblait...
M. le juge Lambert : Peu importe ce qu'elle vous semblait, madame Cambus. Le jury désire savoir ce que vous avez vu et entendu, non ce que vous avez supposé.
L'avocat : Mme Hillyard est-elle allée ensuite à Goodney Hall et l'avez-vous accompagnée ?
Le procureur : Monsieur le juge, mon distingué confrère n'est-il pas en train d'orienter les réponses du témoin ?
M. le juge Lambert : Peut-être.
L'avocat : Je vous prie de m'en excuser, monsieur le juge. Je vais reformuler ma question. Qu'est-ce que Mme Hillyard a fait ensuite, madame Cambus ?

Mme Cambus : Elle a mis son manteau, elle est allée chercher son sac à main et elle a dit qu'elle prendrait l'autocar pour Bures, où elle attendrait l'autocar de Goodney, à moins que je ne la conduise là-bas en voiture. Je n'avais guère envie d'y aller, je ne voulais pas être impliquée, mais j'ai tout de même accepté de la conduire, persuadée que je n'entrerais pas. Je la laisserais à la porte et je reviendrais chez moi. Je suis allée chercher ma voiture et nous sommes parties à Goodney Hall. A notre arrivée, elle m'a suppliée de me présenter à la porte, parce que si elle y allait, on ne la laisserait pas entrer.
L'avocat : Avez-vous vraiment fait ce qu'elle vous demandait ?
Mme Cambus : Au début, j'ai refusé. Je ne voulais pas. Mais j'ai fini par y aller quand même. M. Pearmain m'a ouvert la porte. Il m'a dit...
L'avocat : Vous ne devez pas répéter les paroles de M. Pearmain, sauf si Mme Hillyard était présente. Etait-elle présente ?
Mme Cambus : Non, elle attendait dans la voiture.
L'avocat : Très bien. A la suite de ce que M. Pearmain vous a dit, qu'avez-vous fait ?
Mme Cambus : Je suis revenue à la voiture pour aller chercher Mme Hillyard et nous sommes entrées dans la maison toutes les deux avec M. Pearmain. Il n'y avait personne d'autre présent à ce moment-là. Nous sommes allées dans une pièce qu'ils appellent, je crois, le salon. Mme Hillyard a dit qu'elle avait quelque chose à confier à M. Pearmain en privé, quelque chose qu'elle voulait qu'il sache, ne pourrais-je pas sortir un instant ? Je lui ai répondu que j'allais rentrer chez moi, je n'avais aucune raison de rester ; mais elle m'a supplié de l'attendre, de quitter simplement la pièce pour un instant, M. Pearmain a dit alors qu'il croyait savoir ce qu'elle désirait lui confier ; il le savait déjà, sa femme le lui avait appris quelques jours plus tôt. Sur ces entrefaites, Mme Pearmain est entrée dans la pièce et elle a lancé à Mme Hillyard : « Je lui ai tout dit... »

J'ai posé les minutes. J'ai déjà lu ce genre de texte, mon mari m'en a montré et il y en a dans *Les Grands Procès*. Ils ont tous un air de famille, la même atmosphère d'irréalité. Les gens parlent comme s'ils étaient programmés dans une langue réservée exclusivement à ce milieu particulier. Et pourtant l'on m'assure que les minutes sont la transcription mot pour mot de ce qui a été dit. Etrange... De toute manière, à partir de là Josie avait déjà commencé son récit, dans l'atmosphère calme, intime, pour ainsi dire en suspens, de la salle de séjour surchauffée de mes parents. Elle commença par nous répéter les mots réels dont Eden s'était servie en entrant dans le salon « étrusque » par ce matin d'avril.

« Tu n'arriveras pas à tes fins comme ça, Véra. J'ai tout dit à Tony. Je lui ai dit que Jamie est mon fils. »

Nous le savions, bien entendu. Nous le savions déjà. Les faits nus étaient parvenus jusqu'à nous, malgré l'attitude d'autruche que nous avions adoptée vis-à-vis du procès. C'étaient les détails que nous attendions de Josie, les subtilités qui habillent les faits nus d'aimables déguisements capables de les voiler. Elle se pencha en avant, sans nous regarder, fixant des yeux le feu.

« Véra a poussé un cri. Je n'ai jamais pu décider si c'était ou non une dénégation. Tony — je ne l'avais jamais vu mais je l'appelle ainsi tout de même —, Tony avait un air lugubre. Il avait l'air malheureux. Il restait là à hocher la tête, les yeux presque fermés. Votre sœur — je veux dire Edith, Eden —, a dit : C'est mon enfant. Véra l'a seulement élevé. Elle m'a proposé de le faire et, je le reconnais, c'était généreux de sa part, un geste magnifique, mais il n'a jamais été question qu'elle le garde pour toujours. Menteuse ! a répondu Véra. Tony était horriblement gêné. Je crois que ce genre d'homme est toujours gêné plus qu'autre chose dans une situation tragique. Il a dit : Mme Cambus n'a pas envie d'entendre tout ça. C'est une affaire privée, gardons-la entre nous... Oh non ! Il n'en est pas question, a répliqué Véra. Tout le monde l'apprendra. Je ne vous laisserai pas étouffer les choses. Je crierai par-dessus les toits ce qu'elle a été pour moi : un serpent venimeux, un bourreau cruel. Je veux voir mon fils. Où est mon fils ?... Alors Eden a lancé : Ce n'est pas ton fils. C'est le mien. Ce sera le mien et celui de Tony. Nous allons l'adopter légalement... Véra a répondu : Comment pourras-tu adopter ton propre enfant?... En dehors de cela, elle n'a rien concédé à Eden. Bien qu'on puisse évidemment adopter son propre enfant s'il est illégitime, j'ai posé la question à mon fils.

« Ensuite, Véra s'est mise à insulter Eden. Je suppose que vous n'avez pas envie de savoir ce qu'elle lui a dit mot pour mot, n'est-ce pas? »

Mon père secoua la tête. « Les grandes lignes, répondit-il.

— Eh bien, je dirais qu'elle a éclaboussé Eden sur le plan moral. Eden n'a pas apprécié. Tony avait l'air sur le point de s'évanouir mais Eden est restée extrêmement calme. Elle nous a tout raconté, à moi et à Tony, n'est-ce pas. Je suis sûre qu'il ne connaissait pas les détails. Il s'est assis et il a enfoui son visage entre ses mains. »

Le récit d'Eden? Elle s'était trouvée enceinte à l'automne 1943. De qui? Elle se garda bien de le préciser. Ce fut Véra qui lança qu'elle avait couché avec une demi-douzaine de types, dont un GI, un simple soldat, un Portoricain du quartier espagnol de Harlem, le plus beau mâle à Londonderry à l'époque. Josie avait l'impression qu'Eden l'avait avoué à Véra au moment des premières confessions. En toute honnêteté Jamie, malgré ses cheveux blonds, avait des yeux d'un marron soutenu, méridional, et une peau mate que le soleil ne brûlait jamais. Eden, semblait-il, avait essayé de faire croire à Véra (et Véra l'avait sans aucun doute cru sur le moment) qu'elle avait vécu un amour passionné avec un officier de la Royal Navy décédé à bord du *Lagan,* torpillé en septembre 1943. Qui aurait oublié un autre officier, amoureux d'Eden et prétendant en puissance, coulé lui aussi avec son bateau — celui qui avait servi de prétexte à l'un des tours les plus spectaculaires de Francis? Véra et Eden, pauvres femmes, s'étaient montrées snobs jusqu'au bout.

Elle avait tout dit à Francis avant d'en parler à Véra, j'en suis certaine. C'était dans son caractère, et les paroles sybillines de Francis, le matin précédant la première tentative de kidnapping, le confirment. Francis lui indiqua probablement une adresse où elle pourrait se faire avorter, il devait savoir ce genre de chose. Et il aurait pu lui donner l'argent nécessaire, ou au moins une partie. Francis avait toujours de l'argent. Je crois qu'il se prostituait. Donc, pour je ne sais quelle raison, Eden refusa d'avorter. En parla-t-elle à Véra et Véra parvint-elle à l'en dissuader ? Véra qui désirait un enfant (elle l'avait dit à Hélène) mais semblait incapable de concevoir ? Eden avait dû quitter la Marine des mois, des années avant qu'aucun d'entre nous ne l'apprenne. Elle était allée aux Lauriers et s'y était cachée.

Nous avons du mal à comprendre aujourd'hui, même les gens de mon âge, à quel point il était encore horrible en 1944, pour une jeune fille conventionnelle de la classe moyenne, de mettre au monde un enfant illégitime. Et Eden s'était placée dans cette situation ! — Eden qui se posait en parangon de vertu et que sa sœur (la plus stricte des petites bourgeoises) présentait comme une jeune fille modèle. Elle ne pouvait pas écrire à son frère pour avouer une chose pareille, ni l'expliquer à sa demi-sœur et au mari de celle-ci, ni le proclamer à Sindon, où elle avait toujours joué le rôle de l'orpheline douce et sérieuse. Mais si sa sœur, sa sœur aînée qui avait été une mère pour elle, acceptait de paraître enceinte, de paraître accoucher, puis se présentait avec un bébé...

Josie ne nous raconta pas tout cela, ce soir d'hiver. J'en ai reconstitué une partie grâce à ce que je savais, grâce aux observations que j'avais faites sans pouvoir les expliquer, à partir de ce que j'imagine et de ce que je sais de ces deux femmes, mes tantes, mes tantes mortes, l'une assassinée par l'autre.

Véra a peut-être fait sa proposition par amour pour Eden, par pur altruisme et dans le désir de protéger sa réputation. Elle l'a peut-être faite parce qu'elle avait envie d'un enfant. Après avoir lamentablement échoué avec Francis elle voulait recommencer. Ou bien, ce qui est très probable, les deux sentiments sont-ils intervenus. La solution était avantageuse pour tout le monde. Qui peut savoir, à présent, ce qu'elles se sont dit ? Véra avait-elle vraiment promis de garder l'enfant seulement jusqu'à ce qu'Eden le réclame ? Ou bien l'avait-elle pris sans condition préalable afin qu'il devienne totalement son fils ? Eden, elle, a affirmé qu'il y avait une condition. Véra n'a rien dit, nous a raconté Josie. Elle écoutait, pétrifiée.

L'enfant est né dans une maternité de Colchester qui a été bombardée l'année suivante, tous les dossiers ont été détruits. Eden s'y est rendue sous le nom de Mme Hillyard, a-t-elle dit. Elle avait fait faire les examens prénataux sous le nom de Mme Hillyard. Pendant son séjour à la maternité, Véra avait quitté les Lauriers pour s'installer dans une pension de famille à

Felixstowe. Elles avaient tout organisé. Eden quitterait la maternité en taxi avec le bébé, Véra partirait de Felixstowe et elles se rencontreraient à Colchester, dans les salons du George Hotel. Ils rentreraient tous les trois ensemble aux Lauriers, dans un autre taxi. Quand Eden prononça ces paroles, Véra éclata d'un rire ironique, comme si aucune invention ne pouvait être plus absurde.

« Eden est sortie de la pièce, continua Josie. Elle est revenue avec une grande enveloppe qui contenait quelque chose. C'était un certificat de naissance, le certificat de naissance de Jamie.

— Vous l'avez vu ? lui demandai-je.

— Oh oui, je l'ai vu. James Longley, mère Edith Mary Longley, père inconnu. Véra me l'a arraché des mains. Elle a cru que c'était un faux. Puis elle a dit qu'Eden avait fait une fausse déclaration à l'état civil * et que c'était un délit grave, passible de plusieurs années de prison. Ridicule, bien entendu. C'était bien le certificat de naissance, avec les faits noir sur blanc. Véra elle-même ne l'avait jamais vu. Je crois qu'elle avait peur de le voir, et même de demander à le voir. Elle ne savait que trop bien ce qu'il y aurait dessus.

— Mais tout de même, lui dis-je, si elles avaient tout organisé, elles avaient aussi décidé qu'une fausse déclaration serait nécessaire. Pourquoi Véra, qui allait bien, qui ne sortait pas de la maternité, ne s'était-elle pas rendue elle-même à l'état civil ? »

. Josie ne put nous l'expliquer, mais je crus aussitôt connaître la réponse. Je pouvais imaginer la situation. Ce n'était pas tant qu'Eden avait songé à assurer sa mise, à tirer des plans de secours au cas où elle aurait envie de reprendre Jamie un jour : elle avait dû, tout bêtement, avoir peur de faire une fausse déclaration. Les avertissements affichés dans les bureaux d'état civil pour décourager les fausses déclarations sont très sévères. S'est-elle rendue là-bas déterminée à déclarer Jamie comme le fils de Véra Hillyard et de Gérald Hillyard, puis, une fois sur place, a-t-elle perdu son cran ? Mais cela ne répond pas à la question : pourquoi Véra n'y est-elle pas allée elle-même ? Très probablement parce que Eden l'a devancée, elle est sortie seule

* En Grande-Bretagne les registres d'état civil ne sont pas tenus dans les mairies des communes. C'est donc à Colchester que la déclaration fut faite et non à Sindon où Véra et Eden étaient connues personnellement. (*N.d.T.*)

deux ou trois jours après leur retour à Sindon et elle est revenue en plaçant Véra devant le fait accompli.

« Véra l'avait entre les mains, dit Josie, et elle a essayé de le déchirer. Ces feuilles sont en papier renforcé et l'on a du mal à les déchirer, mais elle en arracha un bout avant que Tony ne le lui prenne. D'ailleurs le détruire n'aurait rien changé. Il y a l'original dans le fichier de Somerset House. »

Véra prit donc Jamie pour fils et Eden alla vivre à Londres, occuper le poste qu'elle avait déniché : dame de compagnie de la vieille Lady Rogerson. Comme les choses auraient été beaucoup plus faciles pour Véra si Jamie était né un mois plus tôt. Gérald n'accepterait jamais un enfant né au bout de dix mois et demi de grossesse. Si elle lui avait dit la vérité, aurait-il refusé de lui laisser prétendre que Jamie était à elle ? Peut-être. Peut-être aurait-il dit aux gens qu'Eden était la vraie mère de Jamie. En un sens, quand elle perdit Gérald, Véra ne fut pas mécontente (je pense) que l'on soupçonne Chad d'être son amant et le père de Jamie. Cela renforçait une certaine image d'elle, cela la rajeunissait. Et elle avait Jamie. Jamais elle n'aurait pu prévoir qu'elle l'aimerait avec une telle passion.

Eden ne venait pratiquement plus la voir. Elle ne lui posait jamais de questions sur Jamie, elle ne voulait rien savoir. Cela me rappelle la blague juive du type qui dit d'un ennemi : « Pourquoi me déteste-t-il tellement ? Je ne lui ai jamais fait aucun bien. » Eden ressentait-elle ce genre de sentiment à l'égard de Véra ? Véra lui avait fait trop de bien, lui avait rendu un service suprême. C'était plus qu'elle ne pouvait supporter, la culpabilité était trop lourde et elle la transposait en haine pour Véra. Puis elle rencontra Tony et ils se fiancèrent. Elle allait avoir d'autres enfants, dut penser Véra. Tout allait bien, Véra serait tranquille, car Eden ne voudrait jamais que son mari apprenne la vérité sur Jamie. Mais quand aucun enfant ne vînt, quand Eden fit une fausse couche à la suite d'une grossesse extra-utérine, quand les chances d'une grossesse normale et d'un accouchement à terme parurent compromises, Véra commença aussitôt à avoir peur. Peut-être n'avait-elle pas vu le certificat de naissance, mais elle en devinait sans doute le contenu. Si Eden réclamait Jamie, elle ne pourrait, comme Francis m'avait dit, rien y faire. Et peut-être l'indifférence manifeste d'Eden à l'égard de Jamie lui rendit-elle la situation pire. Cela ne l'empêcherait pas de prendre l'enfant, pour avoir un fils, pour donner un héritier à Tony et à son empire de magasins.

« Véra s'est levée soudainement, dit Josie. Elle est sortie en courant. Personne ne s'y attendait, surtout pas Eden. Eden était victorieuse, vous comprenez, son mariage brisé, sa famille aliénée, mais triomphante quand même, inattaquable, si vous voyez ce que je veux dire. C'est l'impression que j'ai eue, n'est-ce pas ? Elle s'est levée lentement et elle a dit : Je suppose qu'elle est allée le chercher. Je ne sais pas exactement où il est.

« Nous l'avons suivie. Je l'ai souvent regretté. En quoi cela me touchait-il, de toute façon ? J'étais seulement l'amie de Véra qui l'avait conduite à Goodney Hall en voiture. J'aurais dû rentrer chez moi, et je ne sais pas pourquoi je ne l'ai pas fait. Ce n'était pas de la curiosité mal placée, j'en avais assez de toutes ces révélations, de cette façon de mettre son cœur à nu. Je crois plutôt que je me sentais obligée de ne pas abandonner Véra dans la maison de ses ennemis — car c'étaient tous ses ennemis, n'est-ce pas ? Jusqu'à June Poole, la complice d'Eden. »

Je n'avais pas la force de regarder mon père, ni lui celle de me regarder. D'une étrange et stupide manière, il avait fait de son idéalisation de la femme Longley, incarnée par sa mère puis ses sœurs, la pierre angulaire de sa vie. Tout reposait sur une illusion, comme la plupart des idéalisations. Quelle idiotie de sa part d'avoir sacrifié son mariage pour ça, de s'être ridiculisé en attribuant à ses sœurs des vertus que non seulement elles n'avaient pas, mais qui constituaient l'antithèse de leur personnalité. Comme il faisait pitié ! Il lui restait peu de chose à présent, parce que son univers venait de basculer. Il fallait même qu'il revienne sur ce qu'il pensait de sa femme et de sa fille, puisque jusque-là, il les avait vues à travers des lunettes Longley, un verre-Véra, un verre-Eden. Il les avait vues seulement par comparaison et par contraste. Je dirai de ma mère — et c'est à porter à son crédit — que du jour du meurtre et de l'arrestation de Véra elle ne prononça pas un seul mot de dénigrement sur les sœurs de mon père ; quand elle parlait d'elles, c'était toujours avec pitié. Mais elle n'en devint pas moins une femme-qui-se-tait.

Josie nous raconta le reste. Elle alla jusqu'au bout. Jamie se trouvait au premier, dans la chambre d'enfant. Il n'avait plus l'âge de rester dans la chambre d'enfant, mais ces deux femmes, chacune à sa manière, l'avaient maintenu bébé. Une belle chambre, se souvenait Josie. Bien entendu elle y entrait pour la première fois, elle ne l'avait pas vue avec le papier peint des fées, avec le tapis à feuilles de lierre. La moquette était beige clair et les meubles blancs. Des yachts voguaient en une frise tout le tour des murs sur des vaguelettes bleu pâle et des mouettes volaient au-dessus des voiles. Il y avait une gravure représentant l'Enfance de Raleigh, une autre avec des chevaux de Stubbs, et une troisième : le Téméraire en plein combat.

La journée n'était pas froide, mais en avril il y avait encore du feu, et un écran devant la cheminée. June Poole, au fond de la pièce, pliait du linge. Jamie se trouvait sur le tapis bleu et blanc devant le feu, et Véra s'agenouilla à côté de lui. Josie eut l'impression qu'il n'avait aucune occupation, qu'il ne faisait rien et lorsque Véra arriva, il semblait pétrifié par les événements violents de la matinée. Tout le monde entra dans la pièce brusquement — Eden, Tony, Josie et Mme King (pourquoi s'était-elle jointe à eux, et à quel moment, nul ne semblait le savoir).

« Eden a dit : Si tu ne sors pas d'ici, je vais être obligée de te mettre dehors... Elle a regardé Mme King et June. Mme King n'a rien fait, mais June Pool a posé la taie d'oreiller qu'elle tenait et s'est avancée vers nous, d'un air qui m'a paru plutôt menaçant. Tony a dit : Eden, il faut que cela cesse... Et Eden a répondu : Je suis d'accord avec toi. Je vais le faire cesser tout de suite... Et elle a tendu les bras pour prendre Jamie. »

A partir de là, je citerai les minutes. Après tout, c'est la version officielle, et ce qu'a déclaré Josie au tribunal précède de six mois le récit qu'elle nous a fait.

L'avocat : Que s'est-il passé ensuite, madame Cambus ?
Mme Cambus : Mme Hillyard avait un couteau à la main.
L'avocat : Un couteau à la main ? Que voulez-vous dire ? A-t-elle pris le couteau quelque part ? L'avait-elle apporté ?
Mme Cambus : Je le suppose. Elle l'a sorti de son sac à main. C'était un long couteau de cuisine.
(On présente à Mme Cambus un couteau, la pièce à conviction B.)
L'avocat : Est-ce ce couteau ?

Mme Cambus : Il était comme ça, oui.

L'avocat : Vous l'aviez déjà vu ?

Mme Cambus : Je suis obligée de répondre ?

M. le juge Lambert : Certainement. Vous devez répondre à l'avocat.

Mme Cambus : Eh bien, oui. Je l'avais vu.

L'avocat : Où ?

Mme Cambus : Dans la cuisine de Mme Hillyard. Elle s'en servait pour couper les légumes. Je l'ai vue qui l'aiguisait avec une pierre.

L'avocat : Donc Mme Hillyard a sorti un couteau de son sac. Que s'est-il passé ?

Mme Cambus : Mme Hillyard s'est jetée sur Mme Pearmain avec le couteau. Quelqu'un a soulevé l'enfant, Mme King, je crois. Oui, c'était Mme King. Elle a soulevé l'enfant et l'a emmené hors de la pièce. M. Pearmain a essayé de retenir Mme Hillyard. Elle lui a donné un coup de couteau dans le bras, le bras droit. Puis elle a attaqué Mme Pearmain, elle l'a blessée au cou et à la poitrine. Il y a eu beaucoup de sang, du sang partout. Mme Pearmain a crié, puis elle s'est écroulée, elle saignait horriblement.

Le sang éclaboussa les murs bleus, les voiliers, les petites vagues et les mouettes. Eden vomit du sang partout. Elle roula, morte, sur le tapis devant le feu. Véra aurait retourné le couteau contre elle, elle faillit même réussir, mais June Poole lui saisit le bras et la ligota avec la ceinture de sa propre robe.

XVII

A la place de l'histoire de Véra, Daniel Stewart va écrire une étude sur l'affaire de Kirby Theiston, en reliant le meurtre de Sunny Durham à la disparition de Kathleen March. Ce sera une révision fondamentale, à la lumière des nouvelles preuves qu'il a découvertes au cours de son enquête sur ma famille. Et il pourra utiliser beaucoup de ce que je lui ai appris lorsqu'il décrira le rôle joué par Véra. Je crois qu'il est satisfait, et même enthousiaste, soulagé de s'être libéré des complexités Longley et Hillyard. J'avais donc raison — même si je n'en étais pas encore sûre sur le moment — de dire à Francis que l'histoire de sa mère ne serait jamais écrite.

J'ai détruit les minutes du procès après les avoir lues deux fois. Une tentation morbide pourrait me pousser à les relire par des après-midi ou des soirées de pluie, quand je suis seule ; or je n'ai aucun désir de me remémorer de façon si directe la douleur de Véra ; ou bien, indirectement, mes propres échecs, mon premier mariage raté, mes examens à moitié réussis, à cause de ma peur que la notoriété de Véra ne devienne un handicap toute ma vie. A vingt-deux ans, je manquais autant d'intuition que la fille de Francis, Elizabeth, manque de jugement aujourd'hui quand elle s'imagine que dans les années quatre-vingt, le nom de Véra Hillyard risque de provoquer plus que de l'indifférence. N'ayant ni cheminée ni chaudière, j'ai donné les minutes du procès à mon mari, qui a offert ce plat de choix, ce régal exotique particulièrement passionnant, à l'appétit glouton de l'effilocheuse de son bureau.

En tant que prévenue de meurtre, Véra n'a pas été obligée de déposer et elle ne l'a pas fait. Peut-être à la suggestion de l'avocat de la défense, persuadé que tout ce qu'elle dirait ne pourrait que l'enfoncer davantage, ou bien parce que Véra elle-même n'avait aucune défense à proposer, aucun argument à avancer. Josie nous avait parlé de l'apathie totale de Véra ; quand elle lui avait rendu visite à la prison, elle lui avait paru complètement absente, rentrée en elle-même, enfermée dans son silence. Je suis certaine qu'elle désirait mourir. L'autre option aurait été des années d'emprisonnement, et pendant toutes ces années elle aurait vécu le calvaire quotidien de savoir Jamie au-dehors, confié aux soins d'une autre personne, qui ne pouvait l'aimer autant qu'elle. L'avocat, bien entendu, présenta une défense : Véra n'avait l'intention que de faire peur à sa sœur, puis seulement de la blesser. Mais prise de frénésie, elle avait frappé, frappé, frappé...

Stewart a abandonné son projet pour une autre raison : le doute au cœur des choses. Car s'il est vrai qu'un élément de mystère sur ce qui s'est vraiment passé rehausse parfois un ouvrage de ce genre, la question sans réponse est toujours qui l'a fait ou comment l'a-t-on fait. Dans l'affaire de Véra, il n'existe aucun doute à ce sujet. L'incertitude s'articule sur quelque chose de très différent, sur un point bizarre d'affiliation, le genre de doute que l'on rencontre rarement dans n'importe quelle famille de n'importe quel milieu, et pour lequel aucune sorte de recherche ne pourra fournir de solution.

La mémoire est une fonction imparfaite. Nous nous résignons à ne pas nous souvenir de certaines choses. Ce que nous trouvons difficile d'accepter, c'est d'apprendre par une autorité extérieure inébranlable qu'un incident dont nous nous souvenons n'a jamais eu lieu. Jamie m'a dit, dans son jardin après le dîner, que le sang d'Eden avait jailli sur lui ce jour-là, avait éclaboussé ses vêtements. C'était la seule chose dont il pouvait se souvenir. Mais quand il a lu les minutes du procès, il a vu qu'il s'était mépris. Il se souvenait d'une chose qui ne s'était jamais produite, car Mme King l'avait emmené hors de la pièce avant que Véra ne frappe avec son couteau, quelques secondes avant. Le tic qu'il avait gardé d'enlever de ses doigts une tache — le sang qui jaillissait — était fondé sur une illusion.

Jamie s'est installé dans une petite maison derrière un mur élevé, dans les Orti Orcellari. Il y a une porte dans ce mur, une de ces grilles de fer forgé doublée d'une plaque de tôle, et sur le fronton flanqué de deux urnes reliées par une guirlande de laurier sculptée dans la pierre, sont gravés ces vers de Dante :

Ahi, quanto nella mente mi commossi,
Quando mi volsi per veder Beatrice
Per non poter vedere ; ben ch'io fossi
Presso di lei, e nel mondo felice !

Est-ce que Jamie avait été bouleversé lui aussi, son esprit en émoi du fait que je venais de lui montrer de nouveau une chose qui le hante ? Du fait de voir et de ne pas voir ? Sans souscrire aux doctrines psychothérapeutiques spécieuses de l'école « Laissez-le-remonter-et-ça-s'en-ira », il me dit qu'il est content d'avoir lu les minutes. En tout cas, cela l'a contraint à regarder l'événement. L'événement a cessé d'être croquemitaine, chimère, à demi fictif, pour éclater au grand jour, ni pire qu'il ne l'avait imaginé, ni meilleur, mais la chose elle-même, la chose réelle. Pour utiliser le jargon des doctrines en question, il l'avait confronté.

Il riait autant qu'avant, et il époussetait autant son épaule — quoique maintenant avec un hochement impatient de la tête et en figeant sa main, consciemment, au milieu de son geste, dans le vide. Il m'avait préparé, comme promis, des plats merveilleux : *farfalle con asparaghi, manzo per un dio blondo* (du bœuf aux raisins, « bœuf pour un dieu blond », ce qui fait penser à Francis), *crema d'arancia et amaretti.* Il fait la sauce pour le *manzo* à la dernière minute, c'est apparemment essentiel pour que ce soit parfait, et pendant qu'il s'affaire devant « ses fourneaux », je lui apprends que les tableaux auxquels Francis avait donné des titres absurdes ont disparu de l'hôtel Cavour. Car nous y sommes de nouveau descendus, Louis et moi, et j'ai regardé dans la chambre : des aquarelles de Venise, inoffensives et même agréables, ont pris leur place. Le nouveau livre de Francis et son propre livre sont côte à côte sur la table de la cuisine, l'un et l'autre juste sortis des presses, pourvus de jaquettes éclatantes, colorées. *Nymphs, Naïads and Mayflies* et *Cucina Ben Riuscita.* Et j'éprouve une sensation de paix : tout est bien qui finit bien.

Le jardin de Jamie n'abrite aucune fleur. Evidemment, puisque c'est un jardin italien. Entre les dalles de pierre poussent de l'oxalide et de l'orénaire, qui ont de minuscules floraisons, jaunes et blanches, mais sinon, le jardin a la couleur mousse foncé des arbustes à feuilles persistantes et la grisaille des vieilles pierres. Dans des urnes qui me rappellent celles de la terrasse de Goodney Hall poussent des plantes qui sont peut-être des aspidistras. Des plantes grasses à feuilles piquantes que l'on appelle langue-de-belle-mère s'élèvent au-dessus de massifs de lierre rampant. Il y a un petit bassin d'eau stagnante, plein de nénuphars, sans poissons ; et sous les murs, derrière les murs, dans les trous des murs entre les pierres et les briques, partout des chats, les chats sauvages qui hantent les grandes villes italiennes. Nous les entendons parfois, leurs corps se glissent entre une branche et une colonne brisée, et quand vient le soir nous voyons leurs yeux. Jamie a posé sur la table une lampe qui attire les papillons de nuit et je me souviens de Véra, qui me demande de la laisser un moment en paix dans le noir, de ne pas allumer la lumière qui ferait entrer les insectes.

« Parlez-moi de ma mère », me dit-il, très calme, la voix ferme.

C'est une question-piège, n'est-ce pas ? Je me rappelle ce qu'il m'a dit au cimetière anglais : que sa mère était une bonne cuisinière. Si l'on en croit le proverbe, savoir qui est son père exige beaucoup de sagesse. Je prends mon courage à deux mains et je lui dis qu'il est moins banal de douter de l'identité de sa *mère.*

« Je ne doute pas, répondit-il. Quoi que pense ma famille, quoi que pense le monde, je sais que Véra Hillyard était ma mère. »

Comment pourrais-je en discuter avec lui ? Ce serait tellement présomptueux de ma part. Je ne suis même pas certaine d'en avoir envie. Dans le crépuscule, la nuit maintenant, avec les papillons autour de la lampe, je lui parle de Véra. Des choses gentilles, en censurant soigneusement mes souvenirs : combien elle l'aimait, le gâtait, son amour désintéressé pour Eden, sa compétence de bonne ménagère, sa vie de devoir. Elle ressort de mes descriptions comme une femme parfaite, aux préoccupations nobles. Disparue la langue de vipère, le snobisme, les préjugés, le souci des banalités, la froideur. Je ne parle pas des règles comme manger de la main gauche et boire de la main droite. J'évite de dire qu'elle n'aimait pas Francis et avait peur de lui. Et peut-être les vertus de Véra compensaient-elles largement ses défauts, et d'ailleurs, quand je dis à Jamie qu'on lui a infligé plus de torts qu'elle n'en a infligé elle-même à autrui, je ne déforme guère la vérité.

« Je suis content que Stewart ait renoncé à son idée, me dit-il. Son livre aurait été écrit d'un autre point de vue, bien sûr, ou en tout cas, il aurait consacré son dernier chapitre à une discussion des pour et des contre qui n'a pas lieu d'exister. J'écrirai peut-être moi-même un livre sur elle, un de ces jours. Voudrez-vous m'aider si je le fais ?

— Non, Jamie. Non, je ne crois pas. »

Une belle lune d'or se lève derrière des arbres sombres des jardins Orcellari. Il est temps que je parte, je le dis à Jamie et nous avons une petite discussion : il insiste pour m'accompagner jusqu'à la station de taxi de Santa Maria Novella et je suis déterminée à rentrer à pied par la Via Cavour. Cette fois, en nous quittant, nous nous embrassons et j'ai la sensation qu'un ours brun se blottit contre moi. Mais l'illusion s'efface vite tandis qu'il recule brusquement pour essuyer du sang invisible sur son épaule. En fin de compte, il m'accompagne jusqu'au bout de la rue. A partir de là, tout est lumière, animation : la foule envahit la Piazza della Stazione et je le persuade que je serai en sécurité. Le menu affiché devant Otello le distrait. Quand je me retourne un peu plus loin, je le vois encore en train de l'étudier : aux yeux de tous un homme sans angoisse et sans passé.

Mon mari m'a promis de venir à ma rencontre et le voici à l'angle de la Via Nazionale. Après toutes ces années, le pincement de cœur que je ressens quand nos regards se croisent et qu'il me fait signe est tellement bon !... Il a passé la soirée avec un homme d'affaires, un Anglais qui réside à Florence et qui a l'intention de poursuivre un journal en diffamation. La spécialité de Louis ce sont les litiges, ou plutôt, comme il dit, empêcher les gens d'entrer en litige. C'est vers lui que je me suis tournée quand j'ai voulu me libérer d'Andrew ; j'ai choisi le fils de Josie parce que c'était le seul avocat dont je connaissais l'existence. Je voulais m'échapper d'un piège et je suis immédiatement tombée dans un autre — quoi que cette fois-là avec la conviction jamais démentie de trouver le bonheur. Sortir de la poêle à frire pour tomber dans le feu, comme on dit. Mais je suis si heureuse que le feu brûle encore si fort !

Je lui prends le bras. Je lui parle de Jamie, je lui raconte ce que Jamie a dit.

« Et toi, que crois-tu ? je lui demande.

— De qui Jamie était vraiment le fils ? D'Edith Permain, sans aucun doute.

— Pendant des années je ne l'ai pas cru, puis pendant des années je l'ai cru.

— La vérité, me dit Louis quand nous arrivons à l'hôtel, c'est que cela ne relevait pas vraiment du procès contre ta tante Véra. Je devrais plutôt dire qu'aucune partie n'avait intérêt à soulever cette question. C'était plus *juste.*

— Comment peux-tu dire ça ?

— Rappelle-toi Edith Thompson, dans les années vingt. Elle était certainement innocente du meurtre de son mari, poignardé par Bywaters et non à l'instigation d'Edith. Mais Bywaters était son amant et Edith, une femme mariée. C'est cela qui a réglé son compte. Rappelle-toi Ruth Ellis, quelques années après Véra Hillyard. Le climat émotionnel n'avait pas encore changé. On a dit que Ruth Ellis a été pendue non pas parce qu'elle avait *tué* un amant, mais parce qu'elle *avait* un amant. Si la défense de Véra avait affirmé que Jamie était en réalité l'enfant de Véra — au lieu de laisser supposer qu'il était celui d'Edith — elle aurait dû convenir que ce n'était pas l'enfant de Gérald Hillyard. Tu vois où je voulais en venir ?

— En fin de compte, cela n'aurait rien changé.

— Non. Il n'existe pas de peine plus sévère que la pendaison. Mais l'avocat voulait tenter cette chance. » Louis me regarde, un sourcil relevé. « C'était l'enfant d'Edith — d'Eden — n'est-ce pas ?

— Je ne sais pas. Personne ne le saura jamais, maintenant. »

Je ne sais pas. Tel est le cœur du mystère qui a déjoué les espoirs de Daniel Stewart et l'a découragé.

Eden est sans doute la mère de Jamie la plus probable, mais il y a beaucoup d'arguments contre, non ? Enceinte pendant l'été 1943, la première personne à qui elle s'est adressée dans la difficulté était Francis. Ils avaient toujours été proches, avec des secrets entre eux, des mystères. Mais si Francis lui a indiqué le nom d'un avorteur, pourquoi n'est-elle pas allé le voir ? Parce qu'elle avait peur ? Parce que Véra l'en avait dissuadée ? Selon Stewart, le cadavre d'Eden a fait l'objet d'une autopsie, mais non pour découvrir si elle avait été enceinte — je veux dire jusqu'à terme, jusqu'à l'accouchement.

Et il existe un très bon argument pour qu'elle ait procédé, en fait, à son avortement. Eden a fait une fausse couche en 1948 à la suite d'une grossesse extra-utérine. L'un des principaux facteurs qui contribuent à ce genre d'accident, à l'implantation du fœtus dans l'une des trompes de Fallope plutôt que dans l'utérus, est un avortement mal fait, suivi d'infection et de blocage d'une trompe. Bien entendu, il y a d'autres possibilités : une gonorrhée (comme ma mère l'avait scandaleusement sous-entendu) et une naissance antérieure mal surveillée. Peut-être ne pouvons-nous pas écarter tout à fait la maladie vénérienne, mais nous pouvons à coup sûr éliminer un accouchement mal suivi. La maternité où est né Jamie, quelle que soit sa mère, avait une excellente réputation. Jamais je n'ai entendu accuser son personnel de négligence, de quelque ordre que ce soit.

Edith a peut-être avorté du bébé dont le père était je ne sais quel GI de Londonderry — et regretté amèrement sa décision. Cet automne-là, en apprenant que sa sœur, beaucoup plus âgée, attendait un enfant, elle l'a presque enviée. Mais ce n'était pas l'enfant de Gérald, de toute évidence. Cela s'est-il passé comme je l'avais cru plus tôt ? Véra a-t-elle rencontré un ancien galant rentré de permission et, dans sa solitude, fait l'amour avec lui ? Anne Cambus m'a dit un jour (à propos d'autre chose) qu'une famille de Sindon, les Warner, devaient leur peau sombre au fait que le grand-père des enfants, un vieux marin au long cours encore vivant dans mon enfance, avait épousé une femme qu'il avait ramenée d'Agadir. Deux des fils étaient dans l'armée pendant la guerre, officiers l'un et l'autre. Est-ce trop tiré par les cheveux ? Suis-je absurde ? Peut-être.

Véra a allaité Jamie. Elle l'a nourri de ses propres seins. Je l'ai vu. Je ne me trompe pas sur ce point. Depuis lors, j'ai lu des articles dans des journaux et des magazines — tout un livre a été publié sur le sujet, je crois — sur des femmes qui, après avoir adopté un nouveau-né ou pris en charge l'enfant d'une autre, ont eu des lactations induites. Par l'intensité de leur amour et par leur volonté, en tenant le bébé contre leur poitrine sèche, elles y étaient parvenues. Alors pourquoi pas Véra ? C'était exactement le genre de femme capable de réussir : intense, consciencieuse, encline aux obsessions, poussée par un sens très personnel du devoir. En prenant en charge l'enfant d'Eden, elle avait très bien pu le tenir contre son sein, le laisser téter, voir un jour une goutte de lait tomber du mamelon, puis persévérer pour diverses raisons : s'approprier l'enfant davantage, faire ce qui était le mieux pour lui, éliminer les doutes de ceux qui croyaient que ce n'était pas son enfant.

Mais il est plus probable, n'est-ce pas, que Jamie était son fils naturel et que la lactation s'est produite normalement à la suite de l'accouchement. Véra était une femme pudibonde qui aurait fait la grimace et lancé « Dégoûtant ! » si on lui avait parlé du livre sur la lactation induite. Elle n'avait jamais nourri Francis au sein, bien qu'elle fût très jeune à sa naissance et allaiter un bébé aurait été plus facile. Jamais elle n'aurait essayé de nourrir au sein un enfant qui n'aurait pas été le sien, car l'idée ne lui en serait même pas venue.

Vous me direz : si Jamie était bien son fils, pourquoi Véra a t-elle permis à Eden de se déclarer sa mère sur le certificat de naissance ? La réponse, c'est peut-être qu'elle ne l'a pas permis, qu'elle n'en a peut-être rien su avant qu'il soit trop tard. Ou bien elle a approuvé cette fausse déclaration. Après tout, à ses yeux, elle avait commis une faute terrible. Elle avait eu un enfant avec un homme qui n'était pas son mari. C'était déjà assez mal. Fallait-il qu'elle ajoute encore à son ignominie en disant à son mari que Jamie n'était pas son fils ? Elle n'aurait pas eu le cran de le lui avouer. Pour ne prendre aucun risque, ne valait-il pas mieux laisser Eden faire ce qu'elle avait proposé : déclarer l'enfant comme son propre fils ? De toute manière ni l'une ni l'autre n'en voulait à l'époque, il constituait une gêne pour toutes les deux alors que leur attachement mutuel était très fort. Eden ferait ce geste généreux pour Véra, de sorte qu'un jour — au retour de Gérald (s'il revenait), s'il doutait de sa femme, si l'enfant ne lui ressemblait pas du tout ou ressemblait beaucoup à un autre — Véra pourrait lui montrer le certificat de naissance et expliquer qu'elle avait adopté Jamie pour rendre service à Eden. Au moment de sa naissance, elle ne pouvait pas prévoir à quel point elle l'aimerait, ni qu'Eden aurait envie de l'avoir à elle un jour.

Jamie serait le fils de Véra, comme il le croit lui-même, et si Véra craignait de le perdre c'était simplement à cause d'une fausse déclaration sur un certificat de naissance. Pas une seule fois, en audience, au moment du meurtre, auparavant, ou par la suite à Hélène et à mon père quand ils allèrent la voir à la prison, Véra n'a reconnu qu'Eden avait dit la vérité en prétendant que Jamie était son fils. Pas une seule fois Véra n'a cessé de se prétendre la mère de Jamie.

Mais il pouvait aussi bien être le fils d'Eden. Pourquoi, sinon, avait-elle quitté la Marine au moment où elle l'a fait, sans le dire à personne de la famille ? Elle a pour ainsi dire disparu de l'automne 1943 à l'été 1945. Et quelle personne dans son bon sens commettrait à l'état civil une fausse déclaration qui ferait d'elle la mère célibataire d'un enfant illégitime, simplement pour éviter à une sœur un éventuel différend avec le mari de celle-ci ? Eden ne pouvait pas prévoir qu'elle aurait un jour envie d'adopter un enfant. Et il lui fallait songer au problème de son propre mari, même si elle n'avait encore personne en vue. Elle avait peur de prendre le risque d'un avortement, peur de ne pas avoir l'enfant, peur de mentir à l'état civil, et elle s'accrochait à Véra comme à une bouée de sauvetage, à Véra sœur-mère-sauveur, qui lui avait proposé de prendre le bébé et de s'en occuper comme si c'était le sien. Jamie était le fils d'Eden. Jamais elle ne l'aurait dit si ce n'était pas la vérité, prudente, obstinée comme elle l'était — et à l'affût d'un mari. C'était une époque où les hommes tenaient encore à épouser des femmes vierges — en tout cas le genre d'homme que visait Eden. De toute manière, ils ne voulaient pas des mères d'enfants illégitimes.

Ainsi la roue tourne, en mouvement perpétuel, sans jamais s'arrêter sur la case d'Eden ou sur celle de Véra. Au cours de ces longues années, je suis parvenue à connaître les opinions de chacun sur la question. Elles divergent. Helène est pour Eden. Jamie est le fils d'Eden, dit-elle, et elle le croit aussi fermement que Jamie lui-même soutient le contraire. Jamais Véra n'aurait eu aussi peur d'Eden, affirme Hélène, si elle avait été réellement la mère de Jamie et si le doute reposait seulement sur une erreur commise à propos d'un certificat de naissance. Mais Gérald a confié un jour à Hélène qu'il était certain du contraire. Jamie était le fils de Véra, car s'il était le fils d'Eden, si Véra s'occupait de lui simplement comme une sœur rendant service, elle n'aurait pas attendu qu'il revienne aux Lauriers pour le lui apprendre, elle le lui aurait écrit sur-le-champ... Je n'aurais pas cru Gérald capable d'une telle subtilité dans l'analyse des caractères, mais il l'a dit à Hélène : étant donné le naturel de Véra, il était plus probable qu'elle lui présente Jamie comme le fils d'Eden alors qu'il était en réalité le sien, et non comme son fils quand il ne l'était pas, simplement pour protéger Eden. En fait, elle ne lui avait absolument rien dit. Elle avait refusé de discuter de la paternité de Jamie, et en fin de compte, il l'avait quittée pour cette raison.

Francis a dit à Chad (qui l'a répété à Stewart) qu'il sait de façon certaine que Jamie est le fils d'Eden. Elle est venue le voir à l'automne 1943, elle lui a avoué qu'elle était enceinte et lui a demandé de l'argent pour un avortement. Il lui a trouvé l'argent et le lui a donné, à la condition que si elle changeait d'avis, elle lui rende la somme. Elle savait qu'elle devait avorter, lui avait-elle dit, mais elle en avait une peur bleue, elle craignait que l'avorteuse la tue ou la charcute, de sorte qu'elle ne pourrait plus avoir d'enfant à l'avenir. Mais il ne la revit pas avant plus d'un an, et il ne récupéra jamais l'argent. Chad lui-même n'a jamais douté que l'enfant fût celui de Véra car il est tombé par hasard, comme moi, sur Véra avec l'enfant au sein. Josie, ma belle-mère, a toujours dit que Jamie était le fils de Véra. Au cours des longues heures qu'elles ont passées ensemble, quand Véra déversait ses terreurs, elle aurait admis que l'enfant était celui d'Eden et non le sien. Mais Tony était convaincu que Jamie était le fils de sa femme, il était sûr que jamais elle n'aurait pris le risque de perdre un mari et un foyer en faisant un aveu de ce genre, si ce n'était pas la vérité. Et Anne Cambus se souvient d'être passée devant les Lauriers au printemps 1944 et d'avoir vu Eden sortir un instant à la porte de devant : le vent d'équinoxe avait collé sa robe sur son ventre gonflé pendant une seconde avant qu'elle ne s'enfuie précipitamment à l'intérieur. Mais Anne n'est pas vraiment sûre de sa mémoire à ce sujet. Elle ne jurerait pas qu'elle a bien vu Eden et non Véra, et nous nous sommes demandé, elle et moi, si à l'instar de Jamie elle n'a pas en toute sincérité déformé le passé.

Nous voici de retour d'Italie et la montagne habituelle de courrier nous attend ; il y en a autant pour moi que pour Louis, cette fois, car Daniel Stewart m'a renvoyé toutes les lettres et les photographies. Je remets à demain la corvée d'ouvrir les trois enveloppes renforcées — quand je serai seule. Mais cette fois, pas de larmes, uniquement un sentiment de pitoyable nostalgie, de folie, de gâchis.

Voici la lettre de semonce d'Eden, reprochant ma grossièreté à mon père, et voici la lettre de Véra lui apprenant son intention de vivre aux Lauriers et d'en faire un foyer pour Eden. Véra, photographiée avec Francis sur ses genoux, a des taches brunes sur les cheveux, les taches du sang de mon père qui s'était coupé le doigt en arrachant la photo de son cadre. Eden, rêveuse dans le studio du photographe de Londonderry, est entre Eden radieuse en robe de mariée arum-lis, et Véra avec Gérald sur fond de banyan et d'église indienne.

Je monte, je prends le coffre et je range les photos ; je pose en dernier, au-dessus de la pile, celle de nous groupés dans le jardin de Véra en été : une famille unie, affichant des sourires innocents, n'imaginant pas les naissances, les mariages et les morts à venir.

Le juge Ti
par Robert Van Gulik

Il y a deux atouts magistraux dans les manches de sa robe de juge en brocart vert : l'agilité de son esprit, qui dénoue les énigmes les plus difficiles et déjoue les ruses les plus malignes, et l'air du temps dans lequel il vit. Van Gulik nous plonge, sans le moindre didactisme, dans la vie quotidienne sous les T'ang, comme s'il pilotait une invisible machine à remonter le temps. La merveille de ces romans policiers qui ne ressemblent à aucun, c'est de nous offrir à la fois les clés d'une tête très maligne et d'un pays fabuleux et vrai: la Chine, ingénieuse nation dont l'ingénieux juge Ti est le digne fils.

Claude Roy
LE NOUVEL OBSERVATEUR

Jim Qwilleran et ses deux chats siamois Ko Ko et Yom Yom

par Lilian Jackson Braun

Lilian Jackson Braun (née en 1916), écrit des romans fantastiques qui se cachent derrière une apparence de policiers. Il y a bien toujours un meurtre, mais à vrai dire tout le monde l'oublie assez vite, l'essentiel étant l'évocation d'un Comté imaginaire, au nord du Nord, de ses traditions bizarres, de ses habitants très légèrement décalés. Très loin du whisky des durs à cuire, et du thé de Miss Marple, Qwilleran ne boit que du jus de raisin, et de toute façon ne découvre jamais rien, car s'il est bien le héros de ces histoires bizarres, le vrai big boss, le malin, le Holmes des neiges, c'est son chat. Bref, Jackson Braun écrit des histoires délicieusement cinglées, un peu bancales et attirantes comme des rêves éveillés.

Evelyne Pieiller
MAGAZINE LITTERAIRE

Le chat qui voyait rouge, n° 2188
Le chat qui jouait Brahms, n° 2189
Le chat qui jouait au postier, n° 2245
Le chat qui connaissait Shakespeare, n° 2246
Le chat qui lisait à l'envers, n° 2278
Le chat qui mangeait de la laine, n° 2279
Le chat qui aimait la brocante, n° 2280
Le chat qui sniffait de la colle, n° 2303
Le chat qui inspectait le sous-sol, n° 2321
Le chat qui parlait aux fantômes, n°2350

Le rabbin David Small
par Harry Kemelman

Le rabbin David Small, de la petite ville de Barnard's Crossing près de Boston, débrouille les écheveaux de crimes, qui laissent pantois l'inspecteur de police. Le lecteur portera un égal intérêt au déroulement de l'existence d'une communauté juive aux Etats-Unis, telle que l'auteur la déploie sous ses yeux.
Les aventures du rabbin portent le sceau de son humour et de sa joie de vivre, ce qui est fort sympathique, tout comme le personnage que le lecteur accompagnera avec plaisir tout au long de la "semaine".

BULLETIN CRITIQUE DU LIVRE FRANCAIS

Lundi, le rabbin s'est envolé pour Israël, n° 1803
Mardi, le rabbin au vu rouge, n° 1891
Mercredi, le rabbin a plongé, n° 1970
Jeudi, le rabbin est sorti, n° 2026
Vendredi, on soupçonne le rabbin, n° 1560
Samedi, le rabbin se met à table, n°1578
Dimanche, le rabbin est resté à la maison, n° 1705
Un beau jour, le rabbin a acheté une croix, n° 2161
Un jour le rabbin s'en ira, n° 2135
Le jour où le rabbin a démissionné, n°2357

Pepe Carvalho
par Manuel Vazquez Montalban

Le roman noir espagnol a un père fondateur : Manuel Vazquez Montalban. Son héros : un détective barcelonais, Pepe Carvalho, amateur de bonne bouffe, astucieux, plutôt frappé. Rien de tel qu'un bon polar pour comprendre l'indicible. Régalez-vous à suivre Pepe le désabusé dans les coulisses et les bas-fonds de ses enquêtes, vous nous remercierez plus tard.

VSD

Les mers du Sud, n°1907
Meutre au comité central, n°2197
Les oiseaux de Bangkok, n°2163
Tatouage, n° 2243
Hors jeu, n° 2281
La solitude du manager, n° 1908
Les thermes, n°2198
Histoires de politique fiction, n°2298

Le Club des Veufs Noirs
par Isaac Asimov

Les Veufs Noirs sont six. Ils ne sont pas forcément veufs, ni même célibataires, mais ils aiment se rencontrer, chaque mois, loin des femmes, pour dîner et résoudre des énigmes à la faveur de questions posées par un invité à chaque fois différent. Lorsque le besoin s'en fait sentir, ils n'hésitent pas à faire appel à l'indispensable Henry, leur maître d'hôtel.
Les Veufs Noirs ne se déplacent jamais. Ils examinent peu les pièces à convictions : ils interrogent leurs invités et font marcher leurs petites cellules grises. Inspirés d'un cercle qui a réellement existé, les Veufs Noirs sont l'une des créations les plus originales du grand Isaac Asimov (1920-1992).

A table avec les Veufs Noirs, n° 2061
Casse-tête au club des Veufs Noirs, n° 2146
Le club des Veufs Noirs, n°1980
Puzzle au club des Veufs Noirs, n°2183
Retour au club des Veufs Noirs, n°2015

Le 87e district
par Ed McBain

Les romans du 87e district arrivent groupés dans la très bonne série de Jean-Claude Zylberstein. En compagnie de la célèbre brigade, Ed McBain nous immerge dans l'enfer urbain : ici, le polar prend une réelle dimension sociologique, et, surtout culturelle. Car on comprend en lisant cette oeuvre que le genre lui-même du polar est une expression directe et quasi naturelle de la réalité historique dans laquelle nous sommes entrés en ce siècle. Il faut lire Ed McBain comme un reflet sur notre vitre des lumières de la ville.

LU

Faîtes-moi confiance, n°2132
Mourir pour mourir, n°2131
Rançon sur un thème mineur, n°2235
Souffler n'est pas tuer, n°2200
Victime au choix, n°2236
Soupe aux poulets, n°2271
Crédit illimité, n°2234
Dans le sac, n°2199
Le dément à lunettes, n°2130
Pas d'avenir pour le futur, n° 2320

ACHEVÉ D'IMPRIMER SUR LES PRESSES
DE COX & WYMAN LTD. (ANGLETERRE)

N° d'édition : 2289
Dépôt légal : mai 1993
Imprimé en Angleterre